AF482606

Eufemia von Adlersfeld-Ballestrem

Die Erbin von Lohberg
(Detektiv Dr. Windmüller-Krimi)

e-artnow 2018

Eufemia von Adlersfeld-Ballestrem
Weiße Tauben (Historischer Kriminalroman): Ein Venedig-Krimi

Alexandre Dumas
Die Gräfin Charny: Historischer Roman

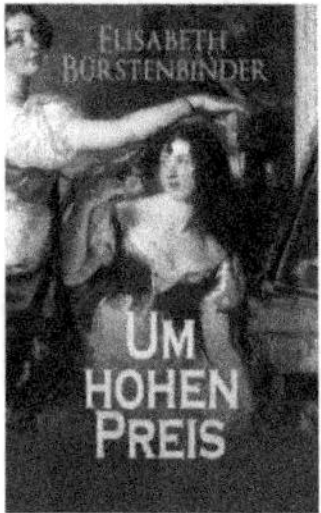

Elisabeth Bürstenbinder
Um hohen Preis

Eufemia von Adlersfeld-Ballestrem
Tragödie im Palazzo Pavonazetti (Historischer Krimi): Gespensterjagd in den Straßen Roms

Eufemia von Adlersfeld-Ballestrem
Der grüne Pompadour (Ein Venedig-Krimi)

Ernst Wichert
Der Wilddieb (Thriller)

Eufemia von Adlersfeld-Ballestrem
TRIX: Historischer Liebesroman

Eufemia von Adlersfeld-Ballestrem
Palazzo Iran (Historischer Krimi): Venezianische Geheimnisse

Eufemia von Adlersfeld-Ballestrem
Der Maskenball (Historischer Roman): Geheimnisvolle Liebesgeschichte
aus Venedig

Wilhelm Raabe
Stopfkuchen: Eine See- und Mordgeschichte

Eufemia von Adlersfeld-Ballestrem

Die Erbin von Lohberg (Detektiv Dr. Windmüller-Krimi)

e-artnow, 2018
Kontakt: info@e-artnow.org

ISBN 978-80-273-1552-9

1

Doktor Franz Xaver Windmüller saß an einem schönen Sommernachmittag in einem Berliner Hotel in seinem Zimmer und betrachtete mit liebevollem Interesse eine alte Kassette, die vor ihm auf dem Tische stand. Wer ihn und seines Namens Bedeutung nicht kannte, hätte den schlanken, großen, älteren Herrn mit dem feinen Gesicht für einen der vielen harmlosen Altertumssammler gehalten, deren Horizont mit einem babylonischen Backstein beginnt und mit einem Empiremöbel endet, – aber das wäre ein Fehlschluß gewesen. Doktor Franz Xaver Windmüller war zwar wirklich ein hervorragender Kenner von Altertümern, von Beruf jedoch ein prominenter Detektiv, dessen Ruf über die Grenzen Europas hinausreichte.

Alle, die nur oberflächlich von ihm gehört hatten und danach seine Laufbahn für die eines »vor die Hunde gegangenen« Juristen hielten, waren mit ihrem Urteil im Unrecht. Doktor Windmüller war, als er seinen Beruf entdeckte, ein ziemlich wohlhabender Mann am Beginn einer vielversprechenden juristischen Laufbahn. Heute aber war er durch wichtige Dienste, die er gekrönten und ungekrönten Häuptern erwiesen hatte, ein reicher Mann. Seine feine, universelle Bildung sicherte ihm zudem einen Platz in der besten Gesellschaft. Dennoch hatte er sich von seinem Beruf nicht zurückgezogen; er stand allen, die seiner Hilfe bedurften, gern zur Verfügung.

Doktor Windmüller kam eben von einer Reise zurück, die ihn für etwa vierzehn Tage nach England geführt hatte. Diese kurze Zeit hatte genügt, ihn ein Rätsel lösen zu lassen, das die höchsten Personen des Inselreiches geängstigt, bestürzt und in Aufregung versetzt hatte, und reich an Ehren, klingendem Lohn und mehreren nebenbei erworbenen »Perlen« für seine Sammlungen, befand er sich auf dem Heimweg nach seinem römischen Tuskulum. Dort, in seiner Villa am Fuß des Janikulus, wollte er in Ruhe neue Aufgaben erwarten. Da er aber nur dann hastig zu reisen pflegte, wenn es nötig war, so hatte er in Berlin haltgemacht, um einige Konzerte und Opern zu hören.

Heute, an diesem schönen Sommernachmittag, war er friedlich in die Bewunderung seiner letzten Erwerbung versunken, da ihn die Oper nicht vor Abend rief. Am folgenden Tag gedachte er nach Rom abzureisen.

Die Kassette, die vor ihm auf dem Tische stand, hatte er in London aufgegabelt, mehr zufällig, als mit Spürsinn, so im Vorübergehen in einer durchaus nicht eleganten Stadtgegend. Wie sich dieser kostbare Gegenstand dorthin, in den Laden eines gewöhnlichen Trödlers, verirrt hatte, war ein Rätsel. Diese Kassette, in ihrem Innern groß genug, um einen kleineren Briefbogen ungefaltet aufnehmen zu können, war von Ebenholz, mit glatten, aber mit reicher Goldintarsia verzierten Wänden, die an den vier Ecken in schön gegliederte Nischen ausluden, in denen reizend geschnitzte Elfenbeinfigürchen standen, Allegorien der Kunst, Wissenschaft, Gerechtigkeit und Weisheit. Der Deckel, hoch gewölbt, war oben abgeplattet und trug als Krönung die wunderbar schön in Elfenbein geschnitzte Porträtstatuette der Königin Anna Stuart von England. In juwelengeziertem, weitbauschigem Staatsgewand, die Krone auf dem lockigen Haupt von minutiöser Porträtähnlichkeit, stand sie auf der Kassette, ein Meisterstück ihres geduldigen Künstlers, unversehrt von den Einflüssen zweier Jahrhunderte. Doktor Windmüller fuhr liebevoll mit einem weichen Bürstchen über das hübsche Gesicht des Figürchens und schlug dann den Deckel zurück. Das Innere des Kastens war mit purpurrotem Sammet ausgeschlagen; der Deckel war nicht ausgehöhlt, sondern massiv und trug auf seiner inneren, ebenen Fläche eine runde, vergoldete Metallplatte mit der Inschrift:

> »Anna D. G. Angliae, Scotiae, Hibemiae et Francaise
> Regina, &. &„ Inaugurata XXIII. Die Aprilis 1711.«

Offenbar war diese Kassette ein königliches Geschenk gewesen; das bewies die Kostbarkeit des Materials, die künstlerische Ausführung und vor allem die Widmung auf der vergoldeten Platte, die so dick war, daß schlanke Finger sie fassen konnten. Ein kostbares Geschenk jedenfalls, und heute für eine lächerlich kleine Summe erstanden in einem Trödlerladen beinahe letzter Güte, dessen Inhaber keine Ahnung hatte von dem Wert des Gegenstandes. Oder doch? – Windmüller erinnerte sich, wie der nicht sehr saubere Trödler den Handel mit einer gewissen lässigen Hast betrieben hatte, – war die Kassette gestohlenes Gut und der Mann der Hehler? Möglich war das schon, aber trotz seines Schmutzes hatte der Mann auf Windmüller keinen schlechten Eindruck gemacht, und er verstand sich doch auf solche Gesichter. Allerdings hatte er seine Gedanken damals gerade ganz anderswo gehabt – – nun, vielleicht fanden sich in der Zukunft Mußestunden, den Spuren dieser Kassette nachzuforschen; ja, eine Ahnung, als könnten diese Stunden sich zu Tagen ausdehnen, wollte sich Windmüller fast aufdrängen, als er so vor seinem neuesten Schatze saß und ihn liebevoll betrachtete: denn das wäre doch kein richtiger Sammler, dem es nicht einfiele, Geschichten um seine Besitztümer zu spinnen und über ihr »woher« nachzugrübeln. Ohne das blieben es ja nur tote Dinge, und alles, was den Menschen überdauert, lebt –

In diese halb harmlosen, halb aber doch wieder vom Mißtrauen des Kriminalisten erfüllten Betrachtungen klopfte es an der Tür, und ein Diener meldete, daß ein Herr den Herrn Doktor zu sprechen wünsche.

»Ich glaube Ihnen ganz deutlich gesagt zu haben, daß ich für Leute, die ihren Namen nicht nennen, unter keinen Umständen zu sprechen bin«, sagte Windmüller nachdrücklich.

»Ein sehr richtiges Prinzip, das auch das meine ist«, ließ sich hinter der Tür eine Stimme vernehmen, bei deren Klang Windmüller aufsprang.

»Sie, Exzellenz?« rief er überrascht und erfreut, indem er dem Besuch entgegenging. Es war der Gesandte am römischen Hofe, Herr von Grünholz, eine stattliche, vornehme Erscheinung. »Ja«, fuhr er herzlich fort, »das ist eine Überraschung! Offiziell sind wir beide in Rom und treffen uns in einer Berliner Karawanserei.«

»Verzeihung – offiziell habe ich eben meinen Sommerurlaub angetreten«, erwiderte der Gesandte, indem er behaglich Platz nahm. »Eine Nebensächlichkeit, die Ihnen entgangen ist, lieber Doktor, weil Sie – hm – anderweitig beschäftigt waren. Übrigens meinen Glückwunsch zu den neuen Lorbeeren in Ihrem Ruhmeskranz!«

»Nicht der Rede wert, Exzellenz! Die Sache war einfach genug – den Kopf hat sie mir nicht zerbrochen.«

»Nun ja – dazu gehört bei Ihnen vielleicht mehr, aber – ich freue mich, Sie heil hier sitzen zu sehen, sehr freue ich mich. Und wie es scheint, haben Sie dabei Zeit gefunden, Ihre Sammlung zu bereichern«, meinte Herr von Grünholz, indem er auf den Kasten deutete.

»Ja, so im Vorübergehen; denn viel Zeit für mich hatte ich nicht, und nach Erledigung meiner Aufgabe war es gut, den Ärmelkanal zwischen mich und eine mir liebevoll gesinnte Person zu legen«, sagte Windmüller lachend. »Ein schönes Stück, nicht? Reinstes Queen-Anne-Barock. Sehen und kaufen war eins!«

»Herrliche Arbeit. Mag ein nettes Sümmchen gekostet haben!«

»Nein – nur zwölf Pfund Sterling. Das ist eine so lächerlich kleine Summe, daß sie eigentlich höchst verdächtig scheint.«

»Allerdings, in Anbetracht des wirklichen und des ideellen Kunstwertes – ja. Glück muß der Sammler eben haben. Aber um nun auf den Zweck meines Besuches zu kommen: Haben Sie Zeit, lieber Doktor, das heißt, sind Sie im Augenblick frei?«

Windmüller sah den Gesandten mit seinen scharfen, klugen Augen prüfend an. »Haben Exzellenz einen Auftrag für mich?«

»Ich möchte Sie gern entführen, um Ihrem Sammlerherzen ein Vergnügen zu bereiten und um Ihren Rat zu hören über den Wert eines Konglomerats von wild durcheinandergeworfenen Dingen, welches den stolzen Namen einer Sammlung führt«, erwiderte der Gesandte liebenswürdig. »Erst kürzlich sagte ich beim Anblick dieses feudalen Sammelkrams: Hier müßte Windmüller her, um die Spreu vom Weizen zu scheiden, und heute erfuhr ich zufällig von meinem britischen Kollegen, daß Sie hier sind. Da habe ich die Gelegenheit denn gleich beim Schopf gefaßt und Sie aufgesucht in der stillen Hoffnung, daß ich Sie in der Kunstpause zwischen zwei Fällen treffe.«

»Das trifft zu, Exzellenz, indes –«

»Oh, ich will Sie nicht blindlings einfangen, lieber Doktor, bewahre!« fiel Herr von Grünholz ein. »Hören Sie mich an und entscheiden Sie sich dann. Aber ich muß zum besseren Verständnis etwas ausholen, und Ihre Zeit ist vielleicht schon besetzt.«

»Ich hatte vor, die Vorstellung der ›Walküre‹ zu besuchen, mithin bleibt uns noch reichlich Zeit. Aber selbst die zu erwartenden musikalischen Genüsse dürften kaum interessanter sein als das, was Exzellenz mir erzählen wollen«, erwiderte Windmüller lächelnd.

»Ah – Sie wittern einen neuen Fall!« rief der Gesandte mit einer abwehrenden Handbewegung. »Nichts da, lieber Doktor! Keine verschwundenen Dokumente oder Juwelen, kein rätselhafter Todesfall, keine widerrechtliche Beraubung persönlicher Freiheit, kein auf leisen Sohlen herumschleichender Meuchelmörder, kein diplomatisches Mysterium – nichts, als ein wenig Familiengeschichte und – eine Antiquitätensammlung!«

»Ah!« machte Windmüller mit vertieftem Lächeln. »Um so interessanter! Nehmen Exzellenz eine Zigarre? Leicht, sehr leicht und fein – hier ist Feuer – so, und nun bin ich ganz Ohr. Familiengeschichten haben großen Reiz für mich.«

»Das nahm ich an«, versetzte der Gesandte, ebenfalls lächelnd. Beide Herren hatten sich im Lauf der Jahre ganz gut verstehen gelernt. »Doch vor allem: Sie haben doch keine neugierige Nachbarschaft? Denn wenn es ja auch keine Staatsgeheimnisse sind, die ich Ihnen erzählen will – auch Familienangelegenheiten sind für fremde Ohren nicht berechnet.«

»Ich habe hier nur einen Nachbarraum, mein Schlafzimmer, da dieser sogenannte Salon ein Eckzimmer ist«, erklärte Windmüller. »Das in diesem Hotel eingeführte System der Doppeltüren habe ich immer als sehr ruhefördernd empfunden und ungünstig für den Horcher am Schlüsselloch. Kamine, die freundlich den Schall nach oben oder nach unten tragen, gibt es hier auch nicht – wir sind also ganz ungestört und unbelauscht.«

»Sehr gut«, nickte der Gesandte, »man wird in meinem – unsern Berufen mißtrauisch und wittert überall Späher und Lauscher, selbst bei den harmlosesten Dingen. Ja, lieber Doktor, wie Sie mich hier sehen, lasten nicht nur die Sorgen des Staates auf mir, sondern auch eine Vormundschaft, und, da ich ein Mensch bin, der nicht gewohnt ist, etwas auf die leichte Achsel zu nehmen, so fasse ich auch die Last dieser neuen Würde ernst auf. Dazu ist mein Mündel die Erbin von Lohberg – der Name ist Ihnen vielleicht bekannt?«

»Lohberg! Lohberg!« wiederholte Windmüller sinnend. »Gab es nicht einmal einen Grafen Lohberg bei der Garde du Corps?«

»Ganz recht – das war mein Vetter, der Vater meines Mündels. Der letzte Besitzer der Herrschaft Lohberg, sein Vater war mein Onkel; mit dem ist das Geschlecht im Mannesstamm erloschen. Ein altes Geschlecht, aber ein wenig dekadent, wie das so bei diesen absterbenden Stämmen zu gehen pflegt, und den Rest gab ihm meine Tante durch den Keim der Schwindsucht, der sie erlag, nachdem sie dem Erben das Leben, aber nur eine kurze Lebensspanne gegeben hatte. Wenn Sie jemals meinen Vetter gesehen haben, dann kennen Sie das ganze Geschlecht der Lohberger: hünenhafte Gestalt, leuchtend goldrotes Haar, schwarze Augen unter dunklen, über der Nase zusammengewachsenen Augenbrauen und dann das berühmte Sippenzeichen, ein halbmondförmiges Muttermal, das jeder von ihnen im Gesicht trägt und ihn so kennzeichnet, wie den Galeerensträfling das Brandmal. Dafür gibt es natürlich eine Familienlegende, die bis in graue Zeiten zurückgeführt wird. Jener Magnus Lohberg von der Garde du Corps war also der letzte männliche Sproß des alten Stammes, und seine kurze Pilgerfahrt auf dieser Erde war nicht eben mit Glorienschimmer umgeben. Der gute Magnus konnte ein Lied singen von Weibern und Schulden, aber er hatte die gute, oder, wenn man will, fatale Gabe, daß man ihm nicht gram sein konnte; selbst der grimmigste seiner Manichäer mußte im persönlichen Verkehr mit ihm lächelnd die Waffen vor ihm strecken. Er war mit einem Wort von bestechender Liebenswürdigkeit, aber nicht wie ein Gassenengel, sondern immer und ohne Phrase. Er konnte nicht anders, und die Leute haben das auch wacker ausgenutzt. Nach mehreren kleinen Skandälchen, unter denen eine Affäre mit einer Kunstreiterin, der ihrerzeit sehr gefeierten Miß Titania, meinen Onkel besonders in Aufregung versetzte, da er sie allen Ernstes heiraten wollte, beging Magnus seinen dümmsten Streich: er heiratete eine andere. Verstehen Sie mich recht, Doktor, ich will damit nicht etwa sagen, daß das Heiraten an sich ein dummer Streich ist, bewahre! Bei mir war's der klügste meines Lebens, wie Sie sehr gut wissen, – in Magnus Lohbergs Fall war es nur die Wahl, die ich damit kennzeichnen wollte. Sein Vater hatte es nach der Geschichte mit der Kunstreiterin durchgesetzt, daß er als Militär-Attaché zur Botschaft nach London versetzt wurde, und dort setzte Magnus es durch, in gleicher Eigenschaft zur Botschaft nach Wien kommandiert zu werden. Dort verheiratete er sich mit der unbestrittenen Schönheit der Hofgesellschaft, Komtesse Olga Jachenau, Tochter eines der Generaladjutanten, der nichts als Schulden hinterließ. Nun, Olga Jachenau war wirklich sehr schön, aber kalt, hochmütig und eitel wie ein Pfau, von einer Anmaßung ohnegleichen und – skrupellos. Aber sie blendete, wen sie blenden wollte, nur nicht meinen Onkel, der sie vollständig richtig bewertete, wie sein Verhalten später bewies. Denn als Magnus nach kaum fünfjähriger, reichlich stürmischer Ehe gleich seiner Mutter an der Schwindsucht starb, nahm der alte Herr das einzige Kind aus dieser wenig harmonischen Verbindung zu sich, das heißt, er kaufte das Mädchen der Mutter, die sich gar nicht um das arme Kind kümmerte, für eine erhöhte Jahresrente ab, eine schöne Summe, die der Witwe vertragsmäßig für des Gebers Lebenszeit und die ihrer Tochter zugesichert wurde. Dafür behielt sich der Großvater die Erziehung seiner Enkelin allein und unbeschränkt vor mit allen Rechten, die eine Mutter sonst hat. Das war ein Segen für das Kind; Gräfin Lohberg, der es bei ihrem Leben in der großen Welt einfach nur im Wege war, ging mit Freuden auf den Vorschlag ein; die kleine Leonore kam in eine reine, gesunde Lebensluft und wurde, unterstützt durch eine sorgsame, vortreffliche Erziehung, ihres Großvaters unentbehrlicher Liebling. Nach längerem Wittum entschloß sich Gräfin Lohberg zu einer zweiten Ehe; sie vermählte sich vor etwa vier Jahren mit einem Herrn von Ellbach, einer jener problematischen Existenzen, von denen man zu sagen pflegt, daß sie wie die Lilien des Feldes sind, die nicht spinnen und nicht ernten und die der Himmel doch ernährt. Dieser Mensch, der übrigens aus ganz guter, aber verarmter Familie ist, besaß die Gabe, sich seinen Kreisen fast unentbehrlich zu machen. Er war eine jener Drohnen, wie sie eben in der Welt, in der man sich nicht gern langweilt, herumzuschwirren pflegen. Auch er war Witwer, als die stolze, wählerische Gräfin Lohberg seinem Werben Gehör gab. Ein paar Jahre vor der Vermählung meines Vetters Magnus war es ihm gelungen, die Neigung eines liebenswürdigen Mädchens, der Tochter meines alten Freundes und Gönners von Aschau, der aber damals schon tot war, zu gewinnen und sie sehr gegen den Willen ihrer Mutter zu heiraten. Sie entfloh der Pein eines Lebens an der Seite eines Ellbachs früh durch den Tod, der sie jedenfalls vor noch größeren Enttäuschungen bewahrte. Einen Sohn aus dieser Ehe überließ der Vater gern bedingungslos der Obhut seiner Schwiegermutter. Der Junge soll ganz brav geworden sein, hat Gymnasium und Universität absolviert und ist jetzt Attaché bei der Gesandtschaft in Tokio. Kinder aus der zweiten Ehe seines Vaters sind nicht vorhanden.

Das wären also die Familienverhältnisse. Um nun zu meinem Mündel Leonore Lohberg zu kommen, so kann nur gesagt werden, daß das junge Mädchen unter der liebevollen Obhut ihres Großvaters sich zu einer sehr schönen jungen Dame entwickelt hat. Die Mutter besuchte alle Jahre ihre Tochter regelmäßig einmal, langweilte sich in dem einsamen Schloß mit Anstand eine Woche sträflich, und reiste dann, eine Märtyrerin ihrer Mutterpflichten, wieder ab. Leonore stand ihr durch Erziehung und Charakteranlagen zu fern, als daß beide eine Freude an dem Zusammensein haben konnten. Als mein Mündel sein achtzehntes Jahr kaum überschritten hatte, stellten sich bei dem zarten Mädchen die Spuren der schrecklichen Krankheit ein, der ihr Vater so rasch erlegen war, und diese Anzeichen wurden schnell so drohend, daß ein Aufenthalt im Süden dringend geboten schien, um das Schlimmste aufzuhalten. Mein Onkel aber war unfähig, die Reise zu machen; er war ein siecher, alter Mann, dem mancherlei Leiden eine Entfernung von seinem Hause verboten, und da blieb denn nichts anderes übrig, als Leonore der Obhut ihrer Mutter zu übergeben. Mit schwerem Herzen ließ der alte Herr den Sonnenschein seines Herzens mit den Ellbachs ziehen, – die Ahnung, daß er sie nicht wiedersehen würde, sollte leider in Erfüllung gehen. Die Nachrichten über Leonores Gesundheitszustand lauteten anfangs trostlos genug, dann aber trat eine merkliche Besserung ein, die auch anhielt, und als man begründete Hoffnung hatte, daß eine völlige Genesung zu erwarten sei, starb mein guter Onkel daheim verhältnismäßig rasch und unerwartet. Er hinterließ den ganzen großen Besitz seiner Enkelin unter meiner Vormundschaft mit der Bestimmung, daß sie erst mit vierundzwanzig Jahren für großjährig erklärt werden sollte, und daß ihr künftiger Gatte den Namen und Titel eines Grafen von Lohberg anzunehmen habe, wozu die landesherrliche Genehmigung bereits eingeholt war. Frau von Ellbach verbleibt im Genuß ihrer Rente bei Lebzeiten ihrer Tochter, und falls diese unvermählt stirbt, fällt die ganze große Herrschaft ungeteilt an die Nachkommen einer weiblichen Lohbergschen Agnatin. Sollte Frau von Ellbach ihre Tochter überleben, dann erlischt auch ihre Rente; irgendeine Stimme in der Vormundschaft hat sie nicht. Diese Klausel ist laut notarieller Verzichtleistung der Dame, als sie ihre Tochter dem Großvater ›mit allen Rechten‹ abtrat, unanfechtbar und ein Beweis dafür, daß mein Onkel seine Pappenheimer kannte. Nun, die Ellbachs brachten Leonore im vorigen Herbst nach dem Tod ihres Großvaters vernünftigerweise nicht gleich nach Lohberg zurück. Sie sind erst zu Beginn des Sommers heimgekehrt, und da mein Mündel nicht gut allein gelassen werden konnte, sind Herr und Frau von Ellbach zunächst bei ihr geblieben. Dagegen war nichts einzuwenden, da es ja auf den Wunsch der jungen Erbin geschah. Ich selbst habe für die Dauer meines Sommerurlaubs mit meiner Frau meine Zelte auch als Gast meines Mündels in Schloß Lohberg aufgeschlagen, um die Geschäfte einzusehen und mich über alles Nötige zu unterrichten.

Insoweit wäre alles nicht sonderlich erwähnenswert; es ist wohl nur selten eine Familie zu finden, die nicht ihr ›Skelett im Schranke‹ hätte. Das des Hauses Lohberg ist, wie Sie schon herausgehört haben werden, der Ausschluß der Mutter von der Vormundschaft, und in diesem Punkte finde ich eine Lücke. Denn wenn mein Onkel in seinem Mißtrauen gegen seine Schwiegertochter so weit ging, hätte er auch für eine räumliche Trennung sorgen müssen. Statt dessen aber vertraute er das kranke Mädchen der Frau von Ellbach und ihrem zweiten Gatten an und hinterließ auch keine Bestimmung, die dem Paar einen ständigen Aufenthalt auf Schloß Lohberg verboten hätte. Ich schließe daraus, daß das Mißtrauen meines Onkels sich hauptsächlich auf die finanzielle Seite erstreckte; tatsächlich weiß ja auch niemand schlechter zu wirtschaften als Frau von Ellbach, die immer bis über die Ohren in Schulden stecken soll. Damit würde sich auch die verlängerte Minderjährigkeit Leonores erklären: mein Onkel wollte sie vor den ewigen Geldforderungen ihrer Mutter so lange als möglich sicherstellen. Immerhin scheint mir aber der moralische Einfluß Frau von Ellbachs auf ihre Tochter nicht ganz einwandfrei zu sein; denn als Leonore vor ihrer Krankheit noch daheim war – ich habe sie, bevor sie erwachsen war, nur ein- oder zweimal ganz flüchtig gesehen –, soll sie ein harmloses, liebenswürdiges Geschöpf, sanften und heiteren Gemüts, freundlich und liebreich gegen jedermann gewesen sein. So habe ich sie, offen gesagt, nicht wiedergefunden. Sie ist aus dem Süden als eine total Veränderte wiedergekehrt, nicht äußerlich, und doch auch wieder das insofern, als ihre zweifellose Schönheit reifer, aber auch härter geworden ist, was sich ja schließlich mit der Krankheit erklären ließe, die gewiß geeignet war, die Züge zu verschärfen. Aber ihr Wesen hat auch eine Veränderung, und zwar nicht nach der liebenswürdigen Seite, erlitten. Sie stößt jetzt rücksichtslos ihre früheren Freunde ab, tut meist ganz erhaben und unnahbar und glaubt augenscheinlich den Eindruck der vornehmen Gutsherrin dadurch zu steigern, daß sie gelegentlich nach einfachen deutschen Ausdrücken sucht, gleichsam, als wenn die drei Jahre im Ausland ihr die Muttersprache entfremdet hätten. Nun, das letztere mag affektiert sein und sich mit der Zeit schon wieder abschleifen; sie ist ja erst einundzwanzig Jahre alt. Aber geradezu unerfreulich ist das Verhältnis, in welchem sie jetzt zu ihrer Mutter und ihrem Stiefvater zu stehen scheint. Man wandelt in dem früher so friedlichen Lohberg jetzt auf einem vulkanischen Boden permanenter Gereiztheit und trotzdem scheinen die Ellbachs sich dort fest etabliert zu haben. – So, mein lieber Doktor, das wäre wohl alles, was ich zu Ihrer Einführung zu sagen hätte«, schloß der Gesandte.

Windmüller hatte sehr aufmerksam zugehört.

»Und was wünschen Exzellenz, daß ich in Lohberg tun soll?« fragte er nach einer Pause.

»Ich sagte Ihnen schon, daß mein Onkel eine Leidenschaft für Antiquitäten hatte und einen solchen Wust von schönen Sachen und wertlosem Krimskrams zusammengesammelt hat, daß einem das Zeug überall im Wege ist«, erwiderte Herr von Grünholz. »Ich habe meinem Mün-

del den Vorschlag gemacht, die Sammlung zu einem kleinen Museum zusammenzustellen –
Platz genug ist ja dazu in dem Schlosse, in dem ein Regiment Infanterie sich verlieren würde.
Natürlich gehört dazu vor allem der Rat eines Kenners, der zunächst die Spreu vom Weizen
zu sondern hätte, und dabei habe ich an Sie gedacht. Wenn Sie Zeit und Lust hätten, lieber
Doktor, würde ich Sie bitten, mich morgen nach Lohberg zu begleiten. Als ich heute hörte,
daß Sie in Berlin seien, telegraphierte ich gleich die willkommene Kunde der Begegnung mit
einem archäologischen Freund an mein Mündel mit der Anfrage, ob ich Sie einladen dürfe, und
erhielt, ehe ich Sie aufsuchte, die Drahtantwort, daß Sie sehr willkommen sind. Ich hoffe, ein
Schloß im Stil Ludwigs XIV., vollgestopft mit Antiquitäten, wird Sie reizen.«

Über das feine Gesicht Windmüllers glitt ein leises Lächeln. »Exzellenz vergessen die Gesellschaft dabei«, sagte er mit einer verbindlichen Verbeugung. »Mein Beruf zwingt mich zum
Verkehr mit soviel schlechter Gesellschaft, daß eine gute mich noch viel mehr anzieht als die
schönste Antiquitätensammlung. Also, den Köder hätten wir, und der Fisch dazu wäre auch
da; aber ich sehe doch noch nicht ganz klar, warum ich anbeißen soll. Der Altertumsnarr Franz
Xaver Windmüller wäre untergebracht zur offiziellen Befriedigung der Bewohner von Lohberg
und Umgebung, doch was der Detektiv Windmüller dort soll, geht vorläufig noch über meinen
Horizont. Oder wäre ich der Erzählung doch nicht genügend gefolgt?«

Herr von Grünholz warf den Rest seiner Zigarre in den Aschenbecher.

»Es gibt Angelegenheiten, zu deren Lösung es einer sehr zarten, feinen Hand bedarf«, sagte
er dann, »einer Freundeshand, wie zum Beispiel der Ihrigen. Mit dürren Worten: ich möchte
erfahren, was mein Mündel in den drei Jahren ihrer Abwesenheit aus der Heimat erlebt hat.«

»Ah!« machte Windmüller kopfnickend. »Mir scheint, ich bin der so vertraulichen Mitteilung
Eurer Exzellenz doch richtig gefolgt.«

»Nun ja, das habe ich vorausgesetzt«, erwiderte der Gesandte. »Damit haben Sie klipp und
klar meinen Auftrag, falls solch eine Bagatelle nicht unter Ihrer Würde ist. Meine Motive –«

»Sind sicher wohlbegründet, Exzellenz!«

»Ich nehme es ernst mit meinen vormundschaftlichen Pflichten – das ist mein Leitmotiv. Ich
glaube es dem Andenken meines Onkels, den ich geliebt und geehrt habe wie einen Vater, schuldig zu sein, dem Liebling seines Herzens nicht nur ein geschäftsmäßiger Vormund, sondern
auch ein väterlicher Freund zu werden, und darum muß ich wissen, was vorgegangen ist, das
imstande war, Leonores Wesen so zu verändern. Auf dem Weg des Vertrauens ist diese Kenntnis
vorläufig nicht zu erreichen; denn das Mädchen ist ganz unzugänglich, ganz verschlossen. Reinen Wein von der Mutter oder dem Stiefvater zu verlangen, wäre wohl vergebene Liebesmüh';
denn was immer auch vorgefallen ist, vorgefallen sein muß –, die beiden haben ihre Hand darin
und damit eine unverkennbare Gewalt über das junge Mädchen erlangt, gegen die es sich ebenso
unverkennbar aufzulehnen versucht. Ich würde die Ellbachs selbst mit den vorsichtigsten Fragen
nur auf die Hut bringen und nichts erfahren; weniger als nichts!

Es würde wahrscheinlich nur dazu führen, die schwachen Spuren zu verwischen, auf denen
ich mit Ihrer Hilfe, lieber Doktor, das vielleicht noch erfahren könnte, was ich wissen möchte.
Es muß etwas vorgefallen sein – ihre schwere, jetzt überdies wohl völlig überwundene Krankheit und die Gesellschaft der Ellbachs allein können den Wandel nicht zuwege gebracht haben;
denn wenn ich, im Vertrauen gesagt, die Mutter auch für eine unbeherrscht leidenschaftliche,
skrupellose Frau halte und ihren Mann für einen mit allen Hunden gehetzten Abenteurer, für
einen relativ sogar gefährlichen Menschen, so war Leonore durch ihre Erziehung und Veranlagung doch zu sehr gegen einen moralisch nennenswerten Einfluß von dieser Seite gefeit, als
daß drei Jahre imstande gewesen sein könnten, sie total umzumodeln. Übrigens will ich Sie
nicht vorweg binden; kommen Sie mit mir, und sehen Sie sich die Leute an. Das ist alles, was
ich zunächst von Ihnen erbitten möchte.«

»Nun ja, der Besuch in Lohberg wäre natürlich die Vorbedingung für fernere Schritte«, pflichtete Windmüller bei. »Ich könnte dort vielleicht schon den Schlüssel, jedenfalls gewisse Anhalts-
punkte finden, auf deren Basis ich Nachforschungen anstellen könnte; sozusagen den Anfang
des Fadens der Ariadne, Verbündete, Zeugen –«

»Mein Mündel war vor seiner Reise eng befreundet mit der jüngsten Tochter des königlichen Oberförsters, dessen Wohnsitz hart an der Grenze des Lohberger Parks liegt. Die Freundinnen haben anfangs miteinander im Briefwechsel gestanden, der jedoch allmählich einschlief oder jäh abbrach, und nach der Rückkehr Leonores hat die Freundschaft durch ihre Haltung einen Stoß erhalten, worüber niemand unglücklicher ist als das junge Mädchen aus der Oberförsterei.«

»Hilfstruppe Nummer eins«, murmelte Windmüller.

»Vielleicht. Fräulein Volkwitz ist harmlos und zutraulich, dabei aber klug. Übrigens habe ich von meinem Mündel zwei Bilder bei mir, die Sie interessieren werden.« Herr von Grünholz zog aus seiner Brusttasche eine Brieftasche, der er ein paar Fotografien entnahm, die er Windmüller reichte. Die erste war das Bildnis eines noch sehr jungen, zarten Mädchens mit aus der Stirn gestrichenem, krausem Blondhaar. Die schöngezeichneten, über der feingebogenen Nase zusammengewachsenen, dunklen Brauen verliehen ihm einen Charakter, der dem sonst noch etwas unfertigen Gesichtchen vielleicht, trotz der großen, sanften, dunklen Augen, gemangelt hätte. Auch das kleine, halbmondförmige Mal rechts über der Oberlippe des süßen Mundes gab dem holden Antlitz eine gewisse Pikanterie, wie ein bizarres Schönheitspflästerchen der koketten Rokokozeit.

»Eine sehr hübsche junge Dame«, murmelte Windmüller mit einem Blick auf die Unterschrift, die quer unter dem Brustbild in flüssigen, aber festen Zügen den Namen »Leonore« trug.

»Dieses Bild sandte mir mein Onkel vor etwa dreieinhalb Jahren«, erklärte der Gesandte. »Das andere hat meine Frau, die eine recht geschickte Fotografin ist, erst vor einigen Tagen gemacht. Es ist ganz vorzüglich gelungen.«

Windmüller stieß beim ersten Blick darauf ein interessiertes »Ah!« aus und betrachtete es neben dem älteren mit dem größten Interesse. Dieselbe Person, dieselbe Kopfstellung, und dennoch beide so verschieden! Das machte auf dem neuen Bild nicht allein die veränderte Frisur, welche das aufgebauschte Haar tief in die Stirn fallen ließ – die Weichheit der zarten Jugend war gänzlich aus den schönen Zügen verschwunden, die schmale Nase trat schärfer hervor, um den vordem so kindlich-süßen Mund zog sich ein harter Zug, die Lippen, dort halb geöffnet, waren hier fest geschlossen, und in den größer gewordenen Augen schien ein verhaltenes Feuer zu lohen – das waren »wissende Augen«, aus denen jede Spur von unschuldiger Kindlichkeit verwischt schien. Dieselbe Hand hatte auch unter dieses Bild den Namen »Leonore« geschrieben, doch in die flüssigen Züge war etwas Eckiges gekommen, das den Graphologen wohl zum Nachdenken angeregt hätte.

Windmüller schien sich von dem Vergleich der beiden Bilder gar nicht trennen zu können, so intensiv wanderte sein Blick von einem zum andern; aber der Gesandte zeigte keine Ungeduld darüber. Er saß in seinen Sessel zurückgelehnt und betrachtete seinerseits den Detektiv mit wachsender Spannung; denn er wußte, daß Windmüller sein Interesse nie an Minderwertiges verschwendete, daß er aus dem Vergleich der beiden Bilder schon mehr gelesen hatte, als sich vermuten ließ.

»Das ist sehr interessant«, sagte er endlich aufsehend. »Ich übernehme den Fall.«

»Ich bin Ihnen dankbar dafür, Doktor«, erwiderte der Gesandte mit einem tiefen Atemzug. »Noch dankbarer würde ich sein, wenn Ihre Nachforschungen ein negatives Resultat ergeben sollten. Ist das veränderte Wesen meines Mündels nur auf seine Umgebung zurückzuführen, dann wäre die Hoffnung vorhanden, den fremden, ungünstigen Einfluß wieder von ihm zu nehmen, sie denen zu entziehen, die anscheinend so ungünstig auf sie einwirken. Dazu habe ich die Macht, die Mittel und den Willen.«

»Gewiß, gewiß«, murmelte Windmüller zerstreut, immer den Blick auf den Bildern. »Aber«, setzte er hinzu, »wird meine Anwesenheit in Lohberg nicht Verdacht erregen, zum mindesten aber Vorurteile wecken? Exzellenz haben mich dort unter meinem Namen bereits eingeführt? Sollte nicht mindestens Herr von Ellbach meinen Beruf kennen?«

»Ich erwähnte Sie allerdings schon als alten Bekannten und Archäologen, doch schien der Name Herrn von Ellbach nichts zu sagen. Wenn ihm später Ihr Name im Zusammenhang mit

Ihrem wahren Beruf einfällt, dann können Sie den ›Detektiv‹ immer noch als Namensvetter anerkennen.«

»Das dürfte genügen, und wenn nicht, so muß das eben riskiert werden; gesehen hat Herr von Ellbach mich ja wohl kaum. Übrigens, Exzellenz nannten Herrn von Ellbach vorhin einen gefährlichen Menschen. In welchem Sinne ist er das?«

»Nun, nur in dem allgemeinen, weil Leute, die sozusagen mit allen Hunden gehetzt sind, immer zu den gefährlichen Menschen gehören. Übrigens weiß ich nicht, wie er es bis jetzt fertiggebracht hat, in dem Stil zu leben, der seiner Frau Existenzbedingung ist. Wenn er also keine Schulden gemacht haben sollte, dann – doch das geht mich nichts an.«

»Ich entsinne mich, auf der Universität mit einem Ellbach zusammengewesen zu sein«, sagte Windmüller nachdenklich. »Er studierte, glaube ich, Medizin – ein großer, schlanker Mensch, mit sonderbaren, hellen Augen, die etwas medusenhaft Faszinierendes hatten. Übrigens besaß er gute Manieren, war aber ein ausgesprochener Schmarotzer mit einer starken Neigung zum Okkultismus.«

»Es muß der nämliche gewesen sein; denn auch der Stiefvater meines Mündels hat die von Ihnen erwähnten sonderbaren, hellen Augen; zudem verdankte unser Ellbach seinen Platz in der Gesellschaft und seine relative Beliebtheit vor allem seiner Gabe des Gedankenlesens, spiritistischer Kunststücke, Chiromantie und hypnotischer Experimente, wodurch er die langweiligsten Teeabende zu beleben verstand. Hm – ob er sich Ihrer auch noch entsinnen wird?«

»Sicher, wenn er mein gutes Gedächtnis hat, Exzellenz. Indes, da ich mich damals schon für Altertümer interessierte, läge darin noch keine Gefahr. Das muß eben abgewartet werden.«

Herr von Grünholz kam nun mit Windmüller überein, am nächsten Tag gemeinschaftlich die nur wenige Stunden während Reise nach Lohberg anzutreten, und als er sich darauf erhob und die beiden noch auf dem Tisch liegenden Bilder wieder an sich nehmen wollte, bat der Detektiv, sie vorläufig noch behalten zu dürfen, was der Besitzer ohne weiteres zugestand, ihn aber sichtlich stutzig machte. Da er aber sehr genau wußte, daß Windmüller nichts ohne guten Grund tat und Erklärungen über sein Tun und Lassen »im Amt« nicht zu geben pflegte, so unterdrückte er die Frage, die ihm auf die Zunge trat, und verabschiedete sich ohne jeden Kommentar.

Als Windmüller dann wieder allein war, holte er aus seinem sorgfältig verschlossenen Koffer ein Vergrößerungsglas hervor, zog die Fenstervorhänge zu, entzündete die Tischlampe und versenkte sich in den Anblick der Amateurfotografie. Als er dann sein Vergrößerungsglas wieder sorgsam verpackte, sah er nachdenklich aus.

»Ich habe es immer gesagt und wiederhole es: der Amateurfotograf ist der unschätzbarste Gehilfe des Detektivs«, murmelte er. »Frau von Grünholz besitzt einen ganz hervorragend guten Apparat mit vorzüglicher Linse; sie versteht nicht nur ihre Bilder gut aufzunehmen, sondern auch gut zu entwickeln. Die andere Fotografie ist neben ihrem Werk einfach Handwerkerarbeit mit zunftmäßigen Retuschen – ganz Schablone. Tja – wenn mich nicht alles täuscht, dürfte die Erbin von Lohberg ein ganz interessanter Fall werden.«

Und nachdem Windmüller die Bilder eingesteckt und seine Kassette wohlverwahrt hatte, begab er sich in die Oper und lauschte den gewaltigen Klängen der »Walküre« mit einer Hingabe, als sei die Musik sein einziger Lebenszweck.

Es war noch früh am Nachmittag des folgenden Tages, als die beiden Herren das kleine Provinzstädtchen erreichten, das die Eisenbahnstation für Schloß Lohberg ist. Vor dem Bahnhof wartete schon der Wagen, der sie die etwa fünf Kilometer weite Strecke zu ihrem Bestimmungsort bringen sollte – eine elegante Viktoria mit Kutscher und Diener in der hechtgrauen Livree mit karminrotem Kragen des gräflichen Hauses. Ein Gepäckwagen war auch zur Stelle, und bald saßen sie in dem bequemen Vehikel und rollten auf der guten Landstraße durch die schöne, warme Sommerluft behaglich ihrem Ziel entgegen. Sie hatten aber kaum das Weichbild des Städtchens erreicht, als eine jugendlich frische Stimme erregt »Halt! Halt!« hinter ihnen dreinrief. Als sie sich umwendeten, sahen sie eine junge Dame dem Wagen im Laufschritt nacheilen – ein kleines, zierliches Figürchen, in dessen hübschem, frischem Gesicht ein Paar große, blaue Augen vor Lebens- und Übermut nur so blitzten.

»Ach, Exzellenz, Sie schickt mir der Himmel!« rief sie atemlos. »Ich war nämlich eben im Begriff, vor Verzweiflung aus der Haut zu fahren und mich heulend auf einen Stein zu setzen!«

»Welches Glück, daß mein bloßer Anblick imstande war, Sie an solch schrecklichem Beginnen zu hindern, mein gnädiges Fräulein«, versicherte der Gesandte lächelnd. »Womit kann ich Ihnen dienen?«

»Ach, es ist aber auch zum Verzweifeln«, war die immer noch atemlose Erwiderung. »Denken Sie bloß, Exzellenz, ich war in die Stadt geradelt, um für Papa einen Dienstbrief aufzugeben, an dem er den ganzen Vormittag im Schweiße seines Angesichts gesessen hat, da kommt mir halbwegs so'n niederträchtiger Nagel ins Hinterrad und ›pffff‹ leer war der Reifen! Ich hatte also die Ehre, den Rest des Weges zu schieben, und als ich das Fahrrad nun dem Radeldoktor bringe, da sagt mir der alte Peter, die Reparatur würde bis morgen dauern! Ich fange also schon an, halb aus der Haut zu fahren bei dem Gedanken, daß ich nun den ganzen Weg zurücklaufen muß, da kommt die Lohberger Galakutsche an mir vorüber, und Sie, Exzellenz, darin in voller Lebensgröße. Hurra, schreit's in mir, der Herr von Grünholz ist so lieb und nett, der nimmt dich gewiß bis zum Park mit! Hat mein Herz mich getäuscht?«

»Ich werde mich hüten, solch ein rührendes Vertrauen zu enttäuschen«, behauptete der Gesandte lachend. »Also steigen Sie nur ein und gestatten Sie mir, Ihnen in diesem Herrn den Professor Windmüller vorstellen zu dürfen. Lieber Professor, Fräulein Volkwitz, die Tochter des königlichen Oberförsters und nächsten Nachbarn von Lohberg.«

»Aha, Sie sind wohl der Herr Onkel, der die Antiquitäten begutachten soll, nicht wahr?« fragte das junge Mädchen, indem sie dem Fremden ihre Hand reichte. »Na, ich wünsche Ihnen Glück zu dieser Herkulesarbeit – an der werden Sie Ihr blaues Wunder erleben!«

Die Pferde zogen an, und weiter ging's im schlanken Trabe auf der glatten Landstraße.

»Nun vor allem – was macht Ihr Herr Vater und Fräulein Schwester?« erkundigte sich Herr von Grünholz bei seiner unerwarteten Reisegefährtin.

»Danke schön – Papa macht, was er immer macht: er lauert auf den Forstmeister«, erwiderte Fräulein Volkwitz lachend.

»Ist das eine ständige Beschäftigung der königlichen Forstbeamten?« fragte Windmüller lächelnd. »Ich dachte, dieser höhere Vorgesetzte erschiene nur ein- oder zweimal im Jahr zur festgesetzten Zeit –«

»Gott sei Dank, ja!« versetzte die junge Dame. »Natürlich meine ich, daß Papa auf seinen Forstmeister lauert, das heißt, auf seine Beförderung zu dieser Würde. Eine sehr anregende, immer in Aufregung haltende Beschäftigung. Schwarz könnte einer darüber werden – Papa aber ist weiß geworden. Manchmal ist es zum Auswachsen langweilig in der Oberförsterei, denn was uns der Himmel jetzt an Forstaspiranten beschert hat, ist auch herzlich wenig unterhaltsam.«

»Nun, dann werden Sie ja froh sein, daß Komtesse Lohberg wieder zurück ist«, meinte Windmüller, dem das ungekünstelte Geplauder der jungen Dame Spaß machte. »Ich nehme wenigstens an, daß Sie bei der nahen Nachbarschaft mit der Gräfin befreundet sind.«

»Ich war's wenigstens, ehe Leonore krank wurde«, nickte sie mit einer Grimasse. »Gott ja, so nahe Nachbarskinder, die den ganzen Tag zusammenhockten, als Kinder, als Backfische, als angehende junge Damen – da denkt man, es muß immer so bleiben. Wenigstens der Teil denkt es, der in seinem stillen Winkel zurückbleibt. Und so wär's auch geblieben, wenn der gute, alte Graf nicht gestorben wäre! Die Augen habe ich mir ausgeheult, als wir ihn verlieren mußten, und Papa ist auch ganz melancholisch geworden, seit er den alten Freund nicht mehr hat. Aber dort kommt, wenn ich mich nicht irre, Ihr Herr Neffe uns entgegengeritten, Exzellenz.«

Und ehe Herr von Grünholz noch eine Antwort geben konnte, war der Reiter schon neben dem Wagen – Rittmeister von Grünholz von den in Kuckucksnest stehenden Ulanen, eine elegante, hübsche Erscheinung.

»Guten Tag, mein lieber Alfred! Wie nett, dich hier so zufällig zu treffen!« rief der Gesandte ihm entgegen. »Mein Neffe, Herr Professor Windmüller. Bist du auf dem Weg nach Lohberg?'

»Nein, Onkel – im königlichen Dienst zu den Schießständen«, erwiderte der Rittmeister. »Und du kommst wohl eben von Berlin zurück? Und Fräulein Fritz ehrsam an deiner Seite, statt hoch zu Rad?«

»Nagel im Reifen«, erklärte sie kurz.

»Na, da kann man dem Nagel eigentlich keinen Vorwurf machen«, neckte der Rittmeister lachend. »Wenn Magneten sich auf Reisen begeben, müssen sie gewärtig sein, daß das Eisen ihnen zufliegt.«

Aber damit kam er schlecht an.

»Schöner Kohl wird hier in der Gegend gebaut, nicht wahr?« fragte Fräulein Volkwitz, zu den Herren im Wagen gewendet.

»Aber, Alfred, mein Junge, was hast du denn verbrochen, daß du so in Ungnade fallen konntest?« rief der Gesandte belustigt.

Über das sonnverbrannte Gesicht des Offiziers flog eine leichte Röte der Verlegenheit, aber schnell drehte er den Spieß um.

»Ungnade würde ich es nennen, wenn Fräulein Fritz meine untertänigsten Bemerkungen ohne Kommentar ließe«, sagte er mit gutmütiger Neckerei.

»Aha!« machte die junge Dame.

»Na«, meinte der Gesandte mit einem prüfenden Blick auf das junge Mädchen, »das scheint ja ein recht lustiger Krieg zwischen Ihnen und meinem Neffen zu sein.«

»Krieg ist ein zu stolzes Wort, Exzellenz – Plänkeleien waren's immer zwischen uns beiden, Vorpostengefechte sind's jetzt«, versetzte sie. »Aber wenn's not tut, will ich auch Schlachten schlagen.«

Nach kurzer Zeit erreichte der Wagen die Lindenallee, die zum Schloß führt. Hier stieg Fritz Volkwitz mit herzlichem Dank für die gewährte Gastfreundschaft aus, um die Oberförsterei auf einem Seitenweg zu Fuß zu erreichen.

Nach wenigen Minuten fuhr der Wagen unter dem weitausladenden Portal des Schlosses vor, und als erste trat zur Begrüßung die noch junge, anmutige Gattin des Gesandten auf die Schwelle und begrüßte ihn mit herzlichem Willkommen und einem gutbürgerlichen Kuß, worauf sie Windmüller als einem alten Bekannten freundlich die Hand reichte. Ihr auf dem Fuß folgte ein älterer, großer, schlanker Herr mit silber-schimmerndem Haar, zu dem seine starken, pechschwarzen Brauen in auffallendem Kontrast standen.

»Ah, Herr von Ellbach! Sie sehen, es ist mir gelungen, meinen Freund, den Professor Windmüller, zu dem Abstecher nach Lohberg zu gewinnen«, sagte der Gesandte mit einer vorstellenden Handbewegung. »Meine Geschäftsreise nach Berlin war ein glücklicher Fischzug; wir trafen uns zufällig im Hotel.«

»Wir sind Ihnen für Ihren freundlichen Besuch sehr zu Dank verpflichtet, Herr Professor«, versicherte Herr von Ellbach verbindlich. »Meine Tochter – ah, da kommt sie gerade mit meiner Frau. »Liebe Olga – Herr Professor Windmüller! Unsere Tochter, Leonore Lohberg.«

Windmüller küßte die ihm etwas herablassend gereichte, schöne und wohlgepflegte Hand der Frau von Ellbach und überflog ihre imposante, stark zur Fülle neigende Gestalt mit einem Blick; die ehemals berühmte Schönheit des Wiener Hofes konnte sich aus einiger Entfernung noch wohl sehen lassen; in nächster Nähe war sie eine durch krampfhafte Restaurierungsanstrengungen gezeitigte Ruine, deren Tünche den Verfall trotz raffinierter Toiletten mehr augenfällig machte, als ihn verdeckte. Der statuenhafte, klassische Schnitt ihrer Züge hatte durch die darauf liegende Schminke etwas maskenhaft Starres bekommen, dem der harte Ausdruck in den an sich schönen Augen kein Leben verleihen konnte. Der geübte Physiognostiker und Psychologe Windmüller hielt das aber für beabsichtigte Indolenz; denn in diesen kalt von oben herabblickenden Augen konnte es augenscheinlich ganz gefährlich aufflackern, wie von verhaltener Leidenschaft und ungezügelter Heftigkeit.

Die junge Erbin von Lohberg glich ganz dem Bild der Amateurkamera. Nur fehlte dem Lichtbild die Farbe, die der lebenden Leonore Lohberg einen Reiz verlieh, der schwer zu schildern ist. Kaum ein Maler wäre imstande gewesen, allein die Pracht ihrer Haare mit ihrem Farbton rötlichen Goldes wiederzugeben, dessen leuchtender Glanz niemals auf künstlichem Wege zu erreichen ist. Mit dieser seltenen Farbe stimmte das milchartige, aber durchsichtige Weiß ihrer Haut wunderbar zusammen, die Wangen wurden nur in der Erregung rosig überhaucht, wie das Innere einer Malmaisonrose, und auch der liebliche Mund war nicht eigentlich rot, sondern vom zartesten Inkarnat. Ob Leonore Lohberg trotz ihrer Vorzüge wirklich schön im engeren Sinne des Wortes war, wäre vielleicht zu bestreiten gewesen; aber die auffallende Pikanterie, die im Gegensatz ihrer tiefdunklen, großen Augen mit den über der feingebogenen Nase zusammengewachsenen Augenbrauen und dem bizarren Mal über der Oberlippe zu der lichten Fülle ihrer Haare lag, machte, daß man sie selbst neben einer tadellosen klassischen Schönheit sicher nicht übersehen hätte. Ihre Gestalt war leicht über Mittelgröße, schlank und biegsam, aber fast überzart gebaut; sie hielt sich aber gut und mit Grazie und schien dadurch größer, als sie wirklich war.

Windmüller besaß eine sensitive Natur. Die großen, dunklen, unergründlichen Augen seiner jungen Wirtin erregten seine Einbildungskraft. Die Augen einer Sphinx waren das, aber nicht die eines wohlbehüteten jungen Mädchens.

»Willkommen, Herr Professor«, war das einzige, was Leonore mit leiser, tiefer, melodischer Stimme sagte, indem sie dem Gast die Hand reichte, eine kühle, überschlanke weiße Hand mit langen Fingern, die dann nervös mit den Spitzen um die zarten Handgelenke spielten.

Die scharf markierte, sozusagen dick unterstrichene Art und Weise, mit welcher der Gesandte die junge Dame als Herrin des Hauses in den Vordergrund schob, blieb von Windmüller nicht unbemerkt.

Es war dies nicht nur ein Zeichen von Takt und das Bestreben, die junge Herrin dieses Hauses auf ihrem Platz sicher zu machen, sondern anscheinend auch eine wohlberechnete Zurückweisung etwaiger Herrschergelüste des Ellbachschen Ehepaares. Ohne die Höflichkeit des Weltmannes der älteren Dame gegenüber auch nur für einen Augenblick außer acht zu lassen, behandelte er diese eben als Gast, wenn auch als einen besonders bevorzugten; von seiner jungen Wirtin erbat er sich ritterlich die Erlaubnis, vor dem gemeinsamen Tee den Staub der Reise abschütteln zu dürfen.

Beim Heraustreten aus ihren nebeneinanderliegenden Zimmern traf das Grünholzsche Paar kurze Zeit darauf mit Windmüller zusammen.

»Herr von Ellbach ist derselbe, mit dem ich auf der Universität zusammen war«, sagte letzterer mit leiser Stimme. »Da er mich nicht wiederzuerkennen schien, habe ich mich natürlich dieser Jugendbekanntschaft nicht gerühmt. Einen näheren Verkehr hatte ich übrigens damals mit ihm nicht. Indessen sind seine Augen mir unvergeßlich geblieben, nur wirkten sie damals zu seinen dunklen Haaren noch auffallender.«

»Schreckliche Augen sind es«, murmelte Frau von Grünholz, »Medusenaugen, Hypnotiseuraugen.«

Als die drei Gäste den Salon betraten, fanden sie Herrn und Frau von Ellbach schon darin vor.

Der Teetisch war in einem reizenden, hellen und luftigen Gartensaal aufgestellt, dessen hohe Glastüren weit geöffnet waren und einen hübschen Blick über die smaragdgrüne Rasenfläche mit ihren Blumenbeeten und dem plätschernden Springbrunnen gewährten, dem die hohen, alten Bäume des Parks einen wohltuenden Abschluß gaben. Kletterrosen rankten sich reich blühend über die steinerne Balustrade der Terrasse, und eine leichte, warme Brise trug ihren Duft hinein in den schönen, hellen, hohen Raum; den Teetisch schmückte prächtiges, altes Silbergerät und kostbares, altes Porzellan – über dem ganzen Bild lag der Hauch vornehmen, gediegenen Wohlstandes und feudaler Ruhe.

Gräfin Leonore trat fast gleichzeitig von der Terrasse herein und begann alsbald den Tee zu bereiten. Mit geschmeidiger Grazie bewegte sich ihre schlanke Gestalt im einfachen weißen Leinenkleid ruhig, ja fast müde bei ihrer Beschäftigung; nur, wenn sie direkt angeredet wurde, beteiligte sie sich an der Unterhaltung, deren sich Frau von Ellbach mit der großen Gewandtheit der Weltdame, die über ein Nichts zu plaudern weiß, annahm. Herr von Ellbach brachte die

Rede alsbald auf das beabsichtigte »Museum«, zu dessen Unterbringung er den Oberstock des gänzlich unbewohnten südlichen Pavillons vorschlug.

»Die vormundschaftliche Genehmigung vorausgesetzt«, schloß er mit einer Verbeugung gegen den Gesandten, der ruhig erwiderte:

»Der Vormund hat nicht die entfernteste Absicht, in die Hausfrauenrechte seines Mündels einzugreifen. Ich stehe nicht an, die Idee, den südlichen Pavillon aus seinem Aschenbrödeldasein zu erlösen, für ganz vortrefflich zu erklären, und wenn Leonore die Güte haben wollte, Befehle zu seiner Reinigung zu geben, so könnten wir uns alle vielleicht morgen schon am Umzug der Gegenstände beteiligen, damit wir die kostbare Zeit des Herrn Professors nicht durch unnütze Verschleppung der Angelegenheit vergeuden.«

»Wir haben heute früh den Pavillon schon besichtigt«, bemerkte Frau von Ellbach. »Ich bin noch ganz krank von der schrecklichen Atmosphäre des Unbewohntseins in diesem verödeten Bau.«

»Schade um die schönen Räume, daß sie so lange leer standen«, meinte Frau von Grünholz. »Namentlich der runde Saal ist ganz prächtig und wird ein herrliches Museum geben – ich sehe schon den Stern im Baedecker, der dem Touristen den Anblick seiner Schätze besonders ans Herz legen wird. Du wirst es doch dem reisenden Publikum zugänglich machen, Leonore?«

»O ja, vermutlich«, erwiderte die junge Erbin gleichgültig.

»Herr Professor, Ihr Name kommt mir so bekannt vor«, wandte sich Herr von Ellbach an Windmüller. »Ich habe mir schon den Kopf zerbrochen, wo ich ihm begegnet bin.«

»Gelesen werden Sie ihn haben, lieber Ellbach«, fiel der Gesandte ein. »Mein geschätzter Freund hier ist Mitarbeiter kunsthistorischer Zeitschriften; eine davon brachte unlängst einen interessanten Artikel von ihm über alt-italienische Emaillen.«

»Ah ja – diesen Artikel habe ich gelesen; er war F. X. Windmüller gezeichnet«, rief Ellbach. »Ganz recht. Also Sie sind der Verfasser, Herr Professor? Übrigens war ich auch auf der Universität mit einem Windmüller zusammen, der, wenn mir recht ist, Jura studierte –«

»Das kann nur mein Vetter gewesen sein«, fiel Windmüller bereitwilligst ein.

»Ah! Nun ja, ich wußte doch, daß ich dem Namen schon begegnet sein mußte. Und was ist aus Ihrem Vetter geworden?«

»Er hat sich einen ganz eigentümlichen Beruf gewählt: er ist Privatdetektiv geworden«, erklärte Windmüller mit vortrefflich gespielter Harmlosigkeit.

»Ah!« machte Herr von Ellbach wieder. »Ganz recht, ich habe ihn in Verbindung mit irgendeinem Kriminalfall gelesen. Ist Ihr Herr Vetter in Berlin ansässig?«

»Ach, er ist überall und nirgends«, meinte Windmüller lachend. »Er kann zur Zeit ebensogut in Haparanda sein, wie in Australien. Ich hörte, er sei unlängst in Paris gewesen, aber damit ist nicht gesagt, daß er noch dort ist.«

»Da weiß ich mehr als Sie, lieber Windmüller«, fiel der Gesandte ein. »Ihr berühmter Vetter ist gegenwärtig in London, wo er einen gewissen historischen Diamanten, der sich auf Reisen begeben hat, ohne sein Ziel zu verraten, aufspüren soll. Mehr darf ich darüber aber nicht verraten.«

»Nun«, schmunzelte Windmüller, »Potentaten pflegen auf Reisen ihr Inkognito meist nicht lange zu bewahren, besonders große. Mein Vetter hat schon kleinere wiedergefunden.«

»Es muß ein aufregender, aber ganz interessanter Beruf sein«, meinte Herr von Ellbach obenhin – sein Interesse an dem Namen Windmüller schien ganz befriedigt zu sein. Hingegen fand der Inhaber dieses berühmten Namens, der seiner jungen Wirtin die Teetasse mit der Bitte um nochmalige Füllung reichte, daß diese zum erstenmal ein sichtliches Interesse an der Unterhaltung nahm; denn sie hatte die Augen mit gespanntem Ausdruck auf ihren Stiefvater gerichtet und war so vertieft darin, daß sie die Bitte ihres Gastes überhörte.

»Leonore!« rief Frau von Ellbach scharf, und begleitete diesen Anruf mit einem Blick, vor dem Frau von Grünholz zusammenzuckte – ein Blick, wie man ihn kaum erwarten konnte aus den Augen einer Mutter –, freilich wohl einer Mutter, die ihre schönsten und heiligsten Rechte und Pflichten gegen eine Jahresrente verkaufen konnte.

Leonore selbst schien Außergewöhnliches aus dem Ton, mit dem sie an ihre häuslichen Pflichten ermahnt wurde, nicht herausgehört zu haben; denn sie wendete Windmüller ein vollständig unbewegtes, ruhiges Gesicht zu.

»Verzeihung«, sagte sie mit kühler Freundlichkeit und nahm ihm die Teetasse ab. Dabei fiel ihr Blick auf seine Uhrkette, an der ein paar Anhängsel hingen, und sie fuhr mit solch heftiger Bewegung zurück, daß die Tasse aus ihrer Hand fiel und klirrend auf dem silbernen Teebrett zerbrach, während ihr Gesicht weiß bis in die Lippen wurde. Aber im Augenblick hatte sie sich wieder gefaßt.

»Wie ungeschickt!« rief sie, indem sie nach einer unbenutzten Tasse griff. »Es gibt doch Tage, an denen einem alles aus den Händen fällt!«

»Wem fällt heut alles aus den Händen?« rief von der Tür her eine frische Stimme, und sehr gelegen für den peinlichen Augenblick schoß Fritz Volkwitz in den Saal, ein Paket Briefe in der Hand. »Guten Tag allerseits«, fuhr sie im selben Atem mit einem wild-graziösen Knicks fort. »Leonore, gib mir noch 'ne Tasse Tee, ja? Hast du die Tasse hier zertöppert? Na, gottlob, daß i c h diese kostbare Meißnerin nicht zur Strecke gebracht habe! Die Post bringe ich auch mit, ich habe den Briefträger unterwegs abgefangen, alter Freund von mir, der Briefträger – hat mich oft Huckepack getragen, als ich noch in kurzen Röcken herumlief. Na, Leonore, rümpfe nicht die Nase, dich hat er so gut rumgeschleppt wie mich. Und hier sind die Briefe – der Löwenanteil natürlich für Seine Exzellenz und hier einer an Herrn von Ellbach mit einer Handschrift, als ob ein Riese die Adresse mit seinem Wanderstab geschrieben hätte.«

»Von meinem Sohn«, sagte Ellbach und steckte den Brief zu sich.

»Tee, Leonore, ein Täßchen nur, bitte!« rief Fritz Volkwitz, indem sie ihre Freundin am Ärmel zupfte. »Herrje, wo hast du denn deine Gedanken? Du guckst ja förmlich ein Loch in die Weste des Herrn Professors! Zum Glück scheint er nicht empfindlich zu sein. So, danke! Und wann geht denn die Besichtigung der Antiquitäten los? Da möchte ich nämlich brennend gern dabei sein. Ich weiß viel besser als Leonore, wo Großpapa Lohberg all seine Schätze aufgehoben hat; denn ich habe ihm dabei geholfen! Leonore hatte immer nur so 'n latentes Höflichkeitsinteresse daran.«

»Ich nehme an, daß sich der größte Teil der Sammlung in den von meinem Onkel bewohnten Zimmern des Südflügels befindet«, meinte Herr von Grünholz.

»Natürlich! Nur was dort nicht mehr Platz hatte, wurde in den Staatsräumen untergebracht«, erläuterte Fritz Volkwitz. »Es steht und liegt in Großpapa Lohbergs Zimmern noch alles, wie er es verlassen hat, nicht wahr, Leonore?«

»Vermutlich«, war die ruhige Antwort.

»Vermutlich! Ja, warst du denn noch nicht drin?«

»Nein, noch nicht.«

»Na, aber –«

»Das ist begreiflich«, fiel Frau von Grünholz begütigend ein. »Für Leonore knüpfen sich an diese Räume so viele liebe, teure Erinnerungen, daß ich's ganz gut verstehe, daß sie den Besuch der Zimmer aufgeschoben hat.«

»Na ja, die Naturen sind eben verschieden«, meinte Fritz Volkwitz leise. »Mein erster Gang nach der Heimkehr wäre in diese Zimmer gewesen; dort hätte ich mich brav ausgeheult und damit mein Herz erleichtert. Und dabei wär' mir's gewesen, als streichelte mich die liebe, alte Hand – davon habe ich mein Teil nämlich auch immer abgekriegt.«

»Ich wußte nicht, daß du so sentimental werden kannst«, bemerkte Gräfin Leonore ruhig, aber vielleicht nicht ohne etwas Spott.

»Nein, was du nicht alles ›nicht mehr weißt‹ beziehungsweise unterwegs vergessen hast!« rief Fritz Volkwitz. »In deinen Getränken muß Lethe gewesen sein. Also Nahrungsmittelverfälschung. Na ja, dann kannst du nichts dafür.«

Herr von Grünholz erhob sich.

»Wie wär's, wenn wir den Gang in die Zimmer deines Großvaters gemeinsam anträten?«
fragte er. »Einmal mußt du diese Räume ja doch betreten, Leonore – vielleicht hilft unsere
Gesellschaft dir leichter über diese Stunde hinweg.«

»O ja – gern!« erwiderte die junge Erbin mit einem Seufzer der Erleichterung. »Ich gehe
gleich die Schlüssel holen!'

»Ja, hat die Schlüssel nicht Herr von Grünholz?« fragte Ellbach befremdet. »Ich habe sie
unter den übrigen nicht finden können.«

»Die Schlüssel zu den Zimmern meines Großvaters hat der Verwalter mir persönlich übergeben. Ich habe sie in meiner Verwahrung«, erwiderte Leonore und sah dabei das Ellbachsche
Paar mit einem Blick an, aus dem unverkennbar eine starke Befriedigung aufleuchtete. Frau von
Ellbach fuhr auf und öffnete die Lippen, doch ehe sie noch etwas sagen konnte, legte ihr Gatte
seine Hand ruhig auf ihre Schulter.

»Es war sehr korrekt von dem Verwalter, der neuen Herrin diese Schlüssel persönlich zu
übergeben«, sagte er betont.

»Es war einfach seine Pflicht«, bestätigte der Gesandte sachlich. »Auf diese Zimmer hat die
Erbin das einzige und ausschließliche Recht.«

»Wollen wir wetten, daß sie schon drin war?« rief Fritz Volkwitz. »Leonore tut ja nur so mit
ihrer Gleichgültigkeit – das ist auch so 'ne Manier, die sie aus der Fremde mitgebracht hat; denn
früher tat sie nicht so affektiert. Ruhig war sie ja immer, aber jetzt ist sie der reine Gletscher
geworden.«

Leider fiel die kleine Verteidigungsrede ganz ins Wasser; denn Frau von Ellbach, welche die
Tugend der Selbstbeherrschung wohl immer nur vom Hörensagen kannte, brach mit einem
Male los.

»Es ist unerträglich! Sie wird mit jedem Tag anmaßender und selbständiger!« rief sie heftig
aus.

Eine peinliche Pause entstand.

»Olga!« sagte Ellbach leise ermahnend, aber so nachdrücklich, daß im Gesicht seiner Frau
die Zornesröte unter der Schminke alsbald verschwand.

»Ta! Ta! Ta!« sagte sie mit einem gekünstelten Lächeln und zitternden Nasenflügeln. »Wer
wird denn bei einem heftigen Menschen, wie ich's nun einmal bin, jedes Wort gleich auf die
Goldwaage legen! Ich meinte ja nur, sie hätte es uns gleich sagen können, daß sie die Schlüssel
hat!«

Niemand wußte darauf etwas zu sagen, und unter Stillschweigen vergingen die wenigen Minuten, bis Gräfin Leonore, einige zusammengebundene Schlüssel in der Hand, wieder zurückkehrte.

»Wenn es Ihnen recht ist, können wir jetzt hinaufgehen«, sagte sie, und alle erhoben sich
sogleich, mit Ausnahme von Frau von Ellbach, die mit unnötiger Erregung erklärte, die Luft in
unbewohnten Räumen nicht vertragen zu können und außerdem gar kein Interesse für »alten
Plunder« zu haben. Somit brachen die anderen ohne sie auf, wobei Gräfin Leonore an Windmüllers Seite trat.

»Fräulein Volkwitz behauptet zwar, ich interessierte mich nicht für Kuriositäten«, sagte sie
mit einem Lächeln, das etwas Nervöses hatte, »dennoch hat das Amulett oder was es ist, an
Ihrer Uhrkette, Herr Professor, meine Neugier erregt. Darf ich fragen, was für eine Bedeutung
es hat?«

»Das Amulett?« wiederholte er verständnislos. »Ich fürchte, Gräfin, daß solch prosaische Gegenstände, wie ein kleiner goldener Bleistift und ein Petschaft –«

»Oh, das natürlich nicht«, unterbrach sie ihn. »Ich meine den andern, eigentümlich geform-
ten Gegenstand, der wie ein Stab mit einem gekrönten Monogramm darauf aussieht.«

»Ah so!« machte Windmüller, »darauf hatte ich selbst vergessen. Es ist aber kein Amulett,
sondern nur ein Schlüssel.«

»Nur ein Schlüssel!« wiederholte sie mit einem unmotivierten Lachen. »Aber Schlüssel sehen
doch sonst anders aus.«

»Freilich – dieser ist aber dafür auch eine Art von Vexier- Schlüssel«, erklärte er. »Sehen Sie, der Bart, der das Schloß aufschließt, verschwindet hier durch einen federnden Mechanismus in dem Stab, – er ist, herausgedrückt, von ganz merkwürdiger Form, wie auch der Griff, der, wie Sie ganz richtig sahen, ein Monogramm zeigt: A. R. mit einer Krone darüber, die von einem Löwen, statt der üblichen Kugel überragt wird. Eine hübsche Arbeit, nicht wahr? Schwer vergoldet und mit winzigen Perlen und Edelsteinen besetzt. Da das ganze Ding keine fünf Zentimeter lang ist, habe ich mir's, um es nicht zu verlieren, an die Uhrkette gehängt.«

»Sehr weise. Und was schließt dieser sonderbare Schlüssel auf?«

»Einen alten Kasten aus meiner Antiquitätensammlung, Gräfin.«

»Einen alten Kasten!« wiederholte sie und lachte dabei laut und unmotiviert, was bei einer andern Person einfach töricht geklungen hätte, Windmüller aber ein Rätsel aufgab, weil er den Ausdruck auffing, mit dem ihre dunkeln Augen auf dem anscheinend doch ganz harmlosen Gegenstand an seiner Uhrkette hafteten. – Es lag etwas wie heftiges Erschrecktsein in diesem starren Blick, zu dem das laute, gezwungene Lachen eine unharmonische Begleitung bildete.

»Hört man dich endlich einmal lachen?« fragte Fritz Volkwitz, indem sie sich umwandte. »Noch dazu laut lachen? Leonore hat nämlich niemals laut gelacht, wie ich zum Beispiel«, fuhr sie erklärend fort. »Ihr leises, melodisches Lachen, wie Großpapa Lohberg es nannte, hat oft meinen blassen Neid erregt, aber ich hab's nie zuwege gebracht. Meines klang immer laut, manchmal zu laut.«

»Na, so schlimm ist's nicht«, erwiderte Frau von Grünholz. »Mich stecken Sie mit Ihrem Lachen rettungslos an – es kommt bei Ihnen so von Herzen.«

Indes war man in einem Vorzimmer des Pavillons angelangt, das einem Antiquitätenladen glich, so planlos war es mit alten Möbeln, Bildern, Waffen, Porzellan und Gläsern, Stoffen und Truhen vollgestopft. Ein zweites Zimmer daneben war eng mit Sammelschränken und Kästen besetzt, die, wie Fritz Volkwitz gleich erklärte, die Münzen-, Siegel-, Kameen- und Dokumentensammlungen enthielten. Überhaupt wußte sie genau, wo alles lag und stand, indes die Erbin aller dieser Herrlichkeiten fast stumm dabei stand und anscheinend nur wenig interessiert dem zuhörte, was ihre Freundin als eigentlicher Cicerone erläuterte.

Im nächsten Raum sah es wesentlich geordneter aus; ein stattlicher Rokokoschreibtisch stand zwischen den Fenstern, behagliche Sofas und Lehnstühle und ein ganzes Arsenal von Tabakspfeifen deuteten an, daß hier des vorigen Besitzers Wohn- und Arbeitszimmer gewesen war.

Es liegt etwas eigentümlich Ergreifendes in solch verlassenen Räumen, in denen man immer meint, ihren letzten Bewohner jeden Augenblick eintreten zu sehen. Ein Hauch des Geistes dessen, der fortgezogen ist ins unbekannte Land, vibriert in ihnen ein Rückstand seiner Individualität, ist in all den sogenannten toten Gegenständen, die während seines irdischen Daseins ein Teil seiner selbst waren.

Ernst und schweigend, wie man eine Kirche betritt, trat die kleine Gesellschaft in den heimeligen Raum, ernst und schweigend stand sie in seiner Mitte still, bis ein leises, unterdrücktes Schluchzen den Bann brach. Und das kam von Fritz Volkwitz.

»Weißt du's noch, Leonore?« flüsterte sie mit merkwürdig stoßender Stimme. »Hier sind wir so oft bei Großpapa Lohberg gesessen, wenn er uns Geschichten, nein, Geschichte erzählte und uns seine Raritäten zeigte. Weißt du's noch?«

»Ich weiß, ich weiß«, erwiderte diese mit gehaltener Stimme.

Die Erbin von Lohberg gehörte allem Anschein nach nicht zu denen, die ihre Gefühle vor Zeugen preisgeben können; die zur Schau getragene Zurückhaltung war aber wahrscheinlich doch nur eine Maske; denn die Überraschung, die sie im nächsten Augenblick ihren Gästen machte, war ganz dazu angetan, diesen Schluß nahezulegen.

Fritz Volkwitz war nämlich mit einem scheuen Blick auf ihre Freundin rasch auf die nächste Tür zugeeilt, und indem sie diese öffnete, rief sie zurück:

»Und hier kommen wir nun in Graf Lohbergs Schlafzimmer, wo er sehr stilvoll in diesem prächtigen Renaissance-Bett schlief, von dem aus er das Bild seines Sohnes sehen konnte. –

Darf ich?« fragte Fräulein Volkwitz ihre Freundin, indem sie die herabhängende Zugschnur des Vorhangs ergriff, der das Bild verhüllte.

»Ja, gewiß«, erwiderte Gräfin Leonore ruhig; als der Vorhang aber zurückglitt von dem Bild und dieses, das Kniestück eines Offiziers in der Uniform der Garde-du-Corps im weißen Koller und Adlerhelm zeigte, da wurden die Augen der Erbin starr, ein tiefes Rot flog über ihr blasses Gesicht, und mit einer raschen, ja ungestümen Bewegung dem Bild zueilend, rief, nein, schrie sie auf:

»Mein Vater! Mein Vater!«

Es war ein gutes, sprechend ähnliches Porträt, von Angeli in des Künstlers bester Zeit gemalt; er hatte es verstanden, dem Original nicht nur das Bestechende seiner äußeren Erscheinung wiederzugeben, sondern auch den Ausdruck seines liebenswürdigen, leichten Sinnes; die wirklich in die Augen springende Ähnlichkeit zwischen ihm und seiner Tochter war für die, welche den Grafen Magnus Lohberg im Leben nicht gekannt hatten, überraschend und unzweifelhaft. Immerhin setzte der geradezu elementare Gefühlsausbruch, mit welchem Gräfin Leonore das Bild begrüßte, ihre Umgebung in Erstaunen – es war in Hinsicht auf ihre bisherige Apathie befremdend, ja fast peinlich, und namentlich war es Herr von Ellbach, der förmlich zusammenfuhr, als seine Stieftochter ganz unvermittelt diesen lauten Schrei ausstieß.

Die Hände gegen die Schläfen gepreßt, schwer und keuchend atmend, stand sie dicht vor dem Bild für einige Augenblicke wie erstarrt, dann breitete sie die Arme aus und umfaßte es wie in einer Umarmung.

»Mein Vater! Mein Vater!« wiederholte sie krampfhaft und sank dann vor dem Bild auf die Knie nieder.

»Sagte ich's nicht? Es ist nicht weit her mit ihrer Kälte und Gleichgültigkeit«, flüsterte Fritz Volkwitz vernehmlich, und legte ihre Arme um den Hals der Knienden. Aber diese stieß sie zurück.

»Laß mich!« rief sie heftig. »Was wißt ihr von mir? Mein Vater! Mein Vater!«

Doch nun fühlte Herr von Ellbach sich veranlaßt, einzugreifen.

»Unsere Tochter ist doch noch nicht auf der Höhe mit ihren Nerven, daher wohl diese plötzliche Erregtheit, diese psychische Explosion«, sagte er halblaut, und indem er Leonore die Hand auf die Schulter legte, fuhr er fort: »Beruhige dich, liebes Kind!« und raunte ihr schnell etwas ins Ohr, aber doch nicht so leise, daß es der sehr feinhörige Windmüller nicht hätte verstehen können: »Nicht übertreiben, Leonore!«

Sie aber schüttelte heftig die Hand von ihrer Schulter ab und sprang auf.

»Ihr redet, wie ihr's versteht«, sagte sie scharf. »Dieses Bild, das Bild meines Vaters, soll in mein Zimmer geschafft werden. Gleich! Es ist mein Eigentum. Mit dem andern macht, was ihr wollt!«

Und schon stand sie vor dem Knopf der Klingel und hielt ihn fest, bis, durch dieses Sturmläuten alarmiert, atemlos ein paar Diener herbeigerannt kamen, denen sie kurz befahl, das Bild unverzüglich in ihr Wohnzimmer zu schaffen. Die Diener waren mit ihrer Last kaum bis zur Tür gekommen, als diese sich öffnete und Frau von Ellbach hereintrat. Sie hatte sich, wahrscheinlich aus Neugier, die Sache überlegt und war der Gesellschaft dann doch noch nachgefolgt.

»Magnus' Bild von Angeli!« rief sie überrascht. »Das muß ich haben – mir gehört es von Rechts wegen!«

»Es ist mein Eigentum – ich lasse es eben in mein Zimmer tragen«, erklärte Leonore mit klingender Stimme. »Du hast ja – Herrn von Ellbach!«

Und ohne sich um die anderen zu kümmern, folgte sie den beiden an ihrer Last schwer schleppenden Dienern, während Frau von Ellbachs Gesicht sich purpurrot färbte. Doch einem Zornesausbruch kam ihr Gatte zuvor, indem er ihr einen Kuß auf ihre Hand drückte.

»Leonore hat ganz recht. Du hast mich, liebste Olga«, sagte er heiter. »Sie hat da ein gutes Wort zur rechten Zeit gesprochen. Es ist ja auch so natürlich, daß die Tochter ihres Vaters Bild besitzen will; ihr Verzicht darauf, selbst zu deinen Gunsten, mein Herz, wäre einfach unnatürlich gewesen. Hab' ich nicht recht?«

Merkwürdigerweise beruhigte sich Frau von Ellbach ohne ein ferneres Wort damit, wenigstens beherrschte sie sich äußerlich so weit, nur durch ein Kopfnicken zu antworten.

Natürlich war es Fritz Volkwitz, die sich zuerst zu der Sache äußerte.

»Na, so was!« rief sie aus. »Leonore war ja ganz außer sich! Und dabei kennt sie das Bild doch, hat es ihr ganzes Leben lang an dieser Stelle gesehen! Während der drei Jahre, die sie fort war, kann sie doch nicht so total darauf vergessen haben, nicht?«

»Nun ja – fast scheint es so«, sagte Herr von Grünholz, sichtlich besorgt. »Jedenfalls ist dieser – hm – Ausbruch ein Warnungszeichen, daß Leonorens Nerven noch keineswegs in Ordnung sind, ihre Gesundheit durchaus noch nicht ganz gefestigt ist. Ernstlich, liebe Olga«, wandte er sich an Frau von Ellbach, »wir sollten wirklich nachdrücklich darauf bestehen, daß Leonore nicht im festen Vertrauen auf ihre völlige Genesung ohne ärztliche Aufsicht bleibt wie bisher.«

»Ah, Leonore ist ganz gesund; der Doktor, den wir zuletzt konsultierten, hat es fest versichert«, entgegnete Frau von Ellbach leichthin. »Man kann sie doch nicht immerzu in Watte packen. Sie ist nur exaltiert und erregt durch die Aufregungen der Heimkehr; das wird sich schon ganz von selbst geben.«

»Gewiß, gewiß«, beeilte sich Ellbach beizustimmen. »Während ihrer Krankheit ist unserer Tochter naturgemäß viel durchgelassen worden, mit einem Worte: sie ist verzogen. Besorgnisse für ihre Gesundheit liegen wohl kaum noch vor; was sie braucht, ist nur eine rationelle pädagogische Behandlung.«

»Das möchte ich denn doch nicht ohne weiteres unterschreiben«, fiel Frau von Grünholz ein. »Ein Leiden, wie Leonore es hatte, bedarf einer jahrelangen Heilung, und ich sollte meinen, daß gerade solche unmotivierte Exaltationen, wie die, deren Zeugen wir eben waren, eine Warnung zur größten Vorsicht sind. Ich möchte Sie nicht beunruhigen, Frau von Ellbach, aber mir will es scheinen, als ob ihre Augen einen unnatürlichen Glanz hätten, und auch der kurze, trockene Husten, der mir bei ihr aufgefallen ist, dürfte ein Zeichen sein, daß das Leiden doch noch nicht ganz überwunden ist.«

»Ich habe nicht bemerkt, daß Leonore noch hustet«, erwiderte Frau von Ellbach absprechend.

»Ich habe es schon bemerkt«, sagte Fritz Volkwitz eifrig. »Nun ja, sie hustet nicht laut und anhaltend, aber sie hüstelt. Oft genug! Und ihre Augen, – ja, wenn Exzellenz es nun schon einmal sagen: ihre Augen sind ganz, ganz anders wie früher. Natürlich nur im Ausdruck, denn schwarze Augen hat sie ja immer gehabt. In der letzten Zeit, ehe sie abreiste, haben ihre Augen auch so geglänzt, aber anders – ich kann nicht recht sagen, wie, aber –«

Frau von Ellbach hielt sich mit beiden Händen die Ohren zu. »Nehmen Sie mir's nicht übel, Fräulein Volkwitz, aber was Sie da reden, ist – Unsinn!« sagte sie scharf.

»Unerfahrenheit, wolltest du wohl sagen«, berichtigte Ellbach begütigend. »Mein liebes Fräulein, wenn Sie eine so schwere Krankheit durchgemacht hätten, wie Leonore, würden Ihre Augen auch den Ausdruck verändert haben. Solche Leiden hinterlassen ihren Stempel, den auszulöschen Jahre erforderlich sind. Im übrigen bin ich für den Hinweis dankbar und werde nicht verfehlen, durch einen Spezialisten Leonorens gegenwärtigen Gesundheitszustand feststellen zu lassen.«

»Lieber Himmel – seit drei Jahren Ärzte, Ärzte und kein Ende!« erklärte Frau von Ellbach übellaunig. »Leonore ist ganz gesund, der letzte dieser Menschen hat es uns versichert. Welchen Grund sollten wir haben, daran zu zweifeln?«

»Trotzdem sollte man bedenken, daß Leonorens Zustand nach dem Urteil eines Berliner Spezialisten früher so gut wie hoffnungslos war«, sagte der Gesandte etwas ungeduldig. »Lungenleiden, noch dazu erbliche, können nicht für überstanden gelten, bevor nicht Jahre den Zustand der Heilung befestigt haben.«

»Es war nicht so schlimm«, widersprach Frau von Ellbach hartnäckig. »Der beste Beweis dafür ist, daß Leonore mit vollkommen wiederhergestellter Gesundheit heimkehren konnte. Von Schwindsucht war überhaupt nicht die Rede.«

»Am besten konsultiert Leonore den Spezialisten, der sie in ihrer höchsten Gefahr gesehen hat«, fiel Grünholz sehr bestimmt ein.

»Soviel ich weiß, ist dieser nicht mehr in Berlin«, erwiderte Ellbach. »Aber ich gebe Ihnen ganz recht und werde mich mit einem Arzt in Verbindung setzen.«

»Andernfalls würde ich das Nötige veranlassen«, sagte Grünholz sehr energisch.

Indessen fehlte es Frau von Grünholz und Windmüller, die alte Bekannte waren, nicht an Anknüpfungspunkten zu einer Unterhaltung. Windmüller kam dabei auch auf die Amateurfotografie der jungen Erbin zu sprechen, die Frau von Grünholz zur Urheberin hatte.

»Sie müssen nicht nur einen hervorragenden Apparat besitzen, Exzellenz«, meinte Windmüller, »sondern auch eine Meisterschaft, um die Sie jeder Berufsfotograf beneiden könnte.«

»Sie machen mir damit ein Kompliment, das mich wirklich ehrlich erfreut«, erwiderte Frau von Grünholz lebhaft. »Ja, das Bild meiner Kusine ist wirklich ausnehmend gut gelungen.«

»Das ist es in der Tat«, bestätigte Windmüller. »Die Bilder der Berufsfotografen leiden eben zumeist unter der Retusche, die alles glättet und entfernt, was ein Gesicht charakteristisch macht.«

»Ich retuschiere nur in sehr seltenen Fällen, wenn ein Fehler in der Platte oder im Film zu verbessern oder zu verdecken ist, oder sonst irgendeine Überraschung beseitigt oder verdeckt werden muß«, plauderte Frau von Grünholz, ganz bei der Sache. »Zum Beispiel, als ich das Bild meiner Kusine entwickelte – – es ist Ihnen jedenfalls aufgefallen, daß Leonore auf der Oberlippe ein kleines Muttermal hat, das wie ein Halbmond geformt ist? Nebenbei, ein Familienerbstück oder Fehler; denn alle Lohbergs sollen es gehabt haben, also gewissermaßen ein Erkennungszeichen. Ich finde übrigens, daß es bei ihr ganz apart und pikant aussieht. Nun, auf der Platte ihres Bildes kam dieses dunkelbraune Mal zum Teil in einem ausgesprochen rötlichen Ton aus dem Entwickler heraus, so daß ich genötigt war, es zu retuschieren. Ich wäre wirklich neugierig, zu wissen, wodurch sich das erklärt.«

»Hm, ja – irgendein chemischer Prozeß dürfte die Ursache sein«, meinte Windmüller vage. »Gefärbte Haare zum Beispiel gibt die Platte des Lichtbildes erfahrungsgemäß auch in rotem Ton wieder.«

»Wahrhaftig? Das ist ja sehr interessant«, sagte Frau von Grünholz. »Ich begreife nur noch nicht, wieso das Lohbergsche Mal auf Leonorens Bild oder sollte sie etwa der Farbe des Mals mit dem Pinsel nachhelfen?«

»Ja«, meinte Windmüller, »unmöglich wäre das allerdings wohl nicht; schließlich auch nur eine kleine, unschuldige Verbesserung der Natur; denn solche Male treten oft verblaßt oder mißfarben auf, und namentlich an solch einer prominenten Stelle, wie auf der Oberlippe, wirken sie dunkel entschieden hübscher und pikanter. Aber das sind Toilettengeheimnisse, denen man nicht nachforschen sollte.«

»Ich verstehe und schweige«, nickte Frau von Grünholz lachend, und nachdem sie Windmüller freundlich die Hand gereicht hatte, verschwand sie in ihren Zimmern, die neben den seinigen lagen.

Indes hatte sich der Gesandte zu der Wohnung seiner Nichte begeben. Da er eine Anmeldung verschmähte, klopfte er an der Tür ihres Wohnzimmers an. Aber erst, nachdem er sein Klopfen wiederholt hatte, rief Gräfin Leonorens tiefe Altstimme etwas ungeduldig: »Herein!«

Er fand sie auf einem Sessel vor dem Bild von Magnus Lohberg. Obwohl sie beim Erscheinen ihres Onkels gleich aufstand und ihm entgegenging, hatte er doch das Gefühl, als käme sein Besuch ihr ungelegen.

»Ich will dich nicht lange stören«, beeilte er sich zu versichern. »Du warst vorhin so rasch verschwunden, daß ich nicht mehr dazu kam, dir den Schlüssel zum Schreibtisch deines Großvaters zu übergeben, der mir gestern in Berlin von deinem Sachwalter ausgehändigt wurde. Ich war, offen gesagt, nicht ganz sicher, ob ich diesen Schlüssel nicht besser bis zu deiner Volljährigkeit in Verwahrung behalten sollte; da das Testament hierüber aber keine Bestimmung enthält, so stehe ich nicht an, ihn in deine Hände zu legen – hier ist er. Vermutlich enthält der umfangreiche Schreibtisch nichts, was dir bis ›zur Fülle der Zeit‹, also bis zu deiner Großjährigkeit, vorenthalten werden sollte; aber auch, wenn sich Schriftstücke darin finden sollten, die – nun, sagen wir, für reifere Augen berechnet sind, so hat dein Großvater doch jedenfalls gewußt, wem er sie anvertraut, und das wäre dann für dich ein sehr ehrendes Zeugnis.«

Leonore nahm den ihr überreichten kleinen, sehr kunstvoll gearbeiteten Schlüssel wortlos entgegen, ging damit an ihren Schreibtisch und verschloß ihn in einer Schublade desselben.

»Ich danke dir, Onkel Bernhard«, sagte sie dann einfach, – nichts weiter, und Herr von Grünholz fand das wenig, trotzdem er seine Nichte ja nun schon als zurückhaltend und wortkarg kannte.

Nach diesem kurzen, kühlen Dank, dem keine Aufforderung, Platz zu nehmen, folgte, hätte er ja eigentlich wieder gehen können; dennoch zögerte er noch.

»Ah, hier hast du das Bild deines Vaters aufgehängt«, benützte er den nächstliegenden Vorwand zum Bleiben. »Es hat hier ein sehr gutes Licht; ein wesentlich besseres, als drüben im Schlafzimmer deines Großvaters, wo du es ja übrigens oft gesehen haben mußt. Du hattest wohl ganz darauf vergessen, weil es dich anscheinend so überwältigte, daß du darüber ganz den Zweck unseres Besuches dort und – deine Gäste vergessen konntest.«

»Ja«, erwiderte sie mit verhaltener Stimme. »Der Anblick dieses Bildes kam – wie eine Offenbarung über mich. Meine Gäste! Ich muß mich doch noch sehr an den Gedanken gewöhnen, daß ihr, ihr alle meine, meine Gäste seid!«

»Das finde ich ganz verständlich«, nickte Herr von Grünholz freundlich. »Freilich sind wir alle hier samt und sonders deine Gäste, wobei mir einfällt: wie lange denken deine Eltern in Lohberg zu bleiben? Ich frage nur darum, weil es nach der Abreise deiner Mutter nötig werden dürfte, eine Ehrendame für dich zu wählen.«

»Ist das unumgänglich nötig?« fragte sie, plötzlich sehr aufmerksam.

»Gewiß, es ist doch nun einmal ein ungeschriebenes, hergebrachtes Gesetz, daß junge, unverheiratete Damen in deiner Lebensstellung eines sogenannten mütterlichen Schutzes bedürfen«, erklärte Herr von Grünholz etwas erstaunt über diese Frage. »Dein Großvater hat diesen Punkt in seinem letzten Willen ja auch dahin erörtert, als er mich mit der Wahl einer geeigneten Person beauftragte, die natürlich solange entbehrlich ist, als du unter dem Schutz deiner Mutter stehst. Ich nehme an, daß du wünschen wirst, den größten Teil des Jahres in Lohberg zuzubringen, der schönen Stätte, wo du die glücklichsten Jahre deiner Kindheit unter den Augen deines Großvaters zugebracht hast, dessen ganze Freude du warst, – nun, und deine Mutter hat nie für das Landleben geschwärmt. Ich fürchte, sie wird es hier nicht lange aushalten.«

»Aber Herr von Ellbach schwärmt, wie er versichert, für das Landleben, und seine Frau – ich meine Mama – wird tun, was er will«, versetzte Leonore trocken. »Sie hat gestern ihre Zimmer drunten für einen langen, dauernden Aufenthalt um- und einräumen lassen. Du wirst dir die Mühe um eine Ehrendame dadurch ersparen können, Onkel Bernhard.«

»So?« machte der Gesandte. »Tja – nun ja. Indessen wird man wohl für alle Fälle Umschau nach einer Ehrendame halten müssen; denn, wie gesagt, lange wird es deine Mutter hier kaum aushalten. Sie ist nie lange in Lohberg geblieben, wie du weißt. Vielleicht lag das daran, daß sie sich mit deinem Großvater nie recht verstanden hat es kommt mir übrigens vor, als ob dieser Zustand sich zwischen dir und deinem Stiefvater auch ausgebildet hätte, wie?«

Leonore zuckte mit den Achseln und trat an das Fenster; es mochte eine unwillkürliche, unabsichtliche Bewegung sein, aber sie berührte Herrn von Grünholz als nicht eben freundlich. Dennoch aber tat er, als verstünde er das damit deutlich gegebene Zeichen seiner »Entlassung« nicht, sondern setzte herzlich hinzu:

»Ich will dir damit keine Vorwürfe machen, Leonore; denn Antipathien sind Gefühle, für die man nichts kann, und solange man sich dadurch nicht zu Ungerechtigkeiten verleiten läßt, braucht man sich darüber keine Skrupel zu machen. Nun, und deine Mutter – sie war dir bis zu dem Zeitpunkt eurer gemeinsamen Reise freilich wenig mehr als eine Fremde, aber ich wundere mich, daß du ihr während eures engen Zusammenlebens während der letzten drei Jahre nicht nähergetreten zu sein scheinst. Im Gegenteil, ich habe den Eindruck, als hätte diese Zeit dich weiter von ihr entfernt.«

Er hielt ein; da aber keine Antwort kam, fuhr er herzlich fort:

»Das tut mir aufrichtig leid, denn erquicklich und ersprießlich ist solch ein Zustand nicht, weder für euch beide noch auch für die Zuschauer. Daß du darunter leidest, ist unschwer zu erkennen. Wenn ich nur wüßte, wie ich dir helfen könnte, ich tät's ja nur zu gern. Und eine wahre Herzensfreude wäre es mir, wenn du zu der Überzeugung gelangen könntest, daß ich wahrhaft dein Freund bin; es würde mich auch sehr glücklich machen, wenn du dich enger an meine Frau anschließen würdest, – sie hat ein so warmes Herz, dem du deine Sorgen rückhaltlos anvertrauen darfst. Und sie ist sehr, sehr diskret.«

Leonore drehte sich um.

»Du bist sehr gütig, Onkel Bernhard«, sagte sie kühl. »Ich habe keine Sorgen anzuvertrauen, und hätte ich welche, würde ich sie wohl für mich behalten. Ich bin einmal so beschaffen. Aber«, setzte sie weicher hinzu, »ich habe Tante Therese gern. Sie ist mir sehr, sehr sympathisch.«

»Ich freue mich, daß sie dir diesen Eindruck macht«, erwiderte der Gesandte trocken. »Also, auf Wiedersehen bei Tisch«, setzte er mit Überwindung hinzu und entfernte sich ohne einen weiteren Versuch, das Eis zu brechen.

Was ist da vorgefallen? Was hat das Mädchen erlebt? dachte er kopfschüttelnd auf dem Weg in sein Zimmer.

*

Als Windmüller den Salon betrat, in welchem man sich in Erwartung des »Diners« zu versammeln pflegte, fand er bereits die ganze Gesellschaft dort vor, das heißt außer den Hausgenossen den Rittmeister von Grünholz und den Oberförster Volkwitz mit seinen beiden Töchtern. Während der Tafel, die an großem Stil nichts zu wünschen übrig ließ, machte er seine Beobachtungen. Man hatte ihm, als Fremden, den Ehrenplatz neben der jungen Hausherrin gegeben, an deren anderer Seite der Oberförster saß; doch Leonore war mehr als einsilbig. Ob sie schüchtern oder gleichgültig war, wagte Windmüller vorläufig nicht zu entscheiden.

Nun war es zwar eine seiner Gaben, die Leute auch wider ihren Willen zum Reden zu bringen, von denen er etwas zu hören wünschte, aber hier schien seine Kunst versagen zu wollen. Es kam ihm vor, als litte die junge Erbin unter dem doppelten Einfluß einer starken seelischen Verstimmung sowohl als unter den unausgesetzt auf sie gerichteten Blicken ihrer Mutter, deren kalte Augen sie mit einem Gemisch von Spannung, Abneigung und doch wieder mit einer gewissen Ängstlichkeit beobachteten, was Windmüller ein Rätsel aufgab, dessen Lösung ihm vorerst unmöglich war. Aber es vertiefte in ihm den Eindruck, daß er nicht umsonst nach Lohberg gekommen war, daß es »tiefe Wasser« sein mußten, in denen das Geheimnis dieser jungen Seele verborgen lag. Er, der alles sah und bemerkte, – eine durchaus notwendige Eigenschaft seines Berufes, – stellte auch fest, daß es nicht nur die Augen ihrer Mutter waren, die sich mit eignem Ausdruck auf die junge Hausherrin richteten. Die eigentümlichen, hellen, fast farblosen Augen Ellbachs suchten mehr ermahnend als unfreundlich die seiner Stieftochter; ob das daran lag, daß er mehr Selbstbeherrschung als seine Frau besaß, war schwer zu entscheiden. Was Windmüller außerdem in den Augen des Rittmeisters von Grünholz las, war einfach eine ganz unverhüllte Bewunderung, eine mühsam beherrschte, kopflose Leidenschaft.

Den Mann hat's, dachte Windmüller, als er einen dieser Blicke vom anderen Ende der Tafel auffing, wo der Offizier zwischen den Schwestern Volkwitz saß und alle Mühe hatte, sich schlagfertig gegen die Attacken der Jüngeren zu wehren.

Als das Gespräch auf den Sohn des Herrn von Ellbach kam, der Attaché bei der Gesandtschaft in Tokio war, sagte Ellbach, daß Leonore so freundlich war, diesen während seines Urlaubs nach Lohberg einzuladen. »Allerdings«, fügte er hinzu, »fürchte ich, daß ich nach Berlin fahren muß, um ihn zu begrüßen, denn mein Sohn ist infolge des frühen Ablebens seiner Mutter von seiner Großmutter, Frau von Aschau, erzogen worden, wodurch er mir ziemlich entfremdet wurde, während das ungemein zärtliche Verhältnis zwischen Großmutter und Enkel sich derartig vertieft hat, daß sich die zwei während der relativ kurzen Urlaubszeit meines Sohnes nicht voneinander trennen werden.«

»Es ist sehr schön von Herrn Ellbach, daß er seine Großmutter, die ihn erzogen hat, nicht verlassen will«, sagte Leonore, plötzlich ganz aufmerksam, laut und klar. »Sie hat sicherlich die größeren und besseren Rechte an ihn, und daß er dies anerkennt und sie ihr nicht verkürzen will, daß er die Gesellschaft der alten Frau jeder anderen vorzieht, stellt ihm ein sehr gutes Zeugnis aus.«

»Leonore!« rief Frau von Ellbach entrüstet. »Du scheinst vergessen zu haben, daß die Rechte eines Vaters immer noch vor denen einer Großmutter stehen! Meiner Ansicht nach hätte mein Stiefsohn schon eine, wenn auch noch so kurze Zeit seines Urlaubs uns widmen können.«

»Es wäre am besten, Frau von Aschau und Herrn von Ellbach zusammen einzuladen, ihre Sommerfrische in Lohberg zu verbringen«, sagte Leonore ebenso klar und laut wie vorher, »falls ich mir erlauben darf, eine solche Einladung unbekannterweise an die alte Dame zu richten.«

»Bravo, Leonore! Du hast den gordischen Knoten glänzend gelöst!« rief der Gesandte mit herzlicher Zustimmung. »Sie werden mir zugeben, lieber Ellbach, daß meine Nichte eine entschiedene Begabung für den Kompromiß hat.«

»Ich bin in der Tat ganz überrascht und überwältigt«, versetzte Ellbach augenscheinlich nicht ganz so begeistert, wie seine Worte es glauben machen wollten. »Das hätte ich natürlich gar nicht vorzuschlagen gewagt. Freilich, wie ich meine Schwiegermutter kenne, möchte ich für den Erfolg dieser Einladung nicht einstehen; sie ist solch eine Einsiedlernatur, und, offen gesagt, immer sehr eifersüchtig darauf, daß jemand ihr die Gesellschaft ihres Jungen schmälern könnte.«

»Wie ich sie kenne, was ja freilich lange her ist, wird sie eine freundliche Einladung gern annehmen«, behauptete der Gesandte. »Ich erinnere mich ihrer mit Vergnügen als einer der natürlichsten Seelen, die man finden kann und würde mich wirklich herzlich freuen, sie wiederzusehen. Wenn sie sich während der langen Jahre nicht verändert hat, ist sie eines jener Originale, die man heutzutage nur noch selten trifft.«

»Ich habe zwar nicht das Vergnügen, sie zu kennen, aber danach scheint sie ihre Originalität entschieden auf ihren Enkel vererbt zu haben«, bemerkte Frau von Ellbach mit einem Lächeln, das ihr sehr gut stand. »Ich habe noch nie einen jungen Mann getroffen, dem, so wie meinem Stiefsohn, jede Spur von Blasiertheit fehlt. Er kann mit diesem Talent tatsächlich manchmal ganz genierlich werden.«

Als dann nach Tisch Windmüller mit dem Gesandten ein Bild besichtigte, trat Leonore an sie heran.

»Onkel Bernhard, du könntest meiner Einladung an Frau von Aschau eine Zeile beilegen, gewissermaßen als vormundschaftliche Bestätigung, und weil du die alte Dame doch persönlich kennst.«

»Gewiß, mit Vergnügen«, stimmte der Gesandte zu. »Doch mir scheint, als ob deinem Stiefvater nichts – hm, wenigstens nicht viel daran läge, seine Schwiegermutter hier zu sehen.«

»Eben darum will ich sie nach Lohberg einladen«, sagte sie gelassen. »Ich erinnere mich übrigens des Namens ihres Wohnortes, und das ist gut. Denn wenn ich ihm die Einladung überließe, würde er sie so ergehen lassen, daß Frau von Aschau sie bestimmt ablehnte. Ich würde auch in kein Haus gehen, in das mich die Herrin nicht persönlich einladet, und ich bin nicht einmal eine Großmutter.«

Grünholz und Windmüller wechselten einen Blick, als sie mit diesen Worten von ihnen weg zu den anderen trat; da aber Ellbach sich ihnen näherte, um sie zu einer Zigarre auf der Terrasse aufzufordern, wohin seine Frau mit dem Oberförster und Frau von Grünholz den Vortritt nahmen, so war es nicht möglich, diesem Blick noch eine Bemerkung folgen zu lassen.

Übrigens dehnte sich der Aufenthalt im Freien nicht lange aus, da der Oberförster zeitig zum Aufbruch mahnte.

»Wie wär's, lieber Windmüller, wenn wir die Herrschaften bis zur Parkgrenze begleiteten?« schlug der Gesandte vor. »Der Abend ist so wunderbar schön, daß ich noch Lust zu einem kleinen Spaziergang hätte.«

Windmüller war gern bereit, und nach der üblichen Abschiedspolonäse brachen die beiden Herren mit der Familie des Oberförsters auf. Sie waren kaum aus der Hörweite der Zurückgebliebenen, als Fritz Volkwitz schon zu schwatzen begann.

»Das war wirklich riesig nett von Leonore, nicht nur den jungen Herrn von Ellbach, sondern auch seine Großmutter einladen zu wollen«, rief sie vergnügt. »Das war eine Idee, ganz würdig der alten Leonore, wie wir sie früher kannten und liebten, die einen mit der neuen wieder ganz aussöhnte.«

»Tja«, machte der Oberförster. »Das war wirklich sehr nett von ihr. Sonst fand ich die Gräfin heute recht still.«

»Mir ist sie einfach ein Rätsel«, sagte Marianne Volkwitz. »Wie ein Mensch sich in seinem Wesen so verändern kann, begreife ich nicht. Wir dürfen gewiß nicht vergessen, wie schrecklich sie gelitten hat; man sieht's ihren Augen an. Aber ich weiß doch nicht« —- die Förstertochter, die auch lungenleidend war, auch dem Tode so nahe und sich wieder ganz erholt hat, – ihre Augen haben jetzt einen Ausdruck, als hätten sie einmal den Himmel offen gesehen. »Aber wenn ich in Leonorens Augen sehe, dann habe ich immer den Eindruck, als ob – ja, als ob sie in die Hölle gesehen hätten.«

»Was das für eine Einbildung ist!« brummte der Oberförster tadelnd. »Doch hier sind wir an unserer Grenze angelangt.«

Nachdem der Gesandte mit Windmüller ein Stück des Heimweges schweigend zurückgelegt hatte, blieb er plötzlich stehen.

»Welchen Eindruck haben Sie von den Bewohnern des Schlosses gewonnen?« sagte er, indem er seine Zigarre fortwarf.

»Hm – recht interessant«, meinte Windmüller. »Ich finde es aber ganz begreiflich, daß ein so junges Wesen, wie Ihre Nichte es ist, als eine innerlich Veränderte nach so schwerer Krankheit und nach einem Zusammenleben mit einer Mutter heimkehrt, die dem eigenen Kind in einer Weise abweisend gegenübersteht, daß es auf dieses einen unabsehbar ungünstigen Einfluß ausüben muß. Vielleicht wäre der Verkehr mit wohlwollenden Persönlichkeiten, wie Sie und Ihre Frau Gemahlin es sind, von guter Wirkung auf diese junge Seele, in der doch sicher noch manche Pforte für den offen steht, der sie nur zu finden versteht.«

»Meine Nichte ist ganz unzugänglich«, sagte der Gesandte seufzend. »Ich habe erst heute abend wieder versucht, ihr näherzutreten, und bin, ohne jede Beschönigung, vollständig abgefallen. Das hat mich in meiner Vermutung bestärkt, daß es nicht allein ihr unerquickliches Verhältnis zu ihrer Mutter gewesen sein kann, das diese Wandlung in ihrem Charakter zuwege gebracht hat; denn nach dem Zeugnis ihres Großvaters und der Volkwitzens war sie vor ihrer Abreise nach dem Süden ein freundliches, liebenswürdiges, offenes Mädchen, viel zu sehr in sich gefestigt, und klug genug, um nicht Zusammenstößen aus dem Weg zu gehen, die endlich zu solch einer unmöglichen Lage führen mußten. Mehr noch, man hat sie mir als ganz zielbewußt und willensstark geschildert, sie hätte also, trotz ihres Leidens, gewiß einem Zustand ein Ende gemacht, der unerträglich zu werden drohte. Dazu hätte ein Wort an ihren Großvater genügt, der ja erst vor etwa acht Monaten starb. Die jüngere Volkwitz hat mir gesagt, daß Leonore im ersten Jahr ihrer Abwesenheit einen ziemlich eifrigen Briefwechsel mit ihr unterhalten hat, der erst einschlief, als ihre Gesundheit sich entschieden besserte. Leonore soll sich in diesen Briefen des öfteren sehr dankbar und anerkennend über ihre Mutter, sehr freundlich über ihren Stiefvater ausgesprochen haben; folglich muß der jetzige unerquickliche Zustand zwischen den dreien später durch irgend etwas veranlaßt worden sein, was sich unserer Kenntnis entzieht.« Windmüller antwortete nicht gleich.

»Es wäre wünschenswert, einen Einblick in diese Briefe der Gräfin Leonore an Fräulein Volkwitz zu erlangen«, sagte er dann, mehr wie für sich. »Zwischen den Zeilen steht nämlich oft mehr, als mancher Empfänger herauslesen kann.«

»Ich weiß«, nickte der Gesandte. »Aber selbst wenn Fräulein Volkwitz diese Briefe noch besitzen sollte, wüßte ich nicht, unter welchem Vorwand man sie darum bitten könnte. Selbst der beste, scheinbar plausibelste Vorwand würde das Mädchen stutzig machen; und wenn sie Leonore gegenüber auch nur ein Wort oder auch nur ein halbes fallen ließe, dann würde das wahrhaftig für mich keinen Schritt vorwärts im Vertrauen meiner Nichte bedeuten. Fräulein

Volkwitz aber zum Schweigen verpflichten, hieße dem Mädchen einen Verrat an die Freundschaft zumuten. Solche junge Seelen sind empfindlich.«

»Gewiß, so ginge das nicht«, pflichtete Windmüller bei. »Haben Sie übrigens selbst einen Gedanken, einen Verdacht meinetwegen, gefaßt, welcher Natur das Erlebnis sein könnte, das das Wesen Ihrer Nichte so verändert hat?«

»Lieber Himmel, natürlich macht man sich seine Gedanken«, erwiderte der Gesandte ohne Zögern. »Das Nächstliegende war ja wohl, daß Leonore eine Zuneigung zu irgend jemand gefaßt haben könnte, mit der sie auf heftigen Widerstand bei ihrer Mutter gestoßen ist. Ich habe damit bei der letzteren vorsichtig auf den Busch geklopft, aber ohne Umschweife die Antwort erhalten, daß Leonore niemals irgendein tieferes Interesse für einen der Männer gezeigt hat, mit denen sie auf Reisen flüchtig bekannt geworden ist. Frau von Ellbach sagte mir ungefragt, daß ihre Tochter in Florenz, wo sie sich zuletzt längere Zeit aufgehalten haben, entschiedene Bewunderung erregt hat; aber dabei scheint es auch geblieben zu sein. Nun könnte sich ja hinter dem Rücken der Ellbachs schließlich etwas angebandelt haben, aber das würde, die Entdeckung vorausgesetzt, immer noch nicht den jetzigen Kriegszustand rechtfertigen. Auch der Gedanke ist mir gekommen, daß man Leonore etwa zum Aushängeschild für irgendein nicht ganz sauberes Unternehmen benutzt hat; aber das habe ich ebenso schnell wieder verworfen. Frau von Ellbach ist eine herzlose, eitle und egoistische Person, aber im Punkt der Moral hat man ihr nie etwas nachsagen können, das ihrer Ehre zu nahe getreten wäre. Ihr Mann hat sich gleichfalls nie etwas zuschulden kommen lassen, was ihm seinen heißerstrebten, mühsam errungenen Platz in den Kreisen hätte kosten können, in die er sich einzudrängen verstanden hat. Er wird sich hüten, seinen Namen zu etwas herzugeben, was ihm seine Stellung kosten könnte, die er durch seine Heiraten zu befestigen bemüht war. Jede kleine Entgleisung hätte doch schließlich seinem Sohn auch die diplomatische Laufbahn kosten können, zu der seine Verbindungen und die finanzielle Hilfe seiner Schwiegermutter ihm verholfen haben.«

»Nun, wir werden sehen«, meinte Windmüller. »Ich habe doch Vollmacht für alle mir notwendig erscheinenden Maßnahmen, Exzellenz? Ich meine, es könnte am Ende eine Reise notwendig werden.«

»Aber sicher, lieber Windmüller. Ich werde Ihnen in nichts und mit nichts hindernd entgegentreten. Ich kenne Ihre Methoden und weiß auch, daß jede Einmischung in Ihre Arbeit nur zur Folge hat, daß Sie Ihre Tätigkeit sofort einstellen.«

Zum Schlosse zurückgekehrt, fanden die Herren die Terrasse verlassen und die Lichter in den Gesellschaftsräumen des Erdgeschosses verlöscht. Nur die Fenster der Wohnräume waren noch erleuchtet, und als sie die große Vorhalle hinter dem Haupteingang betraten, kam gerade Herr von Ellbach von der rechten Seite der Doppeltreppe herab, die in den ersten Stock führte.

»Er war bei meiner Nichte«, murmelte der Gesandte. »Vermutlich, um ihr ein Privatissimum der Einladung wegen zu lesen.«

»Schade, daß man's nicht hören konnte«, brummte Windmüller. »Sehr erbaulich scheint es nicht gewesen zu sein.«

In der Tat machte Ellbach ein finsteres, ja zorniges Gesicht, bis er der beiden Herren ansichtig wurde, wobei seine Züge sofort wieder den Ausdruck des Wohlwollens annahmen. »Ah, da sind die Herren ja!« rief er noch auf der Treppe. »Ich war eben noch droben bei Leonore, um ihr die Adresse meiner Schwiegermutter zu bringen. Wollen Sie im Rauchzimmer noch eine Zigarre rauchen? Würde mich daran ganz gern beteiligen; denn es ist ja eigentlich noch recht früh.«

Der Gesandte lehnte ab, und da auch Windmüller versicherte, kein Rauchbedürfnis zu verspüren, so zogen sich alle drei in ihre Gemächer zurück.

Windmüller aber setzte sich in seinem Zimmer ans offene Fenster, um sich die Sache, um derentwillen er hierhergerufen worden war, soweit zurechtzulegen, als er dazu überhaupt schon imstande war. In dem gegenüberliegenden nördlichen Flügel war im Erdgeschoß hinter den dichten, zugezogenen Vorhängen Licht in der Wohnung des Ellbachschen Paares; auch zwei Fenster der darüberliegenden Zimmer der Gräfin Leonore waren erleuchtet, doch standen ihre Flügel unverhüllt weit geöffnet, und Windmüller konnte die schlanke, weißgekleidete Gestalt der jungen Erbin von Lohberg deutlich dahinter hin- und hergehen sehen – nicht wie jemand, der zum Tagesschluß seine Sachen zusammenräumt, sondern unruhig, taktmäßig, aufgeregt, wie – ja, wie ein Panther im Käfig. Manchmal blieb sie vor einem großen Bild stehen, das Windmüller durch sein Fernglas unschwer als das ihres Vaters erkennen konnte, vor dem sie am Nachmittag in den Zimmern ihres Großvaters in solch starke Erregung geraten war. Er konnte dann durch das Glas, und sogar ohne dasselbe, ihr gemmenhaftes Profil sich scharf von dem dahinter befindlichen Licht der elektrischen Krone abgezeichnet sehen, und einmal hob sie beide Arme empor und drückte dann die Handflächen gegen die Schläfen, wie im Überschwang höchster Erregung.

Wünschte sie etwa, hatte sie Grund zu wünschen, daß das Original dieses Bildes noch unter den Lebenden weilen möchte, mit dem Bewußtsein, daß sein Nachfolger sehr, sehr lebendig war? Was war der Grund, daß ihr der Anblick dieses wohlbekannten Bildes eine so hochgradige Erregung verursachte? War's nur eine Folge, ein Rest ihres furchtbaren Leidens, das ja bekanntlich bisweilen ganz unverständliche, unerwartete und unbegründete Gefühlsäußerungen hervorzurufen pflegt? Vielleicht, vielleicht – indes Windmüller sah der droben rastlos Auf- und Abgehenden sinnend zu, bis er darüber müde wurde und zu Bett ging.

Wahrscheinlich kommt aus dem ganzen »Auftrag« nichts heraus, als ein Hornberger Schießen, dachte er im Einschlafen. Ein Familienzwist, möglicherweise aus Gelddifferenzen entstanden, was ja meist die Ursache solcher Geschichten ist.

Da Windmüller zu den beneidenswerten Leuten gehörte, die sozusagen auf Wunsch schlafen können, – eine Eigenschaft, die ihm in seinem Beruf sehr zustatten kam, weil sie ihn in die Lage versetzte, seine geistigen und körperlichen Kräfte selbst in seinen aufregendsten »Fällen« immer annähernd auf der Höhe zu erhalten, – so schaltete er auch jetzt seine Denktätigkeit resolut aus und schlief sofort ein. Sein Schlaf aber war immer der des Wachhundes, der mit offenen Ohren schläft; das geringste, außergewöhnliche Geräusch konnte ihn sofort zum völligen Erwachen bringen. In dieser Nacht, kaum daß er knappe zwei Stunden geschlafen hatte, war's das leise, ferne, kaum hörbare Schließen einer Tür, das ihn plötzlich, mit allen Sinnen geschärft, im Bett aufsitzen machte; es folgte diesem Geräusch das gedämpfte Auffallen eines Gegenstandes direkt über ihm und dann ein leises Knarren, wie es eingetrocknete Fußböden unter der leichten Last darüber gleitender Schritte zu verursachen pflegen.

Windmüller wäre über dieses unverkennbare Geräusch, das ihn in einem fremden Hause eigentlich gar nichts anging, sicher alsbald zur Tages- beziehungsweise Nachtordnung übergegangen, wenn er nicht gewußt hätte, daß sich über seinem Zimmer die am vergangenen Tag erst wieder geöffneten Wohnräume des letzten, verstorbenen Besitzers von Lohberg befanden, angefüllt mit zum größten Teil sehr wertvollen Dingen. Darum war der Verdacht sehr wohl gerechtfertigt, daß irgendein unbefugter »Liebhaber« die Stille der Nacht benutzen wollte, um eine kleinere oder größere Auswahl darunter zu halten. Denn wer hätte um diese Stunde dort wohl etwas zu suchen gehabt?

Windmüller horchte noch eine Weile mit gespitzten Ohren und angehaltenem Atem, und nachdem er festgestellt hatte, daß die Schritte droben sich wiederholten und auch noch andere Geräusche, wie die von herausgezogenen Schubladen, dazu kamen, zögerte er nicht länger. Rasch bekleidete er sich notdürftig, nahm seine Taschenlampe zur Hand, ergriff seinen Revolver, klinkte leise die Tür auf und trat in den Gang hinaus und – sah sich dem in einen Schlafrock gehüllten, mit einem festen Stock bewaffneten Gesandten gegenüber.

»Aha!« machte Windmüller leise. »Exzellenz haben es also auch gehört, daß über uns jemand – beschäftigt ist?«

»Meine Frau hat es gehört und mich geweckt. Na, da muß man doch wohl nachsehen gehen, – oh, Sie haben einen Revolver! Desto besser! Wenn Sie mich also begleiten wollen, dann vorwärts!«

Lautlos stiegen sie die Treppe hinauf und wandten sich zu der Wohnung des letzten Grafen von Lohberg, die sie wirklich offen vorfanden.

Durch den Spalt der Tür, die in das Arbeitszimmer des alten Herrn führte, drang ein schwacher Lichtstrahl.

»Gehört hat uns der da drinnen nicht, sonst hätte er's finster gemacht«, flüsterte Windmüller. Damit öffnete er, ohne Widerstand zu finden, die Tür und trat im nächsten Augenblick auch schon im Bewußtsein seiner mangelhaften Toilette zurück und dem Gesandten auf den Fuß; denn in der vollen Helle einer elektrischen Tischlampe saß Gräfin Leonore vor dem in allen Fächern und Schubkästen geöffneten Schreibtisch ihres Großvaters und las einen Brief aus einem Pack, der mit gelöster Verschnürung vor ihr lag.

»Wer ist da?« fuhr sie bei dem unerwarteten Erscheinen ihres leicht bekleideten und bewaffneten Gastes auf, indem sie die Hand auf das Blatt vor sich legte.

»Leonore, du?« rief der Gesandte, indem er seinen Schlafrock instinktiv enger um sich zog. »Wir hörten in der Stille der Nacht Geräusche hier oben und kamen, die vermuteten Diebe oder Einbrecher zu ertappen.«

»Welche Idee!« sagte sie, mit erstauntem Blick auf die beiden grotesken Figuren, denen es natürlich nicht eingefallen war, ihre reichlich verworrenen Haare vor ihrer Expedition zu den gewohnten, sorgfältigen Scheiteln zu ordnen. »Ich wußte gar nicht, daß man mich unten hören konnte, sonst hätte ich mich mehr in acht genommen. Du siehst, Onkel Bernhard, daß ich damit beschäftigt bin, den Inhalt dieses Schreibtisches durchzusehen.«

»Nun ja, liebe Leonore, das ist dein gutes Recht«, erwiderte der Gesandte. »Aber weißt du denn auch, wie spät es schon ist? Ein Uhr längst vorbei!«

»Wirklich?« sagte sie erstaunt und blieb ruhig sitzen. »Wie doch die Zeit schnell vergeht!«

»Gewiß, besonders wenn man Papiere durchsieht«, versetzte der Gesandte trocken. »Wäre es indes für deine Gesundheit nicht besser, dieses Geschäft lieber bei Tag vorzunehmen?«

»Oh, bei Tag wird man immer gestört«, war die kühle Antwort. »Ich bin überdies gleich fertig. Ich bitte dich und den Herrn Professor, sich durch mich nicht weiter stören zu lassen und danke vielmals für die Wachsamkeit und gute Absicht. Gute Nacht, meine Herren!«

Das war ja nun deutlich; ohne den Wunsch zu erwidern, machte der Gesandte kehrt, schloß die Tür hinter sich und ging, gefolgt von Windmüller, schweigend die Treppe hinab.

»Schade, daß meine Frau uns zwei Diebsfänger nicht photographieren kann«, sagte er mit grimmigem Lachen. »Nicht unseres Aufzuges, sondern unserer Gesichter wegen. Sind Sie schon einmal so hübsch deutlich zu Bett geschickt, beziehungsweise an die Luft gesetzt worden, wie ich eben?«

»Es lag viel Endgültigkeit in der Handlung«, bestätigte Windmüller. »Woraus ich schließen möchte, daß die Lektüre recht interessant sein muß. Vergilbte Briefe, soviel ich sehen konnte, mit einer großen, steilen Handschrift. Ja, solch alte Briefe sind oft fesselnder als neue. Ich bedaure die gestörte Nachtruhe nicht.«

»Mein lieber Windmüller —«

»Sicherlich, Exzellenz! Ein Porträt wird bekanntlich nicht mit einem Pinselstrich gemalt, sondern durch viele, und durch viele kleine Züge kann man sich erst ein richtiges Bild von einer Person und ihrem Charakter machen. Ich finde, daß Gräfin Leonore eben einen Ton angeschlagen hat, der zu dem von mir bisher Gehörten in einem scharfen Gegensatz steht. Vielleicht wäre der Schlüssel dazu in den vergilbten Briefen zu finden, auf die sie ihre Hand mit der Pose einer Berufung auf die Magna Charta gelegt hatte.«

Windmüller blieb noch lange wach, bis er über sich wieder das Schließen der Tür hörte, worauf er auf seiner Uhr feststellte, daß über eine Stunde darüber vergangen war.

»Die vormundschaftliche Ermahnung über die Schädlichkeit der Nachtarbeit hat also keinen Eindruck gemacht und die Erbin von Lohberg durchaus nicht von ihren Forschungen abgehalten«, dachte er. »Nun habe ich schon zwei Dinge, auf die ich neugierig bin: auf den Inhalt der Magna Charta und auf die Briefe an die kleine Fritz Volkwitz. Man wird mit dem reizenden Mädel eine dicke Freundschaft schließen müssen.«

Zu dem letzteren fand sich eher die Gelegenheit, als er vermutet hätte. Er war nämlich ein Frühaufsteher, für arbeitende Menschen nicht nur eine löbliche, sondern auch notwendige Angewohnheit, und darum war er schon draußen, als die Dienerschaft eben erst anfing, die Halle zu fegen. Er erfuhr beim Durchschreiten dieses Raumes, daß das Frühstück für die Herrschaft nicht vor halb neun Uhr im kleinen Speisesaal aufgetragen würde, und da es bis dahin noch fast zwei Stunden waren, beschloß er, diese Zeit zu einem Spaziergang zu benutzen, wozu der taufrische Morgen verlockend einlud.

Daß Windmüller zu diesem Zweck denselben Weg einschlug, auf dem er am Abend zuvor die Familie des Oberförsters heimbegleitet hatte, war nicht unabsichtlich; denn es kam ihm in den Sinn, das kleine Pförtchen, das den Eingang zum königlichen Wald bildete, zu durchschreiten, um sich über die Lage der Oberförsterei zu unterrichten; mit einem Wort, um Geländestudien zu machen. Er kam jedoch nicht zu mehr als einem Fernblick auf das malerische Gebäude, einem ehemaligen königlichen Jagdschlößchen im Rokokostil, das, nun als Dienstwohnung benutzt, durch die hohen Bäume wie ein Märchen aus alter Zeit herübergrüßte; denn etwa zweihundert Schritte davor saß Fritz Volkwitz auf einer hölzernen Bank und frühstückte. Genau gesagt, sie biß in eine fabelhaft lange und beinahe zwei Finger dicke Schwarzbrotschnitte hinein, die dick mit Butter bestrichen war. Neben der sich anscheinend eines gesegneten Appetits erfreuenden jungen Dame stand auf der Bank eine herausgezogene Schreibtischschublade, vollgestopft mit wild durcheinander geworfenen Papieren, auf denen, wahrscheinlich als Briefbeschwerer gedacht, ein Teller mit einer weiteren, ebenso dicken und langen Brotscheibe, üppig mit Mettwurst belegt, balancierte und des Verspeisens noch harrte.

»Wie, Herr Professor, Sie so früh schon auf den Beinen?« rief die Vertilgerin dieses Frühstücks, das einem Holzknecht Ehre gemacht hätte, Windmüller entgegen. »Schönen guten Morgen! Kommen Sie her und setzen Sie sich 'n bissel zu mir, ja?«

Windmüller folgte ohne Umstände dieser freundlichen Einladung und drückte herzlich die ihm gereichte Hand.

»Ich kann Ihnen das ›schon so früh auf den Beinen‹ mit ehrlicher Bewunderung zurückgeben, gnädiges Fräulein«, sagte er, indem er sich schmunzelnd zur anderen Seite der Schublade niedersetzte. »Stehen Sie immer so zeitig auf?«

»Immer«, versicherte sie etwas undeutlich, weil sie gerade einen festen Bissen zu bewältigen hatte. »Das heißt«, setzte sie dann deutlicher hinzu, »heute sind wir früher als sonst aufgestanden, weil Papa schon vor einer Stunde zu seiner Dienstreise aufgebrochen ist. Meine Schwester benutzt diese günstige Gelegenheit zu einem großen Scheuerfest, was immer nur dann stattfinden kann, wenn Papa mal auswärts ist; denn sonst läßt er sich den Unfug, wie er's nennt, nicht gefallen. Ist auch ein scheußliches Vergnügen und der Gipfel der Ungemütlichkeit, weshalb ich mich auch mit List gedrückt habe, um hier, fern von Schrubbern und Klopfpeitschen, endlich mal meine Briefschublade aufzuräumen. Kann man im Freien ebensogut besorgen wie in der Stube, nicht?«

»Ganz gewiß«, bestätigte Windmüller ernsthaft. »Und daß Sie bei dieser Arbeit nicht zu verhungern gedenken, beweist der Proviant.«

»Na ja – ich habe drinnen bloß meine Tasse Kaffee hinuntergestürzt und ein bissel was zum Beißen mitgenommen«, meinte sie bescheiden. »Haben Sie denn schon gefrühstückt, Herr Professor? Natürlich nicht; denn vor halb neun bis neun Uhr gibt's ja nichts im Schlosse. Warten Sie mal 'n bissel – ich hole Ihnen rasch einen Happen, sonst werden Sie vor Hunger womöglich noch schwach.«

Und ehe Windmüller noch protestieren konnte, war Fritz Volkwitz schon aufgesprungen und raste wie ein Wirbelwind dem väterlichen Dache zu.

»Hoffentlich schätzt sie meinen Appetit nicht nach dem ihrigen ein«, murmelte er lachend mit einem Blick auf das Wurstbrot in der Schublade. »Leonore!«

Der leise Anruf dieses schönen Namens im Anschluß an die Betrachtung der oberförsterlichen Mettwurst hatte seinen Anlaß weder in einem wilden Gedankensprung Windmüllers, noch war er etwa seiner Inhaberin ansichtig geworden, aber aus dem Stoß von Briefen unter dem Teller mit dem Wurstbrot ragte der Zipfel eines Briefbogens hervor, auf dem der Name »Leonore« in denselben großen und flüssigen Zügen geschrieben stand, die er von der Unterschrift der beiden Photographien her kannte. Er besann sich keinen Augenblick, diesen Brief unter seinem sonderbaren Beschwerer herauszuziehen und ihn zu lesen. Jeder andere Name hätte in ihm nicht einmal den leisen Wunsch einer Indiskretion wachgerufen, selbst wenn ihm das ungeschriebene Gesetz des Anstands und der geschriebene Paragraph des Strafgesetzbuchs über die Verletzung des Briefgeheimnisses unbekannt gewesen wären. Zu dieser Übertretung aber war er durch seinen Beruf legitimiert, mancher »Fall« war schon durch ähnliche Verletzungen aufgeklärt worden, und da der Name Leonore zur Zeit für ihn einen solchen bedeutete, so gewann die Ungesetzlichkeit und flagrante Indiskretion für ihn das Gesicht der Notwendigkeit.

Der lange Brief, der sich durch die Ungleichheit der Schrift oft in zittrige Unleserlichkeit verlor, war datiert von Aigle, Canton du Valais, Schweiz – Chalet des Cytises, und ziemlich genau anderthalb Jahre alt; er lautete wie folgt:

»Liebstes Fritzchen! Wir haben nun Montreaux verlassen und sind auf Wunsch des Arztes nach dem wunderschönen Aigle übergesiedelt, wo auf waldiger Höhe, hoch über der rasch dahinströmenden grünen Rhone, unser malerisches Chalet liegt, von dessen mit Glyzinen (Cytises) überrankter Terrasse ich Dir diesen Gruß sende. Herrlich ist's hier, sage ich Dir! Mir gegenüber grüßen die fünf schneebedeckten Spitzen des Dent du Midi herüber und locken mich mächtig zu sich hinauf – aber damit hat es noch gute Weile, denn ich bin oft noch recht schwach. Wahrscheinlich ist wohl die Luftveränderung mit daran schuld; aber wenn ich mich erst einmal hier akklimatisiert habe, meint der Doktor, dann werden die Kräfte sich bald heben. Vom Genfer See bin ich sehr ungern geschieden, der Arzt meinte aber, der Staub sei in Montreaux für mich nachteilig. Das mag ja sein; aber dafür habe ich nun wieder ein paar Tage gebraucht, um mich von der doch nur einstündigen Eisenbahnfahrt bis Aigle und der Vorbereitung dazu zu erholen, und war dadurch eigentlich recht niedergedrückt, weil ich mir einbildete, es könnte schlimmer mit mir stehen, als man mir sagen wollte und zugeben will. Und nun liege ich wie eine geknickte Lilie den ganzen lieben langen Tag auf einem Liegestuhl ausgestreckt, träume und habe nicht einmal das Verlangen zum Spazierengehen. Ich, die sonst den ganzen Tag auf den Füßen war!

Ach Fritz, Du kleines Lumperl, da kommen einem oft Gedanken ans Ende, an den Tod, und setzen sich fest in einem und nagen einem an der Seele —-! Freilich habe ich auch wieder gute Tage, wo ich an Herrn Ellbachs Arm – ich nenne ihn jetzt ›Papa‹ – herumgehen kann und guten Muts bin.

Übrigens ist Herr von Ellbach wirklich sehr nett. Nicht nur, daß er viel weiß und einen sehr fesselnd zu unterhalten versteht, nein, er hat auch viele Freundlichkeiten und Aufmerksamkeiten für mich, daß es undankbar wäre, wenn ich das nicht gern anerkennen wollte. Er tut wirklich, was er mir an den Augen ablesen kann, hat immer so hübsche, kleine Überraschungen für mich – heute ein Buch, morgen einen Strauß Alpenblumen, oder ein Schächtelchen feiner Bonbons, ein neues Geduldsspiel – alles Kleinigkeiten, die einen nicht in Verlegenheit setzen oder gar niederdrücken könnten, sondern eben nur Beweise, daß er an einen gedacht hat. Ich muß schon sagen, daß ich es jetzt ganz gut verstehe, warum Mama ihre späte zweite Ehe mit diesem Mann schließen konnte. Morgen will er übrigens einen Ausflug nach Mailand machen, wo eben eine große Ausstellung stattfindet, jedoch in ein paar Tagen wiederkehren. Du weißt, Herzensfritzchen, daß ich mich eigentlich vor dieser Reise und dem langen Zusammensein mit Mama etwas gefürchtet habe; denn so recht nahe sind wir uns bei ihren kurzen Besuchen in Lohberg niemals getreten.

Aber ich gestehe nun gern ein, daß ich wohl unrecht damit hatte; denn sie ist sehr lieb und gut zu mir, sie sorgt selbst für jede Kleinigkeit, die zu meinem Behagen beitragen kann, und es kommt ihr das alles sichtlich von Herzen. Man fühlt so etwas sehr gut. Ich habe noch selten ein kühles oder gleichgültiges Wort von ihr gehört wie früher – sie ist sogar zärtlich, was sie doch früher nie war, und oft sitzen wir, da ich ja noch nicht allzuviel sprechen soll, lange Hand in Hand beieinander, und ihre schönen Augen sehen mich weich und liebreich an —-«

Windmüller schob den Brief wieder zurück in die übervolle Schublade.

»So«, überlegte er sich, »da hätte ich wieder einmal eine Probe meines sprichwörtlichen Glücks gehabt, das meine Gegner ›Dusel‹ nennen. Es hat mich auf diesen Platz geführt, hat dem lieben kleinen Mädelchen Mitleid mit meinem leeren Magen eingeflößt, hat meine Augen auf diese Scheunendrescher-Wurststulle gelenkt und meine Nase dabei auf den Namen Leonore gestoßen. Glück war's wirklich; denn nun habe ich's schwarz auf weiß, daß tatsächlich etwas passiert sein muß, was das Verhältnis zwischen Mutter, Tochter und Stiefvater binnen anderthalb Jahren in dieser Weise verschlechtert hat. Sogar etwas sehr Ernstes muß passiert sein; denn wer würde die Schreiberin dieses wirklich sehr netten Briefes heute in der Gräfin Leonore suchen? Und wer würde die Mutter, die ihre Tochter mit unverhüllter Abneigung anblickt, mit der des Briefes identifizieren? Sollte am Ende dieser so aufmerksame Stiefvater die wieder genesene Stieftochter schöner gefunden haben, als die immerhin doch stark verblühende Mutter? Das wäre eine von den Möglichkeiten, die dem Gesandten anscheinend nicht eingefallen sind, oder die er vorgezogen hat, für sich zu behalten. Ganz ausschalten darf man sie jedenfalls nicht ohne weiteres. Das psychologisch Unerklärliche wäre nur, daß die Frau nicht Himmel und Erde in Bewegung gesetzt haben sollte, den Mann aus der gefährlichen Nähe der schönen Tochter zu entfernen. Es müßte denn sein, daß sein Wille eben der stärkere ist, oder die finanzielle Lage des Ellbachschen Paares so miserabel, daß keine andere Wahl bleibt, als sich in Lohberg niederzulassen. Immerhin ist auch das vorläufig ja nur eine Vermutung. Jedenfalls —-«

»So, da bin ich wieder!« tönte Fritz Volkwitz' frische Stimme schon von weitem in diese Betrachtung hinein, und im Laufschritt erschien sie alsbald auf dem Platz unter der Eiche. »Ich habe Ihnen auch Mettwurst auf die Schnitte gelegt«, plauderte sie vergnügt, »denn die Leberwürste und der Preßsack hängen so gräßlich hoch, daß ich nichts davon erwischen konnte. Eigentlich wollte ich Ihnen auch eine Tasse Kaffe mitbringen, aber er ist schon ganz kalt, und wenn kalter Kaffee auch schön macht, so haben Sie das ja nicht nötig und kriegen warmen sowieso nachher noch im Schlosse.«

Windmüller bedankte sich lachend für die Anerkennung seiner Schönheit und für die Schnitte, die an Kaliber und Üppigkeit des Belags eine Zwillingsschwester der im Schubfach liegenden war, und ließ sich die so freundlich gespendete Gabe trefflich munden, ohne seine Ziele zu vergessen.

Kommen Sie heute wieder zum Antiquitätensortieren ins Schloß?« fragte er und sah belustigt, mit welchem Feuereifer sie nun ihre Wurstschnitte in Angriff nahm.

»Ich weiß es noch nicht«, erwiderte sie unsicher. »Leonore hat noch nicht ein Wort dazu gemuckt, als ich gestern abend davon anfing. Lieber Gott, wie sich ein Mensch so verändern kann, ist mir unfaßlich. Früher hätte sich das ganz von selbst verstanden. Ich möchte bloß wissen, ob es ihr so in den Kopf gestiegen ist, daß sie jetzt die Herrin von Lohberg spielen darf! Halten Sie das für möglich?«

»Je nun, vorgekommen ist es auch schon, daß jemandem Geld und Gut zu Kopf steigen«, meinte Windmüller. »Aber Gräfin Leonore kann die Erbschaft doch nicht unerwartet gekommen sein. Gewöhnlich ist's nur der unvermutet zufallende Reichtum, der die Leute aus dem Häuschen zu bringen pflegt und von diesen meist nur die beschränkten Köpfe. Ich glaube nicht, daß Gräfin Leonore zu diesen gehört.«

»Tut sie auch nicht«, bestätigte Fritz Volkwitz. »Wir, das heißt Leonore und ich, sind doch zusammen unterrichtet worden. Sie war furchtbar gewissenhaft mit ihren Arbeiten und hat sich, glaub' ich, damit auch zu sehr angestrengt, zart, wie ihre Gesundheit eigentlich immer war. Es war schrecklich, als sie damals den Blutsturz kriegte – den Schrecken vergesse ich mein Leben lang nicht! Und so ganz aus heiler Haut, wie wir dachten! Als sie dann mit ihrer Mutter abreiste, hatten wir wirklich wenig Hoffnung, sie wiederzusehen.«

»Wie hat Gräfin Leonore selbst über ihren Zustand gedacht?« fragte Windmüller.

»Ach, sie war ganz zuversichtlich«, erklärte Fritz. »Über den Blutsturz hat sie sich weiter keine Gedanken gemacht; natürlich taten wir alles, sie dabei zu lassen. Sie schrieb auch von Montreaux, wohin sie zuerst gebracht wurde, immer ganz heiter und hoffnungsvoll, aber als die Sache sich in die Länge zog, hatte sie doch auch Anwandlungen von Niedergeschlagenheit. Man fand damals, daß Montreaux für sie zu unruhig und zu staubig sei und brachte sie nach Aigle im Rhonetal. Dort muß es ihr einmal wenig gut gegangen sein; denn sie schrieb mir von dort einen recht wehmütigen Brief. Wahrscheinlich ist ihr die Luft dort nicht bekommen; denn sie gingen dann nach Venedig, wo es ihr ja auch bald besser ging, trotzdem sie sich anfangs steif und fest einbildete, sie würde bald sterben, weil sie eine Erscheinung gehabt hatte.«

»Eine Erscheinung?« wiederholte Windmüller erstaunt.

»Ja, sie behauptete, sich selbst gesehen zu haben!« platzte Fritz lachend heraus. »Ist das nicht komisch? Warten Sie mal – ich muß den Brief ja noch hier in der Schublade haben –«, sie legte ihr Wurstbrot auf den Teller und begann unter dem Wust von Papieren herumzuwühlen. »Da ist er ja! Nein, das ist der aus Aigle. Na, zum Kuckuck, wo steckt er denn? Ich habe ihn doch extra aufgehoben, um Leonore mal gelegentlich damit zu necken – sollt' ich ihn doch zerrissen haben? Nein, da ist er, mit Bleistift geschrieben. Venedig, Casino Contarini, Sacco della Misericordia –«

»Wie war die Adresse?« fiel Windmüller aufhorchend ein. »Ich bin nämlich in Venedig sehr gut bekannt – ja, Sacco della Misericordia. Danke vielmals.«

»Kennen Sie das Haus?«

»Nein, nur die Gegend. Bitte, lassen Sie sich nicht stören; denn die Sache interessiert mich, weil – weil ich für Erscheinungen schwärme.«

»Wirklich? Na, ich danke ergebenst dafür«, lachte Fritz. »Also, passen Sie auf – hm – hm – da ist die Stelle:

,...Ganz gesund bin ich ja freilich noch nicht, im Gegenteil oft noch recht schwach! Aber ich kann in der reinen, schönen, salzigen Luft hier eigentlich viel besser atmen als in Aigle. Unser Haus liegt hart am Wasser an einem großen Bassin, ganz eingehüllt von der Sonne, und hat rückwärts einen wunderschönen, verträumten alten Garten, der zu dem großen Palast gehört, wie auch unser ›Casino‹, das eigentlich ja nur das Gartenhaus ist. Du glaubst gar nicht, welch sonderbare Geräusche man darin hört, namentlich des Nachts, wo das ewige Wispern, Raunen, Seufzen und Stöhnen gar nicht aufhört, grad', als ob ein ganzes Heer von Geistern sich hier ein Rendezvous gäbe. Papa meint, das seien ganz natürliche Geräusche, hervorgerufen durch eine merkwürdige Akustik, welche von der Seebrise wachgerufen wird. Das mag sein, aber unheimlich ist's, und ganz richtig kann's auch nicht sein, denn – Fritz, lach' mich nicht aus, weil ich Dir im vollen Ernst erzählen will, daß ich sogar etwas gesehen habe! Gesehen! Ich habe natürlich nichts davon den Meinigen gesagt, um sie nicht zu ängstigen, aber es drückt mich, und darum will ich Dir's anvertrauen. Also, vorgestern war's. Die Eltern hatten eine Spazierfahrt in der Gondel gemacht, und ich lag auf dem Balkon und sah zu, wie die Sonne unterging und das Wasser der Lagune in flüssiges Perlmutter verwandelte, aus dem die Türme von Murano wie vergoldet emportauchten, so stand ich auf, um auch nach der anderen Seite Umschau zu halten, wo im Westen die Sonne in einer unbeschreiblichen Purpurglorie hinter der Stadt hinabsank. Dabei fiel mir ein Buch ein, aus dem Papa mir vorgelesen hatte, und ich ging nach dem großen Salon hinüber, wo es liegen mußte. Ich ging! Ach, liebes Herzensfritzchen, was ich jetzt gehen nenne! Nun also, ich ging hinüber, und wie ich die Tür aufmache, da sehe ich im Halbdunkel des Raumes eine schwarze, weibliche Gestalt, die die Hände wie abwehrend gegen mich ausstreckt und dann lautlos durch eine der Seitentüren verschwindet. Vorher aber wendet sie sich noch einmal um und – so wahr ich lebe und selig zu werden hoffe – ich sah mich selbst!

Ich muß darüber vor Schreck die Besinnung verloren haben; denn als ich wieder zu mir kam, lag ich in meinem Zimmer auf dem Bett, Mama war bei mir und gab mir etwas ein, was mich wieder ganz belebte. Aber ich hatte solch eine Scheu, über die Erscheinung zu sprechen, und Mama, der die Tränen in den Augen standen, fragte auch nicht, was mir geschehen sei. Ich mußte den ganzen nächsten Tag im Bett bleiben, aber jetzt ist mir wieder besser, ja, ich fühle mich eigentlich so wohl, wie schon lange nicht mehr; dennoch aber kann ich den Gedanken nicht loswerden, daß die Erscheinung ein Wink von oben für mich war, mich bereitzuhalten.'

»Natürlich war diese sogenannte Erscheinung nichts wie Einbildung«, sagte Fritz weise, indem sie den Brief zusammenfaltete. »Ich denke, Leonore hat die ganze Geschichte überhaupt

nur geträumt. Es wäre gewiß besser gewesen, wenn sie darüber gesprochen hätte; denn dann
wäre ihr diese Idee doch sicher ausgeredet worden. Es muß damals eine Krisis bei ihr gewesen
sein; denn etwa vierzehn Tage später schrieb sie mir auf einer Ansichtspostkarte, daß es ihr recht
wohl ginge, und daß sie nun anfinge, Ausfahrten mit der Gondel zu machen. Nach weiteren vier
bis fünf Wochen kam nochmals eine Karte mit der Nachricht, daß es ihr großartig ginge. Und
dann wurde das gute Tierchen gräßlich schreibfaul, und unsere Korrespondenz beschränkte sich
auf kurze und sehr spärliche Ansichtspostkarten, was ja aber zum Teil seine Erklärung darin findet, daß mit fortschreitender Gesundung auch das gesellige Leben wieder mehr Anforderungen
an sie stellte. Darüber verging die Zeit, und dann kam sie wieder – als die Leonore, die sie jetzt
ist; spinnefeind auf ihren Stiefvater, den sie anfangs über den grünen Klee lobte und pries – na,
und Frau von Ellbach scheint die Sorge um ihre Tochter ja auch verlernt zu haben. Ganz davon
zu schweigen, daß Leonore sich vor mir aufs hohe Pferd setzt. Vor mir! Aber ich werde ihr das
schon wieder abgewöhnen, darauf kann sie sich verlassen! Mir imponiert sie gar nicht in ihrer
Rolle der reichen Erbin. Ihnen etwa?«

»Hm – da ich Gräfin Leonore früher nicht gekannt habe, so kann ich Vergleiche auch nicht
anführen«, wich Windmüller der direkten Antwort aus. »Daß das Verhältnis zwischen Mutter,
Tochter und Stiefvater nicht gerade ein rührend herzliches ist, kann man ohne Mühe sehen –
wie kann das nur gekommen sein?«

»Ja, wer das wüßte!« rief Fritz Volkwitz. »Gefragt habe ich Leonore natürlich nicht; denn sie
hat jetzt so eine Art, einem den Mund zuzufrieren, wenn man von früheren Zeiten reden will,
daß einem die Lust vergeht. Unter uns, Herr Professor – da muß es einen schauderhaften Krach
gegeben haben, der wahrscheinlich in Florenz stattgefunden hat, wo sie ja das letzte halbe Jahr
vor ihrer Heimkehr zubrachten. Na, darüber wird man ja natürlich nie etwas erfahren; denn die
Beteiligten schweigen sich aus, und Dienstboten, die klatschen könnten, sind nicht vorhanden.«

»Wie?« sagte Windmüller überrascht. »Gräfin Leonore ist doch sicher nicht ohne eigene Bedienung gereist?«

»Nein, sie nahm ihr Kammermädchen, die eine Lohbergerin und die Tochter des Küsters
aus dem Dorf ist, selbstverständlich mit, und auch einer der Diener mußte auf den Wunsch des
alten Grafen mitreisen. Aber er wurde in München krank und mußte heimgeschickt werden,
und mit der Klara hat es dann in Aigle etwas gegeben. Leonore deutete mir nur an, daß ihre
Mutter Grund zur Unzufriedenheit mit dem Mädchen zu haben glaubte, das sich hier doch so
nett gemacht hatte. Na, die Klara wurde also entlassen, hat aber in Montreaux Stellung in einer
Fremdenpension gefunden, wo sie noch sein soll. Wen Leonore dann zur Bedienung hatte, weiß
ich nicht; sie hat darüber nichts geschrieben. Jedenfalls ist sie ohne Zofe hier angekommen und
hat nun eine aus Berlin – eine ganz ›perfekte‹ natürlich.«

»Natürlich«, pflichtete Windmüller zerstreut bei und erhob sich. »Es wird Zeit für mich,
nach dem Schlosse zurückzukehren. Nehmen Sie also meinen herzlichsten Dank für Ihre liebenswürdige Gastfreundschaft.«

Windmüller hatte noch reichlich Zeit, nach dem Schlosse zurückzukehren und beeilte sich
damit auch nicht, um in Ruhe zu überdenken, was dieser wohlangewendete frühe Morgen ihm
beschert hatte. Daten, die für ihn eine nicht unbedeutende Ernte bedeuteten. Abgesehen von
dem nicht zu unterschätzenden interessanten Inhalt der beiden Briefe der Erbin von Lohberg
sowie der mündlichen Mitteilungen seiner jungen Gastgeberin waren es vor allem die wichtigen
Adressen, die er sich unterwegs sofort in sein Notizbuch schrieb:

1. Montreaux. Ohne nähere Wohnungsangabe, was aber ohne Belang ist, weil das Hotel oder
die Privatwohnung leicht durch die Fremdenliste zu ermitteln sind. – 2. Aigle. Chalet des Cytises. – 3. Venedig. Casino Contarini, Sacco della Misericordia. Genau gesagt, die »Casa degli
Spiriti«, welch populärer Name den Herrschaften wohl unbekannt gewesen sein wird. – 4. Florenz. Wohnungsangabe noch unauffällig zu erfragen. – 5. endlich die Zofe Klara, Tochter des
Küsters von Lohberg. – Diesen Beamten wird man zunächst interviewen. Alles in allem, wir
sind der Lösung des Rätsels um einen Schritt, um einen guten Schritt sogar, näher gerückt;
zum mindesten weiß man doch, in welcher Richtung man nach der Tür im Dunkeln tappen

muß. Wo und wie sie sich öffnen lassen wird, dürfte nur eine Frage der Zeit sein. Ich habe das Vorgefühl, als ob nicht erst Florenz, sondern schon Venedig der Ort wäre, wo das Familienverhältnis den ersten, aber unheilbaren Riß erhalten hat, obwohl Frau von Ellbach dort noch Tränen über den ausgestandenen Schrecken ihrer Tochter weinen konnte und jetzt das frühere Leiden am liebsten ganz ableugnen möchte, zum mindesten recht sehr auf die leichte Achsel nimmt. Übrigens fällt mir dabei ein, daß Ellbach gestern den Namen eines Arztes in Florenz nannte, der für seine Tochter konsultiert wurde und sich über deren Gesundheitszustand so günstig geäußert hat. Ich habe ja nur mit einem Ohr hingehört, während der Gesandte mit ihm sprach und kann mich verhört haben, meine jedoch, daß er den Namen Viterbo nannte. Ob er damit meinen alten Bekannten, den Professor Viterbo meinte, der ja allerdings Spezialist für Lungenleiden ist? Jedenfalls wollen wir den Namen bei Florenz notieren. Ja, und in Aigle scheint ja zwischen den Dreien noch alles Liebe und Freundschaft gewesen zu sein – Aigle liegt auf dem Weg nach Venedig über den Simplon; einen großen Zeitverlust würde ein Halt dort also nicht bedeuten. Und warum weist mein Vorgefühl mich nach Venedig und nicht nach Florenz, wo die kleine Volkwitz den erfolgten Krach vermutet? Weil das Kasino am Sacco della Misericordia, die Casa degli Spiriti, für mich etwas Suggestives hat. Vollständig abgelegen von der abgetretenen Hauptstraße des Fremdenverkehrs, in einer geradezu großartigen Einsamkeit an einem isolierten Zipfel der Lagunenstadt gelegen, gesucht und gefunden nur von Künstlern und Leuten, die Venedig lieben und Zeit dafür haben – in diesem Hause kann sich manches abspielen, was in Hotels und selbst in versteckten Privatwohnungen unbemerkt nicht bleiben konnte, wo einer auf den anderen immer aufpaßt. Sehr richtig; ein Ort, wie die Casa degli Spiriti ist ganz geeignet, unbemerkt zu bleiben, er erschwert die Nachforschung. Aber nicht für mich.«

Windmüller kam gerade wieder im Schlosse an, als man sich dort im Frühstückszimmer versammelte – nur die junge Herrin des Hauses fehlte noch.

»Leonore hat sich, wie gewöhnlich, verspätet«, bemerkte Frau von Ellbach ungehalten. »Ich werde es ihr begreiflich machen, daß man als Wirtin vor seinen Gästen zur Stelle sein sollte.«

»Sie wird's schon noch lernen«, begütigte Frau von Grünholz. »Vielleicht hat sie schlecht geschlafen – ich fand sie gestern abend recht blaß. Und dann hat sie zu ihrer Entschuldigung doch noch ihre Schonungsbedürftigkeit. Ich glaube, wir tun ihr einen Gefallen, wenn wir nicht auf sie warten.«

»Ich habe das auch durchaus nicht im Sinn«, erklärte Frau von Ellbach. »Soweit geht mein Gastbewußtsein denn doch nicht, so lange auf meine Tochter warten zu müssen. Herr Professor, nehmen Sie Tee oder Kaffee?«

Windmüller, dem es schwer geworden wäre, zu glauben, daß die selbe Mutter Tränen über das Leiden ihrer Tochter vergossen und sie »hingebend« gepflegt hatte, wenn er nicht mit eigenen Augen gelesen hätte, daß eben diese Tochter es eigenhändig bezeugt hat, nahm Platz ein und erzählte zur Zerstreuung der peinlichen Stimmung, wie und wo er bei seinem Morgenspaziergang Fritz Volkwitz getroffen und von ihr gespeist worden war. Die drastische Schilderung dieses Frühstücks im Freien erregte Heiterkeit; aber sie gab leider auch wieder Veranlassung zu einem ganz unerwarteten Ausfall durch Frau von Ellbach.

»Ja, die kleine Volkwitz ist wirklich ein reizendes Mädel«, sagte Herr von Grünholz. »Man findet heutzutage selten solch ungekünstelte Frische. Hoffentlich hat der gute Oberförster noch ein Weilchen auf seine Beförderung zu warten; denn es wird Leonore doch sehr nahe gehen, den Verkehr mit ihr zu entbehren.«

»Ich finde diesen Verkehr für meine Tochter durchaus nicht wünschenswert«, erklärte Frau von Ellbach sehr vernehmlich. »Leonore hat wohl selbst auch kaum mehr Freude an der Kinderfreundschaft mit diesem unerzogenen Mädchen, dem jede Spur von Kultur mangelt. Daß beide zusammen aufgewachsen sind und denselben Unterricht genossen haben, ist meines Erachtens für die Tochter des Oberförsters noch kein Freibrief, um zu jeder Stunde und Tageszeit hier ungebeten hereinzuschneien und zu tun, als ob sie bei uns zu Hause wäre. Ich habe Leonore auch schon einen Wink gegeben, sich diese sogenannte Freundin vom Halse zu halten.«

»Ich bedaure, in diesem Punkt entgegengesetzter Ansicht zu sein, meine liebe Olga«, versetzte der Gesandte ruhig. Es ist eine schlechte Diplomatie, sich gute und ehrliche Freunde zu Feinden zu machen. Ich nehme an, daß Sie über das Verhältnis meines Onkels zum Hause Volkwitz nicht gut unterrichtet sind; der Oberförster war sein Freund, Fräulein Fritz Ihrer Tochter vollkommen gleichberechtigte Gespielin, was Leonore selbst übrigens am besten bestätigen kann –«

»Was kann ich am besten selbst bestätigen?« fragte die tiefe, klangvolle Stimme der Genannten, die soeben das Frühstückszimmer betrat, wesentlich frischer als am Tag zuvor und auch in ihrer Haltung aufrechter und sicherer. »Ich bitte um Entschuldigung für meine Verspätung«, fuhr sie nach einer allgemeinen Begrüßung fort. »Ich habe mich heute ein wenig verschlafen. Haben Sie gut geruht, Herr Professor, und etwas Schönes geträumt? Sie wissen, was man in der ersten Nacht in einem fremden Hause träumt, geht in Erfüllung. Wollen wir nach dem Frühstück die Sammlung meines Großvaters einmal miteinander besichtigen? Ich möchte gern Ihren Rat hören.«

»Mein Rat steht Ihnen mit Vergnügen zur Verfügung, Gräfin, um so mehr, als ich damit ja den Zweck meines Hierseins erfüllen würde«, erwiderte Windmüller, angenehm erstaunt über diese Ansprache; denn außer ihrer Begrüßung hatte Leonore gestern keine zehn Worte mit ihm gesprochen. Daß sie seine gestörte Nachtruhe ganz überging, mochte daran liegen, daß sie vor den Ihrigen, die nichts davon wußten, das Thema nicht besprechen wollte.

»Und nun möchte ich wissen, was ich bestätigen sollte.«

»Daß dein Großvater deinen Umgang mit Fritz Volkwitz sehr gern gesehen und gefördert hat«, sagte der Gesandte.

»Und ich sage, daß dieser Umgang für dich nicht wünschenswert ist«, fiel Frau von Ellbach scharf ein.

»Weiter nichts?« fragte Leonore mit einem etwas gezwungenen Lachen. »Ich bestätige beides. Solche Mädchenfreundschaften sind gewiß ganz gut und schön, so lange man nichts anderes kennengelernt hat; später können sie wirklich recht lästig werden, besonders wenn der eine Teil, wie diese gute Fritz Volkwitz, immerfort ›weißt du noch?‹ sagt und damit etwas langweilig wird. Natürlich, Fritz Volkwitz ist gewiß eine anhängliche Seele, aber sie ist mir etwas zu anhänglich geworden. Um nun aber wieder auf die Sammlung meines Großvaters zurückzukommen, so dachte ich mir, die Sache nachher einmal anzusehen, Herr Professor – Sie und ich allein; denn wenn eine Gesellschaft mitgeht, dann kommt man ja zu keinem Entschluß, weil dann jeder etwas anderes vorschlägt.«

»Nun ja«, sagte der Gesandte, »darin magst du recht haben.« Er betonte das »darin« etwas scharf; denn Leonores Auseinandersetzung über Mädchenfreundschaften im allgemeinen und ihre lieblosen Worte über Fritz Volkwitz hatten ihm ehrlich weh getan, aber er hielt es für besser, das Thema für jetzt auf sich beruhen zu lassen und fuhr etwas steif fort: »Da der Herr Professor die Güte hatte, der Sammlung wegen seine kostbare Zeit zu opfern, so ist es gut, wenn du bald seinen Rat hörst.«

»Gewiß«, beeilte sich Ellbach hinzuzusetzen. »Leonore kann sich wirklich glücklich schätzen, den Beistand einer Autorität, wie es der Verfasser der ›Italienischen Emaillen‹ ist, gefunden zu haben; denn mein Wissen auf dem heterogenen Gebiet der Altertümer ist im besten Fall doch nur sehr dilettantenhaft.«

»Nun, auch wir sogenannten Autoritäten sind Irrtümern unterworfen«, meinte Windmüller, dem das Kompliment etwas grob vorkam, trocken. »Es gibt Meister der Fälscherkunst, die schon andere Leute als mich angeführt haben. Schließlich wird vielen auch eine geschickte, tadellose Nachahmung, beziehungsweise Fälschung die gleichen Dienste erweisen als ein Original – solange sie nämlich in dem Gegenstand nicht suchen, was ihn dem Altertumsfreund so wert macht: die Sprache der Zeit, welcher er angehört. Wenn man nämlich das geistige Ohr dafür hat, erzählen einem diese toten Dinge ganz wunderbare Sachen. Es geht ein Fluidum von ihnen aus, für das freilich nicht jeder empfänglich ist.«

»Übrigens hatten Sie da in Berlin, als ich Sie besuchte, ein prächtiges Stück für Ihre Sammlung«, bemerkte der Gesandte. »Ich bin gewiß kein neidischer Mensch, aber diese Kassette selbst entdeckt zu haben, würde mein bescheidenes Sammlergemüt mit eitel Freude erfüllen. Wo, sagten Sie, haben Sie diese Perle entdeckt?«

»Oh, so im Vorübergehen in einem ganz abgelegenen, stillen Winkel«, sagte Windmüller mit einem Blick auf den Gesandten, der es diesem zum Bewußtsein brachte, daß er mit seiner Frage in ein Wespennest gestochen hatte. »Ja, die Kassette ist ein schönes Stück –«

»Gehört der Schlüssel an Ihrer Uhrkette, den ich gestern für ein Amulett hielt, dazu?« fiel Gräfin Leonore ein. »Wo haben Sie sie gekauft? In Berlin? Haben Sie sie mit hierher gebracht? O bitte, dann müssen Sie sie uns zeigen – ich habe eine Vorliebe für Kassetten, namentlich alte!«

»Du? Seit wann?« fragte Ellbach.

»Oh, seit – seit langem schon!« erwiderte sie. »Wenn ich etwas sammeln möchte, so wären es nur künstlerisch eingelegte, namentlich aber alte Kassetten – kleine, große, mit Edelsteinen verzierte, mit köstlichen Geheimfächern ausgestattete. Hat Ihre Kassette auch ein Geheimfach, Herr Professor?«

»Nicht, daß ich wüßte«, sagte Windmüller. »Natürlich habe ich sie als Liebhaber derartiger Spielereien daraufhin genau untersucht, aber einen doppelten Boden, in dem ein verborgener Schatz liegen könnte, nicht entdeckt.«

»Ich besitze eine Kassette mit einem Geheimfach, aber weder der obligate Schatz, noch interessante Schriftstücke, die es verraten, wo er zu finden ist, lagen darin verborgen«, rief Frau von Grünholz lachend. »Wenigstens war das alles verschwunden, als der Althändler, von dem ich das hübsche Ding kaufte, mir das Geheimfach zeigte.«

Leonore wandte sich nun an Windmüller mit der Bitte, ihr seine Kassette zu beschreiben, oder, wenn es anginge, sie sich nachschicken zu lassen – eine ebenso harmlose, wie naive Bitte an sich, aber doch mit einer gewissen Dringlichkeit gestellt, während ihre Hände sich nervös ineinander schlossen. Da erwachte der Detektiv in Windmüller, er fühlte hier etwas heraus, das ihn aufmerksam machte.

»Gnädigste Gräfin, der erste Teil Ihres Wunsches ist leicht erfüllt«, erwiderte er liebenswürdig, »der zweite leider außerhalb meiner Macht; denn ich habe die Kassette mit meinem großen Gepäck nach Hause geschickt, da ich ja nur das Nötigste in meiner Reisetasche für meinen kurzen Besuch bei Ihnen hierher mitgenommen habe. Übrigens genügen für die Beschreibung einige Worte: es ist ein kleiner Kasten im Barockstil, von Palisanderholz mit Einlagen farbiger Hölzer. Sehr nett und sauber gearbeitet, nicht wahr, Exzellenz?«

Herr von Grünholz sah ihn einen Augenblick erstaunt an; denn er begriff nicht, warum Windmüller eine so total falsche Beschreibung des Gegenstandes machte. Tat er es absichtlich? Da er aber wußte, daß Windmüller ein phänomenales Gedächtnis hatte und nichts ohne Absicht tat, so rief er, weil ihm zum Bewußtsein kam, daß sein Zeugnis besonders gewünscht zu werden schien:

»Jawohl! Gewiß! Die Einlagen mit den farbigen Hölzern sind sehr schön!«

»Oh!, machte Gräfin Leonore mit so scharf eingezogenem Atem, daß Windmüller die Enttäuschung oder die Erleichterung, oder was es sonst bedeuten konnte, auffiel. »Und den Schlüssel tragen Sie an Ihrer Uhrkette? Wie merkwürdig? Da würde ich ja, wenn ich anfangen wollte zu sammeln, bald einen artigen Schlüsselbund bekommen!«

»Ja, dafür ist dieser Schlüssel auch ein kleines Kunstwerk«, erwiderte Windmüller.

»Würde es Ihnen große Mühe machen, ihn mir einmal näher zu zeigen?«

»Durchaus nicht«, versicherte er und reichte ihr den Schlüssel, ohne sie dabei aus den Augen zu lassen. »Sie sehen, er ist durchaus im Stil des Barock gearbeitet. Um den Bart aus dem Stiel heraustreten zu lassen, muß man jedoch den Mechanismus kennen – oh, ich sehe, Sie haben zufällig das kleine Geheimnis entdeckt! Eine nette mechanische Spielerei, nicht wahr? Man weiß wirklich nicht, ob man bei diesem Schlüssel den Kunstschlosser oder den Goldschmied, der den Griff arbeitete, mehr bewundern soll.«

Die schlanke weiße Hand, die ihm den Schlüssel mit einem flüchtigen Dank zurückgab, streifte die seinige dabei eisig kalt.

»Ich muß doch etwas von der von Ihnen erwähnten Einbildungskraft des Sammlers besitzen«, sagte sie mit einem nervösen Lachen. »Ich hatte mir nämlich zu diesem Schlüssel einen ganz anderen Kasten gedacht. Es gibt in Florenz Kassetten von Ebenholz, mit Elfenbeinfiguren verziert, zu denen ich mir diesen Schlüssel ganz gut denken kann.«

»Es kommt mir auch so vor, als hätte ich solch einen Kasten schon irgendwo gesehen, ich kann mich nicht mehr erinnern, wo«, erwiderte Windmüller.

Leonore zuckte mit den Achseln und erhob sich.

»Ich gehe, den Schlüssel zu den Zimmern meines Großvaters zu holen«, sagte sie. »Wenn Sie mir also folgen wollen, dann können wir gleich ans Werk gehen.«

Windmüller machte sich mit schönem Eifer an die Arbeit, doch verriet ihm das geringe Interesse der Erbin sehr bald, daß diese Tätigkeit für sie nur ein Vorwand war.

Nachdem er Skizzen und einen allgemeinen Plan zur Aufstellung der Gegenstände gemacht hatte, schlug er vor, die Genehmigung des Vormunds und die Zustimmung des Herrn von Ellbach einzuholen, damit sich die Herren nicht übergangen fühlen könnten.

»Das ist gewiß nicht der Fall, da ja ihr Rat ausschlaggebend ist«, fiel Leonore mit einer abwehrenden Handbewegung ein. »Übrigens, Herr Professor«, fuhr sie erst stockend, dann mit einer gewissen nervösen Hast fort, »darf ich mir eine – eine vertrauliche Frage erlauben? Ja? Sie sind sehr gütig —- sagten Sie nicht gestern, oder war es mein Onkel, der die Rede darauf brachte, daß Sie einen Verwandten haben, der Privat-Detektiv ist?«

»Gewiß«, bestätigte Windmüller aufhorchend; denn diese Frage hatte er nicht erwartet.

»Darf ich Sie um seine Adresse bitten?« war die nächste, noch überraschendere.

»Lieber Himmel, das ist nicht so einfach«, umging er lachend die direkte Antwort. »Mein Vetter ist sozusagen überall und nirgends, wie es sein Beruf so mit sich bringt, und gleicht damit dem Wind, von dem es heißt, daß man nicht weiß, von wannen er kommt und wohin er geht.«

»Also wissen Sie selbst nicht, wo er zu finden ist?«

»Ja und nein. Das will sagen, daß ich, als sein nächster Verwandter, so ungefähr weiß, wie man ihn erreichen kann. Wir haben das miteinander verabredet, um in Verbindung zu bleiben. Aber diese Adressen darf ich leider nicht verraten. Sie sind übrigens auch nur das Mittel zum Zweck; denn sein jeweiliges Domizil geheimzuhalten, ist zumeist für ihn von wesentlichem Interesse.«

»Aber mein Onkel sagte gestern doch, daß Ihr Vetter sich zur Zeit in London befindet«, sagte Leonore nach einer Pause.

»Wirklich?« machte Windmüller erstaunt. »Je, je, wie dieser Mensch unterrichtet ist! Vor kurzem war er, wie ich bestimmt weiß, erst in Petersburg!«

»Ich entsinne mich ganz gewiß, daß mein Onkel von London sprach«, behauptete sie, indem sie nervös ihr Taschentuch zusammendrehte. »Ich – ich hätte nämlich ein Anliegen, einen Auftrag für den Herrn aber«, setzte sie rasch hinzu, »ich bitte Sie, das als ganz vertraulich zu betrachten, daß kein Mensch, niemand etwas davon erfährt, verstehen Sie?«

»Ich verstehe das ganz gut und gebe Ihnen mein Wort, daß ich keinem Menschen darüber etwas sagen werde«, versicherte Windmüller ernsthaft.

»Und auch Ihr Vetter würde die Sache ganz vertraulich behandeln?«

»Gnädigste Gräfin, das ist einfach seine Pflicht und Schuldigkeit, gewissermaßen das A und O seines Berufes. Was seine Klienten ihm anvertrauen, ist so gut aufgehoben wie unter dem Beichtsiegel.«

»Ja, aber um alles in der Welt, wie kann man denn zu einem Menschen gelangen, dessen Adresse unbekannt ist?« rief Leonore nach einer Weile aus. »Wohin wenden sich denn die Leute, die seine Hilfe brauchen?«

Windmüller hatte sich während dieses Gesprächs seine Haltung für diese überraschende Wendung zurechtgelegt und erwiderte nun geradezu:

»Ah, seine Klienten wenden sich natürlich an seine offizielle Adresse in Rom, Viale Dandolo. Dort treffen ihn alle Briefe, wenn er nicht gerade unterwegs ist. Mit ›dringend‹ bezeichnete schickt sein Famulus ihm umgehend nach, die anderen bleiben liegen, bis er heimkehrt. Ist Ihre Angelegenheit aber sehr dringend, und wollen Sie mir Ihren Auftrag anvertrauen, so bin ich gern erbötig, ihm denselben an seine Deckadresse in London zuzustellen.«

»Das ist sehr liebenswürdig«, murmelte sie unentschlossen. »Sie sind sehr, sehr freundlich, indes – Sie werden mich verstehen mein Auftrag ist sehr diskreter Natur —-ich kann dem Herrn wirklich nur persönlich mitteilen, was ich durch seine Vermittlung zu erfahren wünsche »

»Ja, dazu müßte er Sie wohl hier aufsuchen –«

»O nein, nein, um keinen Preis!« fiel sie erschrocken ein. »Ich – ich hatte an eine schriftliche Mitteilung gedacht –«

»Ich auch«, versicherte Windmüller. »Es kam mir durchaus nicht in den Sinn, Ihren Auftrag mündlich entgegenzunehmen, sondern meinte mit meinem Anerbieten, einen Brief von Ihnen an meinen Vetter durch meine Hand zu befördern – falls die Sache sehr dringend wäre.«

»Sie ist's für mich – ja, es wäre sogar sehr erwünscht, wenn Ihr Verwandter die Angelegenheit besorgen könnte, solange er in England ist, denn vielleicht, wahrscheinlich sogar, wird er dort das Gewünschte in Erfahrung bringen müssen«, erwiderte Leonore lebhaft. »Ja, so könnte es gehen! Ich werde also schreiben und Ihnen meinen Brief übergeben. Oh, Sie glauben nicht, wie dankbar ich für Ihre Güte bin!«

»Meine liebe Gräfin, das bedarf keiner Worte! Es beglückt mich, Ihnen für Ihre reizende Gastfreundschaft den kleinen Dienst leisten zu können«, entgegnete er unter Entfaltung seiner ganzen Liebenswürdigkeit, mit der es ihm stets gelang, seine Klienten sicher und zutraulich zu machen. »Also, bitte, schreiben Sie Ihren Brief und verschließen Sie ihn gut, am besten durch mehrere Siegel. Wenn ich ihn ja auch in einen zweiten Umschlag mit meinem Begleitschreiben einschließen werde, so wäre es mir zu meiner eigenen Beruhigung lieber, wenn mein Vetter sich überzeugen könnte, daß Ihr Schreiben ganz unversehrt in seine Hände kommt. Schließlich kennen Sie mich ja doch auch noch viel zu wenig, um wissen zu können, ob ich nicht neugierig bin, Dinge zu erfahren, die mich gar nichts angehen«, schloß er lachend.

»Aber lieber Herr Professor –«

»Nein, gnädigste Gräfin, das ist einfach eine Vorsichtsmaßregel zu Ihrer Sicherheit und zu meiner Beruhigung«, fiel er ihrer Höflichkeitseinsprache ins Wort. »Ich möchte Sie aber darauf aufmerksam machen, daß mein Vetter nur dann einen Auftrag übernimmt, wenn ihm volles Vertrauen entgegengebracht wird. Er ist nämlich sehr beschäftigt und kann seine Zeit nicht damit verlieren, im Dunkeln zu tappen – mit einem Wort, er muß klipp und klar wissen, um was es sich handelt. Und da ja, wie gesagt, die Diskretion eine Grundbedingung seines Berufes ist –«

»Ich verstehe!« unterbrach sie ihn. Ich werde mich genau nach Ihrem Wink richten, und auch nach Ihrem Wunsch meinen Brief versiegeln und ihn, in ein Buch eingelegt, auf Ihr Zimmer legen lassen; denn, wie ich Ihnen schon sagte, es darf niemand wissen, daß ich mit Ihrem Verwandten in Verbindung getreten bin. Übrigens ist mein Auftrag eine Angelegenheit, die nur allein mich angeht.«

»Darüber erlaube ich mir weder ein Urteil, noch selbst eine unausgesprochene Frage«, versetzte Windmüller. »Vergessen Sie nur nicht, meinem Vetter genau anzugeben, wie und auf welche Weise er sich mit Ihnen in Verbindung setzen, das heißt, wohin er seine Antwort und eventuell auch seine Berichte an Sie gelangen lassen soll. Das sind anscheinend Nebensächlichkeiten, an die man im Augenblick nicht denkt, die aber bei der von Ihnen betonten privaten Natur doch nicht übersehen werden dürfen.«

»O ja, ich danke Ihnen, daß Sie mich darauf aufmerksam gemacht haben«, erwiderte sie. »Wollen wir jetzt zu unserer Gesellschaft zurückkehren?«

Windmüller begleitete seine junge Gastgeberin bis zur Tür, dann begab sie sich in ihre Zimmer, während er selbst die Treppe hinabstieg, um zum Dorf zu gehen. Zu verfehlen war der Weg nicht; denn das zwiebelförmige Dach des Kirchturms mit seiner hellgrün patinierten Kupferverschalung war von der Terrasse des Schlosses durch eine Lichtung deutlich sichtbar, wie ein riesiger Wegweiser, dessen vergoldetes Kreuz in der Sonne gleich einem Leuchtturmfeuer strahlte.

Unterwegs hatte Windmüller Muße, über die erstaunliche Wendung nachzudenken. »Darauf wäre ich nie gekommen, daß die Gräfin mir einen Auftrag geben könnte«, dachte er. »Alles andere, nur das nicht! Woraus dieser Auftrag besteht, darüber lohnt es nicht, sich den Kopf zu zerbrechen; denn ich werde ihn ja sehr bald in meinen Händen haben – falls diese schöne Gräfin sich nämlich nicht eines andern besinnt, oder meine Vermittlung ihr etwa unsicher vorkommt, was ich zwar nicht annehmen möchte, weil sie mich dann überhaupt nicht zum Vertrauten erkoren hätte. Aber, zum Kuckuck, was will sie denn in England erfahren, wo sie doch niemals war? Vermutlich irgendeine Bagatelle, eine Auskunft, die sie sich wahrscheinlich auf direktem Weg ebensogut verschaffen könnte, weil sie ja natürlich keine Ahnung hat, wozu ein Detektiv meines Kalibers eigentlich da ist. Ulkige Geschichte das! Ich werde vom Vormund hierhergerufen, um herauszukriegen, was die Wandlung im Charakter seines Mündels verursacht haben könnte, und sie wünscht mich für ihre Zwecke in Tätigkeit und Nahrung zu setzen. Ist mir in meiner Praxis auch noch nicht vorgekommen, daß das Wild seinen Jäger für seine Zwecke in Bewegung setzt – woraus erhellt, daß man eben nie auslernt.«

Nachdem Windmüller sein Ziel, die Kirche, erreicht hatte, trat er in das schmucke Gotteshaus ein und fand darin vieles, das einem Liebhaber des Barocks Freude machen konnte: einen für eine Dorfkirche wahrhaft prächtigen Hochaltar mit einem sehr schönen Bild der Immaculata. Rings an den Wänden waren reiche Grabtafeln dahingeschiedener Mitglieder des Hauses Lohberg angebracht, deren Gruft sich vermutlich in der Krypta der Kirche befand. Windmüller fand aber nicht allein alles das, was sein kunstgeübtes Auge an sich interessierte, sondern auch, was er zu finden gehofft hatte, nämlich den Küster, der gerade damit beschäftigt war, auf die schönen, alten Zinnleuchter des Hochaltars frische Kerzen aufzustecken. Er ging also, ohne sich aufzuhalten, auf den freundlich aussehenden alten Mann zu.

»Guten Morgen«, redete er ihn an. »Ich bin drüben im Schloß zu Besuch und hergekommen, mir Ihre schöne Kirche anzusehen. Vielleicht hätten Sie Zeit und Lust, mich zu führen und mir alles zu erklären.«

»Ja, sehr gern«, erklärte der Küster bereitwillig. »Es kommt selten genug ein Fremder, um die Kirche zu sehen, und doch lohnt es schon der Mühe. Der verstorbene Herr Graf hat viel dafür getan.«

»Nun, die junge Gräfin wird wohl seinem Beispiel folgen«, meinte Windmüller.

»Man muß es hoffen«, sagte der Küster achselzuckend, »aber Gewisses weiß man noch nicht. Früher, bevor die junge Gräfin krank wurde und fort mußte, kam sie jeden Morgen zur Frühmesse her und stickte und schaffte unermüdlich für die Kirche. Seitdem sie heimgekehrt ist, war sie noch nicht ein einziges Mal hier. Unser alter Herr Pfarrer ist ja bald nach dem Herrn Grafen gestorben. Der neue war wohl schon im Schloß eingeladen, aber er ist doch noch ein Fremder für die Herrschaft – je nun, es ändert sich alles in der Welt, auch die Menschen.«

»Eine alte Geschichte!« gab Windmüller freundlich zu.

»Gräfin Leonore war ja wohl recht krank und muß sich noch immer schonen – es ist auch nicht so einfach, sich in solch eine große Erbschaft zu finden, namentlich, wenn man so jung schon dazu kommt.«

»Wohl! Wohl!« brummte der Küster und machte dann mit Windmüller einen Rundgang durch die Kirche, wobei er auch ein prächtiges Pluvial als Stiftung und eigenhändige Nadelarbeit von Gräfin Leonore zeigte. Windmüller wurde es schwer, sich vorzustellen, daß die Gräfin die mühselige Nadelmalerei geschaffen hatte, nachdem sie heute morgen erst eine wunderbar gestickte Kasel aus dem sechzehnten Jahrhundert in der Sammlung ihres Großvaters als »schmutzigen Plunder« hatte ausmerzen wollen. Nun, vielleicht hatte Gräfin Leonore sich mit fremden Federn geschmückt, als sie vorgab, dieses Pluvial hier selbst gearbeitet zu haben; sie wäre damit ja keineswegs vereinzelt gewesen. Übrigens waren die Paramente der Kirche alle sehr wohlerhalten, worüber Windmüller nicht verfehlte, dem Küster seine Anerkennung auszusprechen, indem er die Vermutung aussprach, daß dem Hüter dieser Schätze wohl auch weibliche Hilfskräfte zur Verfügung stünden – zum Beispiel seine Frau und Töchter.

»Ach nein, ich muß alles selbst besorgen«, erwiderte der Mann mit einem Seufzer. »Meine Frau ist schon lange tot und meine einzige Tochter ist in der Fremde, wo sie ja freilich ein schönes Stück Geld verdient. Aber man wird alt und ist einsam – na, das ist nicht zu ändern; denn man darf den Kindern nicht im Weg stehen. Sie müssen sich eben auch ihr Brot verdienen.«

»Gewiß, gewiß! Ist Ihre Tochter weit weg?« erkundigte sich Windmüller teilnehmend.

»Sie ist in der Schweiz Stubenmädchen in einer Fremdenpension; ein guter Posten, soll aber auch recht anstrengend sein.«

»Ja, wie kam es denn, daß sie so weit wegging?«

»Ach, das hat sich auf eine eigene Weise so gemacht«, sagte der Küster seufzend. »Meine Tochter war ja in ihrem ersten Dienst Kammerjungfer bei der jungen Gräfin, die sie dazu hat ausbilden lassen. Sie durfte die Gräfin dann auch begleiten, als diese mit ihrer Mutter und dem Stiefpapa ihrer Gesundheit wegen verreiste. Zuerst waren sie am Genfer See und gingen dann weiter hinauf in die Berge, weil es der Gräfin gar nicht gut ging, so daß man damals eigentlich nicht mehr viel für ihr Leben gab. In dem neuen Ort am Rhonetal ging's aber nicht viel besser, wie meine Tochter mir schrieb. Die Herrschaften sind dann auch wieder fortgegangen nach Italien, wo ihr die Luft zuträglicher war; denn sie ist ja dort gesund geworden. Meine Tochter durfte dahin aber nicht mit; die gnädige Frau Mama fand nämlich allmählich allerhand an ihr auszusetzen und sagte ihr, es müsse jetzt eine geprüfte Pflegerin für die junge Gräfin genommen werden. Die Klara war also überflüssig geworden und sollte heimgeschickt werden. Meiner Tochter ist das sehr nahe gegangen; denn sie schwörte, daß sie sich nichts hatte zuschulden kommen lassen, ergeben, wie sie der jungen Gräfin war und gewiß alles für sie getan hätte, was sie ihr nur an den Augen absehen konnte. Aber es half nichts. Die gnädige Frau von Ellbach setzte ihren Willen durch. Nun, der Klara gefiel's aber dort in der Gegend sehr gut, sie konnte auch schon ganz gut französisch, und weil sie dachte, daß ihr die Kenntnis der fremden Sprache mal nützlich sein könnte, ist sie auf eine Empfehlung der jungen Gräfin in der feinen Fremdenpension, wo die Herrschaft zuvor in Montreaux war, als besseres Stubenmädchen in Stellung gekommen. Ich hätte gern mal mit der jungen Gräfin darüber gesprochen; aber sie kommt ja nicht mehr in die Kirche, und ins Schloß mag man doch auch nicht gehen, damit man nicht als zudringlich angesehen wird.«

»Nun«, meinte Windmüller freundlich, »vielleicht kann ich Ihnen mal Nachricht von Ihrer Tochter geben und ihr einen Gruß von Ihnen bestellen; denn ich komme vermutlich in nächster Zeit nach Montreaux.«

»Sie sind sehr gütig, mein Herr«, erwiderte der Küster erfreut. »Ich möchte doch so gern wissen, wie es der Klara wirklich geht. Sie schreibt darüber nichts, und wenn sie auch ein kräftiges Mädchen ist, so sorge ich mich doch, daß sie sich am Ende zu sehr anstrengen muß.«

»Darüber werde ich Ihnen Nachricht geben, verlassen Sie sich darauf. Wie ist die Adresse?«

»Küster Kurz in Lohberg – ja so, die meiner Tochter! Pension la Tour.«

Windmüller notierte sich die Adresse, nahm dann Abschied von dem Küster und ging langsam nach dem Schlosse zurück, immerhin ganz befriedigt von dem Ergebnis seines kleinen Ausflugs; denn wenn er ja auch über den Grund der Entlassung des Kammermädchens der Gräfin Leonore im wesentlichen nichts anderes gehört hatte, als was er schon durch Fritz Volkwitz wußte, so hatte er doch wenigstens ihre Adresse erfahren. Nebenher war ihm auch hier bestätigt worden, daß die junge Erbin von Lohberg von ihrer Reise als eine andere, Veränderte, zurückgekehrt war, und das war nicht ohne Wert. Daß von dem Mädchen noch mehr zu erfahren sein würde, davon war Windmüller überzeugt.

Als er wieder im Park angelangt war, traf er mit Herrn von Ellbach zusammen, der gerade die Allee herabkam.

»Ah, Sie, Herr Professor?« rief er überrascht aus. »Ich wollte Sie zu einem Spaziergang auffordern, konnte Sie aber nirgends finden.«

»Ja, ich bin auf eigene Faust ausgezogen, die Kirche im Dorf zu besichtigen«, erklärte Windmüller, der in der Aufforderung zum Spaziergang sofort das Gegenstück zu seiner Unterredung mit Gräfin Leonore vermutete.

»Die Kirche? Nun, darin wird nicht viel zu besichtigen gewesen sein«, meinte Ellbach lächelnd.

»Im Gegenteil, ich kann Ihnen den Besuch nur dringend empfehlen«, versetzte Windmüller. »Gräfin Leonore muß Ihnen doch gesagt haben, wie schön diese Barockkirche ist.«

»Ich muß die Erwähnung der Kirche einfach überhört haben«, meinte Ellbach. »Übrigens, ehe ich's vergesse, Herr Professor: können Sie mir die Adresse Ihres Vetters, des Detektivs, sagen?«

Mit Blitzesschnelle überlegte Windmüller, daß hier ein Ausweichen nicht am Platze wäre und ohne merkliches Zögern erwiderte er:

»Gewiß, sehr gern. Mein Vetter wohnt in Rom-Trastevere, Viale Dandolo. Oft ist er allerdings dort nicht anzutreffen, da sein Beruf ihn naturgemäß viel auf Reisen führt.«

»Nun, ich habe nicht vor, ihn persönlich aufzusuchen, sintemalen Rom von hier aus nicht gerade ein Katzensprung ist; besonders aufs Ungewisse hin wäre eine solche Reise immerhin zu überlegen«, versetzte Ellbach lächelnd. »Ich kann mir lebhaft vorstellen, daß Ihr Vetter viel unterwegs ist. Grünholz erzählte ja erst gestern, daß er sich gegenwärtig in England aufhält. Meine Frage bezog sich besonders darauf, ob Ihnen seine Adresse in England bekannt ist.«

»Nein und ja«, antwortete Windmüller mit denselben Worten, mit denen er auf diese Frage heute schon einmal geantwortet hatte. »Ich will damit sagen, daß ich zwar nicht weiß, wo er sich in England aufhält, daß mir aber seine Deckadresse in London bekannt ist, unter welcher ich ihm eventuell eine Nachricht zugehen lassen kann, ohne den zeitraubenden Weg über Rom zu wählen. Ich bin jedoch nicht ermächtigt, diese Adresse weiterzugeben, was ja schon aus der Bezeichnung ›Deckadresse‹ erhellt. Daß mein Vetter noch in London ist, habe ich auch gestern erst durch Herrn von Grünholz erfahren, der gegebenenfalls gewiß bereit wäre, Sie durch Vermittlung der dortigen Botschaft, mit der mein Vetter immer Fühlung hat, mit ihm in Verbindung zu setzen.«

»Ah, nein, damit wäre mir nicht gedient – das möchte ich unter allen Umständen vermeiden«, erklärte Ellbach hastig und fuhr, da Windmüller darauf nichts sagte, nach einer Pause fort: »Ich habe nämlich in England etwas in Erfahrung zu bringen, was nur durch eine so geschickte und diskrete Persönlichkeit, wie Ihr Herr Vetter sie ist, besorgt werden könnte, und darum ist mir der Gedanke gekommen, seine Anwesenheit in London dazu zu benützen. Ich bin, offen gesagt, kein reicher Mann und fürchte, daß die Kosten einer besonderen Reise eines Beauftragten nach England mein Budget zu stark belasten würden. Es liegt mir aber sehr viel daran, über die Angelegenheit, welche ich im Auge habe, Klarheit zu erlangen, und weiß nun wirklich nicht, ob ich mir die Freiheit nehmen dürfte, Sie, verehrter Herr Professor, mit der Bitte zu belästigen, Ihrem Vetter einen Brief von mir zu übermitteln, der ihn in London noch erreichen könnte. Mit einer Empfehlung Ihrerseits hätte ich vielleicht die Aussicht, keine abschlägige Antwort zu erhalten.«

»Über diesen Punkt brauchen wir uns keine Illusionen zu machen«, versetzte Windmüller lachend. »Mein Vetter übernimmt seit Jahren nur noch Aufträge, die ihm liegen; er würde sich den Teufel um eine Empfehlung von mir kümmern. Selbstverständlich bin ich aber mit Vergnügen bereit, meinem Vetter Ihr Schreiben ›ohne Gewähr‹ zu übersenden und schätze mir's zur Ehre, wenn Sie es mir anvertrauen wollen. Indes, ich bin ein vorsichtiger Fechter, Herr von Ellbach, und darum muß ich Sie bitten, Ihren Brief nur wohlversiegelt in meine Hände zu legen; denn ob sein Inhalt diskreter Natur ist oder ganz harmlos: ich will und muß über dem Verdacht stehen, einen neugierigen Blick hineingeworfen zu haben.«

»Nun ja, wahrscheinlich würde ich an Ihrer Stelle dieselbe Bedingung stellen«, bekannte Ellbach ohne Zögern. »Jedenfalls bin ich Ihnen für Ihr Entgegenkommen sehr verpflichtet und werde Ihnen heute noch mein Schreiben übergeben, wobei ich mich selbstverständlich darauf verlasse, daß die Sache ganz unter uns bleibt.«

»Diese Voraussetzung habe ich vorweg angenommen«, erwiderte Windmüller trocken und dachte: »Daß dich das Mäuslein beißt! Zwei diskrete Aufträge an einem Morgen – die Sache wird interessant! Daß dieser Geselle hier eine Lappalie im Sinn hat, traue ich ihm nicht zu – und alle beide wünschen ausgerechnet in England etwas zu erfahren oder in Ordnung gebracht zu wissen. Diese merkwürdige Übereinstimmung zweier sonst so wenig einstimmiger Seelen hat mich auch nur bewogen, Nummer zwei nicht kurzweg, aber höflich abzuwimmeln; wer weiß, ob nicht ein Zusammenhang zwischen beiden Aufträgen existiert.

Inzwischen waren die Herren im Schloß angekommen, vor dessen Portal Leonore stand und gelbe Teerosen zu einem Strauß zusammenband. Es war ein hübsches Bild, diese schlanke, weiße Gestalt mit dem leuchtenden Blondhaar, das wie Gold in der Mittagssonne glänzte, die gelben Rosen in der Hand, ein Bild voll Farbenharmonie, und Windmüller gab dem auch Worte ehrlicher Bewunderung.

»Die Rosen kleiden Sie wunderbar, Gräfin! Sie sollten, falls Sie nicht in Weiß erscheinen, diesen gelben Farbton bei Ihrer Kleidung nicht übersehen; denn er stimmt ganz vorzüglich zu Ihrem Haar. Doch können Sie mit ihrer cremeweißen Haut fast jede Farbenzusammenstellung wagen, nur rote oder rosa Farbtöne müßten Sie wohl besser vermeiden.«

»Ja, nicht wahr?« nickte Gräfin Leonore zustimmend. »In Altrosa zum Beispiel sehe ich geradezu grün aus – einfach schrecklich. Weswegen Mama mir auch dringend geraten hat, mir solch ein Kleid zu kaufen.«

»Leonore!« rief Ellbach scharf. »Deine Mutter ist in Toilettefragen eine Autorität; ihr Geschmack ist vorbildlich, sie weiß ganz genau, was kleidsam ist.«

»Eben darum sagte ich ja auch: weil ich so schrecklich in Altrosa aussehe, hat sie mir geraten, ein Kleid dieser Farbe zu kaufen«, versetzte Leonore, indem sie ihrem Stiefvater mit leisem Lachen in die Augen sah – es war ein Blick, vor dem er den seinigen abwandte, und Windmüller wünschte sich in diesem Augenblick weit weg; denn psychologisch interessant, wie dieser mit kühlster Überlegung wiederholte Ausfall immerhin war, ebenso peinlich wirkte er auch für sein Gefühl, und mit innerlichem Widerwillen fragte auch er sich nun, was vorgefallen sein mußte, wenn eine Tochter von ihrer Mutter dergleichen nicht nur vor deren Gatten, sondern auch vor fremden Ohren aussprechen konnte. Ein Mädchen, das eine solche Erziehung genossen hatte! Und es war nicht einmal ein in der Erregung hervorgesprudeltes Wort, sondern ein ausdrücklicher, wiederholter Vorwurf.

Zum Glück kam in diesem Augenblick Fritz Volkwitz um die Ecke des Hauses gestürzt und rief schon von weitem:

»Leonore, ich lade mich heute zum Gabelfrühstück bei euch ein. Bei uns herrscht das Greuel der Verwüstung, denn Papa kommt doch abends wieder zurück, und da muß der große Scheuerzauber erledigt sein. Da dachte ich mir: ich reiße aus. Und da bin ich!«

»Man sieht und hört es«, sagte Leonore ruhig, fast kühl.

»Na, wenn's dir nicht paßt, dann kann ich ja auch wieder gehen«, versetzte Fritz verwundert.

»Unsinn, du kleines Schaf – für dich ist immer noch Platz«, erwiderte Leonore mit einem Blick auf Windmüller. Herr von Ellbach rief begütigend aus:

»Selbstverständlich bleiben Sie hier, Fräulein Volkwitz! Ich werde gleich sagen, daß für Sie mit gedeckt wird.«

Fritz Volkwitz war eine harmlose Seele, die rasch wieder zu versöhnen war. Um ferneren Unfreundlichkeiten von Seiten Leonores vorzubeugen, fing er an, von seinem Besuch der Lohberger Kirche zu erzählen.

»Ich habe mich gefreut, Sie dabei als Künstlerin der Nadelmalerei kennenzulernen, Gräfin«, schloß er seinen Bericht.

»Mich? Wieso?« fragte Leonore erstaunt.

»Oh, der Küster zeigte mir unter anderem auch das von Ihnen gearbeitete Pluvial, das wirklich und ohne jede Übertreibung ein Kunstwerk ist.«

»Pluvial?« wiederholte Leonore verständnislos. »Was ist denn das?«

»Aber Leonore!« platzte nun Fritz Volkwitz lachend heraus. »Du kannst doch unmöglich vergessen haben, daß du den Rauchmantel gestickt hast! Acht Monate hat sie darüber gestichelt, Herr Professor, und tut jetzt, als hätte sie auf diese Heidenarbeit vergessen.«

»Ach so – jetzt erinnere ich mich! Ich hatte nur den Ausdruck Pluvial ganz vergessen«, gestand Leonore gedehnt, aber mit einem raschen Blick auf Windmüller, der wirklich nicht wußte, was er denken sollte. War das Affektiertheit oder wirkliche Vergeßlichkeit?

Bei Tisch brachte der Gesandte dann die Rede auf die Sammlungen und erkundigte sich, wie Windmüller über ihre Aufstellung denke.

»Ich habe der Gräfin einen kleinen Plan dafür entworfen«, erwiderte dieser. »Doch möchte ich empfehlen, eine fachmännische Hilfskraft, die auch den Katalog verfassen könnte, für die Aufstellung zu gewinnen; denn das vorhandene Material lohnt dessen ohne Zweifel.«

»Ja, wollen Sie sich nicht selbst dieser Aufgabe unterziehen? Ich glaubte das doch so verstanden zu haben«, warf Ellbach ein.

»Ah nein – dazu fehlt mir leider die nötige Zeit«, entgegnete Windmüller. »Ich bin ja nur auf den Wunsch Seiner Exzellenz hergekommen, um ein allgemeines Urteil abzugeben, und muß spätestens morgen wieder zu meinen eigenen Arbeiten zurückkehren.«

»Morgen schon?« fragte der Gesandte aufhorchend.

»Aber Sie werden doch wiederkommen, um sich zu überzeugen, daß alles nach Ihrer Angabe gemacht worden ist?« fragte Frau von Ellbach liebenswürdig.

»Natürlich, darauf rechne ich ganz sicher«, sagte Leonore.

»Die Herrschaften sind sehr gütig«, sagte Windmüller verbindlich. »Gewiß, ich werde gern wiederkommen, sobald ich von meiner Reise zu – Studienzwecken zurückkehre. Vielleicht treffe ich die Herrschaften alle dann noch hier.«

»Was uns betrifft, so käme es darauf an, wie lange Sie fortzubleiben gedenken«, bemerkte der Gesandte. »Sie wissen ja, daß unsereins immer auf dem Pulverfaß sitzt. Ein kleines, unscheinbares Wölkchen nur am politischen Himmel – und man muß mit dem nächsten Zug abreisen.«

»Hoffen wir, daß der politische Himmel so wolkenlos bleibt, wie der wirkliche es heute ist, Onkel Bernhard«, rief Leonore mit mehr Herzlichkeit, als Windmüller und augenscheinlich der Gesandte selbst ihr zugetraut hätten; denn dieser sah sie ganz überrascht an. »Doch, ich meine es so«, fuhr sie mit einem Erröten fort, das sie sehr verschönte. »Du und Therese, ihr seid so gut zu mir, trotzdem ich es nicht immer bin – oh, ich weiß es wohl, aber ihr habt Geduld mit mir, nicht wahr? Und ich weiß auch, daß ihr mich verstehen würdet, selbst wenn ich ——«

Verwirrt hielt sie ein und senkte die Augen, wie erschrocken über sich selbst. Herr und Frau von Grünholz wechselten einen Blick miteinander, der Windmüller nicht entging, und während Frau von Grünholz mit einem freundlichen Lächeln die Hand über den Tisch hinüberreichte, rief Fritz Volkwitz – nicht eifersüchtig, sondern herzhaft und herzlich aus:

»Leonore! Ich bin auch noch da!«

Sofort zog Leonore ihre Fingerspitzen, die sie mit leichtem Zögern in die ausgestreckte Hand gelegt hatte, zurück und sah ihre Freundin mit hochgezogenen Augenbrauen an.

»Wie gut, daß du es sagst! Du hast seit mindestens zwei Minuten kein Wort mehr gesprochen; man hätte meinen sollen, daß du nicht mehr da bist«, bemerkte sie schon nicht mehr scherzhaft oder neckend, sondern kühl und fast verletzend, daß Fritz sich gerade aufrichtete und, zu Herrn von Grünholz gewandt, laut und ruhig sagte:

»Sie sind ja in Italien so bekannt, Exzellenz – können Sie mir sagen, ob man dort derartige Höflichkeiten lernt; denn in Leonores Schweizer Briefen hat man davon noch nichts gemerkt. Erst war ich darüber erstaunt, dann habe ich gelacht, weil ich das für einen vorübergehenden Vogel hielt – aber heute bin ich den Weg zum Schloß Lohberg das letztemal gegangen, falls ihn Leonore nicht wieder so zugänglich macht, daß ich ihn betreten kann, ohne mich zu erniedrigen.«

Tja, dachte Windmüller, ein gemütliches Haus ist das hier wirklich nicht, das muß ihm der Neid lassen. Wenn Grünholzens ihre fünf Wochen hier noch aushalten, dann bewundere ich sie; ich tät's nicht!

Als nach Tisch der Gesandte mit seiner Frau und Windmüller auf einer Bank unter den hohen Buchen im Park saßen, sagte Frau von Grünholz ohne jede Einleitung:

»Ich habe mit Leonore gesprochen und sie gebeten, die kleine Volkwitz nicht so – so gehen zu lassen, wovon ich mir nach ihrem so seltenen Gefühlsausbruch vorhin bei Tisch doch einen Erfolg versprechen durfte, aber sie wurde sofort wieder so kühl, so unnahbar steif und ablehnend, daß ich meinen Zuspruch für's erste aufgeben mußte. Sie behauptete, nichts Beleidigendes gesagt zu haben; Fritz ginge ihr mit ihrem Geplapper auf die Nerven, Kinderfreundschaften seien etwas schrecklich Albernes.«

»Das Mädchen tut mir leid, und schließlich bedeutet das für die Ihrigen eine unverdiente, rücksichtslose Kränkung, gegen die ich Einspruch erheben muß, wenn es die Ellbachs nicht tun wollen«, bemerkte der Gesandte ärgerlich.

»Das ist's ja eben«, stimmte seine Frau zu. »Sie werden nicht wollen. Diese systematische Brüskierung der kleinen Volkwitz scheint wirklich der einzige Punkt zu sein, in welchem Leonore mit ihrer Mutter übereinstimmt. Ja, Fritzchen Volkwitz tut mir sehr leid, aber auch Leonore hat mein tiefstes Mitgefühl; denn man muß doch sehen, daß sie schwer unter irgendeiner Last leidet, die zu erleichtern sie einem nicht gestatten will. Natürlich rechtfertigt das noch lange nicht die unschöne Behandlung ihrer ehemaligen Freundin. Ich habe so das Gefühl, als ob Leonore sich vor ihr fürchtete. Wie dieser Gedanke mir gekommen ist, kann ich schwer sagen, ich habe ja auch keine greifbaren Beweise dafür, und dennoch —- ah, Doktor Windmüller lächelt natürlich über solch eine unmögliche Idee!«

»Warum unmöglich, Exzellenz? Mein Lächeln sollte eher Zustimmung ausdrücken; ich gebe sehr viel auf solche scheinbar unerklärlichen Empfindungen«, verteidigte sich Windmüller.

Der Gesandte sah ihn prüfend an. »Ihre Absicht, morgen früh schon abzureisen, hat mich überrascht«, sagte er. »Ich habe nicht erwartet, daß Sie Ihre Beobachtungen in dem Kreise der zärtlichen Verwandten so rasch erledigen würden. Oder waren Ihnen die vorgesetzten Proben wirklich schon genügend, um zu einem Schlusse zu kommen? Sie können sich ruhig aussprechen; denn meine Frau ist natürlich von dem Zweck Ihres Besuches unterrichtet.«

»Ich habe das ja angenommen«, erwiderte Windmüller einfach. »Nun ja, die vorgesetzten Proben, um mit Exzellenz zu sprechen, waren wohl im rein menschlichen Sinn recht peinlich, im psychologischen sehr interessant, aber schließlich zur Konstruierung eines ›Falles‹ an sich ungenügend. Ich meine eines Falles, der in mein Fach schlägt. Die Ursache eines Familienzwistes zu ergründen, besonders eines solchen, der sich selbst vor einem total Fremden nicht einmal leise zu verschleiern sucht, dürfte unüberwindliche Schwierigkeiten zu ihrer Aufklärung nicht bieten, weil nach alter Erfahrung früher oder später einem der Beteiligten doch einmal das Herz auf die Zunge zu treten pflegt .«

»Lieber Windmüller, das abzuwarten, scheint mir hier vergebliche Zeitverschwendung, ganz abgesehen davon, daß meines Bleibens ja hier nicht allzu lange ist und man sich während desselben sicherlich nicht zu Indiskretionen hinreißen lassen dürfte«, fiel der Gesandte etwas ungeduldig ein. »Meine Nichte ist ganz unzugänglich, ihre Mutter und deren Gatte bis obenhin so zugeknöpft, daß sie nicht einmal den Versuch einer andeutungsweisen Erklärung dieses unerquicklichen Verhältnisses machen.«

»Gewiß, Exzellenz, so sagten Sie schon«, gab Windmüller zu. »Ich wollte eben nur andeuten, daß im vorliegenden Fall die Sache tiefer zu liegen scheint. Der vergangene Morgen, von der Stunde an gerechnet, in welcher Sie und ich zusammentrafen, um einem vermuteten Einbrecher das Handwerk zu legen, hat mir nämlich eine Summe von Anhaltspunkten beschert, die mich zu dem Entschlusse gebracht haben, ohne Aufschub die Spuren zu verfolgen, die sich mir gezeigt haben. Oh, es ist nichts Positives. An sich sind's nur lose Steinchen, aus denen sich vielleicht ein Bild zusammensetzen läßt. Ich gestehe offen, daß das Rätsel, vor dem ich noch stehe, mich derart reizt, daß ich seine Lösung mit all der Zähigkeit versuchen will, die mir in solchen Fragen zu Gebote steht.«

»Womit ich mich vorläufig nach meinen Erfahrungen mit Ihren Methoden zu begnügen habe, nicht wahr?« fragte der Gesandte forschend.

»Das ist ja immer meine erste Bedingung bei der Übernahme eines Falles«, gab Windmüller ohne weiteres zu. »Ich rede grundsätzlich nie über meine Arbeiten, bevor ich Positives sagen kann. Ich hoffe aber, daß die fünf Wochen, welche Exzellenz hier noch bleiben, genügen werden, um mit bestimmten Angaben zurückzukehren. Ich setze voraus, daß Ihnen daran liegt, die Angelegenheit noch vor Ihrer Rückkehr nach Rom zu erledigen.«

»Daran liegt mir sehr viel«, bestätigte Grünholz. »Was immer auch geschehen ist – ich fühle, daß es notwendig ist, hier klar zu sehen. So kann es doch nicht weitergehen, darüber muß ja mein Mündel zugrunde gerichtet werden. Sagen Sie mir nur soviel, ob Sie glauben, daß irgendein – ein Flecken auf der Ehre Leonores der Grund dieses entsetzlichen Zerwürfnisses sein könnte?«

»Exzellenz, es wäre unverantwortlich von mir, nicht alle Möglichkeiten in Betracht zu ziehen. Aber der – Flecken könnte sich ja ebensogut auch auf der anderen Seite herausstellen, was ich aus verschiedenen Anzeichen nicht für ausgeschlossen halte. Aber sei dem, wie ihm wolle, eins scheint festzustehen, – scheint, sage ich mit aller Reserve, – daß es tiefes Wasser ist, in das man wird tauchen müssen, um die Wahrheit herauszuholen. Indes, ich kann mich auch irren; ist mir schon passiert, weil ich auch nur durch ein Brett sehen kann, wenn's ein Loch hat.«

»Bretter haben aber zuweilen kleine Risse«, murmelte Frau von Grünholz.

»Gewiß«, erwiderte Windmüller, »denn wenn ich solch einen kleinen Riß nicht entdeckt hätte, so würde ich mich morgen nicht auf die Fahrt machen.« –

In seinem Zimmer fand Windmüller ein in Papier eingeschlagenes, verschnürtes Buch vor, in dem der versiegelte Brief der Gräfin lag. Windmüller betrachtete ihn mit großer Aufmerksamkeit. Nicht, daß er etwa vorhatte, ihn aufzuschneiden, denn er rechnete damit, daß Leonore ihn eventuell zurückforderte. Bei Damen ihrer Art muß man auf plötzliche Willensänderung immer gefaßt sein, dachte er. Ich werde meine Wißbegierde zähmen, bis ich Lohberg im Rücken habe.

Gewohnheitsmäßig nahm er jedoch eine äußerliche Prüfung vor, die ihn schon oft zu scharfsinnigen Schlüssen auf den Schreiber geführt hatte. Der Umschlag von dickem Büttenpapier trug die Adresse: »Herrn Windmüller«, mit dem Zusatz: »Durch gütige Vermittlung des Herrn Professor Windmüller«, in der ihm von den Fotografien her bekannten großen, flüssigen Handschrift. Rückwärts war der Brief fünfmal mit Goldlack gesiegelt, der tiefe Abdrücke des verwendeten Petschafts oder Siegelringes aufwies, dessen Form eine Raute und in dieser ein scharf graviertes Wappen zeigte.

Windmüller unterzog mit seiner scharfen Lupe den kleinen, knapp einen Zentimeter messenden Siegelabdruck einer näheren Betrachtung, deren Resultat ihn nicht wenig erstaunte; denn die in den oberen spitzen Winkel über dem Schild eingeschliffene Krone war eine Königskrone, und der darunter befindliche Herzschild, in vier Felder geteilt und gespalten, zeigte im ersten und vierten Feld, gleichfalls viermal quadriert, abwechselnd drei Lilien und drei übereinander gestellte Leoparden, im zweiten Feld in einem mit Lilien besteckten Schildrand einen aufgerichteten Löwen und im dritten Feld eine sogenannte Davidsharfe. In die spitzen Winkel rechts und links des Schildes aber waren die Buchstaben M und R eingraviert, und zwar war das Ganze auf seiner Miniaturfläche ein Meisterwerk der Steinschneidekunst, denn zum Beispiel die dem bloßen Auge nur wie Punkte scheinenden, viermal wiederkehrenden, zwei zu eines gestellten Lilien waren als solche durch die Lupe klar zu erkennen.

»Das Privatsiegel der Maria Stuart!« murmelte Windmüller nach der sorgfältigen Betrachtung mit einem Erstaunen, das sich aber sehr bald in unverhohlene Belustigung auflöste. »Diese reizende Erbin von Lohberg siegelt ausgerechnet mit dem Privatsiegel der Maria Stuart – eine Entdeckung, die mir versagt gewesen wäre, wenn ich in meinem Beruf nicht auch ein wenig Heraldiker sein müßte, und wenn diese Hilfswissenschaft der Geschichte mich nicht dermaßen interessiert hätte, daß es mich verlockte, mir eine Sammlung historischer Siegelabdrücke anzulegen. Wo mag sie das Petschaft oder den Siegelring herhaben? Wahrscheinlich aus der Sammlung ihres Großvaters, die ja ein ganzes Kästchen voll Siegelringe enthält. Sie muß sich diesen daraus gewählt haben, in glänzender Unwissenheit seines Ursprungs. Ein Wappen und eine Krone darüber, das genügt. Nicht nur ihr, sondern vielen anderen auch. Daß es eine Königskrone darstellt, ist ihr wahrscheinlich überhaupt nicht zum Bewußtsein gekommen. Ich kenne jemand – eine Dame natürlich –, die sich ihre Schnupftücher mit einer – Kaiserkrone sticken ließ, weil diese ›so hübsch aussieht‹. Die beiden Buchstaben M und R – ›Maria Regina‹, hat die schöne Leonore vermutlich überhaupt nicht beachtet oder sie haben ihr ebenso wenig gesagt wie die alliierten Wappenschilder von England und Frankreich, der Löwe von Schottland im lilienbesteckten Bord und die Harfe von Irland. Ein Wappen mit Krone darüber – Punktum! Und dieses Siegel hier ist bestimmt keine Nachahmung, sondern ein Original, das der selige Großvater Lohberg sicher mit schwerem Geld bezahlt hat. Ich brenne darauf, es zu sehen, aber ich werde mir meine Sammlerwißbegier verkneifen müssen, um die Gräfin durch eine Frage danach nicht erst auf den Gedanken zu bringen, daß ich ihren Brief so genau, wenn auch nur von außen, betrachtet habe ——-«

Nachdem Windmüller den Brief wieder verwahrt hatte, machte er sich kurze Notizen von den »losen Steinchen«, aus denen er hoffte, das Mosaikbild des »Falles Lohberg« zusammenzustellen, und war damit kaum fertig, als es an seine Tür klopfte, und Herr von Ellbach bei ihm eintrat.

»Ich komme, Ihnen den bewußten Brief an Ihren Vetter zu bringen«, sagte er ohne Umschweife, indem er das Schreiben aus der Brusttasche zog. »Ich habe ihn, Ihrem ausdrücklichen Wunsch entsprechend, versiegelt. Sollte Ihr Vetter sich wider Erwarten nicht mehr in London befinden –«

»Dann werden seine Briefe ihm sicher nachgesandt«, vollendete Windmüller. »Er pflegt darüber ganz genaue Bestimmungen zu hinterlassen. Daß Ihr Brief ihn sicher erreicht, darüber dürfen Sie außer Sorge sein.«

»Ich hoffe aber sehr, daß er noch in London ist; denn, wie ich Ihnen schon andeutete, würde eine besondere Reise Ihres Vetters mein Budget empfindlich belasten«, versetzte Ellbach. »Indes, da die Sache von der größten Wichtigkeit für mich ist, müßte das eben getragen werden — -je eher der Brief aber abgeht, um so größer dürfte die Aussicht sein, Ihren Vetter noch zu erreichen.«

»Ich werde ihn heute noch adressieren und morgen bei meiner Ankunft in Berlin dort gleich zur Post bringen«, versicherte Windmüller.

»Was seine Ankunft um fast vierundzwanzig Stunden verzögern würde, Herr Professor. Ich habe vor, nach dem Tee in die Stadt zu fahren, wo ich einiges zu besorgen habe. Wenn Sie Lust hätten, mich zu begleiten, dann könnten Sie den Brief dort aufgeben, und er ginge mit dem Abendzug noch ab. Verzeihen Sie meine Dringlichkeit, aber ich möchte wirklich die Möglichkeit der Anwesenheit Ihres Vetters in England nicht verscherzen.«

Windmüller hatte gar keine Lust, Herrn von Ellbach in die Stadt zu begleiten, weil das für ihn verlorene Zeit in Lohberg bedeutete. Da aber die Fiktion der »Vetterschaft« aufrecht erhalten werden mußte, so blieb ihm nichts übrig, als verständnisvoll zuzustimmen. Nachdem Ellbach sich wieder entfernt hatte, schrieb er also rasch einen Brief mit einigen kurzen, schon beabsichtigten Anweisungen an seinen Famulus Pfifferling in Rom, steckte ihn in einen größeren Umschlag als den, der Ellbachs Schreiben enthielt, ergänzte das fehlende Gewicht des letzteren durch ein paar leere Papierbogen, über deren Zweck sich der Empfänger beliebig den Kopf zerbrechen durfte, und steckte die Attrappe dann zu sich.

Als er dabei zufällig zum Fenster hinaussah, gewahrte er Leonore auf einer Bank unter einer prächtigen, weitverzweigten Platane sitzen, und ohne sich aufzuhalten, steuerte er auf dem nächsten Weg auf die einsame, weiße Gestalt zu. »Denn«, sagte er sich, »man muß die Gelegenheit benutzen. Ein Gespräch ohne Zuhörer kann ganz lehrreich sein, falls man den richtigen Ton findet.«

»Ich sah Sie hier von meinem Fenster aus sitzen, Gräfin, und möchte diesen Augenblick Ihres Alleinseins benutzen, Ihnen zu sagen, daß Ihr Brief an meinen Vetter richtig in meine Hände gelangt ist«, redete er sie an. »Ich werde nicht verfehlen, ihn baldigst weiterzusenden.«

Die Gräfin bedankte sich und machte eine einladende Handbewegung zum Niedersetzen. »Übrigens, Herr Professor«, fuhr sie fort, »da Sie morgen leider schon abreisen wollen, könnten wir vielleicht heute nach dem Tee eine Spazierfahrt machen; Sie, ich, Onkel und Tante Grünholz. Die Gegend hier ist sehr hübsch.«

»Das wäre ganz reizend; aber Herr von Ellbach hat mich bereits eingeladen, ihn nach dem Tee in die Stadt zu begleiten«, bedauerte Windmüller.

Leonore richtete sich aus ihrer bequemen Stellung hoch auf.

»Oh, wirklich«, sagte sie hart. »Wie kommt Herr von Ellbach dazu, Sie einzuladen?«

»Wenn es mir meine angeborene Bescheidenheit nicht verböte, würde ich sagen: er wünscht eben meine Gesellschaft«, antwortete Windmüller lächelnd. »Vermutlich hat er damit nur eine Aufmerksamkeit zur Unterhaltung seines Gastes beabsichtigt.«

»Seines Gastes?« wiederholte Leonore scharf. »Herr von Ellbach ist hier ebenso Gast wie Sie!«

»Doch wohl mit Unterschied, Gräfin«, widersprach er höflich.

»Gleichviel«, sagte sie. »Sie sind mein Gast, und ein anderer hat nicht über Sie zu verfügen.«

»Also trifft der Vorwurf mich, weil ich die Einladung des andern angenommen habe«, versetzte Windmüller ruhig und gehalten. »Von diesem Standpunkt betrachtet, bin ich Ihnen eine Erklärung schuldig; ich begründe sie damit, daß ich die Grenze nicht gesehen habe, die Sie zwischen Ihrem Herrn Vater und sich selbst zu ziehen wünschen.«

»Herr von Ellbach ist nicht mein Vater.«

»Er ist der Gatte Ihrer Frau Mutter, Gräfin, worin für mich wenigstens der Unterschied mit einem Gast, wie ich es bin, liegt. Es sei fern von mir, Ihnen damit eine Vorhaltung machen zu wollen; denn das hieße, meinen Standpunkt total verkennen. Ich erwähne es auch nur zu meiner eigenen Rechtfertigung und bekenne, daß ich zum Beispiel eine Aufforderung des Herrn von Grünholz auch angenommen hätte, weil ich ihn als Ihren Verwandten und Vormund gleichfalls außerhalb der Grenze stehend betrachte, die mir und jedem anderen Außenstehenden im fremden Hause gezogen ist.«

»Mit Herrn von Grünholz ist es etwas ganz anderes«, behauptete Leonore mit so sonderbarer Logik, daß Windmüller unwillkürlich lächeln mußte.

»Nun ja«, meinte er leicht, »es kann wohl Fälle geben, wo einem ein Onkel persönlich näher stehen kann als ein Stiefvater, indes doch das geht mich, selbst im allgemeinen geredet, nichts an. Wenn Sie also wünschen, Gräfin, werde ich mich bei Herrn von Ellbach entschuldigen, möchte mir aber in meiner Eigenschaft als älterer Mann erlauben, Ihnen den Vorschlag zu machen, die Sache des lieben Friedens wegen auf sich beruhen zu lassen; denn Herr von Ellbach würde sich wahrscheinlich, und nicht ganz ohne Recht, beleidigt fühlen.«

»Vielleicht will ich, daß er es tut«, warf sie trotzig ein.

»Das glaube ich Ihnen nicht«, behauptete Windmüller lächelnd. »Das paßt gar nicht ins Bild; denn wie würden Sie jemand wohl mit Absicht kränken wollen, besonders, wenn dieser Jemand der eigenen Mutter so nahe steht! Auch würde es mir wirklich gar keinen Spaß machen, als Zankapfel Verwendung zu finden – das ist eine Rolle, nach der ich nicht das geringste Verlangen spüre, und die man einem Gast wohl auch nicht gut zumuten kann. Als Friedensengel mit einem Palmzweig in der Hand stehe ich aber ganz zu Ihrer Verfügung.«

Leonore machte eine ungeduldige Bewegung, nahm sich aber zusammen und reichte Windmüller die Hand.

»Sie haben recht – das darf man einem Gast nicht zumuten«, gestand sie offen ein. »Ich danke Ihnen für Ihre Ermahnung; ich habe mich eben wieder einmal von meiner Antipathie hinreißen lassen, die – die –«

»Die stärker ist als sie selbst«, sprang Windmüller freundlich ein, als sie stockte. »Ja, lieber Himmel, das sind Gefühle, für die man nichts kann, aber man sollte sich von ihnen nicht verführen lassen, sie zu einer Kriegführung im kleinen, kleinlichen zu benutzen. Das erzeugt nichts als einen Zustand gegenseitiger Erbitterung, der jedes Behagen, nicht nur der Beteiligten, sondern auch der Zuschauer zerstört und schließlich auch den Charakter verdirbt. Nun, und geht's nicht anders, wendet man das Rezept des Großen Alexander an und zerhaut den gordischen Knoten mit einem Streich. Natürlich muß man dazu den Willen und die rücksichtslose Entschlossenheit besitzen. Doch besser ein Ende mit Schrecken, als ein Schrecken ohne Ende.«

»Was nutzt der Wille und die Entschlossenheit, wenn man das Schwert nicht hat«, entgegnete sie und bewies dadurch, daß sie die Allegorie ganz gut verstanden hatte.

»Wo ein Wille ist, ist auch ein Weg«, zitierte Windmüller. »Natürlich darf es kein Holzweg sein.«

»Wie meinen Sie das?« fragte sie lebhaft. »Oh, ich verstehe schon: was man auf Englisch ›a fool 's track‹ nennt, nicht?«

»Ja, so ungefähr. Wie kommt es, Gräfin, daß Ihnen der englische Ausdruck geläufiger ist als der deutsche? Waren Sie lange in England?«

»Ich? Nein – ich war niemals dort. Ich – kannte nur den Ausdruck –«

»Um auf etwas anderes zu kommen«, sagte Windmüller, »wenn Ihnen sehr viel daran liegt, daß Ihr Brief an meinen Vetter heute noch abgeht, so könnte ich ihn nachher in der Stadt aufgeben; natürlich in ein Begleitschreiben von mir eingeschlossen. Andernfalls würde ich ihn morgen von Berlin aus zur Post geben.«

»Oh, wie es Ihnen am bequemsten ist«, erwiderte sie zögernd. »Natürlich wäre es ja wünschenswert, wenn der Brief Ihren Verwandten noch in England antreffen könnte, weil ihm damit eine Reise dorthin erspart würde, und damit auch die Zeit dazu. Aber ich möchte nicht, daß Herr von Ellbach – ich lege den größten Wert darauf, daß er nicht weiß, nicht den Verdacht schöpft, daß ich –«

»Das ist ausgeschlossen. Herr von Ellbach dürfte wohl kaum so neugierig sein, wissen zu wollen, an wen ich einen Brief aufgeben will, und selbst, wenn er zufällig die Adresse lesen sollte, würde er daraus nichts erfahren, da sie ja nicht die meines Vetters ist.«

»Ah ja – darauf hatte ich vergessen. Gewiß, wenn Sie den Brief heute schon fortsenden könnten, wäre ich Ihnen sehr verbunden, Herr Professor!«

»Also wird es geschehen. Woraus Sie ersehen, Gräfin, daß meine Spazierfahrt mit Herrn von Ellbach schließlich doch noch ein Ausflug in Ihrem Interesse ist«, versicherte Windmüller, ganz befriedigt davon, daß er durch eine glückliche Eingebung einen neuen Zusammenstoß der Parteien verhindert hatte und er dadurch zwei Fliegen mit einer Klappe schlagen konnte; denn wenn beide Auftraggeber der Meinung waren, daß ihre Briefe sich schon unterwegs befanden, so war es ausgeschlossen, daß sie ihm infolge nachträglicher Überlegung wieder abgefordert wurden. Dadurch kam Windmüller, als der eigentliche Adressat, in die Lage, diese Schriftstücke zu lesen, bevor er Lohberg verließ, und das schien ihm insofern wichtig, als er dann vielleicht von Herrn von Grünholz mündliche Aufschlüsse erhalten konnte, die für die erhaltenen »Aufträge« möglicherweise nicht ohne Wert waren. Daß der Auftrag Ellbachs nicht ohne eine gewisse Bedeutung war, durfte in Anbetracht der Persönlichkeit dieses Mannes und besonders schon darum, weil er sich damit an den berühmten F. X. W. wandte, vorweg angenommen werden, während Gräfin Leonore sicher nur durch die zufällige Erwähnung eines Detektivs auf den Gedanken gekommen war, sich seiner für ihre Angelegenheit zu bedienen, die nach Windmüllers Dafürhalten sicher keines Meistergeistes bedurfte.

So wurde denn die Attrappe für das Schreiben Ellbachs in dessen Gegenwart als eingeschriebener Brief auf der Post aufgegeben. Letzterer machte dann einige so unwesentliche Einkäufe, daß Windmüller unschwer daraus erraten konnte, daß diese nur den Vorwand zu der Fahrt gegeben hatten, während welcher das Gespräch sich nur auf allgemeinen Gebieten bewegte, die aber dem Stiefvater Leonore Lohbergs Gelegenheit gaben, seine glänzende Unterhaltungsgabe zu entfalten, durch die es ihm ja auch gelungen war, sich seinen Kreisen angenehm und unentbehrlich zu machen.

Als sie wieder ins Schloß zurückgekehrt waren, zog sich Windmüller in sein Zimmer zurück, um die beiden Briefe seiner Auftraggeber nun ohne Sorge um ihre Zurückforderung zu lesen.

Der des Herrn von Ellbach war kurz und bündig: er erbat einfach Auskunft über eine gewisse Miß Ellinor Ashfield, deren Herkunft, Vorleben und Leumund. Die Genannte sei jetzt dreiundzwanzig Jahre alt und in einer Londoner Pflegerinnenschule als Krankenpflegerin ausgebildet worden.

Das war alles, und kopfschüttelnd faltete Windmüller den Brief wieder zusammen, indem er über den Schluß, »daß ein so eminenter Detektiv, wie der Adressat es sei, vermöge seiner oft bewährten Findigkeit gewiß in der Lage sein dürfte, auf Grund so dürftiger Angaben das gewünschte Resultat zu erreichen«, einfach hinwegging.

Für so kindlich hätte ich diesen Mann denn doch nicht gehalten, dachte er gewissermaßen enttäuscht. Du liebe Zeit, da hätte er ja ebensogut von mir verlangen können, ihm eine Stecknadel in einem Heuschober zu suchen. Warum ist ihm diese Miß so wichtig, daß er für sie sogar eine Extrareise von mir riskieren würde? Will er sie als Pflegerin für seine Tochter, oder war sie es und hat auf diesem Posten etwas ausgefressen, was sich einer Nachforschung über diesen weiblichen Lohengrin lohnt, der mit seinen Angaben über seine werte Person, wie es scheint, außerordentlich zurückhaltend war? Vom Himmel kann sie doch nicht gefallen sein; außerdem nimmt man sich eine Pflegerin für gewöhnlich auch nicht ohne Empfehlungen ins Haus. Mir scheint, der »eminente« Detektiv wird für diesen ehrenvollen, aber dunklen und unmotivierten Auftrag zu seinem größten Bedauern keine Zeit haben. Natürlich, aufzufinden wäre diese Stecknadel in dem großen Heuschober London vielleicht schon, weil es dort ja auch Polizeiregister gibt, vorausgesetzt nämlich, daß diese Miß geruht hat, dem Ellbach ihren richtigen Namen anzugeben, was mir nach allem, besonders bei ihrer augenscheinlichen Zurückhaltung über alles, was sie angeht, doch sehr zweifelhaft scheint. Es würde sich nur fragen, ob die Sache sich der darauf zu verwendenden Mühe lohnt. Auf blinde Arbeit lasse ich mich nicht ein. Na, das alles muß ihm eben schriftlich auseinandergesetzt werden. Und nun zu Nummer zwei.

Das Schreiben der Gräfin Leonore war wesentlich länger, ausführlicher und dem Inhalt nach interessant – schließlich auch der Form wegen; denn die Schreiberin glänzte darin durchaus nicht als eine gewandte Schriftgelehrte. Der Satzbau war unbeholfen, selbst die Grammatik nicht ganz fehlerfrei, was Windmüller um so mehr befremdete, als er heute früh erst in dem Brief der Gräfin Leonore an Fritz Volkwitz solche Auffälligkeiten nicht entdeckt hatte, die eigentlich nur jemandem passieren konnten, dem die deutsche Schriftsprache nicht oder nicht mehr geläufig war.

Nach einem kurzen, einleitenden Satz, in dem sich die Schreiberin auf den eben bei ihr weilenden Verwandten des Adressaten berief, fuhr sie also fort:

»In einem von mir gefundenen Briefe von mein Vater, der Graf Magnus von Lohberg, schreibt er an mein Großvater, daß er sich den 20. Juli 1887 in London, wo er dort bei der deutschen Botschaft war, von dem Registrar, der die bürgerlichen Ehen schließt, mit Miß Titania, eine sehr berühmte Zirkusreiterin, vermählt hat. Es war dieser Akt aber eine geheime Ehe, weil der Graf Magnus, mein Vater, meinen Großvater erst darauf vorbereiten mußte, indem dieser seine Zustimmung dazu schon verweigert hatte, als er Miß Titania in Berlin ein Jahr bevor kennenlernte.

Wenige Wochen später erhielt Graf Magnus einen Brief von einer unbekannten Person, die ihm schrieb, daß Miß Titania schon vermählt sei mit dem Kunstreiter Romeo Cremona, einem Italiener. Graf Magnus stellte seine geheime Frau darüber zur Rede, und sie konnte es nicht in Abrede stellen, aber sie entschuldigte sich damit, daß sie gehört und geglaubt hat, der Herr Cremona sei schon vor einigen Monaten gestorben. Da dieses, wie es scheint, nicht der Fall war, so war die Ehe des Graf Magnus mit der Miß Titania ungültig; sie schieden voneinander und damit war die Geschichte zu Ende.

Miß Titania hieß mit ihre wahre Name Mildred Ashfield; sie war die Tochter von Sir Bryan Ashfield of Ashfield-Hall in der Grafschaft Norfolk. Als sie noch ein ganz junges Mädchen war, sah sie bei einem Besuch in Norwich im Zirkus den Kunstreiter Romeo Cremona, sie verliebte sich in ihn, und fand Gelegenheit, seine Bekanntschaft zu machen. Es wurde aber ihrem Vater, Sir Bryan, hinterbracht, daß Miß Mildred geheime Zusammenkünfte mit dem Zirkusreiter hatte, er befahl sie zurück in sein Haus, aber es war schon zu spät, denn sie ließ sich von dem Herrn Cremona entführen und heiratete ihn in Folkestone im Jahre 1883. Und weil ihr Vater sie deswegen verstoßen und enterbte, bildete sie sich selbst zur Kunstreiterin aus und wurde als Miß Titania sehr berühmt und gefeiert. Von ihrem Gatten hat sie sich bald getrennt. Sie ist im Jahre 1901 in London gestorben.

Was ich Sie, mein Herr, nach dem Vorgegangenen bitte, für mich zu erfahren, ist: ob Herr Cremona wirklich noch gelebt hat, als sich Miß Titania am 20. Juli 1887 mit dem Graf Magnus Lohberg vermählte. Sie sehen, man hatte ihr gesagt, er sei gestorben, aber sie hat kein Zeugnis davon erhalten. Sie hat die Nachricht einfach geglaubt, vielleicht, weil es eine glaubwürdige Person ihr erzählt hat. Darüber möchte ich sehr gern Gewißheit haben, wenn Sie Ihre Zeit dafür gütigst opfern wollen.« U. s. w.

Na, machte Windmüller, nachdem er den Brief gelesen hatte, man soll wirklich nicht sagen, was eine Sache ist. Will diese merkwürdige junge Dame wissen, ob die Ehe ihrer eigenen Mutter, jetzt Frau von Ellbach, gültig war oder nicht! Darauf kommt es doch heraus! Ja, zum Kuckuck, wenn der »Herr Romeo Cremona« gelebt hat, als Graf Magnus die Miß Titania beim Registrar in London heiratete, dann war diese Ehe doch ungültig! Mithin die ihrer Mutter doch in bester Ordnung! Warum also diese Frage? Daß der von ihr erwähnte Brief ihres Vaters sie in Aufregung versetzt hat, ist ihr nicht zu verdenken, aber es ist doch hundert gegen eins zu wetten, daß Miß Titania sehr genau gewußt hat, ob ihre Ehe mit Graf Magnus gültig war oder nicht. Oder sie hat ihn schon wieder satt gehabt und die günstige Gelegenheit benutzt, ihn auf gute oder böse Manier wieder los zu werden. Was der Moral dieser Zirkusfee freilich kein sehr glänzendes Zeugnis ausstellen würde, aber schon dagewesen sein soll. Warum aber, um alles in der Welt, will Gräfin Leonore den schlafenden Hund wieder aufwecken und aus seiner Bude herauszerren? Man kann doch unmöglich annehmen, daß sie damit ihrer Mutter, um es vulgär auszudrücken, »eins auswischen« will. Denn wäre Miß Titania wirklich Witwe und damit frei gewesen, als sie den Grafen Magnus heiratete, dann wäre Gräfin Leonore ohne jede Phrase illegitim; dann verlöre doch nicht nur sie damit ihr Erbe, sondern auch ihre Mutter die Rente, und Herr von Ellbach kann sehen, wie er Frau und Tochter erhält; ein Zustand, den Gräfin Leonore ihm ja wahrscheinlich gern gönnt, mit dem sie sich aber doch auch selbst gröblich ins eigene Fleisch schneiden würde. Es ist einfach unverständlich, warum sie mit Gewalt eine solche wenig verlockende Lage herbeizuführen wünscht. Sie kann sich die Folgen ihres Schrittes nicht überlegt haben; an mir ist es, sie darauf aufmerksam zu machen. Gewiß, dazu bin ich moralisch verpflichtet. Es wäre unverantwortlich von mir, wenn ich es nicht täte! Hm! An sich wäre ja der Fall nicht ohne Interesse, wenn er ja auch nicht gerade originell ist. Die Übereinstimmung des Namens Ashfield in den separaten Aufträgen Ellbachs und seiner Stieftochter ist ja auch auffallend, aber einen Zusammenhang zwischen beiden zu vermuten, wäre zunächst müßig; denn Ashfield ist kein besonders seltener Name in England.

Als die Herren am Abend auf der Terrasse ihre Zigarre rauchten, nahm Windmüller einen günstigen Augenblick wahr, um an den Gesandten unter vier Augen eine Frage zu richten.

»Exzellenz sprachen bei Ihrem Besuch in Berlin bei mir von einer ›Affäre‹, welche der Vater der Gräfin Leonore mit einer Kunstreiterin hatte. War er mit ihr verheiratet?«

»Nein, dazu ist es gottlob nicht gekommen«, sagte Herr von Grünholz. »Die Bekanntschaft spann sich in Berlin an, als Miß Titania, wie der Zettel sie nannte, Furore machte. Daß mein Vetter damals ernstlich entschlossen war, das wirklich entzückende Geschöpf zu heiraten, hat mein Onkel mir in einer vertraulichen Stunde selbst gesagt, auch, daß er seine Einwilligung dazu kategorisch verweigert habe. Auf sein Betreiben hin wurde mein Vetter dann zur Botschaft in London kommandiert, nebenbei eine Maßregel, die wenig Weitsichtigkeit von Seiten meines Onkels verriet; denn wenn die Dame damals auch in Berlin engagiert war, so konnte bei dem Wanderleben dieser Leute ihr nächstes Ziel London sein und – war es auch. Also war Magnus damit vom Regen in die Traufe gekommen; mehr noch, der Himmel war hoch, und der Zar – in diesem Falle sein Vater – war weit. In der Tat schrieb mir damals ein Kollege von der Botschaft, daß Magnus mehr denn je verzaubert schien. Er fehle bei keiner Vorstellung, in welcher Miß Titania mitwirke, aber, setzte mein Kollege beruhigend hinzu, er wisse aus bester Quelle, daß die Kunstreiterin bereits verheiratet sei. Übrigens soll sie aus guter Familie gewesen sein und aus Liebe zur Kunst – oder zu jemand anderm – die Zirkuslaufbahn eingeschlagen haben. Unkontrollierbare Gerüchte natürlich, wahrscheinlich nur zu Reklamezwecken ausgestreut. Ob es mein Onkel auch gehört hat, daß er seinen Sohn aus einem Hörselberg in den andern befördert hatte, weiß ich nicht. Mein Vetter selbst hat seine Versetzung aber beantragt und kam nach Wien an die dortige Botschaft, wo er dann den Teufel mit Beelzebub vertauschte, indem er seine spätere Frau kennenlernte und prompt ihrem Zauber erlag. Sie müssen sich doch eigentlich der Zirkuskönigin erinnern; sie war wirklich ein elfenhaftes Wesen mit dem Körper einer Psyche und einer milchweißen Haut. Wenn sie mit ihrem flachsblonden Lockenhaar, so mit nichts bekleidet als mit silberflimmernden Gazewolken, auf dem breiten Rücken ihres galoppierenden Schimmels umherhüpfte und durch rosenumwundene Reifen sprang, war sie ein Anblick, wie aus einem Märchen. Ob sie ›in Zivil‹ ebenso schön aussah, kann ich nicht sagen; es wurde aber behauptet.«

Windmüller versicherte, für den Zirkus nie geschwärmt zu haben, wodurch ihm der Anblick der Miß Titania entgangen sei.

»Noch eine Frage, Exzellenz«, setzte er rasch hinzu. »Ist Ihnen der Name Ashfield bekannt?«

»Ashfield?« wiederholte der Gesandte sinnend. »Das ist doch ein englischer Name, nicht? Warten Sie mal, mir kommt er in der Tat bekannt vor – ah ja, natürlich! Die Frau des englischen Gesandten in Konstantinopel ist eine geborene Miß Ashfield, eine der beiden schönen Schwestern, die ihrerzeit in London sehr gefeiert waren. Mein Kollege, den ich vorhin erwähnte, schwärmte sehr für beide, und durch dieses Schwanken zwischen zwei Heubündeln wurden dem Esel alle beide vor der Nase weggeschnappt. Eine wurde Herzogin von Farnborough, die andere Lady Kendall; sie ist die von mir eben genannte Frau des Botschafters in Konstantinopel. Übrigens ging noch die Sage von einer dritten Schwester Ashfield, die irgendwie entgleist zu sein scheint oder eine obskure Heirat gemacht hat – Londoner Klatsch wahrscheinlich. Wie kommen Sie auf den Namen Ashfield?«

»Nur so beiläufig, Exzellenz«, erwiderte Windmüller. »Ich hörte den Namen unlängst nennen, aber nicht im Zusammenhang mit den ›schönen Schwestern‹. Es wird ja wohl noch mehr Leute dieses Namens geben.«

Der Abend verging, ohne besondere Zwischenfälle zu bringen, die für Windmüller von Wichtigkeit gewesen wären; das Licht im Zimmer der Gräfin Leonore verlosch bald, nachdem sich alle zurückgezogen hatten.

»Soll mich der Fuchs holen, wenn ich mir einen Reim darauf machen kann, warum sich die Gräfin darauf versteift, die alte Geschichte wieder aufzuwärmen und ihr Erbe damit aufs Spiel zu setzen!« murmelte Windmüller, als er am nächsten Tag zur Bahn fuhr. »Hätt' ich nur den bewußten Brief ihres Vaters, den sich der alte Graf unnützerweise aufgehoben hat! Nun, ich werde ihn mir zur Einsicht oder in Abschrift anfordern, soviel steht fest. Vermutlich wurde er aufbewahrt, um ein Zeugnis, eine Waffe gegen etwaige Forderungen der Miß Titania in den Händen zu haben, – das wäre verständlich. Nun, und dann hat der alte Herr darauf vergessen, daß dieser Brief nach seinem Tod seiner Enkelin in die Hände fallen und naturgemäß in ihr Erregung auslösen mußte. Warum aber läßt sie den Schatten nicht ruhen? Das verstehe ein anderer! Nun, fruchten die Bedenken und Vorstellungen des F. X. W. nichts, dann wird man ja dahinter kommen.«

Auf dem Bahnhof erwartete ihn Fritz Volkwitz mit einer Rose zum Abschied und einem ansehnlichen Päckchen in weißem Papier.

»Ich habe Ihnen ein paar ordentliche Stullen mit Mettwurst belegt, damit Sie doch bis Berlin nicht verhungern!« erklärte sie strahlend. »Und wissen Sie was? Gestern abend kriegte ich ein Briefchen von Leonore, das heißt ein paar Zeilen: ich sollte lieb sein, sie habe es nicht bös gemeint, es sei ihr gerade was durch den Kopf gegangen. Nachtigall, ich hör' dir trappsen! Die Nase lasse ich mir abbeißen, wenn da nicht Frau von Grünholz dahinter steckt, die Leonore die Leviten gelesen hat! Auf Frau von Grünholz hört sie nämlich noch. Na also, Schwamm drüber, das heißt, ich werde mich denn doch rar machen, bis Ihre Majestät höchstselbst bei mir erscheint und mir persönlich ein gutes Wort gibt. Worüber ich wohl grau werden kann, denn seit sie zurück ist, war sie nur einmal – einmal zur Antritts-Staatsvisite bei uns! Wenn einen das Geld und ein großer Besitz so eklig machen kann, dann pfeife ich drauf.«

»Ja, ja, es ist schon richtig, daß manche Leute zuviel davon nicht vertragen können«, gab Windmüller zu, und nachdem er sich herzlich für den Reiseproviant bedankt hatte, fragte er, da die Zeit drängte, unvermittelt, ob Gräfin Leonore während ihrer Krankheit eine geprüfte Pflegerin gehabt hätte.

Fritz Volkwitz, deren Gedanken selbst immer unvermittelt über Stock und Stein hüpften, fiel die Frage nicht weiter auf. Sie schüttelte mit dem Kopf.

»Ich habe keine Ahnung. Leonore schrieb mir allerdings kurz vor ihrer Abreise von Aigle, daß sie in Venedig eine besondere Pflegerin bekommen sollte, wenigstens sei davon die Rede gewesen; da sie später eine solche aber nie erwähnte, wird sie wohl auch keine gehabt haben. Wahrscheinlich war eine besondere Pflegerin überflüssig geworden, da es ihr in Venedig ja bald sehr viel besser ging, und von Florenz bekam ich immer nur kurze Ansichtskarten, die für den Absender so bequem sind, weil man nur einen herzlichen Gruß darauf schreiben kann.«

»Ich verstehe. In Florenz haben die Herrschaften jedenfalls wohl auch eine Privatwohnung gehabt?«

»Nein, dort haben sie im Hotel gewohnt; Paoli hieß es, am Lungarno.«

»Ah ja, ich kenne es. Ein gutes, ruhiges Hotel dicht bei Santa Croce, mit herrlicher Aussicht auf San Miniato. Und nun herzlich Lebewohl und hoffentlich bald auf Wiedersehen, liebes Fräulein Volkwitz!«

»Auf Wiedersehen, Herr Professor! Und vergessen Sie mich nicht ganz – ich hab' Sie förmlich liebgewonnen!«

2

Vierundzwanzig Stunden später kam Windmüller auf dem Bahnhof von Montreux an und trat nach einer weiteren halben Stunde auf den Balkon seines Zimmers im Hotel du Lac heraus, das eine wunderbare Aussicht auf den See und das ihn umschließende Panorama bietet. Nach der langen, heißen Fahrt empfand Windmüller den Wechsel sehr angenehm. Da er noch Stunden vor sich hatte, bevor er seine Geschäfte erledigen konnte, setzte er sich auf einen bequemen Korbsessel und ließ das herrliche Bild vor seinen Augen mit Behagen auf sich einwirken, – ein ihm vertrautes, beruhigendes Bild.

Und in dieses Paradies tragen die Menschen ihre kranken Lungen, sann Windmüller, durch ein Husten aufgeschreckt, das von einem im Garten ruhenden Gast zu ihm herauftönte. Diese Mahnung an ein schweres Leiden brachte ihn von seiner ganz in die Schönheit des Bildes versunkenen Träumerei mit einem Ruck zurück zu dem Zweck seines Hierseins. Er zog sein Notizbuch heraus, suchte und fand darin das gewünschte Blatt.

»Pension La Tour. Tochter Klara des Küsters Kurz in Lohberg. Tja – man speist hier gewöhnlich um ein Uhr; wenn ich mich also um drei Uhr in der Pension La Tour einfinde, dürfte das Mädchen mit ihrem Dienst fertig sein und Zeit zu einem kleinen Schwätzchen haben. Um halb fünf geht dann ein Zug nach Aigle ab, – ich denke, das dürfte genügen.«

Am frühen Nachmittag fuhr Windmüller mit der Straßenbahn bis zu dem Punkt, wo Montreux mit Clarens zusammenstößt. Wenige Schritte von der Haltestelle lag die Pension La Tour inmitten eines schattigen Gartens, in dem hübschgedeckte Tische zu einem angenehmen Aufenthalt einluden. Da der Garten als öffentliches Cafe gekennzeichnet war, setzte sich Windmüller an eines der kleinen Tischchen, worauf ein weißbeschürztes Mädchen erschien und ihn in etwas mühsamem Französisch nach seinen Wünschen fragte. Nachdem Windmüller seine Bestellung aufgegeben hatte, fragte er, ob ein Mädchen namens Klara Kurz aus Lohberg noch hier in Dienst sei.

»Ja, gewiß – die bin ich ja selbst«, erwiderte das Mädchen überrascht.

»Oh, um so besser«, versicherte er und sah freundlich auf das hübsche, frische Ding, das ihn neugierig mit einem Paar gutmütiger, runder, brauner Augen musterte. »Ich habe nämlich Ihrem Vater versprochen, Sie bei meiner Durchreise in Montreux aufzusuchen, um Ihnen seine Grüße zu überbringen und ihm zu schreiben, ob Sie auch gesund sind.«

»Oh, ich danke Ihnen vielmals, mein Herr!« rief sie freudestrahlend. »Der gute, alte Vater! Das hätte ich mir nicht träumen lassen, daß ich heute noch jemand sehen würde, der ihn kennt.«

»Ja, und der erst vor ein paar Tagen mit ihm gesprochen hat! Ich war nämlich als Gast im Schloß Lohberg und ging ins Dorf, mir die Kirche anzusehen, wobei ich die Bekanntschaft Ihres Vaters machte«, erklärte Windmüller. »Er erzählte mir, daß Sie hier seien, und weil ich merkte, daß er große Sehnsucht nach Ihnen hat und sich ein wenig um Ihre Gesundheit sorgte, so bot ich ihm an, Ihnen einen Gruß von ihm zu bringen. Ich freue mich, ihm schreiben zu können, daß sie wohl aussehen.«

»Ja, ich bin Gott sei Dank gesund, und es geht mir gut hier«, versicherte sie.

»Nun, das freut mich, daß Sie zufrieden sind. Wie ich hörte, waren Sie vorher im Dienst bei Gräfin Leonore Lohberg«, steuerte Windmüller auf sein Ziel los.

»Ja; durch die Empfehlung der gnädigen Komtesse habe ich die Stellung in diesem Hause bekommen«, antwortete sie bereitwillig. »Darf ich fragen, ob es ihr wieder ganz gut geht?«

»Es scheint so; wenigstens fand ich sie recht gut und wohl aussehend.«

»Oh, das freut mich!« rief Klara. »Wer hätte gedacht, daß die gnädige Komtesse sich so rasch erholen würde! Nachdem wir hier angekommen waren, ging's immer abwärts mit ihrer Gesundheit, ja so sehr und so schnell, daß man meinte —— Deswegen schickte der Doktor sie auch fort, nach Aigle, wohin ich ja noch mitging. Nun, der Herr werden schon wissen, daß sie in Hotels immer eine Heidenangst haben, es könnte ein Gast in ihrem Hause sterben, weil dann die anderen Gäste immer gleich Hals über Kopf abreisen, und darum hieß es wohl auch plötzlich, daß die Luft für die gnädige Komtesse hier schädlich sei. Die Doktors geben den Hoteliers auch immer beizeiten einen Wink, wenn sie sehen, daß es mit jemand bedenklich zu stehen scheint.«

»Ja, ja – man kennt das«, nickte Windmüller. »Und da gingen Sie also mit nach Aigle. War denn keine Krankenpflegerin bei der Komtesse?«

»Nein; zu pflegen war ja auch eigentlich nicht viel, und was die gnädige Komtesse, die so gut und geduldig war, zu ihrem Behagen brauchte, besorgten ich, die gnädige Frau Mama und der Herr von Ellbach. Es hat der Komtesse an nichts gemangelt; denn die Herrschaften waren sehr besorgt um sie und taten, was sie ihr nur an den Augen absehen konnten. Die gnädige Frau hat sogar bei ihr geschlafen, um gleich zur Hand zu sein, wenn die Komtesse in der Nacht etwas brauchte. Der Herr trug sie immer selbst in den Garten hinab, wo sie bei schönem Wetter den ganzen Tag dort am See unter dem großen Baume lag. Gott, sie war damals ja so dünn und leicht geworden, daß man sie wie ein Kind heben und herumtragen konnte.«

»Und in Aigle ging es ihr dann besser?«

»Ach du lieber Gott, nein! Es scheint erst besser geworden zu sein, als sie in Italien war. Als ich von ihr fort mußte, habe ich nicht geglaubt, daß sie lebendig wieder heimkehren würde.«

»Sie mußten fort von ihr? Ja, sind Sie denn nicht freiwillig aus dem Dienst getreten?« fragte Windmüller mit gut gespieltem Erstaunen.

»Freiwillig!« wiederholte Klara ganz empört. »Freiwillig hätte ich meine Komtesse nie verlassen, besonders, wo es doch mit ihr so wenig gut stand! Ich kann's auch heute noch nicht verwinden, – solch guten Dienst hätte ich nie aufgegeben. Komtesse Leonore war immer so lieb zu mir, nichts konnte man für sie tun, ohne daß sie einem so freundlich und herzlich dankte, und dann hat sie mich doch auch alles lernen lassen, ehe sie mich zu sich nahm. Man ist doch auch dankbar. Vater hat's mir immer eingeprägt, daß undankbare Menschen schlechte Menschen sind.«

»Also war es nicht die Komtesse, die Sie fortgeschickt hat?«

»O nein, die Komtesse war sehr traurig, als ich fortging. Sie hat geweint und mich zum Abschied geküßt, – so wahr ich hier stehe, das hat sie getan. Es war die gnädige Frau, – ich weiß nicht, was sie auf einmal gegen mich hatte; denn sonst war sie doch ganz froh, wenn ich ihr beim Anziehen half und nach ihren Sachen sah. ›Liebes Klärchen‹ hinten, und ›liebes Klärchen‹ vorn, und dann machte ich auf einmal aus heiler Haut nichts mehr recht; und nun sollte auch eine Pflegerin kommen, und die gnädige Frau meinte, es würde damit zu teuer und ich sollte nach Lohberg zurückgeschickt werden, wie Otto, der Diener —— Ja, wenn die gnädige Frau sich was in den Kopf setzt, dann muß es geschehen, falls der Herr von Ellbach nämlich nichts dawider hat! Und der hatte nichts dawider. Er sagte mir selbst, seine Frau wüßte am besten, wie es sein müßte. Ich weiß es noch ganz genau, es war am Tag, nachdem er von einer Reise nach Mailand zurückgekommen war, als die gnädige Frau mir kündigte, weil ich mich zu wenig auf meinen Dienst verstünde! Und vorher war alles recht und gut gewesen! Die Komtesse hat sich auch darüber aufgeregt, aber sie war ja krank und konnte nicht viel dagegen tun.«

Hier wurde Klara abgerufen, um andere Gäste zu bedienen. Sie verabschiedete sich mit freundlichem Dank von Windmüller. Was Klara gesagt hatte, war freilich im Wesentlichen nichts Neues. Sollte die Entlassung des Mädchens etwa eine der Ursachen der Verstimmung gewesen sein? Begreiflich war das allerdings, aber den offenen Bruch mußte denn doch etwas anderes herbeigeführt haben. Auffallend war vor allem, daß Frau von Ellbach so unvermittelt, »aus heiler Haut«, wie Klara gesagt hatte, gegen das Mädchen eingenommen worden war »am Tage, nachdem Ellbach von seiner Reise nach Mailand zurückgekehrt«. Stand diese Reise in irgendeinem Zusammenhang damit? Daß die Ellbachs sich entschlossen hatten, für die Kranke eine geprüfte Pflegerin zu nehmen, war ganz verständlich, aber daß darum das Kammermädchen, ausgerechnet aus Sparsamkeitsgründen, entlassen werden mußte, war doch wohl nur ein Vorwand, da doch sicher nicht die Mutter, sondern der Großvater die Kosten der Reise trug, der seiner Enkelin doch auch einen Diener mitgegeben hatte und bestimmt für alle zahlte. Aber daß bei aller von dem Mädchen Klara bestätigten und hervorgehobenen Fürsorge der Ellbachs für ihre Tochter sie das Risiko auf sich nahmen, die Kranke durch die Entlassung der ihr anscheinend doch sehr lieben und angenehmen Bedienung einer schädlichen Aufregung auszusetzen, war zunächst nicht begreiflich, wenn sie nicht etwa damit einen besonderen Zweck verfolgten. Aber welchen nur, welchen?! Immerhin wäre es ja auch nicht ausgeschlossen gewesen, daß Klara sich wirklich eines groben Versehens schuldig gemacht haben konnte und dies zu verschweigen für gut fand; aber Windmüller, der gute Menschenkenner, hatte den Eindruck von ihr gewonnen, daß sie die Wahrheit sprach und nichts verbarg. Außerdem konnte ein Versehen die strenge Maßregel der plötzlichen Entlassung kaum rechtfertigen.

Jedenfalls fuhr Windmüller eine Stunde später nach Aigle unter dem Eindruck, daß er der Lösung des Rätsels mit diesem ersten Schritt nicht näher gekommen war. Im Gegenteil, das Dunkel war eigentlich noch tiefer geworden.

Das Rhonetal lag schon teilweise im Abendschatten, als er nach kurzer Fahrt auf dem Bahnhof Aigle ankam, aber die Kuranstalt und die am Bergesabhang verstreuten Villen wurden noch von der sinkenden Sonne gestreift, – auch ein Landschaftsbild, das in seiner Art unvergleichlich durch seine weltabgeschiedene, idyllisch-romantische Lage ist, und doch schwebt der Schatten des Todes mit seinen unsichtbaren, schwarzen Schwingen über diesem Paradiese, immer bereit, sich auf jene herabzusenken, die gekommen sind, in diesem windgeschützten, staubfreien und kräftigen Klima Heilung zu suchen. Zu Füßen des Ortes hastet die junge Rhone durch das grüne Tal; vor ihm dehnte sich der Col de Balme, der Ausläufer des Montblanc-Massivs, aus, hinter ihm bewaldete Höhenzüge, blumenbestickte Wiesen. Herdenglocken läuten; scharfe, schneebedeckte Bergspitzen lugen da und dort hervor, ein tiefblauer Himmel spannt sich darüber hin —-ein Ort des Friedens und der Ruhe.

Windmüller stieg ohne Verweilen zum »Chalet des Cytises« hinauf, einem reizenden, kleinen Schweizerhäuschen, bis unter das vorspringende Dach umrankt von blühendem Goldregen, nach dem es seinen Namen hatte, inmitten eines Gartens, in dem Blumen aller Farben blühten, – ein Idyll für sich. Als Windmüller das Pförtchen öffnete, sah er eine ältere Dame an einem Gartentisch stehen und Blumen in einer Jardiniere ordnen; sie trug eine schwarzseidene Schürze, woraus er schloß, daß sie zum Hause gehören mußte.

»Habe ich die Ehre, die Besitzerin der Villa zu begrüßen, Madame?« fragte er, indem er an sie herantrat.

»Gewiß, mein Herr, ich bin Madame Burnand. Womit kann ich Ihnen dienen?« erwiderte sie freundlich.

»Ich bin nur vorübergehend hier, Madame, und bin gekommen, um Ihnen Grüße von Gräfin Leonore Lohberg zu bringen«, erledigte er sich mit verbindlicher Höflichkeit seines selbsterteilten Auftrags. »Ich hoffe, Sie werden sich ihrer noch erinnern?«

»Aber sicherlich!« rief Madame Burnand überrascht. »Ich danke Ihnen sehr, mein Herr, für diesen mir sehr lieben Gruß! Das hätte ich nicht gedacht, noch Grüße von dieser lieben, jungen Dame zu erhalten, denn als sie mein Haus verließ, sah es recht wenig gut mit ihr aus. Aber bitte, nehmen Sie Platz und erzählen Sie mir mehr von der Gräfin, die ich sehr in mein Herz geschlossen hatte.«

»Ich kann Ihnen sagen, daß sie wieder daheim und allem Anschein nach gesund ist«, berichtete Windmüller und setzte sich auf die Bank neben dem Tisch.

»Ah, das hört sich fast wie ein Wunder an, über das ich mich jedoch aufrichtig freue«, rief Madame Burnand lebhaft aus. »Mein Gott, wenn Sie die Gräfin gesehen hätten, wie sie hier dahinzuschwinden schien, würden Sie es begreifen, daß ich von einem Wunder rede! Hatte doch auch der Arzt mich schon darauf vorbereitet, daß das Lebenslämpchen dieses armen Kindes nur noch recht schwach glühte! Sie werden verstehen, mein Herr, daß ein Todesfall in einem Logierhaus immer etwas – wie soll ich sagen? – etwas Fatales, Unerwünschtes für den Besitzer ist; dennoch aber darf ich mir das Zeugnis ausstellen, daß es mir wehe tat, als sie von uns ging. Aber was konnte man tun? Besonders, da ja der Arzt mit der Übersiedelung nach Venedig einverstanden war.«

»Aber Sie sagten«, erwiderte Windmüller, »der Arzt war mit der Reise nach Venedig einverstanden? Er hat sie demnach nicht selbst verordnet?«

»O nein. Es war Herr von Ellbach, der von einem Ausflug nach Mailand die Idee mitbrachte, daß Venedig für seine Stieftochter das richtige Klima habe. In der Tat rühmt man ja auch dieser Seestadt den besten Einfluß auf Lungenleiden nach, und wenn Sie sagen, daß Gräfin Leonore dort wieder gesund geworden ist, dann haben der Ruf der venetianischen Luft und Herr von Ellbach recht behalten. Mir hätte der Mut für das Risiko gefehlt, das die Eltern damit auf sich nahmen. Und noch dazu so ganz allein! Man muß aber sagen, daß sie beide in der Pflege völlig aufgingen, sehr liebevoll und besorgt um ihre Tochter waren. Als sie herkamen, waren sie allerdings von einer Kammerjungfer begleitet, die ein ganz vortreffliches Mädchen, eine wahre Perle war. Dieses Mädchen wurde aber plötzlich entlassen; aus welchem Grund dies geschah, ist mir heute noch ganz unverständlich.«

»Nun, sie wird sich wohl etwas zuschulden kommen haben lassen«, warf Windmüller ein. »So ganz ohne Grund —-«

»Das kann meiner Ansicht nach nichts Besonderes gewesen sein«, fiel Madame Burnand ihm ins Wort. »Das Mädchen war so aufmerksam und wohlerzogen, ich müßte lügen, wenn ich sagen wollte, daß ihre Entlassung mir Frau von Ellbach sehr sympathisch gemacht hätte. Sie war ja, was ich gern zugebe, unermüdlich in der Pflege ihrer Tochter, aber im allgemeinen —-Verzeihen Sie meine Offenheit, mein Herr, Sie sind gewiß ein Verwandter?«

»Keineswegs«, versicherte Windmüller lächelnd. »Ich kann mir ganz gut vorstellen, daß Frau von Ellbach jemand nicht sehr sympathisch sein kann; sie und ihr Mann sind Persönlichkeiten, an die man sich erst gewöhnen muß, um ihnen näher zu treten. Es wird mir, offen gesagt, nicht ganz leicht, mir Frau von Ellbach als zärtliche, hingebende Mutter vorzustellen.«

»Doch, sie war es – in ihrer Weise«, versetzte Madame Burnand in anerkennenswerter Gerechtigkeitsliebe. »Ich habe mehr als einmal gesehen, wie ihre sonst so kalten Augen sich mit Tränen füllten, wenn sie ihre Tochter so weiß, so schwach auf der Veranda liegen sah. Nein, von seiten ihrer Eltern hat Gräfin Leonore nichts an Aufmerksamkeit, Liebe und Pflege gemangelt; auch Herrn von Ellbachs tatkräftige Teilnahme daran war über jedes Lob erhaben. Das einzige, was ich ihnen oder vielmehr wohl nur der Mutter vorzuwerfen gehabt hätte, war diese brüske Entlassung des Mädchens. Also, Gräfin Leonore ist wieder gesund geworden! Wie mich das freut! Ist sie jetzt —- Herr Doktor! Herr Doktor!« unterbrach sie sich, indem sie einen am Gartenzaun vorübergehenden Herrn anrief. »Einen Augenblick, bitte, wenn Sie Zeit haben! Das ist nämlich der Arzt«, wandte sie sich erklärend an Windmüller.

»Sie werden nicht erraten, Herr Doktor, von wem dieser Herr mir eben einen Gruß gebracht hat: von Gräfin Leonore Lohberg, Ihrer ehemaligen Patientin in meinem Hause!«

»Unmöglich!« rief der Arzt aus. »Das heißt, ich will damit nur sagen, daß es dann wohl kaum die Komtesse Lohberg sein kann, welche vor anderthalb Jahren bei Ihnen mit ihrer Mutter und ihrem Stiefvater wohnte!«

»Aber ja, es ist dieselbe, von welcher dieser Herr mir eben Grüße brachte«, versicherte Madame Burnand. »Ich wußte, daß es Sie interessieren würde, zu hören, daß die Komtesse wieder ganz gesund ist und sich des besten Wohlseins erfreut. Darum erlaubte ich mir, Sie anzurufen. Ich sage, es ist ein Wunder, ein reines Wunder!«

»Noch kann ich es immer nicht glauben«, rief der Arzt aus. »Die Komtesse Lohberg, die hier bei Ihnen im vorigen Jahre wohnte, war eine fast hoffnungslose Kranke. Es hätte mich nicht gewundert, zu hören, daß sie in Venedig gestorben sei.«

»Verzeihung, wenn ich widersprechen muß«, nahm Windmüller nun das Wort. »Erstens gibt es überhaupt nur eine Komtesse Leonore Lohberg; sie ist die letzte und einzige ihres Namens. Ich habe die Komtesse Lohberg, die hier Madams Gast war, erst vor einigen Tagen in ihrem eigenen Hause in Gesellschaft ihrer Mutter, der Frau von Ellbach und deren Gatten gesehen, bin also als Augenzeuge in der Lage, zu bestätigen, daß Ihre ehemalige Patientin allem Anschein nach genesen ist und bildschön aussieht.«

Der Arzt schlug seine Hände über dem Kopf zusammen.

»Nun, dann kann ich mich ja mit meiner Wissenschaft begraben lassen«, rief er mit etwas grimmigem Humor aus. »Eine Person, deren Lunge nach dem Röntgenbild einfach und ohne

Phrase einem Siebe ähnlicher war, als einer gesunden Lunge, geht nach anderthalb Jahren anscheinend geheilt umher und sieht bildschön aus —-das ist allerdings sehr interessant. Sehr! Das schlägt alles, was mir bisher in meiner Praxis vorgekommen ist, und ich sehe davon hier doch sehr viel.«

»Es ist fast ein Wunder!« wiederholte Madame Burnand.

»Ich würde eher sagen: es ist eine Täuschung, wenn der Herr hier nicht versicherte, als Augenzeuge zu sprechen und daß eine Personenverwechslung ausgeschlossen sei«, brummte der Arzt mit kaum verhehltem Mißtrauen. »Aber man lernt nie aus.«

Windmüller entnahm nun seiner Brieftasche die von Frau von Grünholz angefertigte Fotografie der Gräfin Leonore und reichte sie Madame Burnand und dem Arzt.

»Das Bild ist vor etwa vierzehn Tagen gemacht worden und dürfte ein schlagender Beweis für meine Angaben sein«, bemerkte er.

»Ja, das ist sie!« riefen beide gleichzeitig aus, und Madame Burnand fügte hinzu: »Ein wenig schmal sieht sie immerhin noch aus – die Züge sind schärfer geworden, aber wie schön, wie schön!«

»Wenn das nicht die Fotografie ihrer Zwillingsschwester ist oder ihrer Doppelgängerin, dann strecke ich die Waffen und sage ebenfalls: es ist die Komtesse Lohberg«, bekannte der Arzt nach einer Pause. »Und ich wiederhole: es schlägt alles in meiner Praxis Dagewesene.«

Windmüller begleitete noch den Arzt ein Stück Weges, denn bis der Paris-Mailänder Eilzug eine Minute in Aigle anhielt, waren es noch viele Stunden des Wartens, die ihm blühten.

In tiefer Nacht durcheilte dann der Zug das Rhonetal bis Brig, hierauf den achtzehn Kilometer langen Simplontunnel. Im Licht der aufgehenden Sonne fuhr er die schöne Strecke am Lago Maggiore entlang mit dem Blick auf die Borromäischen Inseln, die wie in rotes Gold getaucht in dem von der Morgenbrise leicht gekräuselten See lagen. Dann raste der Zug in die Mailänder Ebene hinein und fuhr endlich in den riesengroßen Bahnhof der lombardischen Hauptstadt ein, wo der übliche Hexensabbat wild daherstürmender Reisender, schreiender Gepäckträger und Zeitungsverkäufer, greller, nerventötender Pfiffe und rollender Gepäckkarren begann. Windmüller hätte nun in dem direkten Wagen nach Venedig, in dem er gekommen war, weiterfahren können, aber er entschloß sich, erst nach Florenz und von dort nach Venedig zu fahren. Eben erreichte er noch den Florentiner Zug, der ihn über Parma und Bologna durch die zweiundvierzig Tunnels der Apenninenbahn in die toskanische Hauptstadt brachte.

Ich möchte wissen, ob die kleine, an sich ja unwesentliche Abänderung meiner Reiseroute Florenz-Venedig, statt umgekehrt, meine Nachforschungen günstig oder ungünstig beeinflussen wird, dachte er, während er in seiner Droschke dem Albergo Paoli zurollte. Nicht, daß ich mir von Florenz besonders viel erwarte; denn es ist höchst unwahrscheinlich, hier noch Leute zu finden, die das Trio Lohberg-Ellbach beobachtet haben. Es wäre schließlich ein besonderer Glücksfall; denn in Hotels wechseln die Gäste rasch und oft auch das Personal. Ich hatte mir Florenz so als das Tüpfelchen auf dem i eingebildet, womit gesagt sein soll, daß es eigentlich falsch ist, erst das Tüpfelchen zu machen, bevor man weiß, ob man auch die Tinte fürs i finden wird. Dennoch hat ein Impuls mich hierher geführt. Hm – werden ja sehen, was dabei herauskommt.

Windmüller hatte die Florenzer Adresse erst bei seiner Abreise am Bahnhof in Lohberg durch die kleine Fritz Volkwitz erfahren. Nach der langen Reise war er froh, den mühseligen Nachforschungen im Register des Meldeamtes auf der Polizei enthoben zu sein. Das Hotel Paoli liegt für einen kurzen Aufenthalt so ungünstig wie möglich. Dagegen ist seine Lage fern vom Zentrum der Stadt, am Lungarno della Zecca, gegenüber der Höhe von San Miniato, für einen langen Aufenthalt ideal.

Als Windmüller in dem nicht allzugroßen, ruhigen und vornehmen Hotel ankam, berief er sich auf die erfundene Empfehlung von Herrn und Frau von Ellbach und ihrer Tochter, der Contessina Lohberg, »die ja erst unlängst nach längerem Aufenthalt das Hotel verlassen hätten«.

»Gewiß, die Herrschaften waren ja den ganzen letzten Winter und Frühling bei uns«, versicherte der Besitzer oder Direktor, der nach italienischer Sitte sofort selbst erschien, den neuen

Gast zu empfangen. »Der Herr wünscht nur kurze Zeit zu bleiben? Für zwei bis drei Tage hätte ich ein schönes Zimmer im primo Piano nach dem Lungarno frei; es ist das, welches die Contessina hier bewohnt hat. Wenn Ihnen damit gedient wäre – –«

Windmüller versicherte, sehr einverstanden mit dieser Unterkunft zu sein.

Auf dem Balkon seines Zimmers fühlte er sich vollauf entschädigt für die Hitze und den Staub der Reise durch diesen Blick auf die von der wunderbaren alten Kirche und dem zinnengeschmückten bischöflichen Palast gekrönte Höhe von San Miniato mit ihrer herrlichen Aussicht auf die Blumenstadt Florenz. Wie liebte Windmüller diese Stadt, besonders, wenn er ihr abseits von der großen Heerstraße ins Herz sehen und dem lauschen konnte, was die Steine erzählen. Denn mit Recht wird von Florenz gesagt, »daß jede Straße, jeder Weg, jedes Dach und jeder Turm seine Geschichte hat, die immer gegenwärtig ist, daß jeder Glockenschlag eine Chronik ist, und jede Brücke, welche die beiden Ufer verbindet, auch eine Verbindung der Lebenden mit den Taten der Verstorbenen bedeutet«.

Das Eintreten des Zimmermädchens brachte Windmüller sofort auf berufliche Gedanken zurück. Da er mit seinem oft bewährten Glück gerade diesen Raum erhalten hatte, so ersparte ihm das vermutlich die Mühe, die zuständige Bedienung Leonores erst erfragen zu müssen. Und in der Tat war diese freundliche und gefällige Luigia dieselbe, die damals den Dienst auf dieser Etage versah.

»Ja, die Signorina Contessina war lange bei uns«, schwatzte sie sofort los, während sie das Bett zurecht machte. »Eine so schöne und elegante Dame, die Contessina! Wo sie sich zeigte, drehten sich die Leute, besonders die Herren, zweimal nach ihr um. So, der Herr kennt sie, und sie hat ihn zu uns empfohlen? Nun, hoffentlich ist sie in ihrer Heimat jetzt glücklicher als hier.«

»Oh, war sie hier nicht glücklich?« fragte Windmüller teilnehmend.

»Es schien mir so«, versicherte Luigia, mit unnützem Eifer auf den Kissen herumzupfend, augenscheinlich sehr zufrieden, einen Hörer gefunden zu haben. »Die Contessina war immer so ernst – die anderen meinten, sie sei stolz, aber ich weiß, daß sie nicht glücklich war; habe ich doch mehr als einmal gesehen, daß sie geweint hatte. Manchmal dachte ich mir, sie hätte vielleicht eine unglückliche Liebe, aber ich glaube eher, es war ein anderer Grund: die Signora, ihre Mutter, war oft nicht eben freundlich zu ihr. Immer hatte sie an ihr etwas auszusetzen – nun ja, was sie sagte, konnte ich nicht verstehen, weil sie deutsch sprachen, aber man hörte es doch am Ton und sah die Augen – die Augen, mit denen die Signora ihre Tochter ansah. Madonna! Wenn meine Mutter mich jemals so angesehen hätte! Man hätte denken können, sie sei die Stiefmutter der Contessina!«

»So, so!« machte Windmüller, sehr interessiert. »Nun ja, dann muß die Contessina sich freilich recht unglücklich gefühlt haben. Aber der Stiefvater war doch gut zu ihr?«

»Es geht«, erwiderte Luigia achselzuckend. »Überhaupt, der mit seinen sonderbaren Augen! Herr, der Stiefvater hatte den ›bösen Blick‹, das können Sie mir glauben! Freilich – vor den Leuten war er ja immer sehr höflich und aufmerksam zu der Contessina, aber hier im Zimmer habe ich ihn doch oft auch recht scharf zu ihr reden hören, und sie hat ihm ebenso geantwortet. Die zwei haben sich gegenseitig nicht leiden mögen, oder ich will nicht Luigia Gamba heißen. Mein Gott, das kommt oft vor zwischen Stiefeltern und Stiefkindern und kann einen weiter nicht wundernehmen, besonders wenn zur Zeit, da die Mutter sich einen zweiten Mann nimmt, die Tochter schon erwachsen ist. Ich, an der Contessina Stelle, hätte Herrn Ellbach auch die Augen – diese Augen ausgekratzt, wenn er gekommen wäre, mir die Liebe meiner Mutter zu stehlen.«

»Wissen Sie, Luigia, wenn's so weit kommt, liegt die Schuld meist auf beiden Seiten«, meinte Windmüller gemütlich.

»Wenn man so behandelt wird, hat man das Recht, sich auf die Hinterbeine zu setzen«, behauptete Luigia mit ausgespreizten Händen. »Anfangs, als die Herrschaften herkamen, war's ja auch noch nicht so weit wie zuletzt; da war die Contessina ruhig und zurückhaltend und schien es nicht zu bemerken, daß ihre Eltern sie immer etwas zu unterdrücken suchten. Aber endlich muß sie es doch gemerkt haben; denn das Blatt drehte sich; die Contessina fing auf einmal an, in einem ganz anderen Tone zu reden und sogar zu befehlen; jawohl, das tat sie. Und von da ab bestimmte sie, wie alles sein sollte! Ich weiß es noch wie heute, als die Contessina einmal drüben bei ihren Eltern in deren Salon war, befahl mir die Signora, auszurichten, daß der Wagen zur Ausfahrt bestellt werden sollte, und die Contessina widersprach: es sei nicht nötig, sie wünsche daheim zu bleiben. Ich wußte nun nicht, wem ich gehorchen sollte, und der Signor sagte auf Deutsch etwas, aber die Contessina rief mir zu: Sie haben zu tun, was ich befehle! Nun also, ich ging hinaus und bestellte den Wagen nicht, hörte sie aber drinnen heftig miteinander reden, das heißt, nur den Signor und seine Signora, die Contessina lachte dazu, wie man so lacht, wenn es einem nicht eben lustig ist. Leider konnte ich nicht verstehen, was sie sprachen«, schloß Luigia bedauernd, und da sie mit dem Bett ja nun auch fertig war, wünschte sie eine »gute Nacht« und verzog sich.

Hätte ich ja gar nicht besser finden können, dachte Windmüller befriedigt, indem er sich anschickte, zu einem Nachtimbiß hinabzugehen. Eigentlich ohne jedes Zutun meinerseits hat diese Schwätzerin alles in einem Atem heruntergerasselt, was ich nur nach und nach zu erfahren hoffte. Wahrscheinlich weiß sie noch mehr, aber das hat Zeit bis auf ein anderes Mal. Tja – es ist wirklich schade, daß diese liebe Luigia nicht deutsch versteht, was sie aber keineswegs verhindert hat, am Schlüsselloch zu horchen. Also ist Florenz wirklich, wie es scheint, das Tüpfelchen auf dem i – das schadet aber nichts, denn später hätte ich dieses Zimmer kaum mehr bekommen, und die Luigia wäre nur auf Umwegen zu erreichen gewesen. Natürlich würde ich sie auf Umwegen ja auch erwischt haben, aber so ist's entschieden bequemer, und den Rest wird sie mir schon noch erzählen.

Windmüller schlief ausgezeichnet in seinem vortrefflichen Bett. Durch die offene Balkontür hörte er das leise Rauschen des Arno, der mit seiner »vornehmen Ruhe« unter ihm dahinströmte, und das vom Turm von San Niccolo herübertönende, melancholische »Huut! Huut!« der Käuzchen, die das alte Gemäuer in Scharen bewohnen, wiegte ihn bald in Schlummer.

Während er am folgenden Morgen unten im Speisesaal frühstückte, trat der Besitzer des Hotels, der umherging, um sich von dem Wohlbefinden seiner Gäste zu überzeugen, auch an Windmüllers Tisch heran, erkundigte sich, wie er geruht, und sprach sein Bedauern aus, daß der neue Gast nur so kurz zu verweilen gedachte.

»Hat der Herr Doktor die Contessina Lohberg erst unlängst gesehen?« fragte er. »Ist sie wohlauf?«

Windmüller bejahte beide Fragen und fügte verbindlich hinzu, daß die Florentiner Luft und die vortreffliche Verpflegung im Albergo Paoli sicher viel dazu beigetragen hätten, die Gesundheit der jungen Dame wieder in so befriedigender Weise herzustellen.

»Sie war wohl noch recht leidend, als sie herkam?« fragte er nebenher.

»Daß die Contessina leidend gewesen wäre, kann ich nicht sagen«, erwiderte der Wirt. »Zart sah sie ja wohl freilich aus, war aber sonst wohl gesund, mit Ausnahme einer kurzen Erkältung, wegen der sie den Professor Viterbo konsultierte. Ich habe ihn damals den Herrschaften selbst empfohlen. Nun, die Konsultation muß jedenfalls ganz befriedigend ausgefallen sein; denn es ist nie wieder ein Arzt ihretwegen ins Haus gekommen. Übergroße Ängstlichkeit der Eltern hat diese eine wohl nur veranlaßt.«

»Ja, ja«, meinte Windmüller lächelnd, »eine reiche Erbin konsultiert einen berühmten Arzt wegen einer Erkältung, gegen die ein armes Mädchen einfach Fliedertee nimmt.«

»Von den Armen lebt der Drogist im kleinen, von den Reichen der berühmte Arzt im großen«, stimmte der Wirt lachend zu. »Also, die Contessina ist eine reiche Erbin?« fuhr er mit echt italienischer Neugier fort. »Dann hat sie wohl große Besitzungen in Deutschland?«

»Gewiß, sie hat von ihrem Großvater eine der schönsten Herrschaften mit einem prächtigen Schloß geerbt«, befriedigte Windmüller den neugierigen Wirt schmunzelnd.

»Richtig! Sie trauerte ja noch um ihren Großvater! Und jetzt lebt die Contessina mit ihren Eltern zusammen?«

»Herr und Frau von Ellbach sind wenigstens vorläufig noch bei ihr«, erwiderte Windmüller absichtlich etwas gedehnt.

»Nun, die Contessina wird sich wohl bald verheiraten, was man ihr wünschen möchte; denn, unter uns, Signor – sie schien nicht recht glücklich in der Gesellschaft ihrer Eltern, ich meine von Herrn und Frau von Ellbach, zu sein«, biß der Wirt auf den Köder sofort an. »Das kommt oft vor, wenn Vater oder Mutter sich wieder verheiraten. Meist ist's ja die Stiefmutter, die den Unfrieden bringt; es kann aber auch der Stiefvater sein, wenn die Mutter noch jung ist und dann eifersüchtig auf die schöne Tochter wird.«

So, so, dachte Windmüller. Da hätten wir ja die andere Lesart für den Wandel in den gegenseitigen Gefühlen, an die auch andere gedacht zu haben scheinen. Laut sagte er: »Übrigens wundert es mich, daß die Contessina sich nicht schon hier in Florenz verlobt oder verheiratet hat, denn sie ist doch sicher viel bewundert worden, viel in Gesellschaft gegangen, nicht?«

»Nein, die Herrschaften haben sehr still und zurückgezogen gelebt«, erwiderte der Hausherr. »Natürlich haben sie Ausflüge gemacht, sind zum Nachmittagskorso gefahren, haben Sehenswürdigkeiten der Stadt besichtigt – einen Verkehr hatten sie nicht, auch hier im Hause mit den anderen Gästen nur wenig – – – Von Gesellschaften haben sie meines Wissens nur den großen Ball im Palazzo Corsini mitgemacht, zu welchem ihnen ein Herr, der bei mir wohnte und die Contessina sehr bewunderte, eine Einladung verschaffte. Dieser Herr – es ist ein römischer Grande und Verwandter der Fürsten Corsini und schon oft bei mir eingekehrt – hat mir erzählt, daß die Contessina auf dem Ball geradezu Sensation gemacht habe, was ich begreife; denn ich sah sie beim Fortfahren in ihrer weißen, silbergestickten Ballrobe, schön wie ein Traum! Viele Herren kamen her, um sie im Speisesaal zu sehen, aber sie war ganz unnahbar, ganz! Vielleicht ist sie schon verlobt. Wer weiß es?«

»Ja, wer weiß es?« wiederholte Windmüller. »Ihr römischer Grande hat demnach dann auch kein Glück gehabt?«

»Ich fürchte, nein. Schade, denn er war ganz hingerissen von der schönen deutschen Contessina. Aber sie war, wie er sagte, ›ein Bild ohne Gnade‹ – ganz unnahbar. Schade! Eine solche Verlobung in meinem Hause hätte mir Freude gemacht.«

Mit bedauerndem Kopfschütteln entfernte sich der lebhafte, mitteilsame Hausherr, und Windmüller trat heraus auf die Straße und schlenderte den Lungarno entlang.

Hm, ja – sonderbar ist die Geschichte wirklich, überlegte er. Das angedeutete Eifersuchtsmotiv, das mir nur flüchtig, dem Gesandten gar nicht in den Sinn gekommen ist, kann immerhin auf falscher Beobachtung beruhen; als unmöglich, lächerlich oder ausgeschlossen darf man es doch schließlich nicht ganz außer acht lassen, weil es eben der menschlichen Schwächen, Verirrungen und Versuchungen zu viele gibt. Trotzdem mag ich daran nicht glauben – warum, weiß ich mir selbst nicht zu sagen. Für Ellbach steht zuviel auf dem Spiel, als daß ich ihm zutraue, sich so weit zu vergessen, um seiner Frau Ursache zur Eifersucht auf ihre eigene Tochter zu geben; freilich gibt es ja auch Eifersucht ohne Ursache, und das ist die schlimmste Form dieser unseligen Leidenschaft. Auch halte ich ihn für viel zu kalt und berechnend, als daß er solche Gefühle Herr über sich werden ließe – aber wiederum darf man auch das alte Sprüchlein vom alten Span, der sich leicht entzündet, nicht vergessen. Nun, zunächst werde ich den Professor Viterbo mal aufsuchen; denn schon vom pathologischen Standpunkt aus ist diese relativ schnelle, ja rapide Genesung der Gräfin Leonore wirklich sehr merkwürdig. Drei Personen: das Mädchen Klara, Madame Burnand und vor allem der Arzt in Aigle haben eher ihr Ableben als ihre Genesung erwartet, sie selbst hat in ihrem Brief an ihre Freundin bestimmt auftretende Todesahnungen – was allerdings wenig bedeutet –, und in Venedig wird sie der Diagnose des sicher nicht inkompetenten Arztes zum Trotz in relativ kurzer Zeit so gesund, daß sie hier einen Ball mitmachen kann! Nebenbei: einen Ball, trotz ihrer tiefen Trauer um den jüngst verstorbenen Großvater! Nun ja – in weißer, silbergestickter Gaze, aber immerhin – Ball ist Ball, und wenn ich auch wirklich der letzte bin, der die Trauer nur im Äußerlichen sucht, so stimme ich doch entschieden für eine gewisse Wahrung des Anstands. Hat sie selbst auf diesen Ball so gebrannt, daß sie seinen Besuch durchzusetzen gewußt hat, was ja am Ende bei ihrer Jugend und der hinter ihr liegenden Krankheitszeit verständlich wäre, oder hat die Mutter darauf gedrungen? Grünholz sagte mir, daß Frau von Ellbach ihren Schwiegervater herzlich gehaßt hat – aber sein

Geld ganz willig annahm. Gut, sie mag um den alten Herrn keine Träne vergossen haben, weil sein Tod ihr die von ihm bewilligte Rente ja nicht genommen hat, aber sie weiß doch, was sich schickt und hält sehr auf die Wahrung der Etikette. Und ihr Mann erst recht, schon weil ihre strenge Beobachtung für ihn eine Art von Daseinsfrage ist, in der er sich keine Blöße geben darf. Ja, ja – Rätsel über Rätsel. Na, vielleicht weiß die Luigia etwas über die Geschichte dieses Balles; wollen sie schon noch darüber anzapfen. In der Spreu ihres Geschwätzes findet sich wohl doch ein Weizenkörnchen, aus dem man etwas machen kann. Hm – wenn mir recht ist, wohnt Professor Viterbo in der Nähe der Via Tornabuoni – kann man im nächsten Buchladen erfahren.«

Er fand das gesuchte Haus an der Kreuzung der genannten Straße, und da er auf dem Schild an der Haustür sah, daß Professor Viterbo seine Sprechstunde von zehn bis zwölf Uhr vormittags hatte, stieg er unverweilt hinauf und kam gerade zum Öffnen des Wartezimmers zurecht.

Als erster ausgerufen, betrat Windmüller das Sprechzimmer und stand dem berühmten Spezialisten gegenüber, der einen Augenblick stutzte, ihn dann aber sofort wiedererkannte, denn er hatte ihn nicht nur vor Jahr und Tag bei einem gemeinsamen Bekannten kennengelernt, sondern war von ihm auch gelegentlich eines »Falles« um ein ärztliches Gutachten angegangen worden.

»Herr Doktor, Sie?« rief er überrascht. »Herzlich willkommen! Aber Sie in meinem Wartezimmer? Als Patient?«

»Gott sei Dank, nein«, erwiderte Windmüller und drückte die Hand des Arztes.

»Ich wählte diesen Weg, um Sie sicher zu treffen und bitte dafür um Entschuldigung.«

»Um mich sicher zu treffen? Dann führt Sie also Ihr Beruf zu mir?«

»Auch das nicht in dem Sinn, wie Sie zu glauben scheinen. Es ist nur ein Freundschaftsdienst, den ich gelegentlich meiner Durchreise unserem Botschafter in Rom zu erweisen versprach«, erklärte Windmüller harmlos und fuhr fort: »Um Sie nicht Ihren Patienten zu entziehen, komme ich gleich zur Sache. Der Botschafter von Grünholz, der gegenwärtig in Deutschland weilt, ist Vormund einer sehr reichen jungen Erbin, Gräfin Leonore Lohberg, welche sich mit ihrer Mutter und ihrem Stiefvater ihrer Gesundheit wegen den ganzen vorigen Winter und bis vor kurzem noch in Florenz aufhielt. Die junge Dame war längere Zeit leidend und hat Sie hier auch einmal konsultiert. Da Herr von Grünholz es mit seiner Vormundschaft sehr ernst nimmt, und Komtesse Lohberg ihm recht zart erscheinen will, so liegt ihm viel daran, Ihr Gutachten über den wirklichen Zustand seines Mündels zu erfahren, was ja bei dem wohlbegründeten Ruf, den Sie als Spezialist genießen, begreiflich ist. Da er selbst zur Zeit verhindert ist, sich persönlich bei Ihnen zu erkundigen, ich aber seinem engeren Kreise nahe stehe, so habe ich es gern übernommen, gelegentlich meiner Durchreise bei Ihnen vorzusprechen.«

»Lohberg! Lohberg!« wiederholte der Professor sinnend. »Lassen Sie einmal sehen – doch ja, ich erinnere mich des Namens. Es handelte sich um eine Spezialkonsultation; eine auffallend schöne, junge Dame, die von ihrem Vater begleitet wurde. Das muß im Februar oder Anfang März gewesen sein. Ich werde in meinem Tagebuch nachsehen und Ihnen gern meinen Befund aufschreiben. Wo wohnen Sie, lieber Doktor? Kommen Sie heute abend zu uns, dann können wir ungestört miteinander plaudern. Also, Sie kommen? Nun, das ist recht! Übrigens, soviel ich mich der Sache erinnern kann, lag bei der jungen Dame nichts Ernstliches vor; nun, mein Buch wird das genau angeben. Auf Wiedersehen!«

Es lag nichts Ernstliches vor? Na, ich danke – falls der Aigler Äskulap recht hat, dachte Windmüller, indem er die Treppe hinabstieg. Viterbo erinnert sich also nicht recht, oder er meint, daß zur Stunde nichts Ernstliches vorlag. Die Ellbachs müssen doch aber einen Rückfall befürchtet haben, sonst hätten sie ihre Tochter nicht wegen einer einfachen Erkältung gleich zu jener Autorität, wie Viterbo es zweifellos ist, gebracht. Und Ellbach hat sie zu ihm begleitet, nicht die Mutter, die in Montreaux und Aigle so hingebend in der Pflege ihrer Tochter gewesen ist! Bin doch sehr neugierig, ob Venedig mir den Schlüssel zu diesem Rätsel geben wird.

Windmüller war, in seine Gedanken versunken, die Via Vigna Nuova hinabgegangen, ohne recht darauf zu achten, welche Richtung er damit einschlug, und gelangte bald auf den kleinen Platz vor Ponte alla Carraja, von dem die Via de’ Fossi mit ihren verlockenden Kaufläden nach

Santa Maria Novella führt. Er schwankte nun einen Augenblick, ob er sich dahin, oder über die lange, sonnige Brücke nach dem Palazzo Pitti zuwenden sollte; er kannte jenseits des Arno einen Althändler, bei dem er schon mehrere Perlen für seine Sammlung erstanden hatte, und die Versuchung nach neuem Besitz war schließlich so groß, daß er wirklich links abschwenkte und an der Ecke des Lungarno Corsini mit einem Herrn so kräftig zusammenrannte, daß beide ihren Gefühlen erst durch ein Kraftwort Luft machten, ehe sie zu einer gemurmelten Entschuldigung sich an die Hüte griffen, wobei der von Lungarno so eilig Dahergekommene im selben Atem ausrief:

»Doktor Windmüller!«

Dieser blinzelte im grellen Sonnenlicht den Fremden überrascht an, sah einen elegant gekleideten, noch jungen Mann, der unverkennbar den englischen Typus aufwies, und erkannte in ihm auch einen jungen Diplomaten, den er vor ein paar Jahren als Attaché bei der englischen Botschaft in Rom kennengelernt hatte.

»Der Honourable Mister Mowbray«, rief er erfreut. »Ja, wo kommen Sie her? Ich glaubte Sie fern im Osten, in Peking, wenn ich nicht irre.«

»Peking ist schon seit Jahr und Tag für mich ein gewesenes Paradies«, erwiderte der Engländer mit einem Lachen, das von einem Seufzer begleitet wurde. »Ich bin nun ein freier Mann, habe eben meine alten Freunde in Rom besucht, sie aber nicht daheim getroffen. Sie sind wohl eben auf dem Heimweg nach Rom?«

»Noch nicht. Ich werde noch einen kleineren, vielleicht auch größeren Umweg machen müssen, ehe ich wieder heimkommen kann.«

»Aha, ich verstehe: Sie sind auf dem Kriegspfad. Da darf ich Sie wohl nicht aufhalten?« fragte Mowbray verständnisvoll.

»Doch, das dürfen Sie gern, da ich mich gerade in einer Kunstpause befinde und mich eben langsam nach dem Pitti schlängeln wollte«, erklärte Windmüller lachend.

»Desto besser – dann schlängle ich mich mit«, versetzte der Diplomat heiter. »Und wenn Sie nicht gerade auf den Pitti brennen, dann schlage ich vor, wir nehmen uns einen Wagen und lassen uns nach den schattigen Cascinen fahren.«

Windmüller erklärte sich mit dem Vorschlag ganz einverstanden, und sie stiegen in einen der Florentiner Fiaker, deren mit viel glänzend geputzten Messingbeschlägen verzierte Pferde eine hochstehende Fasanenfeder auf dem Stirnriemen tragen, und deren Kutscher in hohem, schiefgesetztem Zylinderhut mit unnachahmlicher Nonchalance auf dem Bock thronen. In einem dieser bequemen, zweisitzigen Vehikel fuhren sie hinaus nach den Cascinen, dem reizvollen, charakteristischen öffentlichen Park von Florenz, in dem weite, wunderbar grüne Wiesen mit Hainen hoher, schattiger Steineichen und Pinien abwechseln, durchzogen von Fahr- und Fußwegen, auf denen sich in den Nachmittagsstunden die »große Welt« wie das Volk von Florenz samt der Fremden bei den Klängen der »Banda« auf dem »Piazzone« einfindet, wobei dann ein Korso entsteht, wie der auf dem Pincio in Rom, wenn die Musik spielt.

Zu dieser Stunde aber waren die Cascinen so gut wie menschenleer, und die beiden Herren blieben unbehelligt von der Schar der Blumenmädchen, die jeden der im Schritt fahrenden Wagen mit ihrer duftenden Ware verfolgen.

Als sie den Schatten der Bäume erreicht hatten, fragte Windmüller seinen Gefährten, weshalb er die diplomatische Laufbahn aufgegeben habe, für die er doch Liebe und Begabung besessen habe.

»Oh, ich tat's auch nur mit Ach und Weh«, erwiderte Mowbray, »denn ich liebte meinen Beruf wirklich, und das Unerwartete traf mich aus heiterem Himmel. So wie Sie mich hier sehen, heiße ich nämlich offiziell nicht mehr Mister Mowbray, sondern Lord Oakburn, als Nachfolger meines Vetters, des elften Earl of Oakburn. Ja, Pech habe ich immer gehabt.«

»Na«, machte Windmüller lachend, »solch ein ›Pech‹ ließe ich mir schon gefallen, denn soviel ich weiß, gehört der Graf von Oakburn zu den reichsten Großgrundbesitzern Englands, wozu ungefähr ein halbes Dutzend Schlösser gehört, ohne den Londoner Palast bei Whitehall.«

»Ja, das ist schon richtig«, gab der junge Lord trübselig zu. »Aber, sehen Sie, der fette Bissen wäre mir ohne die bittere Sauce lieber gewesen. Erstens mußte ich den mir liebgewordenen Beruf aufgeben, weil das Auge des Herrn auf der anderen Seite der Weltkugel ein wenig zu weitab von dem Besitz ist, und dann ist mir das Erbe unter Umständen zugefallen, die ebenso schmerzlich wie peinlich waren. Ein anständiger Mensch macht wohl zunächst keine Freudensprünge, wenn er auf solchem Wege zu Besitz und Titel kommt. Sie werden das verstehen, wenn Sie sich erinnern, wie der letzte Earl of Oakburn vor fast einem Jahr aus dem Leben schied.«

»Nein, ich erinnere mich dessen nicht«, versetzte Windmüller interessiert. »Sollten die Zeitungen darüber etwas gebracht haben, so muß es mir entgangen sein, was Sie schon daraus ersehen können, daß ich Sie noch als Mister Mowbray anredete.«

»Nun, das wäre ja ein Wunder, wenn die ausländischen Zeitungen sich diesen spaltenfüllenden Fall hätten entgehen lassen. – In England waren sie wochenlang voll davon. Wenn einer von den Großen des Landes bei uns stirbt, dann ist das an sich schon ein willkommener Grund zu langen Artikeln. Da mein Vetter aber mit einem ausgiebigen Skandal aus diesem Leben schied, so hatten wir Stoff für Monate und darüber. Das war's, was mir das sonst so herrliche Erbe, auf das ich ja gar keine Aussicht zu haben schien, sehr bitter machte. In kurzen Worten war die Geschichte so: Mein Vetter war seit kurzem verheiratet mit Lady Clarice Dane, der ältesten Tochter des Herzogs von Farnborough –«

»Ah«, warf Windmüller ein. »Das ist doch derselbe, der eine von den schönen Missis Ashfield geheiratet hat, wenn mir recht ist.«

»Gewiß; und um es gleich vorweg zu sagen: ich bin mit der jüngsten Tochter des Herzogs seit kurzem verlobt und hoffe sie bald heimzuführen.«

»In der Tat? Meinen herzlichsten Glückwunsch, Lord Oakburn!«

»Danke vielmals. Sie dürfen mir wirklich Glück wünschen, Herr Doktor, denn Lady Beryll Dane ist ebenso schön, wie sie lieb und gut ist. Nun also, mit der ältesten Schwester meiner Verlobten war mein Vetter Oakburn erst ganz kurz verheiratet, als sie gelegentlich eines Sturzes von dem Pferde Verletzungen des Rückgrats davontrug, die sie voraussichtlich fürs Leben an das Bett und den Rollstuhl fesselten. Das Leiden der armen jungen Frau erforderte die ständige Gegenwart einer geschulten Pflegerin, und eine solche fand seine Schwiegermutter in der Pflegerinnenschule von St. Rochus in London. Ich habe diese Schwester Ellinor nie gesehen, weil ich ja damals schon in China war, habe aber von mehreren Seiten gehört, daß sie nicht nur jung, sondern auch eine verteufelt schöne Person gewesen sein muß. Aus welcher Bemerkung Sie ohne Zweifel erraten werden, wie die Tragödie ihren Anfang nahm: mein Vetter, dem ich das wirklich nicht zugetraut hätte, verliebte sich unsterblich und rettungslos in die schöne Pflegerin, und die Umgebung hat einstimmig ausgesagt, daß sie nicht unempfänglich für die Aufmerksamkeiten ihres Brotherrn war; vielleicht hatte auch mein Vetter die Entschuldigung Adams: ›Das Weib hat mich verführt.‹ Wer kann's sagen? Ob man der armen, siechen Frau diese Beobachtung hinterbracht hat, oder ob sie selbst Wahrnehmungen machte, darüber verlautete nichts Bestimmtes, und man muß hoffen, daß sie dessen unbewußt aus diesem Leben geschieden ist. Sie wurde an einem schönen Morgen tot in ihrem Bett gefunden, und die schöne Pflegerin war spurlos verschwunden – nebenbei gesagt, mit einigen sehr wertvollen und unersetzlichen Erbstücken des Hauses. War das Verschwinden der Schwester Ellinor an sich schon sehr verdächtig, so wurde dies Moment noch durch das Verhalten meines Vetters vertieft; er weigerte sich nämlich entschieden, eine von den Behörden verlangte Autopsie der Leiche seiner Frau vornehmen zu lassen. Die dafür von ihm angeführten Gründe der Pietät konnten das Verfahren natürlich nicht aufhalten. Der gerichtsärztliche Befund aber stellte einwandfrei fest, daß Clarice durch Gift in die Ewigkeit befördert worden war. Daraufhin wurde nun ein Haftbefehl gegen die flüchtig gegangene Pflegerin erlassen, und nun trat mein Vetter mit vielleicht voreiligem Eifer, aber doch immerhin moralischem Mut in die Bresche: er nahm die ganze Schuld auf sich und behauptete, sich nur der Hand der Schwester Ellinor bedient zu haben. Sie habe, ganz ahnungslos von der Wirkung, Lady Oakburn den verhängnisvollen Trank gereicht und sei über den Erfolg so entsetzt gewesen, daß sie mit seinem, des Earl, Vorwissen bei Nacht und Nebel das Schloß verlassen habe. Da nun nach unserem Gesetz kein Richter ist, wo der Kläger fehlt, so wurde zunächst von einer Verfolgung der Pflegerin Abstand genommen, mein Vetter aber natürlich verhaftet. Er hatte sich durch sein Bekenntnis, das Schwester Ellinor ja vollständig freisprach, selbst den Strick gedreht, wartete aber nicht auf den, welchen der Staat bei uns gratis liefert, sondern bediente sich seiner freiwillig in seinem Gefängnis. So kam ich dazu, das Erbe anzutreten, und Sie werden nun verstehen, daß ich den Beigeschmack zu diesem unerwarteten Glück recht bitter gefunden habe.«

»Ja, das weiß Gott«, gab Windmüller teilnahmsvoll zu. »Nun, wenn Sie den Besitz erst mit einer Ihnen so lieben Gefährtin teilen werden, so wird er für Sie viel, hoffentlich alles von seiner sehr verständlichen Bitterkeit verlieren, um so mehr, als die leibliche Schwester des Opfers dieser Tragödie an deren Stelle gewissermaßen die ausgleichende Gerechtigkeit vertritt. Und man hat nichts mehr von der Pflegerin gehört?«

»Nichts. Sie ist einfach spurlos verschwunden«, erwiderte Lord Oakburn. »Samt den Familienerbstücken, derentwegen ich sie belangen wollte, trotzdem mein Vetter erklärt hat, ihr diese Dinge geschenkt zu haben, wozu er aber kein Recht hatte, da sie zum Familienbesitz gehören. Nun frage ich Sie, warum, wenn Schwester Ellinor in allem und jedem so schuldlos war wie ein Wickelkind, warum ist sie dann so heimlich und spurlos verschwunden? Ich finde das doch sehr verdächtig.«

»Ich auch«, bestätigte Windmüller trocken. »Sie kann, falls sie noch am Leben war, nicht in Unkenntnis der Verhaftung des Earl geblieben sein; daß sie sich trotzdem verborgen hielt, bedeutet für mich ein Bekenntnis, welches das bittere Ende ihres Vetters in eine Art von Heldentum umstempelt, dem man eine gewisse Teilnahme nicht versagen darf. Er muß doch diese Person sehr geliebt haben, wenn er sie nach jeder Richtung hin mit seinem eigenen Leben und seiner Ehre deckt. Wie hieß diese Schwester Ellinor mit ihrem Familiennamen?«

»Merkwürdigerweise genau so, wie meine künftige Schwiegermutter mit ihrem Mädchennamen hieß: Ellinor Ashfield. Übrigens ein Name, der auch im Bürgertum nicht gerade ungewöhnlich ist. Warum fragen sie?«

»Oh, aus keinem besonderen Grunde: einfach aus alter Berufsgewohnheit«, erwiderte Windmüller mit einer gespielten Gleichgültigkeit, denn der Name Ellinor Ashfield hatte ihn sehr überrascht. »Und aus dieser lieben alten Berufsgewohnheit heraus kann ich die Frage nicht unterdrücken: Warum haben Sie mich nicht gerufen, den Fall aufzuklären?« setzte er hinzu.

»Oh, Sie müssen nicht vergessen, daß ich in Peking war, als mich die Nachricht von der Familientragödie erreichte«, antwortete Lord Oakburn. »Gewiß habe ich gleich an Sie gedacht, und das ist keine Redensart, sondern eine Tatsache. Nach dem tragischen Ende meines Vetters aber wäre ein neuerliches Aufwühlen des Schlammes nicht nur überflüssig, sondern auch ganz unwesentlich gewesen.«

»Hm«, machte Windmüller, »das möchte ich doch nicht behaupten. Gesetzt, ich hätte nachweisen können, und dazu wär's am Ende heute noch nicht zu spät, daß Ihr Vetter nur mit dem Mut der Liebe für die wirklich und einzig Schuldige sich geopfert hat, um mit seinem eigenen Leben und seiner eigenen Ehre sie zu decken, so wäre Ihrem Namen damit doch der Flecken genommen worden, der jetzt für alle Zeit darauf haftet. Gar nicht davon zu reden, daß die verschwundenen Familienerbstücke, auf die Sie doch großen Wert zu legen scheinen, möglicherweise wieder zurückzuerobern gewesen wären, falls es nicht Juwelen sind, die, einzeln und ausgebrochen veräußert, natürlich nicht mehr aufzufinden sind.«

»An den ersten Punkt der Wiederherstellung der Ehre meines Vetters habe ich auch gedacht«, bekannte Lord Oakburn nach einer Pause. »Wie aber, wenn zu dem alten Flecken durch Nachforschungen noch ein neuer gekommen wäre? Es ist nun schon mehr denn ein Jahr Gras über diese schreckliche Angelegenheit gewachsen, lassen wir's weiter wachsen. Gott, der die Wahrheit kennt, wird gnädiger gerichtet haben, als die Menschen zu tun pflegen. Sein Arm wird auch die erreichen, wenn's nicht schon geschehen ist, welche vielleicht die Schuldige ist. Und was die Erbstücke betrifft – hin ist hin! Natürlich, in gewissem Sinn lege ich Wert auf sie, aber schließlich gehören sie doch nur zu den Schätzen, ›die Motten und Rost fressen‹. Die Sachen wären übrigens etwas für Ihr Sammlerherz gewesen, Herr Doktor, wenigstens zum größten Teil. Zum Beispiel ein wunderbar gearbeiteter Anhänger, dessen Mittelstück aus einem Sardonyx, in den das Porträt der Lukrezia Borgia geschnitten war, ein Prachtstück, das einem Vorfahren von der Gemahlin Alfons II. von Ferrara als besondere Auszeichnung verliehen wurde. Ferner vermissen wir einen Siegelring mit dem Wappen der Königin Maria Stuart, in einen rautenförmigen, hellen Saphir graviert. Die unglückliche Schottenkönigin schenkte diesen Ring selbst dem damaligen Earl von Oakburn. Und endlich hat Schwester Ellinor noch einen Kasten mitgenommen, ein Geschenk der Königin Anna, ein wirkliches Kunstwerk von Ebenholz mit Goldintarsien, an seinen vier Ecken verziert mit entzückend in Elfenbein geschnitzten allegorischen Figuren. Auf dem Deckel stand – die gleichfalls in Elfenbein gearbeitete Figur der Königin. Nun, läuft Ihnen bei dieser Schilderung nicht das Wasser im Munde zusammen, Doktorchen?« schloß er lachend.

Windmüller hatte es nur durch die Macht der Gewohnheit über sich gebracht, bei dieser skizzenhaften, aber doch scharf umrissenen Schilderung nicht auszurufen: Aber diesen Kasten habe ich ja unlängst erst in London bei einem Trödler gekauft! Doch schon fuhr Oakburn fort:

»Das Interessante an diesem Kasten ist, daß er natürlich ein Geheimfach hat, wie es ja eigentlich nicht anders sein kann. Kein doppelter Boden etwa – das wäre zu abgedroschen –, aber ein hübsches, kleines Gelaß im Deckel, dessen Geheimnis mir mein Vetter einmal zeigte. Um zu diesem wirklich fein ausgeklügelten Gelaß zu gelangen, mußte man eine goldene Widmungstafel, die sich innen im Deckel befindet, fest nach einwärts drücken, wodurch eine Klammer beiseitegeschoben wurde, die den Stift festhielt, mit welchem die Statuette oben befestigt war. Nun schraubte man die elfenbeinerne Königin einfach ab, und die Fläche, auf der sie mit ihren bauschigen Gewändern gestanden hatte, enthüllte das Geheimfach, das man wirklich, ohne das Geheimnis zu kennen, gar nicht finden könnte. Um diesen Kasten tut mir's eigentlich am meisten leid, obwohl der Ring und der Anhänger als historische Reliquien interessanter sind.«

Während Windmüller dieser Beschreibung atemlos zuhörte, beschloß er, fürs erste den Besitz des Kastens, von dem er kaum zweifeln konnte, daß er der soeben geschilderte war, zu verschweigen. Daß er ihn, wenn diese Vermutung zutraf, Lord Oakburn später wieder zur Verfügung stellen würde, stellen mußte, darüber war er ganz mit sich im reinen, und kein egoistisches Bedauern konnte daran etwas ändern. Nur gleich, zur Stunde wollte er noch darüber hinweggehen, weil er plötzlich das Gefühl hatte, als ob der Kasten in seiner Hand noch eine Rolle spielen könnte, über deren Natur er sich noch nicht klar war. Es fuhr ihm aber durch den Kopf, daß die Pflegerin Ellinor Ashfield möglicherweise dieselbe sein konnte, über die Herr von Ellbach eine so ausgiebige Auskunft gewünscht hatte – eine Möglichkeit, die vorläufig freilich noch sehr nebelhaft war. In diesem Falle aber würde der Kasten ein Beweisstück sein, das er vorläufig nicht aus der Hand geben durfte. Schließlich war es ja auch noch gar nicht ausgemacht, daß er den Kasten des Lords Oakburn besaß; es konnte ebensogut nur ein ähnlicher sein, eine Wiederholung des Originals, welche die als sehr freigebig bekannte Herrscherin hatte anfertigen lassen, um sie einem anderen Begünstigten zu schenken. Indes, auch darüber war vielleicht gleich einige Gewißheit zu erlangen.

»Das ist sehr interessant«, sagte Windmüller mit ungeheuchelter Aufmerksamkeit. »Was es doch immer noch für Schätze im Besitz der alten Familien gibt, besonders, wenn sie als ›Erbstücke‹ gewissermaßen an die Kette gelegt wurden, um sich nicht verirren zu können. Ein sehr weises Verfahren! Sie sprachen von einer goldenen Widmungstafel auf dem Boden des Kastendeckels; können Sie sich der Inschrift noch erinnern?«

»Gewiß – so ungefähr wenigstens«, erwiderte Lord Oakburn. »Sonderbar ist, daß der Name des Beschenkten auf der Platte nicht genannt ist, wodurch es einem Dieb leicht gemacht wird, das Kunstwerk zu verkaufen. Vermutlich hat die Königin Anna mehrere solcher Kassetten ›auf Lager‹ gehabt, um sie gegebenenfalls zu verschenken.«

Windmüller fand die Vermutung im Grund aber doch nicht ganz überzeugend in Anbetracht der wunderbar sorgfältigen Ausführung des Kunstwerkes, das eigentlich gar nicht auf einen »Massenartikel« schließen ließ, sondern im Gegenteil auf einen besonderen Auftrag der Geberin.

Infolgedessen gewann der Gedanke, daß die in seinem Besitz befindliche Kassette doch das Oakburnsche Familienerbstück sein mußte, an Wahrscheinlichkeit, und rasch erwog er, doch schon heute dem Earl einen Wink zu geben.

»Ganz im Vertrauen und unter uns«, flüsterte Windmüller, »hoffe ich, ein Stück des Ariadnefadens, der durch ein noch unentwirrbar scheinendes Labyrinth nach Oakburn-Castle leitet, in der Hand zu haben. Vielleicht kann ich Ihnen eines schönen Tages eines Ihrer verschwundenen Erbstücke, nämlich die Kassette, zurückgeben.«

»Herr Doktor! Was Sie nicht sagen!« sagte Lord Oakburn mit derart fassungslosem Gesichtsausdruck, daß es Windmüller entschieden belustigte. »Sie haben gut lachen«, setzte er vorwurfsvoll hinzu. »Natürlich bin ich nun neugierig wie eine Nachtigall, ich berste tatsächlich vor unausgesprochenen Fragen, aber ich kenne Sie und Ihre Prinzipien und weiß, daß ich nur total abblitzen würde, wenn ich meine Zunge nicht im Zaum halten könnte. Übrigens würde ich nicht das Herz haben, Ihnen die Kassette, falls sie wirklich in Ihre Hände fallen sollte, wieder abzuknöpfen. Finden Sie den alten Kasten oder haben Sie ihn schon, dann sei er der Ihrige.«

»Womit Sie mir in sehr zarter und feiner Weise andeuten wollen, daß Sie meine ganze Geschichte für – Bluff halten!« lachte Windmüller, was er sich ja erlauben konnte, da er doch seiner Sache schon ziemlich sicher war.

»Bluff!« wiederholte Oakburn; »dazu gehört bei mir ein anderer, denn ich kenne Sie doch nun genügend, um zu wissen, daß der berühmte F. X. Windmüller in seinem Beruf keinen Bluff macht.«

»O ja«, widersprach dieser behaglich. »Wenn ich all den Bluff, den ich in meinem Leben zu machen genötigt bin, zusammenrechnen wollte, dann würden Sie über die Summe vom Stuhl fallen. Der Laie glaubt ja überhaupt, und dies zum Glück für mich, daß meine Tätigkeit nichts ist als eine von tiefster Weisheit erfüllte Berechnung, gewissermaßen eine übernatürliche Gabe; und doch hängt sie zu zwei Dritteln, um nicht zu sagen drei Vierteln, einfach vom Glück ab, verbunden natürlich mit Gewandtheit und dem angeborenen Spürsinn, dem ich meine Erfolge verdanke. Oft finde ich die Lösung einer Aufgabe direkt auf der Straße; daß ich mich danach bücke, versteht sich von selbst.«

»Nun ja – ein anderer würde eben darüber hinweglaufen. Aber Spaß beiseite: ist's Ihr Ernst mit der Kassette, dann ist's auch der meinige damit. Ich trete sie Ihnen hiermit feierlich für Ihre Sammlung ab.«

»Wozu Sie, da die Kassette ein Erbstück ist, dasselbe Recht haben wie Ihr Vetter, als er sie der schönen Schwester Ellinor schenkte.«

»Oh, damit steht sie schon außerhalb der Familienbestimmungen.«

»Hm, ich weiß doch nicht, ob das nicht eine Silbenstecherei ist, die auf juristischen Widerspruch stoßen könnte.«

»Nun, dann wollen wir einen Kompromiß schließen: ich leihe Ihnen die Kassette auf Lebenszeit, und Sie haben die Güte, sie testamentarisch dem jeweiligen Earl von Oakburn zu hinterlassen. Ein guter Gedanke, nicht?«

»Er läßt sich hören«, meinte Windmüller lachend. »Einen Vertrag darüber brauchen wir wohl noch nicht abzuschließen.«

»Nein, denn das hieße über das Ei verfügen, ehe die Henne es gelegt hat«, erwiderte Lord Oakburn. »Ich muß gestehen, daß ich die Tantalusqualen meiner von Ihnen erweckten Neugier kaum ertragen kann. Briefe und sonstige Botschaften treffen mich, nebenbei bemerkt, die nächsten zwei Monate in Oakburn-Castle-on-Avon, wohin ich in spätestens einer Woche zurückzukehren gedenke. Es soll dies nur ein Wink sein.«

»Den ich schon verstanden habe. Wer weiß, ob Sie bei Ihrer Heimkehr nicht schon eine Nachricht von mir vorfinden.«

Als die beiden Herren dann in dem berühmten Restaurant Donay in der Villa Tornabuoni saßen und das von Lord Oakburn liebevoll unter Berücksichtigung aller Spezialitäten des Hauses zusammengestellte Gabelfrühstücke verzehrten, trank Windmüller seinem Gastgeber, der sehr vergnügt geworden war, auf das Wohl seiner Braut zu, worauf dieser seine Brieftasche herauszog und ihm daraus eine Photographie seiner Zukünftigen zeigte, deren Schönheit allerdings keinen Zweifel zuließ, doch beeilte sich der strahlende Bräutigam zu versichern, sie sei im Leben noch tausendmal schöner. Übrigens sei Lady Beryll Dane das Ebenbild ihrer Mutter, die sich heute noch siegreich neben ihren Töchtern behaupten könne, von denen die älteste so elend enden mußte.

»Herr von Grünholz, mit dem ich unlängst auf einem deutschen Landsitz zusammen war, erwähnte gelegentlich die schöne Misses Ashfield«, sagte Windmüller, indem er das Bild zurückreichte, das ihn im Schnitt des Gesichts und namentlich dem des Mundes lebhaft an Gräfin Leonore Lohberg erinnerte. »Ich meine, er sprach von drei Schwestern.«

»Nein, es sind nur zwei«, berichtigte Oakburn. »Die andere Schwester meiner Schwiegermutter ist mit unserem Gesandten in Tokio verheiratet. Das heißt«, setzte er ehrlich hinzu, »es waren wirklich drei Schwestern Ashfield, aber die Jüngste ist nie in Gesellschaft erschienen. Sie scheint eine obskure, jedenfalls unerwünschte Heirat gemacht zu haben und wird von der Familie totgeschwiegen – soll übrigens auch wirklich schon gestorben sein. Ich für mein Teil gestehe, daß ich dieses ›Totschweigen‹ für sehr töricht halte. Wenn diese Verwandtschaft ja auch nicht gerade das ist, was man sich brennend wünschen möchte, so braucht man darum doch nicht gleich eine Tochter für tot zu erklären.«

»Sie hat nie wieder etwas von sich hören lassen?«

»Soviel ich weiß, nein. Gefragt habe ich ja natürlich nicht, wenn das Thema nun schon einmal auf dem Index steht. Vermutlich ist sie verdorben oder gestorben, oder zu stolz gewesen, zu Kreuz zu kriechen. Leute aus Norwich, der Nachbarstadt von Ashfield-Hall, wollen diese verlorene Tochter später in London in einem Zirkus wiedererkannt haben, aber sie war ja noch lächerlich jung, als sie mit einem Kunstreiter davonlief und kann sich im Aussehen verändert haben. Kurz und gut, die verlorene Tochter ist eben eins der vielen ›Skelette im Schrank‹, mit denen wohl die meisten Familien behaftet sind. Wir Mowbrays von Oakburn-Castle haben im Lauf der Jahrhunderte ein ganzes anatomisches Museum davon zusammengesammelt, brauchen anderen damit also nichts vorzuwerfen«, schloß er mit etwas grimmigem Humor.

Nachdem Windmüller sich von seinem Bekannten getrennt hatte, ging er in sein Hotel zurück. Da hätte mich also mein Unterbewußtsein wieder einmal richtig geführt, dachte er. Wäre ich direkt nach Venedig gefahren, wie es folgerichtiger gewesen wäre, dann wäre ich dem neugebackenen Lord Oakburn sicher nicht begegnet, hätte nicht erfahren, was ich sonst nur – wenn überhaupt – auf großen Umwegen erreicht hätte, nämlich, daß die Kassette ein Erbstück seiner Familie ist, welche Wissenschaft ja freilich nicht zu meiner gegenwärtigen Arbeit paßt, vielleicht aber mit dem Ellbachschen Auftrag im Zusammenhang steht. Nicht nur der Name Ellinor Ashfield, auch der Beruf dieser von Ellbach gesuchten Person stimmen überein; was einen ja natürlich noch nicht dazu verleiten darf, sich in den Gedanken einer Identität zu verrennen. Und dann – halt, was ist das?

Windmüllers Aufmerksamkeit galt einem riesigen Plakat, das Reklame für einen Zirkus machte, und ihn durch den enorm vergrößerten, autographierten Namenszug »Romeo Cremona« fesselte. Der Name kommt mir bekannt vor, fuhr es ihm durch den Kopf. Aber es war auf jeden Fall ein anderer Romeo Cremona, der vor vielen Jahren ein Stern des Zirkus' war.

Sofort erkundigte sich Windmüller beim Hausherrn seines Hotels und erfuhr, daß die Cremonas eine weitverzweigte Artistenfamilie und weitläufig mit ihm verschwägert sind. Der Onkel des derzeitigen Kunstreiters Romeo Cremona sei auf der Höhe seines Ruhmes hier in Florenz beim Zureiten eines Pferdes so unglücklich gestürzt, daß er das Genick brach. Doch sei dessen Zwillingsbruder, der Vater des jetzigen Cremona, dafür engagiert worden und unter dem beliebten Namen »Romeo Cremona« aufgetreten. Da die Brüder sich so ähnlich sahen, glaubte das Publikum seinen alten Liebling vor sich zu sehen, und so kam's, daß Romeo Cremona zwar droben auf San Miniato begraben lag, sein Bruder aber unter seinem Namen weiterarbeitete, ohne daß es weiteren Kreisen bekannt war.

»Der Onkel Cremona war doch verheiratet, nicht?« fragte Windmüller. »Wenigstens behauptete man, daß die damals sehr gefeierte Miß Titania seine Frau sei.«

»Das ist ganz richtig«, bestätigte der Hotelier. »Sie war aber kein Artistenkind, sondern soll eine vornehme Dame gewesen sein, die aus Liebe ihre Heimat verlassen hat und sich dann auch der Kunstreiterei zuwendete. Trotzdem ist sie ihrem Mann aber schon recht bald auf und davon gegangen.«

»Allein?«

Der Hotelier zuckte mit den Achseln und lachte. »Es ist nicht anzunehmen, aber gewiß weiß ich's nicht. Übrigens soll sie inzwischen auch schon gestorben sein.«

Das ganze Gespräch fiel Windmüller weniger im Interesse der Gräfin Leonore, als in dem ihres Vormundes, nicht eben leicht auf die Seele; denn er hatte ja damit ganz einwandfrei erfahren, was die Erbin von Lohberg aus nur ihr bekannten Gründen wissen wollte: daß ihr Vater rechtmäßig mit Miß Titania verheiratet gewesen war und diese zweifellos durch die Annahme des Vornamens Romeo durch ihren Schwager zu der irrigen Annahme gekommen sein mußte, daß die Kunde vom Tod ihres ersten Gatten eine Tartarennachricht war.

Windmüller schrieb zunächst einen Brief an seinen Londoner Agenten und beauftragte ihn, der Gräfin Leonore Lohberg sowie dem Herrn von Ellbach die einfache Mitteilung zu machen, ›daß Doktor Franz Xaver Windmüller von den Aufträgen Kenntnis genommen hätte und über den etwaigen Erfolg seiner Nachforschungen Nachricht geben würde.‹

»So, das genügt einstweilen – zur Aufrechterhaltung meines Lohberger Inkognitos«, murmelte er. Der Auftrag Lohberg ist ja erledigt, sobald ich mir morgen eine amtlich beglaubigte Abschrift der Bescheinigung des Ablebens des Romeo Cremona im amtlichen Totenregister geholt habe. Ein Rätsel ist mir, was Leonore Lohberg zu tun gedenkt, wenn sie erfährt, sicher, schwarz auf weiß, und auf eigenen Wunsch erfährt, daß sie auf ihr Erbe genau soviel Recht hat wie ich zum Beispiel. Nämlich gar keins! Hat sie Entsagungsgelüste und warum? Will sie mit dieser Kenntnis einen Druck auf Mutter und Stiefvater ausüben, im übrigen aber die Kenntnis ihrer illegitimen Geburt für sich behalten? Ich möchte das letztere eher glauben, indem sie bei mir auf die Wahrung des Amtsgeheimnisses vertraut. Damit hätte sie sich aber denn doch stark verrechnet; denn F. X. Windmüller ist kein Hehler, sondern ein Vertreter des Rechts und der Gerechtigkeit.

Nachdem Windmüller seinen Brief selbst zum nächsten Briefkasten getragen hatte, kehrte er in sein Zimmer zurück, schloß sich darin ein und entnahm seinem Koffer die Ebenholzkassette, deren Geschichte er heute ganz unerwartet erfahren hatte und stellte sie vor sich auf den Tisch.

»Und nun wollen wir mal sehen, ob Freund Oakburns Anweisung, zu dem Geheimfach zu gelangen, ausführbar ist. Versagt sie, dann ist diese hier nicht seine Kassette. Übrigens erwarte ich nicht etwas in dem Geheimfach, falls eines existiert, zu finden; denn wenn diese verduftete Schwester Ellinor das Geheimnis kannte, was anzunehmen ist, so wird sie den Inhalt wohl erst herausgenommen haben, ehe sie den Kasten dem Trödler verkaufte. Also, ans Werk! Man drückt fest auf die runde, vertieft eingelassene Widmungsplatte innen im Deckel – so! Richtig, sie weicht dem Druck, und das leise ›Klick‹ dabei zeigt an, daß die Klammer, die den Stift hält, an dem die Figur der Königin Anna, dummen und faulen Angedenkens, befestigt ist, sich gelöst hat. Hm, ja.«

Windmüller faßte nun die Figur auf dem Deckel vorsichtig an und versuchte sie nach links zu drehen; das Schraubengewinde der Platte, auf welcher sie befestigt war, wich ohne Schwierigkeit der Führung seiner Hand und enthüllte nun eine gut fünf Zentimeter tiefe Vertiefung, die jedoch nicht, wie erwartet, leer war, sondern in ihrem, den ganzen Umfang des Deckels einnehmenden Inneren, durch Wattebäusche festgepackt und gehalten, mehrere in Seidenpapier gewickelte Gegenstände erkennen ließ. Windmüller überlegte, ob er ein Recht habe, den Inhalt des Geheimfaches zu besichtigen. Da ihm aber der Inhalt noch weniger als der Kasten zustand, war es zweifellos seine Pflicht, diesen herauszunehmen.

Vorsichtig langte er mit spitzen Fingern in die Vertiefung und entnahm ihr das zunächstliegende Päckchen, deren äußere Hülle von Seidenpapier wiederum eine Lage von Watte barg, aus welcher sich eine Schnur sogenannter schwarzer Perlen mit Brillantschloß entrollte, deren sich keine Kaiserin hätte zu schämen brauchen, so gleichmäßig an Größe, Qualität und Feuer waren diese »Juwelen des Meeres«, deren Farbe so ungemein selten ist, daß ihr Wert darum auch wesentlich den der weißen Perlen übertrifft. Die Bezeichnung »schwarz« ist für diese Perlen nicht in dem Sinn zu verstehen, wie zum Beispiel Kohlen schwarz sind; die für gewöhnlich weiße Substanz erscheint bei ihnen mehr oder minder ins Graue fallend, welches sich infolge der Rundung der Perlen bis zum Schwarz vertieft – analog den sogenannten schwarzen Diamanten, bei denen der sonst weiße Lüster auch einen grauen Ton hat, der sich, vermöge der Facettierungen des Schliffs, in tiefes Schwarz verwandelt.

Kopfschüttelnd sah Windmüller auf die in allen Farben des Regenbogens gleißende Perlenschnur in seiner Hand herab.

»Das verstehe ein anderer!« dachte er, ehrlich erstaunt. »Also, entweder hat sie nicht gewußt, daß der Kasten die Perlen enthält, oder – ja, was?«

Wieder langte er in das offene Fach und zog nun den nächsten, ebenso sorglich in Seidenpapier verpackten Gegenstand hervor, der nach seiner Enthüllung der von Lord Oakburn beschriebene Anhänger war – ein in der Tat köstlicher Schmuck, der eigentlich nur die Fassung für den großen Sardonyx war, in den der feine Profilkopf der Lukrezia Borgia, Herzogin von Ferrara, in wunderbarer Arbeit eingeschnitten war. Wahrlich, ein königliches Geschenk, ein Unikum, wie es Lord Oakburn mit Recht genannt hat.

Der dritte und letzte Gegenstand, den Windmüller dem Geheimfach entnahm, war ein kleines, sehr sorgfältig in Watte und Papier eingehülltes, ganz gewöhnliches Fläschchen mit eingeschliffenem Tropfstöpsel, wie es jede Apotheke zum genauen Abmessen verordneter Tropfen führt. Dieses, ganz der Neuzeit angehörige Fläschchen, war zur Hälfte angefüllt mit einer farblosen Flüssigkeit, die stark nach bitteren Mandeln roch.

»Hm«, dachte Windmüller, »das ist verdächtig, sehr verdächtig sogar! Nun gibt es ja Medikamente, die mit Bittermandelwasser, das beruhigend wirkt, präpariert werden; wäre diese Flüssigkeit hier aber eine Medizin, so würde die Flasche wohl eine Verordnung tragen, die natürlich abgefallen sein kann. Ob aber ein harmloses, beruhigendes Medikament gerade die so sehr sorgsame Aufbewahrung in dem Geheimfach dieses Kastens wert ist, möchte ich doch stark bezweifeln. Ohne Analyse kann man es ja nicht mit Sicherheit behaupten, aber dem scharfen Geruch nach möchte ich fast schwören, daß es eine Blausäurelösung ist.«

Nachdem Windmüller sich versichert hatte, daß der Kasten nichts weiter enthielt, packte er ihn wieder in seinen Koffer und trat den Weg zur Apotheke an. Dort hinterließ er unter Angabe seines Namens und seiner Adresse und unter Berufung auf Professor Viterbo das Fläschchen zur Analyse seines Inhaltes.

Als Windmüller wieder in seinem Hotel war, trennte er von seiner Weste sorgfältig und mit Vorbedacht zwei Knöpfe ab. Dann läutete er dem Zimmermädchen, und als die redselige Luigia erschien, erbat er sich von ihr das Annähen der Knöpfe – übrigens ein alter, oft bewährter Trick von ihm, wenn er mit einem weiblichen, dienstbaren Geist zu sprechen wünschte.

Luigia war zu dem Liebesdienst gleich bereit, eilte, Faden und Nadel zu holen, und begann alsbald ihr Werk – wie er das seine.

»Ihr Padrone hat mir heute Wunderdinge erzählt, wie schön die Contessina auf dem Ball im Palazzo Corsini im vergangenen Winter ausgesehen hat«, fing er zu plaudern an. »Nun, ich kenne sie und kann mir denken, wie reizend sie gewesen sein muß. Sie haben ihr jedenfalls beim Anziehen geholfen.«

»Gewiß, Signor«, begeisterte sich Luigia sofort derart, daß sie mit Nähen aufhörte, um ihre Hände mitreden zu lassen. »Die Contessina war schön wie ein Traum. Dieses Kleid, das sie anhatte! In dem ersten Atelier hier gearbeitet: weiße Gaze mit Silberstickerei! Man hätte denken sollen, daß sie aus Freude über dieses herrliche Gewand ganz außer sich geraten mußte – aber nein! Unglücklich war sie, bei meiner Seele, kreuzunglücklich!«

»Ja aber, warum das?«

»Sie wollte nicht auf den Ball gehen. Sie wollte nicht! Aber was konnte sie tun, wenn die Signora Mama und der Signor es durchsetzten, man weiß schon, warum; denn man hat doch ein Paar Augen im Kopf, wenn man schon die Sprache nicht versteht.«

»Ah!« machte Windmüller. »Ich verstehe! Die schöne Signora Mama hat wahrscheinlich selbst gern auf dem Ball glänzen wollen, und da durfte die Tochter nicht daheim bleiben, nicht?«

»Bewahre!« kopfschüttelte Luigia so heftig, daß ihr der Faden abriß. »Es war nur wegen des Herrn Marchese von Santarosa, der mir täglich für die Contessina einen Blumenstrauß übergab und den sie dann sofort mir schenkte. Mir, Signor, denn sie mochte den Herrn Marchese nicht, und er ist doch ein so feiner, schöner Mann und ein reicher römischer Nobile dazu! Aber die Signora Ellbach mochte ihn sehr gern und brannte darauf, die Contessina als Frau Marchese zu sehen. Darum mußte sie auch auf den Ball, zu dem der Herr Marchese die Einladung besorgt hatte. Als die Contessina angekleidet war und die Signorina Mama mit dem Signor Ellbach herüberkam, um die Contessina anzusehen, brachte der Kammerdiener des Herrn Marchese einen Strauß; wissen Sie, Signor, was sie damit tat? Dort in die Ecke hat sie ihn geworfen! Und solch schöne Blumen waren es, schneeweiße Orchideen! Nun, die Eltern waren nicht übel böse. Was sie sagten, konnte ich ja nicht verstehen, aber man konnte es schon am Ausdruck hören und an den Gesichtern sehen, daß sie schrecklich zornig waren. Madonna! Die Augen der Signora haben Feuer gesprüht, Feuer, sage ich Ihnen! Die Contessina hat kein Wort gesagt, sie stand da wie ein Marmorbild, weiß und gleichsam erstarrt, und als der Signor ging, den schönen, kostbaren Strauß aufzuheben und ihn der Contessina in die Hand gab, ließ sie ihn fallen und zertrat ihn mit ihren weißen Atlasschuhen. Dann sagte sie ganz kalt und ruhig zu mir: ›Bitte, Luigia, meinen Mantel!‹ Ich sage Ihnen, Signor, die Hände haben mir gezittert, als ich ihr den weißen, gefütterten Brokatmantel mit dem großen Kragen und Besatz von molligem, weißen Pelz um die Schultern legte, und weinen mußte ich, als ich die schönen, zertretenen Blumen aufhob. Am anderen Tag ist der Herr Marchese nach Rom abgereist, und der Kammerdiener sagte, er habe ganz unglücklich ausgesehen. Nun ja, wenn die Contessina seinen schönen Strauß auf den Ball nicht mitgebracht hat! Das hieß doch soviel wie: Ich mag dich nicht.«

Die Knöpfe waren angenäht, und Luigia ging strahlend mit einem sehr anständigen Trinkgeld wieder ihrer Wege. Windmüller wechselte dann seinen Anzug für den Abend und dachte dabei über das Gehörte nach, das wohl kaum einen Zweifel darüber ließ, daß die Ellbachs die Verbindung Leonores mit dem römischen Nobile gewünscht und seine Werbung unterstützt hatten, während die junge Erbin sich entschieden dagegen aufgelehnt hatte, was ihr gutes Recht war, wenn sie ihn nicht mochte. Es war dann auch ganz korrekt von ihr, seine Blumen auf dem Ball nicht zu tragen; vielleicht das einzige Mittel, einem Zwang in dieser Richtung aus dem Weg zu gehen. Windmüller kannte den Marchese von Santarosa, dessen Namen er jetzt erst durch Luigia gehört hatte, da ihn der Hausherr am Morgen nicht genannt hatte. Der römische Magnat erfreute sich eines guten Rufes und galt als eine wünschenswerte »Partie«, nicht nur, weil er ein ordentlicher und leidlich hübscher junger Mann war, sondern, weil er in guten und geordneten Vermögensverhältnissen lebte. Er besaß in Rom einen großen, historischen Palast, eine Villa am Meer und ertragreiche Ländereien in der Romagna – also konnte es nicht Leonores Erbe sein, das ihn allein zu ihr hinzog. Warum aber waren die Ellbachs so darauf erpicht, ihre Tochter an einen Ausländer zu verheiraten? Dachten sie dadurch vielleicht einen ständigen Wohnsitz in Lohberg zu gewinnen, zum Beispiel mit Herrn von Ellbach als Verwalter und Generalbevollmächtigten nach Ablauf der Vormundschaft? Dieser Gedanke kam der Wahrheit vielleicht am nächsten, denn wenn Leonore den Marchese heiratete, so wurde doch die Heimat ihres Gatten auch die ihre, und ihre Herrschaft in Deutschland kam ins zweite Treffen.

Als Windmüller die Treppe hinabstieg, um sich zu Fuß zu Professor Viterbo zu begeben, wurde er von einem Herrn überholt, der hinter ihm herkam, sich dabei noch einmal umdrehte und dann die Hand zum Gruß ausstreckte.

»Sie hier, Herr Doktor?« rief er aus.

»Der Wolf in der Fabel«, das ist ja fast unheimlich! Denn der Herr im Zylinder war kein anderer, als der Marchese von Santarosa, mit dessen Person er sich eben noch in Gedanken beschäftigt hatte. »Guten Abend, Herr Marchese«, sagte er dann laut, indem er die gebotene Hand schüttelte. »Ich kann Ihnen die Frage zurückgeben.«

»Oh, ich bin erst vor einer Stunde angekommen – zu einem Familienfest bei meinen Verwandten, den Corsini«, erwiderte der Marchese. »Wollen Sie auch ausgehen? Sehr gut, dann können wir ein Stück zusammen wandeln; denn ich habe noch Zeit und wollte den Weg zu Fuß machen.«

Während die Herren den Lungarno herabschlenderten, erwähnte Windmüller, daß er auf dem Weg nach Bologna sei und sich zum Pranzo bei Professor Viterbo begeben wolle.

»Also jedenfalls wohl auf der Spur irgendeines Missetäters, wie?« fragte der Marchese.

»Kann schon sein«, erwiderte Windmüller lachend. »Übrigens habe ich mich dazwischen auch als Privatmensch einer kurzen Erholung in einem wundervollen deutschen Schlosse in Gesellschaft unseres römischen Botschafters Grünholz erfreut, und zwar als Gast einer jungen und reichen Erbin, seines Mündels. Wobei mir einfällt, daß Sie die junge Dame hier vielleicht gesehen haben; denn sie war mit ihrer Mutter und ihrem Stiefvater lange Zeit in Florenz in unserem gemeinsamen Hotel. Ich meine die Gräfin Leonore Lohberg.«

Der Marchese blieb bei der Nennung dieses Namens wie angewurzelt stehen.

»Sie waren als Gast bei der Contessina Lohberg?« rief er lebhaft, und dann mit einem tiefen Atemzug, der fast wie ein Stöhnen klang: »Sie Glücklicher! Und sie, die Contessina, befand sie sich wohl?«

»Gewiß – wohl und ganz in dem Rahmen, der für sie wie gemacht scheint.«

»Ist sie – ist sie verheiratet?« fragte der Marchese eifrig.

»Nein. Ich habe auch nicht gehört, daß sie die Absicht hat, sich zu vermählen, oder verlobt ist. Hatte die Gräfin hier einen ernstlichen Verehrer?«

»Ja – mich!« platzte der Marchese heraus. Und nach einer Pause, die Windmüller zu unterbrechen sich hütete, setzte er hinzu: »Nun, da es mir einmal so herausgefahren ist, kann ich, Ihrer Diskretion sicher, ja auch noch mehr sagen. Die Contessina hat mir einen Korb gegeben – auf dem großen Ball im Palazzo Corsini. Es war meine Schuld, daß es dazu kam; denn sie hat mich nie mit einer Silbe oder mit einem Blick ermutigt. Aber was wollen Sie? Ich liebte die Contessina und liebe sie heute noch – dafür kann man nichts. Über die stille Hoffnung, daß ich sie gewinnen könnte, verlor ich den Kopf. Ich hätte warten sollen, gewiß – aber hätte mir das genützt? Sie sagte mir ganz freundlich und sanft, daß sie sich niemals verheiraten würde; denn ihr Herz sei tot, gleich dem, welchem es einst gehört hat. Nun ja, sie mag es selbst im Augenblick so geglaubt haben, aber ich, ich wollte und konnte es nicht glauben darum meine Frage, ob sie jetzt verheiratet ist.«

»Nein, und ich habe auch, wie gesagt, nichts davon gehört, daß eine Verlobung in der Luft liegt«, versetzte Windmüller, dem die Bestätigung des Klatsches sehr interessant war.

»Es war ein Traum«, seufzte der Marchese. »Ganz habe ich ihn immer noch nicht ausgeträumt.« –

Nachdem die Herren sich voneinander getrennt hatten, legte Windmüller die kurze Strecke bis zu seinem Ziel langsam, in tiefen Gedanken zurück.

Fängt's an licht zu werden? fragte er sich. Hm, ja; Gräfin Leonore will sich also niemals verheiraten, ›weil ihr Herz ebenso tot ist wie das, dem es gehörte‹. Das ist ja sehr interessant und weist wieder nach Venedig, wo einzig nur der Schlüssel zu diesem Rätsel zu suchen ist. Hätte sie ihr Herz schon in der Umgebung von Lohberg zurückgelassen, dann hätte die kleine Fritz Volkwitz sicher etwas davon gewußt und ausgeplaudert. Ebenso hätten wohl das Mädchen Klara und Madame Burnand etwas bemerkt, falls sie in Montreaux oder Aigle eine Bekanntschaft gemacht hätte, aber damals war sie doch wohl zu leiden.

Daß Gräfin Leonore unter dem Druck ihrer Eltern standhaft blieb, spricht eigentlich sehr für sie.

Professor Viterbo empfing seinen Gast mit der größten Liebenswürdigkeit und führte ihn zunächst in sein Arbeitszimmer, um ihm die erbetene Auskunft über den Gesundheitszustand der Gräfin Leonore zu geben.

»Die junge Dame litt an einem Bronchialkatarrh, der insofern einiger Vorsicht und Aufmerksamkeit bedurfte, als ihre Lungen etwas schwach sind. Bei einer solchen Veranlagung muß ja natürlich immer mit der Möglichkeit ernsterer Erscheinungen gerechnet werden; zu einer Katastrophe brauchen diese darum aber nicht zu führen – sie kann alt damit werden.«

»Ich glaube, verstanden zu haben, daß die Contessina schon wiederholte Lungenblutungen hatte«, bemerkte Windmüller, erstaunt über diese Diagnose.

»Unmöglich«, widersprach der Professor mit Entschiedenheit. »Die Spuren einer Lungenblutung sind ja doch genau erkennbar. Sie müssen das falsch verstanden haben; denn die Untersuchung hat nichts Derartiges gezeigt.«

Natürlich enthielt Windmüller sich angesichts dieses Urteils einer anerkannten Autorität jeder Gegenrede – und doch hatte der Arzt in Aigle von einer durch Röntgenaufnahme nachgewiesenen hochgradigen Tuberkulose der Lungen gesprochen. Wie waren diese beiden sich widersprechenden Angaben möglich?

»Halten Sie eine Heilung, eine totale, nachweisbare Heilung fortgeschrittener Schwindsucht mit Lungenblutungen im Verlauf von fünf bis sechs Monaten für möglich?« begnügte er sich zu fragen.

»Das ist ganz ausgeschlossen«, erwiderte der Professor entschieden. »Wenn in irgendeinem Stadium der Lungentuberkulose überhaupt Heilung erzielt wird, so kann dies sicher nicht binnen weniger Monate erfolgen. Übrigens«, setzte er lachend hinzu, »muß ich Ihnen doch sagen, daß mich die Apotheke in der Via de' Tintori vorhin telefonisch angerufen hat, um sich über Ihre Person von mir beruhigen zu lassen. Sie haben dort ein Fläschchen zur Analyse übergeben, und da sich die Flüssigkeit darin als ein sehr scharfes Gift, das heißt Blausäure, erwiesen hat, wollte man wissen, ob Ihnen dasselbe wieder anzuvertrauen sei. Ich habe das natürlich bejaht und dem Apotheker versichert, daß weder Sie sich selbst, noch andere damit zu vergiften beabsichtigen, vermutlich aber nachweisen wollen, daß durch den Inhalt des Fläschchens entweder eine dunkle Tat geschehen ist, oder geschehen sollte. Hoffentlich habe ich damit keine Indiskretion begangen.«

Windmüller versicherte, daß dies durchaus nicht der Fall sei; er habe sich in der Apotheke absichtlich auf Viterbo berufen, um den Apotheker, dem er ja unbekannt sei, vor etwaigen Bedenken und Gewissenszweifeln zu schützen und ihm auf alle Fälle den Rücken zu decken; im übrigen beweise die Analyse nur, was er selbst schon vermutet habe, und der Professor sah diskret von weiteren Fragen ab.

Nachdem Windmüller einen sehr anregenden und angenehmen Abend verbracht hatte, kehrte er in sein Hotel zurück und fand dort in einem wohlversiegelten Päckchen das ihm von der Apotheke zurückgesandte Fläschchen nebst der Analyse vor, die ihm außer der Bestätigung seiner eigenen Vermutung auch noch die Gewißheit brachte, daß die Schwester Ellinor ganz genau gewußt hatte, was sie ihrer Pflegebefohlenen, der Lady Oakburn, als letzten Trank gereicht hatte – sie hätte sonst wohl kaum das Fläschchen in dem Geheimfach der Kassette bei den »Geschenken« verborgen; ob mit oder ohne Vorwissen des Gatten, blieb ja freilich ein Geheimnis, welches sein Grab hütete, da die flüchtige Pflegerin spurlos verschwunden war, und die Last wie die Folgen der Tat dem verblendeten Mann allein aufbürdete. Warum sie aber die Kassette samt ihrem kostbaren und unheimlichen Inhalt verkauft hatte, war ein Rätsel, das höchstens damit erklärt werden konnte, daß die Person in einem Anfall von Mutlosigkeit oder moralischer Schwäche die Zeugen ihrer Tat und ihrer Identität von sich warf und damit auf die Ausnutzung der Werte verzichtete. So wie der Anhänger zum Beispiel jetzt war, wäre er so gut wie unveräußerlich gewesen, die schwarzen Perlen aber, einzeln verkauft, hätten eine stattliche Summe gebracht – Blutgeld, vor dem irgendeine plötzlich zum Leben erwachte Fiber ihrer Seele vielleicht zurückgebebt war, vor dem ihr gegraut hat – eine Regung, die Windmüller bei dem nicht gewohnheitsmäßig, sondern nur durch eine in überstarke Versuchung gefallenen Verbrechern oft beobachtet hatte. Der Wunsch, diesem Rätsel auch ohne besonderen Auftrag auf die Spur zu kommen, bemächtigte sich seiner mit einer Dringlichkeit, die er vor sich selbst eine »fixe Idee« nannte, besonders, da er mit immer größerer Hartnäckigkeit die Schwester Ellinor des Hauses Oakburn mit der von Herrn von Ellbach genannten Ellinor Ashfield verquickte. Warum auch hätte die erstere nicht nach Europa geflohen sein können, warum nicht nach Venedig? Warum konnte der sogenannte Zufall sie dort nicht den Ellbachs in den Weg geführt und diese sie gar zur Pflege ihrer Tochter aufgenommen haben? Sie war ja als Pflegerin ausgebildet! Nun, und daß sie schließlich in Ellbach einen Verdacht wachgerufen, der ihn Monate später noch veranlaßt hatte, sich nach ihr näher zu erkundigen, wäre doch auch noch kein so unmöglicher Schluß. Freilich hatte Fritz Volkwitz nichts davon gewußt, daß Leonore in Venedig eine Pflegerin gehabt hatte, aber das mußte noch nicht viel sagen; sie konnte vergessen haben, in ihren Briefen die Pflegerin zu erwähnen, oder deren Tätigkeit hatte nicht lange gedauert. Das so lange anhaltende Interesse Ellbachs an »Schwester Ellinor« konnte auch in einem während dieser Zeit und noch nachträglich mit ihr gepflogenen »Verkehr« zu suchen sein——

Windmüller stellte sich selbst vergebens vor, daß es falsch sei, die beiden Ellinors nur auf Grund ihrer Namens- und Berufsgleichheit zu einer Person zu verschmelzen, bevor nicht ein greifbarer, oder mindestens wahrscheinlicher Beweis dafür vorlag; aber die Idee saß fest und war stärker als alle Gegengründe.

Das erste, was Windmüller am folgenden Morgen tat, war die Beschaffung einer amtlich beglaubigten Abschrift aus dem offiziellen Totenregister über das Ableben des Kunstreiters Romeo Cremona, was ohne Schwierigkeit gegen Erlegung der Gebühren zu erreichen war. Mit diesem Dokument in der Tasche war für ihn der Auftrag der Gräfin Leonore erledigt; Vermutungen darüber, was sie mit dieser Wissenschaft anzufangen gedachte, waren zunächst müßig – es mußte abgewartet werden, ob Herr von Grünholz als Vormund Kenntnis von der Tatsache erhalten würde, daß sein Mündel ein Recht auf ihre Erbschaft nicht hatte. Windmüller erlaubte sich, daran zu zweifeln, daß es in der Absicht seiner Klientin lag, ihren Vormund davon zu benachrichtigen. Ihm war der Auftrag unter dem Siegel des Amtsgeheimnisses erteilt worden; damit begann und endete seine Verantwortung, solange nicht mit der Kenntnis ein Betrug beabsichtigt wurde, der zur Schädigung eines näherstehenden Erben führen mußte. In diesem Fall trat dann seine Anzeigepflicht in Kraft – ein Punkt, von dem der Auftraggeber verständigt werden mußte. Mithin war der Begriff der ›Erledigung‹ natürlich nur ein vorläufiger.

Es war ein strahlend schöner Morgen, an welchem Windmüller nach seiner Nachtfahrt von Florenz in Venedig anlangte, und sich in einer offenen Gondel zu dem großen Hotel am Eingang des Canal Grande, gegenüber der vielbekrittelten und doch so schönen Kirche Santa Maria della Salute rudern ließ. Venedig war ihm kein unbekannter Boden; ganz abgesehen davon, daß er diese wunderbare, keiner anderen in der ganzen Welt vergleichbare Stadt kannte und liebte, wie nur eben der sie lieben kann, der sie in ihrer Intimität kennt, der sie zu Fuß und zu Wasser durchstreift und damit ihren verborgenen Wundern und Schönheiten nahegetreten ist, hatte sie für ihn die Erinnerung an zwei seiner merkwürdigsten »Fälle« – den der »Weißen Tauben« und den des »Rosazimmers«. Obwohl von Tragik umdüstert, bedeuteten diese »Fälle« doch Marksteine auf der öden Strecke seines Berufes, besonders da sie ihm liebe und werte Freunde beschert hatten. Zudem kam er durch sie in alte, echt venezianische Paläste, die das Auge des Durchschnittsreisenden überhaupt nicht erblickt, deren imposantes Bild nur dem Kenner und begeisterten Liebhaber auf seinen Streifzügen zu Gesicht kommt, und der sie bewundert, ohne die Hoffnung zu haben, jemals ihre Schwelle überschreiten zu können.

Nun, diesmal erwartete Windmüller in Venedig keine tragischen Konflikte; – war es doch nicht einmal ausgemacht, ob er hier den Schlüssel zu dem veränderten Wesen einer an sich nicht einmal bedeutenden Person finden würde, einer Person, die einzig nur den an sich wenig interessanten Vorzug genoß, eine reiche Erbin zu sein, und nach den in Florenz ermittelten Tatsachen auch das eigentlich nicht einmal mehr war, sondern einfach nur ein junges Mädchen, das mit den Seinen in Unfrieden lebte. Indes war Windmüller fast ganz davon überzeugt, daß der Schlüssel dazu in Venedig zu finden sein mußte; freilich war die Möglichkeit, ihn zu finden, gering. Hätten die Ellbachs in einem großen oder auch nur kleinen Hotel gewohnt, so wären wie in Florenz aus Besitzer, Angestellten oder vielleicht noch auffindbaren Mitgästen Auskünfte herauszuholen gewesen. Sie hatten aber, was sich bei dem damaligen Gesundheitszustand der Gräfin Leonore leicht erklären und begreifen ließ, eine abgelegene Privatwohnung gewählt, die der Kranken wohl alle Ruhe gewährte, aber Nachforschungen nach vergangenen Ereignissen sowie nach ihrer Lebensführung ungemein erschwerte; mithin mußte es schon als besonderer Glücksfall betrachtet werden, wenn dort noch Personen zu ermitteln waren, die aus eigenem Wissen Auskunft geben konnten oder wollten.

Windmüller stieg in sein Zimmer hinauf und setzte sich, den Plan von Venedig in der Hand, auf seinen Balkon unter die herabgelassene Markise. Es war gerade die Zeit der Flut; das Kielwasser der flink vorbeihuschenden kleinen Schraubendampfer wurde in schillernden Streifen mit leisem Rauschen an die Ufer getrieben und brach sich an den weißen Stufen der Terrasse von Santa Maria della Salute. Auf diesem Bilde weilte Windmüllers Blick lange und liebevoll, ehe er sich von ihm losriß, um auf dem Stadtplan den Weg zur Casa degli Spiriti, dem offiziellen »Geisterhaus« Venedigs, zu suchen. Als ein Kenner der Stadt war ihm der Name dieses merkwürdigen Gebäudes bekannt, er hatte es auch aus der Ferne gesehen, nie aber betreten. An der äußersten Nordostgrenze der Stadt, am Nordende der Fondamenta Nuove, wo die Lagune ein Bassin bildet, liegt als letzter in der Reihe der Paläste die Casa Contarini. Dahinter dehnt sich ein für venezianische Verhältnisse großer Garten aus, an dessen Ende, auf der äußersten Landspitze, sich ein prächtiges Garten- oder Lusthaus befindet, ein kleiner Palast im Stil des Cinquecento: die heute jedem Kind bekannte Casa degli Spiriti, das »Geisterhaus«.

Über den Ursprung dieser Bezeichnung gibt es mehr Geschichten, als man hier auch nur andeuten könnte; aber nicht nur das eigentümliche Echo und der wirklich unheimliche Effekt des Windes, wenn er um die exponierten Ecken dieses Hauses streicht, wie das Röcheln Sterbender, wie das Stöhnen, Jammern und Aufschreien verlorener Seelen in der Gewalt höllischer Mächte, das drinnen jenes Raunen, Flüstern und Huschen verursacht, von dem Leonore zu berichten wußte, hat dem Haus seinen unheimlichen Ruf als »Spukhaus« gegeben. Die Chronik weiß auch von vielen dunklen Taten in seinen Mauern zu erzählen, von unheimlichen, gesetzwidrigen Begebenheiten.

Nachdem das »Geisterhaus« verschiedenen Zwecken gedient hatte, wurde es unter seinem ursprünglichen Namen »Casino Contarini« möbliert an Fremde vermietet, denn ein Venezianer wäre wohl schwerlich hineingezogen, nicht einmal, wenn er das Haus umsonst erhalten hätte. Ellbachs hatten jedenfalls ahnungslos des Rufes, den das ihnen angebotene reizvolle Haus genoß, in der Casa degli Spiriti ihr Domizil aufgeschlagen; die ruhige, abgelegene Gegend, der Garten und die sonnige Lage war ihnen vermutlich als besonders geeignet für ihre damals schwerkranke Tochter erschienen.

Am Nachmittag machte sich Windmüller auf, sein Heil zu suchen. Sein bewährtes Glück ersparte es ihm am Portal der Casa Centarini die Glocke zu ziehen; denn das Haus stand offen, und ein Diener in blauweiß gestreifter Jacke saß rauchend davor.

»Guten Tag. Ich komme anzufragen, ob das Casino im Garten noch zu vermieten ist«, begann er zielstrebig.

»Nein, Signor«, erwiderte der Diener. »Das Casino wird nicht mehr vermietet. Der Palast mit dem ganzen Grundstück ist seit Beginn des Jahres im Besitz meines Herrn, eines Amerikaners. Das Casino ist von ihm als Atelier eingerichtet worden.«

»In der Tat? Das hatte ich nicht gewußt«, rief Windmüller enttäuscht. »Da hätte ich den Weg hierher also umsonst gemacht. Schade! Es wäre dann wohl auch nicht möglich, das Casino wenigstens zu besichtigen?«

»Ich weiß wirklich nicht, Signor Die Herrschaft ist allerdings zur Zeit verreist, und ich habe auch keinen Befehl erhalten. Fremde nicht einzulassen, Sie verstehen, der Palast ist so abgelegen, und wer von Fremden in diese Gegend kommt, besucht nur die Madonna dell' Orto.«

»Ich verstehe«, nickte Windmüller. »Freunde von mir bewohnten voriges Jahr das Casino, und wenn ich es selbst schon nicht mehr mieten kann, so würde es mich doch interessieren, es wenigstens als eine Merkwürdigkeit Venedigs zu sehen. Die Aussicht muß doch sehr schön sein, nicht?«

»Das ist sie – man sieht über die Lagune San Michele, Murano, die Pinie von San Francesco del Deserto und den Campanile von Torcello«, bestätigte der Diener, indem er das silberne Geldstück, das Windmüller ihm gereicht hatte, mit schmunzelndem Dank einsteckte. »Ja, ich denke, der Signor könnte das Casino wohl besichtigen. Der Gärtner hat den Schlüssel; denn seine Frau räumt darin auf, lüftet und schließt abends die Läden – ich werde ihn rufen. Wollen der Signor mir gütigst folgen.«

Windmüller folgte der Aufforderung – auf alle Fälle. Wenn der Palast seinen Besitzer gewechselt hatte, so war freilich anzunehmen, daß auch das Personal ein anderes geworden war, und sich niemand mehr hier befand, der die Mieter des vorigen Jahres gekannt hatte, was allerdings einen argen Querstrich durch die Rechnung bedeutete. Aber Windmüller war so leicht nicht zu schlagen; denn dann mußten die Leute eben ausfindig gemacht werden, welche zur Zeit der Ellbachs bei diesen den Dienst versahen. Er folgte dem Diener durch die große, monumentale Eingangshalle, von der aus eine breite, teppichbelegte Treppe in das erste Stockwerk des Palastes führte, und trat durch das dem Eingang gegenüberliegende Tor hinaus in den schönen, schattigen Garten, in dem es von Rosen und all den Blumen, die in der salzhaltigen Luft Venedigs gedeihen, in ungeahnter Pracht und Fülle blühte und duftete. Hinter Myrthen, Oleander und Lorbeerbüschen sahen halbverwitterte, steinerne Götterbilder hervor, und in einem weiten Becken von Porphyr sprühte ein Springbrunnen seine glitzernden Wasserstrahlen zum tiefblauen Himmel empor. Der Amerikaner, dessen Mittel es ihm erlaubten, sich einen venezianischen Palast dieser Größe zu kaufen, hatte hier draußen sichtlich alles getan, auch die Umgebung dem Gebäude würdig zu machen.

Der Gärtner, den der Diener suchte, war eifrig mit der Anlage eines Teppichbeetes beschäftigt; er war ein alter Mann, aber anscheinend noch rüstig genug, und aus dem im venezianischen Dialekt zwischen ihm und dem Diener geführten Gespräch entnahm Windmüller, daß er zwar gegen die Besichtigung des Casinos durch den Fremden nichts einzuwenden hatte, er aber unabkömmlich und seine Frau ausgegangen sei. Aber die Assunta sei daheim, und der Ruf nach dieser unbekannten Größe erscholl von seinen Lippen, ohne daß er sich vom Fleck rührte.

»Pietro ist nämlich schon seit dreißig Jahren hier Gärtner«, erklärte der Diener. Er ist ein Blumenfreund und hat eine glückliche Hand dafür. Da hat ihn mein Herr sozusagen mit übernommen.«

»Ah! Und wer ist die Assunta?« fragte Windmüller.

»Die Assunta ist die Enkelin des Pietro, Signor«, erklärte der Diener. »Sie und ihre Großmutter haben die Fremden bedient, die voriges Jahr im Casino wohnten. Es waren, soviel ich weiß, die einzigen, die es gemietet hatten; denn es hat lange leergestanden, weil es den Fremden zu abgelegen war, und die Einheimischen – nun, die hatten eben keine Lust darauf. Der Signor weiß wahrscheinlich nicht, daß das Casino in Venedig etwas verrufen ist, weil es darin umgehen soll. Ich kann es nicht sagen, ob es wirklich so ist; denn ich brauche Gott sei Dank nicht darin zu schlafen; aber auch bei Tag hört man dort so allerlei.«

Windmüllers Lebensgeister hatten sich bei der Mitteilung über die Person der Assunta wesentlich gehoben, und mit Interesse sah er sie kommen. Sie war ein junges Ding, mager und schlacksig, aber der Ausdruck ihres ganz hübschen Gesichtes mit den großen, schwarzen Augen war ganz angenehm und durchaus nicht unintelligent; es stand also zu erwarten, daß sie die Fremden, die sie zu bedienen hatte, auch in ihrer Weise scharf beobachtet hatte. Sie grüßte Windmüller in einer Weise, die einen gewissen Drill für gute Manieren verriet, und erwartungsvoll folgte er ihr durch eine mit wildem Wein umrankte Pergola zu der mit schön gearbeitetem Steinrahmen umfaßten Tür der berühmten Casa degli Spiriti, um deren Mauern die leichte, milde Sommerbrise wie eine unsichtbare Äolsharfe seufzte und flüsterte.

Durch diese Tür betraten sie eine Eingangshalle, deren Größe überraschend im Verhältnis zu der Front des Hauses wirkte; sie war mit einer dicken, japanischen Matte belegt, an den Wänden hingen kostbare, orientalische Teppiche und Waffentrophäen, schöne chinesische und italienische Majolikavasen standen auf Sockeln in den Ecken. Eine teppichbelegte, mit geschnitzten Geländern versehene Treppe führte aus der Halle hinauf zum ersten Stockwerk, dessen Nordseite sich der Besitzer als Atelier eingerichtet und reich mit alten, guten Wandteppichen, kostbaren, echten Renaissancemöbeln und prächtigen Gemälden ausgestattet hatte. Hier mußte sich nach Windmüllers Berechnung der Salon befunden haben, in welchem Gräfin Leonore nach ihrem Brief an Fritz Volkwitz jene »Erscheinung« zu sehen glaubte, welche ihr selbst glich; indes, hübsch, elegant, ja prächtig, wie das Atelier war, schien es ihm doch nicht der geeignete Ort, um es als Anknüpfungspunkt zu seinem beabsichtigten Gespräch mit der Assunta zu benutzen.

Nachdem er den Raum gebührend gelobt hatte, erklärte er, daß ihm hauptsächlich daran liege, die Aussicht nach den Lagunen zu genießen, und so wurde er nun von ihr durch den schmalen Korridor in die vorderen Zimmer geführt, die hoch, geräumig und luftig waren.

»Ah!« machte Windmüller, indem er auf den Balkon eines Zimmers trat, das allerdings einen wunderbaren Ausblick über den südlichen Teil der Stadt mit ihren vielen Türmen, über die Lagunen mit ihren Inseln und den Lido bis fast nach Chioggia gewährte. »Ja, hier kann man begreifen, daß meine Freunde sich dieses Haus zum Aufenthalt wählten. Es waren nämlich Freunde von mir, Signorina, die voriges Jahr hier wohnten«, wandte er sich direkt an die Assunta, die hinter ihm in der Tür des Balkons stand.

»Wahrhaftig?« fragte sie überrascht, indes die helle, kindliche Neugier in den Augen auf- leuchtete, wie sie nur die südlichen Völker Fremden gegenüber an den Tag legen, welche sie nichts, aber auch gar nichts angehen. »Also Freunde des Signor waren es? Ich habe hier bei ihnen aufgewartet, ich! Meine Großmutter hat für sie gekocht und ich habe die Mahlzeiten serviert; die Signora Ellbach hat es mich gelehrt, was sehr gut für mich war; denn weil ich es so schön bei ihr lernen konnte, habe ich einen Dienst als Serviermädchen in einer feinen Fremdenpension bekommen und werde ihn nächste Woche antreten.«

»Ah, das muß ich der Signora Ellbach doch erzählen, das wird sie freuen, und die Contessina, ihre Tochter, gewiß auch«, sagte Windmüller freundlich.

»Eh – die Contessina!« wiederholte Assunta mit ausdrucksvollem Achselzucken. »Die Cont- essina hat sich darum nicht gekümmert; sie war immer nur so – so kalt und so steif und redete selten ein Wort mit mir – – ich muß schon sagen, liebenswürdig war sie nicht, Signor. Meine Großmutter meinte, sie wäre nicht glücklich.«

»Oh, wirklich? Nun, sie war hier eben doch noch sehr krank«, bemerkte Windmüller er- munternd.

»Oh nein – die Contessina war wohl nicht krank; wenigstens wüßte ich nicht, daß ihr ernst- lich etwas gefehlt haben sollte«, widersprach Assunta. »Krank war ihre Freundin, die mit bei ihnen wohnte und die dann ja auch starb, die Arme. Ich selbst habe sie nie gesehen; sie lag immer in dem anderen Eckzimmer und die Signora hat sie ganz allein gepflegt.«

»Die Freundin der Contessina?« wiederholte Windmüller, erstaunt aufhorchend.

»Ja, Signor«, nickte Assunta. »Der Stiefvater der Contessina kam zuerst allein hierher, das Casino zu mieten und alles mit meiner Großmutter wegen der Bedienung und des Kochens abzumachen, und er erzählte uns dabei, daß die Familie aus ihm, seiner Frau, seiner Stieftoch- ter, der Contessina, und deren Freundin bestünde. Die Freundin sei unterwegs aber sehr krank geworden, und der Arzt habe sie nach Venedig geschickt, weil da die Luft so heilsam sei für ihr Leiden. Mein Gott, Signor, sie mußte aus der Gondel ins Zimmer hinaufgetragen werden, so schwach war sie! Der Signor Ellbach und der Gondoliere trugen sie auf ihren Händen hinauf, und die Signora lief voraus, um gleich das Bett für sie zu richten. Am Tage darauf fuhr der Signor wieder fort, um die Contessina abzuholen, die mit Freunden in Padua zurückgeblieben war, und kam am Abend mit ihr an. Nun, es wurde mit der kranken Freundin der Contessina nicht besser; zwei Wochen nach ihrer Ankunft bekam sie einen schrecklichen Bluthusten, und ich mußte, so schnell ich nur konnte, zu dem nächsten Arzt, der am Campo dei Mori wohnt, laufen, ihn zu holen. Aber er kam zu spät; die arme junge Signorina war schon tot!«

Windmüller hatte der Erzählung mit wachsendem Erstaunen zugehört.

»Das ist ja sehr traurig«, murmelte er mechanisch.

»Ja, das war es wirklich«, versicherte Assunta bewegt. »Oh, die Signora Ellbach hat geweint, geweint – es war herzzerreißend, sie zu hören! Sie muß die Signorina sehr geliebt haben. Und wie hat sie sie gepflegt! Jeden Dienst hat sie ihr selbst verrichtet, sie hat sogar auf dem Diwan bei ihr geschlafen, und meine Großmutter hat es selbst gesehen, daß der Signor sie immer wie ein Bambino hinaus auf den Balkon trug, wo sie bei schönem Wetter den ganzen Tag lag.

Unter uns, Signor, die Alten – ich meine den Signor Ellbach und seine Signora – waren mehr besorgt um die Freundin ihrer Tochter, als um die Contessina selbst; sie war auch nie bei der Kranken – meine Großmutter meinte freilich, man hätte sie der Ansteckung wegen nicht zu ihr gelassen. Aber als sie starb, hat die Contessina kaum eine Träne vergossen. Sie war wie ein Steinbild zu sehen, so weiß und so starr; wahrscheinlich kann sie nicht weinen. Meine Großmutter sagt, es gibt Menschen, die es nicht können, und sie leiden sehr darunter. Aber es war auch die Signora, die oft und meist allein mit Kränzen hinausfuhr zum Grab der Signorina drüben auf San Michele und es vom Großvater bepflanzen ließ. Wir haben die Signora Ellbach sehr gern gemocht; denn sie war immer sehr freundlich zu uns, sie hat mir viele hübsche Sachen geschenkt und der Großmutter einen prächtigen, feinwollenen Schal mit Fransen, oh, wohl einen halben Meter lang, wie sie ihn nie zuvor besessen hat. Nur mit ihrer Tochter war sie nicht immer eins. Vielleicht war das aber die Schuld der Contessina, daß ihre Mutter so – so kalt zu ihr war. Anfangs ist immer nur der Signor mit ihr ausgegangen, als dann aber die arme Signorina tot war, haben sie alle drei ihre Ausgänge zusammen gemacht und sind dann im Spätherbst abgereist. Ja!«

»Ja!« wiederholte Windmüller und sah geistesabwesend auf das Wasser der Sacca hinab, das die Mauern des Casino umspülte, als suchte er darin die Lösung dieses neuen Rätsels. Erst als die Assunta diskret hinter ihm hustete, um ihn daran zu erinnern, daß sie noch da sei, fuhr er aus seinem Sinnen auf. »Gehen wir, Signorina– ich halte Sie wohl zu lange auf. Wissen Sie, wie die Freundin der Contessina hieß?«

Assunta schüttelte mit dem Kopf, zuckte mit den Achseln und spreizte die Hände aus. »Wir nannten sie immer nur die ›Freundin‹, Signor. Es ist so schwer, die fremden Namen zu merken. Ich war einmal drüben auf San Michele – am letzten Allerheiligentag, wenn die Schiffsbrücke von der Fondamento Nuove bis zur Toteninsel geschlagen wird, damit man zu Fuß zu den Gräbern gehen kann –, nun, da haben wir einen schönen Perlenkranz auf ihr Grab gelegt; die Herrschaften hatten einen großen, großen Kranz von lauter frischen Rosen geschickt, der lag schon da; der Frater, den wir nach dem Grabe fragten, sagte uns, daß der Kranz von Florenz gekommen sei. Auf dem Marmorkreuz steht der Name der Signorina eingemeißelt, aber ich habe ihn vergessen. Nur die Nummer des Grabes habe ich mir gemerkt: achthundertdreiundsiebzig. Es liegt in dem neuen Teil, an der Mauer nach Murano zu.«

Was die Assunta Windmüller noch in der Casa degli Spiriti zeigte, sah er, ohne es zu sehen. Er dankte seiner Führerin herzlich und mit einem Händedruck, dessen klingender Wert ihre Augen noch größer und strahlender machte, als sie schon waren, und dann trat er hinaus auf die Fondamenta vor dem Palast, auf der die Sonne noch heiß und blendend brannte, und wandte sich mechanisch zurück nach der Richtung der Madonna dell' Orto, so tief in seine Gedanken versunken, daß er förmlich zusammenfuhr, als er von dem Führer einer Gondel angerufen wurde.

»Gondola, Signor?« Der wohlbekannte, oft gehörte Ruf kam ihm hochwillkommen; im nächsten Augenblick saß er schon in der Gondel, die an den Stufen des Palastes anlegte, und nachdem er dem Gondolieri »San Michele« zugerufen hatte, glitt er in dem langen, bequemen Fahrzeug mit der blinkenden Hellebarde am Bug aus dem Kanal heraus in die Sacca, vorüber unter den Fenstern der geheimnisvollen Casa degli Spiriti, in die weite, glitzernde Wasserfläche der offenen Lagune, dem Friedhof Venedigs zu.

Die Gräberinsel San Michele liegt ungefähr auf halbem Weg zwischen Venedig und Murano, umfaßt von hohen Mauern. Sie hat ihren ganz besonderen, von allen Friedhöfen verschiedenen Charakter. Trotz des blauen Himmels, der sich über ihm ausspannt, hat seine Melancholie etwas Ergreifendes durch die gänzliche Abgeschiedenheit seiner Lage, fern von einer Stadt, die an sich schon die ruhigste der ganzen Welt ist.

Windmüller ließ seinen Gondoliere warten, als er vor der Insel anlegte. Nachdem er die Kirche durchschritten hatte, traf er im anstoßenden Kreuzgang einen Kapuziner, der ihm die Lage des Grabes Nummer achthundertdreiundsiebzig beschrieb. Trotzdem hatte Windmüller noch eine Weile zu suchen, bis er die richtige Reihe fand und damit auch endlich die Nummer des wohlgepflegten Grabes mit dem schlichten weißen Marmorkreuz darauf, an welchem die Liebesgabe der Gärtnersleute des Palazzo Contarini, einer jener scheußlichen Kränze von schwarzen und weißen Perlblumen lehnte, die in Italien landesüblich sind.

Und auf dem Kreuz stand in vergoldeten Lettern der Name: Ellinor Ashfield.

Windmüller war gewiß nicht leicht zu überraschen, aber diesen Namen hatte er wahrscheinlich nicht erwartet – diesen nicht! Und während er, wie er selbst sich später eingestand, »wie verdonnert« vor diesem Kreuze stand, hatte er das Gefühl, vor einer Nebelwand zu stehen, die sich teilte, wieder zusammenschob und senkte, dann lagenweise dünner und dünner wurde, und als ein letzter Sonnenstrahl blitzähnlich auf das Kreuz fiel und den Namen »Ellinor Ashfield« aufleuchten machte, da war es licht geworden in dem fieberhaft arbeitenden Hirn des einsamen, vor dem efeuüberzogenen Grabe stehenden Mannes. Es war ein Licht, das ihn zwang, den Hut vom Kopf zu nehmen, um sich die feucht gewordene Stirn von der abendlichen Meerbrise trocknen zu lassen.

Und damit kam auch Leben und Bewegung in ihn. Er bückte sich, um ein paar Blätter des Efeus abzubrechen, und nachdem er sie in sein Taschenbuch getan hatte, ging er raschen, elastischen Schrittes zurück zur Landungsstelle und befahl dem Gondoliere, ihn auf dem kürzesten Weg nach San Marco zu rudern.

Eine ganz tolle Sache! Es war ein glücklicher Zufall, nein, nein, es war geradezu die Hand der unerbittlichen Gerechtigkeit, die mich in Mailand veranlaßte, zuerst nach Florenz zu fahren, um mir den Faden der Ariadne in die Hand zu geben, dachte er, den eigentümlichen, stahlharten Glanz in den Augen, den alle zu fürchten hatten, denen er nach längerem oder kürzerem Umherirren auf die richtige Spur gekommen war. »Tja – Herr von Grünholz wird sehr erstaunt über das Ergebnis meiner Reise sein, sehr erstaunt! Ich fürchte, mehr als erstaunt! Und andere erst recht.«

Es fiel dem Gondoliere gar nicht ein, trotz des Befehls, den kürzesten Weg nach San Marco zu fahren, den wohlbekannten Trick anzuwenden, durch Umwege einen Profit zu machen. Wenn Windmüller einen Befehl aussprach, wagte es nur selten jemand, ihm zuwider zu handeln. Der Gondoliere legte sich fest ins Ruder und langte rasch am Patriarchenpalast an.

Hier stieg Windmüller aus und ging rechts um den Palast herum und ohne sich aufzuhalten in das neben der Markuskirche befindliche Reisebüro, wo er sich eine Fahrkarte nach London kaufte.

Auch jetzt nahm er sich noch keine Zeit um sich zu blicken, sondern begab sich rasch zum Postamt und gab ein Telegramm auf, was immer eine kleine Geduldsprobe bedeutet, wenn man sich einer fremden Sprache bedienen muß. Nachdem auch das erledigt war, kehrte er auf den Markusplatz zurück, setzte sich an einen Tisch vor dem trefflichen Cafe Lavena unter den alten Prokuratien und genoß bei einer Tasse vorzüglichen Tees das wunderbare Schauspiel der Farbenpracht und des Glanzes, mit dem die untergehende Sonne die Fassade der Markuskirche zu einem märchenhaften Anblick macht. Als die Sonne gesunken war, schlenderte Windmüller über die Piazzetta und freute sich des regen, von und nach Riva hin- und herwogenden Menschenstroms und der unvergleichlichen Aussicht über das mächtige, in allen Farben schillernde Wasserbecken bis hinüber nach San Giorgio Maggiore.

Zwischen den beiden Monolithen, den berühmten und berüchtigten Säulen der Piazetta, auf denen der erzene Löwe von St. Markus und die Statue von Venedigs ältestem Schutzpatron, dem heiligen Theodor, mit seinem Krokodil steht, fiel Windmüller eines der vielen und trefflichen Sprichwörter ein, an denen der venezianische Volkswitz so reich ist. »Er befindet sich zwischen dem Krokodil und dem Löwen«, sagt der Venezianer von jemand, der in eine üble, ja gefährliche Lage gerät, denn bekanntlich wurden zur Zeit der Republik Verbrecher, oder solche, die man dazu zu machen wünschte, zwischen diesen Säulen hingerichtet.

Die Ellbachs sind in Venedig auch zwischen dem Krokodil und dem Löwen gelandet, dachte Windmüller grimmig. Mit derartig hohen Einsätzen befindet man sich mehr oder minder immer in solch fataler Lage. Er ist ein kühner Spieler, dieser Ellbach, das muß man ihm lassen, und er hätte auch gewonnen, tadellos und sicher gewonnen, wenn seine Frau nicht versagt hätte.

Es ist wirklich psychologisch interessant und merkwürdig, aber doch auch wieder versöhnend, wie ein halb erstickter, tief im Schlaf liegender Instinkt sich schließlich doch zum Licht ringt – der Instinkt der Mutterliebe, der den Strich durch die Rechnung machte. Wer das in dieser Frau gesucht hätte!

Windmüller wandte sich von der Mole zurück nach der Piazzetta, und weil er keine Lust verspürte, in seinem Hotel für die Hauptmahlzeit den Anzug zu wechseln, so ging er in die berühmte Trattoria zum »Capelle Nero« hinter dem Uhrturm, nahm dort ein vorzügliches Abendessen zu sich und schlenderte dann zu Fuß nach seinem Hotel zurück, wo er seine Abreise mit dem Frühschnellzug für den folgenden Morgen ansagte und dann seine Sachen soweit wieder einpackte, um beim Aufstehen rasch fertig zu sein. Dann nahm er aus seiner Handtasche eine mit doppeltem Schloß versehene Ledermappe heraus, in der er seine Papiere verwahrte, öffnete sie und legte die vom Grab der Ellinor Ashfield gepflückten Efeublätter, sorglich in einem Briefumschlag geborgen, hinein. Dabei fiel ihm der »Auftrag« der Gräfin Lohberg in die Hände, den er zur Schonung der fünf darauf befindlichen Siegel besonders verpackt hatte, und als er die klaren, scharf in den Goldlack sich abzeichnenden Abdrücke erblickte, schlug er sich mit der Hand vor die Stirn.

»Ich Esel! Darauf hatte ich total vergessen!« rief er unwillkürlich laut aus. Ja, ist's denn möglich, daß mir so etwas passieren konnte? Nachdem Oakburn mir den Ring so genau beschrieben hat! Franz Xaver – du wirst doch am Ende nicht gar anfangen vergeßlich zu werden? Na, das fehlte noch! Übrigens – sagte ich's nicht gleich, daß sie keine Ahnung von der Bedeutung dieses Siegels hat, keine blasse Ahnung, wer dieses Wappen geführt hat? Hm, ja – wir wollen den Totenschein des Kunstreiters im selben Umschlag verwahren, um den Auftrag und seine Erledigung hübsch beisammen zu haben. Der Beweggrund für den Auftrag ist mir freilich trotz allem noch nicht klar; es müßte denn sein, daß die goldenen Fesseln ihr schließlich doch zu schwer und drückend geworden sind, und sie sich ihrer nicht anders zu entledigen weiß als durch den Versuch des Nachweises der rechtmäßigen Ehe des Grafen Magnus mit Miß Titania. An welches Motiv ich aber nicht glaube. Tja! Ich hätte es beim Empfang des Auftrags des Herrn von Ellbach, weiß der Himmel, nicht gedacht, daß es mir noch zum besonderen Vergnügen gereichen würde, ihn über die Herkunft und den Leumund dieser Ellinor Ashfield gründlich und erschöpfend aufzuklären.

Am nächsten Morgen reiste Windmüller über Mailand nach Basel ab, wo er den Anschluß über Luxemburg und Vlissingen fand, eine angenehme Überfahrt über den Ärmelkanal hatte und fahrplanmäßig in London eintraf, das er vor knapp vierzehn Tagen erst verlassen hatte. Indes, diese Reisen im Zickzack über das Bahnnetz Europas und nicht allzu selten auch über das anderer Weltteile war für ihn eine Gewohnheitssache geworden, die sein Beruf einfach mit sich brachte; zäh und widerstandsfähig, wie seine Natur und seine Gesundheit waren, konnten ihm diese langen Reisen nicht viel anhaben. Ermüdung kannte er, solange er sich auf einer Fahrt befand, überhaupt nicht.

Er war kaum in seinem Hotel nahe dem Viktoriabahnhof angelangt, als ihn auch schon sein Londoner Agent, ein noch junger, tadellos gekleideter Mann, aufsuchte.

»Das ist ja ein unerwartet rasches Wiedersehen, Herr Doktor«, meinte er lachend. »Ihre Depesche aus Venedig habe ich gestern richtig erhalten und bin neugierig wie ein Stint, in welcher Weise, wo und in welcher Rolle ich Ihnen dieses Mal Adjutantendienste leisten soll.«

»Ich werde Sie vermutlich zu meiner Begleitung gar nicht brauchen«, erwiderte Windmüller. »Ich sage: vermutlich, denn genau weiß ich es selbst noch nicht. Halten Sie sich aber für alle Fälle zu meiner Verfügung bereit. Sie haben die Briefe, die ich Ihnen von Florenz aus zu schreiben auftrug, erledigt?«

»Ich erhielt Ihren Auftrag gestern, kurz vor Ihrer Depesche aus Venedig, Herr Doktor, und habe ihn sofort erledigt, also sowohl an den Herrn von Ellbach, wie an die Gräfin Leonore Lohberg an den gleichen Bestimmungsort, aber natürlich separat, geschrieben, daß Sie die erhaltenen Aufträge übernehmen würden.«

»Gut. Und nun will ich Ihnen gleich sagen, womit ich Sie, ebenso angenehm wie lockend, beschäftigen will. Nehmen Sie Ihr Notizbuch, und schreiben Sie sich's feinsäuberlich auf; denn es handelt sich um das Aufstöbern ›oller Kamellen‹. Am zwanzigsten Juli achtzehnhundertsiebenundachtzig soll sich hier in London ein Graf Magnus Lohberg, Militär-Attaché bei der Deutschen Botschaft, mit einer Miß Mildred Ashfield, die sich aber möglicherweise als verwitwete Frau Cremona ausgegeben hat, beim Registrar bürgerlich verheiratet haben. Leider kann ich Ihnen aber nicht sagen, bei welchem.«

»Nebensache, Herr Doktor«, behauptete der Agent trocken. »Jeder Bezirk in diesem lächerlich kleinen Ort von etwa sieben Millionen Einwohnern hat seinen zuständigen Registrar; hat man erst den Bezirk, dann braucht man ja nur zu erfahren, in welcher Straße das Standesamt ist. Ich weiß augenblicklich nicht genau, wieviel Bezirke London hat und möchte durch die Nennung einer beliebigen Zahl nicht in den Geruch des Aufschneidens kommen. Bis ich aber alle abgeklappert habe, darf ich dreist behaupten, dann dem Greisenalter wesentlich nähergerückt zu sein. Wirklich eine sehr verlockende Beschäftigung. Wenn Sie jedoch die Güte haben wollten, mir von Ihrem sprichwörtlichen Glück eine kleine Prise abzutreten, wär's ja möglich, daß ich schon unter dem ersten Hundert der Bezirke über den richtigen stolpere.«

»Na ja – die Betrachtung habe ich natürlich erwartet zu hören«, versetzte Windmüller lachend. »Es fällt mir natürlich nicht ein, Ihnen zuzumuten, eine Stecknadel im Heuschober zu suchen; versuchen Sie's zunächst mal mit dem Bezirk, in dem die Deutsche Botschaft ist, beziehungsweise im Jahr achtzehnhundertsiebenundachtzig war, und wenn das versagt, mit dem oder denen, in welchen große Zirkusse sich befinden, die freilich ihre Standorte auch verändert haben dürften.«

»Ah, der Ring verengt sich«, nickte der Agent befriedigt.

»Nun ja – mit diesen Angaben ist die Sache wenigstens nicht mehr als Unmöglichkeit vorweg zu betrachten; so ganz einfach bleibt sie trotzdem nicht, wenn man die seit mehr als zwanzig Jahren möglichen, vielleicht sogar sicheren Veränderungen in der Ortsverwaltung in Betracht zieht. Sollten Sie aber das Glück haben, den Registrar zu finden, bei dem die Eheschließung stattgefunden hat, dann lassen Sie sich eine beglaubigte Abschrift derselben geben. Ist Ihre Bemühung fruchtlos, dann muß ich es mit einer Art von Aufruf in der ›Times‹ versuchen; da ich darin natürlich aber Namen nennen müßte, so wäre dies eben nur das letzte Mittel, zum Ziel zu gelangen, denn die ›Times‹ wird auch in Deutschland viel gelesen, und der Name Lohberg dürfte dort ein Aufsehen erregen, das möglichst vermieden werden muß.«

»Ich verstehe«, nickte der Agent. »Sie sagten eben, dieser Graf Magnus Lohberg soll sich mit einer Ashfield verheiratet haben; mithin hatte er wohl Ursache, seine Ehe geheim zu halten. Über die Braut, ihren Stand und ihre Familie wissen Sie nichts Näheres?«

»Bravo – ich habe diese Frage von Ihnen erwartet«, lobte Windmüller. »Die Familie der Braut kommt nicht in Betracht, denn sie hatte sich längst von ihr losgesagt; es ist sogar anzunehmen, daß Graf Magnus Lohberg überhaupt nicht gewußt hat, welchem Hause seine Braut angehörte. Bei der Eheschließung ist es hierzulande nicht erforderlich, daß die Brautleute ihre Eltern nennen müssen. Miß Mildred Ashfield, verwitwete Frau Romeo Cremona, die seit etwa zehn Jahren übrigens schon tot ist, war unter dem Namen Miß Titania ihrer Zeit, also wohl vor fünfzehn oder zwanzig Jahren, eine sehr bekannte Kunstreiterin.«

»War sie das? Nun, dann müßten sich doch noch Leute finden, die sie gekannt haben und etwas über ihr Privatleben wissen. Das wäre immerhin ein Anhalt, wenn auch ein sehr schwacher. Also, Herr Doktor, ich werde mein Heil versuchen und Ihnen unverzüglich Bericht erstatten.«

Windmüller, der sich auf den hellen Kopf und auf die Findigkeit seines Agenten verlassen konnte, ließ das Gras unter seinen Füßen auch nicht wachsen. Er ging in den Lesesaal des Hotels hinab, suchte im Adreßbuch die Pflegerinnenschule St. Rochus, notierte sich die Adresse, trat dann hinaus auf die Straße und überlegte einen Augenblick, ob er sich erst nach St. Rochus begeben, oder den Trödler aufsuchen sollte, von welchem er die Kassette gekauft hatte. Den größeren Erfolg versprach er sich ja von der Ermittlung der Person, die das Oakburnsche

Erbstück verkauft hatte. Das Ergebnis des Besuches der Pflegerinnenschule war nicht entscheidend, mußte aber trotzdem beigebracht werden. Windmüller setzte sich also in ein Taxi und legte darin die ihm unendlich scheinende Strecke zu dem Institut zurück, das sich als ein ganz auf der Höhe der Zeit stehendes, großes und wohleingerichtetes Haus erwies – es war ja auch nicht anzunehmen, daß der Earl von Oakburn für seine Frau eine Pflegerin aus irgendeinem obskuren Institut geholt hätte.

Die Oberin, bei welcher Windmüller sich melden ließ, war, dem Zuschnitt der Schule entsprechend, ganz »große Dame«; ihr freundliches und gewinnendes Wesen wich aber sofort einer starken Zurückhaltung, als er um Auskunft über den Aufenthalt der Schwester Ellinor Ashfield bat.

»Der jetzige Earl of Oakburn und seine Verwandtschaft hatten die Einsicht und Güte, mir die üblen Erfahrungen, die sie mit der von mir empfohlenen Pflegerin machen mußten, nicht zur Last zu legen«, sagte sie steif und ablehnend. »Es ist mir daher vollständig unverständlich, warum Sie, mein Herr, jetzt, nachdem doch Gras über die fatale Geschichte zu wachsen anfängt, Auskunft von mir über eine Person verlangen, mit der ich nichts mehr zu tun haben möchte.«

»Sie setzen mich in Erstaunen, Frau Oberin«, versetzte Windmüller unschuldig. »Nach dem ausdrücklichen Zeugnis des letzten Earl von Oakburn trifft Schwester Ellinor nicht die geringste Schuld an der traurigen Begebenheit.«

»Unmittelbar nicht; mittelbar dürfte sie wohl aber kaum so schuldlos gewesen sein«, erwiderte die Oberin zögernd. »Warum wäre sie dann so spurlos verschwunden, statt in dieses Haus zurückzukehren, wo ich sie ganz gewiß wieder aufgenommen hätte, weil es, abgesehen von der rein menschlichen Pflicht christlicher Nächstenliebe, schon im Interesse des mir unterstellten Instituts gelegen hätte, für eine unserer Schülerinnen mit allen Kräften einzutreten, ihre Unschuld zu beweisen«, schloß sie, indem sie nach der Tür sah – ein deutliches Zeichen, daß sie die Unterredung zu beendigen wünschte. Aber Windmüller tat, als verstünde er den Wink nicht.

»Oh – sie ist nicht mehr zu Ihnen zurückgekehrt?« fragte er scheinbar überrascht. »Dann wissen Sie also auch nicht, wo Schwester Ellinor sich zur Zeit aufhält?«

»Nein, ich weiß es nicht«, sagte die Oberin kurz, setzte aber sichtlich neugierig hinzu: »Warum wollen Sie das wissen? Sind Sie beauftragt, Schwester Ellinor zu suchen?«

»Ganz und gar nicht«, versicherte Windmüller höflich. »Ich befinde mich nur in der Lage, ihr eine Mitteilung zu machen, die übrigens ganz persönlicher Natur ist. Ich möchte aber nicht verfehlen, zu betonen, daß ich ihr ein Unbekannter bin, rein gar nichts über ihre Herkunft weiß.«

»Ja, dann verstehe ich aber nicht –«

»Das ist leicht erklärt. Es ist durch Zufall ein Gegenstand in meine Hände gefallen – wie, gehört nicht zur Sache –, der, mit ihrem Namen bezeichnet, ihr also gehören muß. Da mir aber daran liegt, das Ding seiner Eigentümerin zurückzugeben, da es einen gewissen Wert hat, so erlaubte ich mir eben, mich an Sie, Madame, zu wenden, weil ich der Meinung war, daß Sie ihren Aufenthalt kennen. Wie ich höre, ist Schwester Ellinor aus guter Familie, die vielleicht eher Auskunft geben könnte?«

Die Oberin zuckte mit den Achseln.

»Darüber weiß ich nichts. Schwester Ellinor hatte eine recht gute Schulbildung, das Benehmen und die Manieren eines wohlerzogenen Mädchens aus gutem Hause, das kann ich ihr bezeugen. Sie deutete auch an, daß sie hohe Familienbeziehungen habe, aber worauf und auf wen sie diese zurückführte, kann ich nicht sagen, ebensowenig, woher sie stammte und wer ihre Eltern waren.«

Windmüller war nahe daran, einzuwenden, daß ein Institut über diese Punkte bei seinen Zöglingen eigentlich doch genau unterrichtet sein müßte. Es fiel ihm aber ein, daß im freien England ein jeder das Recht hat, seine Personalien für sich zu behalten, wenn es ihm nicht paßt, darüber zu reden. Auch bei Eheschließungen fällt es keiner Behörde, kirchlicher wie weltlicher, ein, Geburts- oder andere Zeugnisse zu verlangen. Die Parteien müssen nur nachweisen, daß sie zwei Monate in England gelebt haben; das genügt.

»Es gibt einen Baronet Ashfield auf Ashfield-Hall in Norfolk«, bemerkte er nur, jedoch ohne den Gedanken, Schwester Ellinor mit diesem Hause in Verbindung zu bringen, was auch ohnedem von der Oberin sofort zurückgewiesen wurde.

»Von einer Zugehörigkeit der Schwester Ellinor zu dieser Familie kann keine Rede sein«, fiel sie sehr bestimmt ein. »Die Herzogin von Farnborough ist eine Ashfield von Ashfield-Hall; ihre älteste Tochter war die – die verstorbene Lady Oakburn, was Schwester Ellinor wußte, als sie zu ihr ging. Sie hätte dann wohl kaum verfehlt, eine Verwandtschaft anzudeuten, falls eine solche, wenn auch nur entfernt, bestanden hätte. Überdies hätte ich es wissen müssen; denn ich selbst bin mit den Norfolker Ashfields verwandt, was ja auch mit ein Grund war, daß die Herzogin von Farnborough sich an mich wegen einer Pflegerin für ihre Tochter gewandt hat.«

»Nun«, sagte Windmüller, »dieser Grund sowohl wie der ausgezeichnete Ruf, den dieses Institut genießt, wären eine genügende Bürgschaft. Kein billig denkender Mensch kann Ihnen, Frau Oberin, einen Vorwurf daraus machen, wenn Schwester Ellinor sich nicht so bewährt hat, wie Sie es voraussetzen durften.«

»Sie besaß alle Eigenschaften, die für ihren Beruf erforderlich sind; ich war immer sehr zufrieden mit ihren Leistungen, die Kranken rühmten ihre leichte, zarte Hand und ihr gewinnendes Wesen«, erwiderte die Oberin wesentlich freundlicher. »Ich bekenne offen, daß ich das Mädchen persönlich sehr liebgewonnen hatte und es heute noch nicht verwunden habe, sie auf diese Weise verloren zu haben. Vielleicht war es ein Fehler, sie mit ihrem auffallend schönen Äußeren auf diesen verlorenen Posten zu schicken, aber ich sah darin kein Hindernis, keine Falle für sie oder den Earl, weil ich ja wußte, wie sehr er seine arme Frau liebte. Nun, es ist eine Lehre, daß man nie zuviel voraussetzen darf.«

Viel wäre das allerdings nicht, aber immerhin etwas, dachte Windmüller, als er wieder in seinem Taxameter saß und zur Surrey-Seite der Westminsterbrücke fuhr. Freilich, ein kleines Körnchen nur: daß Ellinor Ashfield die Zufriedenheit und Liebe ihrer Vorgesetzten in einer Weise genossen hat, um in ihr die rechte Person für den Posten in Oakburn-Castle zu sehen. Daß die gute Oberin, die wirklich nicht mehr zu wissen scheint, als was sie mit begreiflichem Widerwillen sagte, mit solch einer schönen Person den Bock zum Gärtner machte, ist nur ein Beweis für die Blindheit, mit der der Mensch manchmal geschlagen ist.

Als Windmüller ausgestiegen war, stand er eine Weile still, um sich zu orientieren. Er wußte den Namen der Straße nicht, in der er in dem unordentlichen Schaufenster des Trödlers die Kassette unter lauter wertlosem Kram erblickt hatte. Nachdem er eine Weile herumgeirrt war, erreichte er eine schmale, kurze Straße mit schäbigen Häusern, an deren oberem Ende eine mit Efeu umsponnene Kirche im Stil der Königin Anna stand. Diese Kirche war das Merkmal, das Windmüller gesucht hatte. Denn an dieser war er mit seiner in Zeitungspapier gewickelten Kassette vorbeigegangen. Er erinnerte sich, ihren Stil in Gedanken mit dem seines unterwegs »zufällig« aufgelesenen Schatzes verglichen zu haben, und darum hatte er das malerische Bauwerk auch eingehender betrachtet, als es ohne diesen Fund vermutlich der Fall gewesen wäre. Also war er jetzt auf der rechten Fährte, und nach wenigen Minuten stand er auch schon vor dem vom Straßenstaub halb erblindeten Schaufenster des Trödlerladens, in dessen Tür, anmutig umrahmt von daneben aufgehängten alten Kleidungsstücken, der Inhaber stand – ein kleines dürres Männchen mit einem Spitzmausgesicht, auf dem mehrtägige Bartstoppeln die tiefen Runzeln und Furchen auszufüllen begannen.

»Ah, das freut mich, daß ich Sie hier finde«, redete Windmüller ihn freundlich an. »Hätten Sie ein paar Minuten Zeit für mich?«

Der Mann – sein Name war laut dem halbverwischten Schild über der Tür seines höhlenartigen Ladens Pepperfly – musterte Windmüller sichtlich mißtrauisch, brummte etwas Unverständliches, was wahrscheinlich eine Zustimmung sein sollte, und trat zurück in das schwarze, lichtlose, mit dem heterogensten Trödel überfüllte Loch von einem Magazin, zündete dort eine offene Gasflamme über dem Ladentisch an und fragte dann nicht allzu höflich: »Was wünschen Sie von mir?«

»Heute nur eine Auskunft, für die ich Ihnen sehr verbunden wäre«, erwiderte Windmüller ebenso freundlich wie zuvor. »Sie werden sich erinnern, daß ich vor ein paar Wochen einen Kasten bei Ihnen kaufte, einen schwarzen Kasten mit weißen Figuren, nicht wahr?«

»Vielleicht erinnere ich mich, vielleicht auch nicht«, antwortete Pepperfly nicht gerade sehr ermutigend. »Was soll’s damit? War der Kasten etwa gestohlenes Gut?« setzte er mit plötzlich erwachtem Gedächtnis infolge unverkennbarer Angst hinzu.

»O bewahre, wo wird er denn gestohlen gewesen sein!« rief Windmüller lachend. »Als ob ein Geschäftsmann wie Sie so etwas kaufen würde!«

»Mit Wissen und Willen sicher nicht«, versicherte der Trödler aufatmend, und wesentlich verbindlicher und zutraulicher fuhr er fort: »Aber man kann nie wissen, ob einem nicht doch trotz aller Vorsicht solche Ware aufgedrängt wird, mit der man schließlich in Teufels Küche kommen kann. Offen gesagt, Herr, der Kasten hat mir Unbehagen gemacht; denn allzu oft verirrt sich solch wertvoller Gegenstand nicht zu mir; ich war froh, als ich Sie damit abziehen sah, gar nicht davon zu reden, daß ich mein gutes Geld dafür mit einem kleinen Profit wieder-hatte, was mir niemand verdenken kann, wenn man erwägt, daß ich den Kasten über ein Jahr auf dem Halse hatte. Wer kauft denn hier in der Nachbarschaft solch ein Ding? Meine Frau hatte ganz recht, daß sie mir eine ordentliche Gardinenpredigt – und nicht nur eine – hielt, als sie den Kasten sah und nach dem Preise fragte, den ich dafür gezahlt hatte. Wenn’s aber damit in Ordnung ist, wie Sie sagen, warum kommen Sie noch einmal deswegen zu mir?«

»Das sollen Sie gleich hören«, erwiderte Windmüller. »In dem Kasten befindet sich, was ich erst vor einigen Tagen entdeckte, ein Geheimfach, wie es anzubringen in alten Zeiten üblich war. In dem Geheimfach aber fand ich ein paar Sächelchen verborgen, die immerhin einen solchen Wert haben, daß es unerläßlich ist, sie dem ursprünglichen Besitzer zurückzugeben –«

»Der bin ich!« fiel Pepperfly sehr interessiert ein.

»Doch nicht – Sie so wenig wie ich«, widersprach Windmüller. »Sie haben den Kasten gekauft, ohne zu wissen, daß er ein Geheimfach mit wertvollem Inhalt enthielt; denn wäre es Ihnen bekannt gewesen, so hätten Sie diesen Inhalt herausgenommen und ihn sicher nicht an mich samt dem Kasten verkauft. Wenn Sie aber darum gewußt haben, so wäre ich jetzt zweifellos der Besitzer. Ist Ihnen das klar?«

»Hm – ich weiß nicht«, brummte der Trödler und kratzte sich den Kopf.

»Aber ich weiß es«, behauptete Windmüller freundlich, aber bestimmt. »Da wir beide nun den Kasten nacheinander gekauft haben, ohne zu wissen, daß er Wertgegenstände enthielt, die in dem Kaufpreis nicht mit inbegriffen waren und zweifellos aus Versehen darin geblieben sind, so haben weder Sie noch ich nach dem Gesetz einen Anspruch darauf, und der die Dinge entdeckt hat, ist verpflichtet, sie dem früheren Besitzer zurückzugeben.«

»Schön, Herr. Wenn nun aber der, von dem ich den Kasten kaufte, auch nicht der Besitzer ist, was dann?«

»Ah, lieber Herr Pepperfly, das festzustellen, ist meine Sache, weil der Kasten jetzt mir ge-hört. Darum bin ich eigens zu Ihnen gekommen, um Sie zu fragen, wer Ihnen den Kasten verkauft hat.«

Pepperfly dachte sichtlich angestrengt eine Weile nach, ehe er antwortete, worauf Windmüller ganz geduldig wartete.

»Es stimmt«, erklärte der Trödler dann. »Ich kann nicht anders, als anzuerkennen, daß es stimmt, wie Sie sagen. Ich habe auch keine Ursache, es zu verschweigen, wer mir den Kasten verkauft hat; denn ist doch damit etwas nicht in Ordnung, dann bleibt es auf der Person sitzen, nicht auf mir. Ich hatte nämlich wirklich Angst, als Sie so plötzlich vor mir standen. Nun ist mir’s sogar ganz lieb, daß Sie gekommen sind. Ja, es war eine ältliche Frau, die mir den Kasten gegen Abend zum Verkauf brachte – im Auftrag einer anderen Person, sagte sie. Was aber nicht wahr zu sein braucht; denn wenn jemand Geld braucht und seine Sachen zu verkaufen kommt, dann schämt er sich und sagt allemal, daß er’s nur aus purer Freundschaft für einen anderen tut –«

»Ja, ja – eine alte Geschichte das«, fiel Windmüller ein. »Nun also, und diese ältliche Frau heißt –«

»Ich habe sie natürlich gleich ins Verhör genommen«, redete der plötzlich wie ein Uhrwerk aufgezogene Trödler unbeirrt weiter. »Gründlich ins Verhör, das können Sie mir glauben, Herr; denn man ist doch ein respektabler Mann, der sich auf fischige Sachen nicht einläßt! Nein, das tue ich nicht. Die Frau sah ja soweit ganz anständig aus und war sehr aufgebracht, als ich andeutete, nur Ware kaufen zu können, wenn der rechtmäßige Besitz des Verkäufers zweifelsohne ist. Nun, wir haben uns eine Weile herumgerauft – mündlich natürlich nur –, und nachdem sie mir ihren Namen und ihre Wohnung aufgeschrieben hatte, gab ich ihr zehn Pfund für den Kasten, der mir dann glücklich als Ladenhüter auf dem Halse blieb, bis ich ihn an Sie mit einem Pfund Profit verkaufte.«

Windmüller ging über den kleinen Gedächtnisfehler des Mannes ohne Berichtigung hinweg, weil er ihm die zehn Pfund Profit, statt des einen angegebenen, gern gönnte und den Kasten damit ja auch nicht annähernd nach seinem wahren Wert bezahlt hatte.

»Darf ich Sie nun also um die Adresse dieser Frau bitten?« sagte er mit unverminderter Höflichkeit.

Herr Pepperfly brummte wieder etwas Unverständliches in seinen sprossenden Bart hinein, begann dabei in einer Schublade voll Papieren herumzukramen und fischte aus dem Wust nach geraumer Zeit endlich einen Wisch heraus, den er Windmüller überreichte.

»Das ist die Adresse; ob aber Name und Wohnung richtig sind, dafür übernehme ich keine Garantie«, erklärte er.

»Ja, haben Sie denn das nicht festgestellt?« erkundigte sich Windmüller mit einem Blick auf die etwas ungelenken, aber klaren Schriftzüge, in denen mit Bleistift der Name »Miß Rosamond Jones – The Cedars, St. Johns Terrace« aufgezeichnet war.

»Festgestellt? Oh, Sie meinen, ob ich nachgesehen habe, ob diese Partei dort wirklich wohnt?« fragte Pepperfly, mitleidig über soviel Naivität. »Nein, das habe ich nicht getan, denn warum? Weil ich keine Zeit dazu habe, eine Reise durch London zu machen, um den Detektiv zu spielen. Die Adresse hier war mein Ausweis; war etwas faul mit dem Kasten, dann konnte die Polizei sich ja darum bemühen. Da hätte ich viel zu tun, wenn ich jedem nachlaufen wollte, der mir Waren zum Kauf bringt.«

Windmüller tat den sogenannten »Ausweis« sorglich in sein Taschenbuch, dankte dem Mann und ging dann seiner Wege, das heißt, er kehrte zur Westminsterbrücke zurück und fragte dort einen herumpendelnden Polizisten, ob und in welcher Richtung in London eine Straße namens St. Johns Terrace zu finden sei. Ja, es gab wirklich eine Straße dieses Namens, aber sie mußte ziemlich entfernt liegen, denn die Anweisung, welche Station der Untergrundbahn am besten zu ihrer Erreichung zu benutzen sei, war mit soviel weiteren Verkehrsgelegenheiten verbunden, daß Windmüller beschloß, diese »Reise« für den nächsten Morgen aufzusparen, sich in ein Auto setzte und nach seinem Hotel zurückkehrte, um der wohlverdienten Ruhe zu pflegen; denn es war inzwischen Abend geworden.

Wenn mich der würdige Herr Pepperfly nicht mit einer x-beliebigen Adresse aus seinem Archiv in der Schublade abgespeist hat, um mich loszuwerden – wenn diese Miß Rosamond mit dem Sammelnamen Jones wirklich dort wohnt, wie sie angegeben hat, dann – dann ist es eigentlich doch sehr verdächtig, daß sie mit der Kassette solch einen weiten Weg gemacht hat, um sie ausgerechnet diesem schäbigen Trödler zu verkaufen, überlegte Windmüller unterwegs. Möglich wäre es schon, daß Ellinor Ashfield sich ihres Besitzes der Kassette doch nicht so ganz sicher war und es darum nicht gewagt hat, sie einem guten oder besseren Antiquitätengeschäft anzubieten – aber zum Kuckuck, warum hat sie die anderen Sachen in dem Geheimfach liegen lassen und diesen Reichtum für ein Linsengericht fortgeworfen? Das stimmt also nicht. Das Wahrscheinlichste ist, daß ihr selbst die Kassette mitsamt seinem verborgenen Inhalt gestohlen worden ist. In diesem Fall darf ich dann Miß Rosamond Jones ruhig auf dem Mond suchen; denn daß ich sie in St. Johns Terrace nicht finden werde, darauf könnte man fast wetten. Na, aber verreden soll man nie etwas, doch ich fürchte, meine Reise in diese schöne Gegend wird auf das herauskommen, was man bei uns »in den April schicken« nennt.

Bei seinem Eintritt in das Hotel fand er seinen Agenten vor. Er nahm ihn mit hinauf in sein Zimmer, dessen Tür sich kaum hinter ihnen geschlossen hatte, als der junge Mann einen zusammengefalteten Briefbogen aus seiner Brusttasche zog und ihn seinem Chef mit triumphierender Miene schwungvoll überreichte. Windmüller zog die Augenbrauen hoch und faltete den Bogen auseinander, der nichts mehr und nichts weniger enthielt als einen beglaubigten Auszug aus dem Eheregister des xten Bezirks, London, Westend, laut welchem »am zwanzigsten Juli achtzehnhundertsiebenundachtzig der Graf Magnus von Lohberg mit Miß Mildred Ashfield vor dem unterzeichneten Registrar und zwei Zeugen die bürgerliche Ehe geschlossen hatten«.

»Nun, das nennt man eine prompte Erledigung, lieber Lehmann«, rief Windmüller erfreut. »Danach scheinen Sie ja wirklich gleich über den richtigen Registrar gestolpert zu sein.«

»Bin ich tatsächlich, Herr Doktor«, versicherte der Agent vergnügt. »Es war so einfach wie nur was, denn ich habe, dank ihrem Wink, gleich beim Bezirk der Deutschen Botschaft angefangen und dort sogar noch denselben Registrar vorgefunden, der die Eheschließung eingetragen hat. Er erinnerte sich sogar der Parteien – es sei ein so auffallend schönes Paar gewesen, daß er sich die Namen gemerkt hatte. Die Ausfertigung des Auszuges stieß auf keine Schwierigkeiten – gegen die entsprechenden Gebühren natürlich. Die beiden Zeugen waren Schreiber der Registratur und sind beide inzwischen gestorben, wie mir der alte Herr sagte.«

Windmüller verschloß das Dokument sorgfältig in seine Mappe, bevor er sich später zu seiner Mahlzeit in den Speisesaal begab.

So, dachte er befriedigt, den Beweis für die Ehe des Grafen Magnus mit seiner Miß Titania hätten wir also auch. Und damit schwarz auf weiß, daß seine Ehe mit der nunmehrigen Frau von Ellbach – ungültig war. Interessant an diesem Dokument ist auch, daß Miß Titania den Grafen unter ihrem Mädchennamen geheiratet und sich als ›ledigen Standes‹ angegeben hat, woraus mit Sicherheit anzunehmen ist, daß sie ihm den Signor Romeo Cremona einfach unterschlagen haben dürfte. Ob damit ihre zweite Ehe hierzulande anfechtbar wäre, darüber bin ich mir nicht ganz klar. In Deutschland würde das als eine ›Vorspiegelung falscher Tatsachen‹, wenn nicht direkt als Urkundenfälschung mit dem Strafgesetzbuch in Konflikt kommen. Hier mag es nicht zu selten vorkommen, daß eine Witwe ihren zweiten Mann unter ihrem Mädchennamen heiratet, und wenn der Ehegatte dahinterkommt, und es ist ihm recht, dann kräht kein Hahn danach.

Am anderen Morgen machte sich Windmüller beizeiten auf den Weg nach St. Johns Terrace.

Es war eine lange Fahrt, über die nur der Autoführer seine Freude hatte; sie endete in einer Straße, die mit einer »Terrasse« nicht die entfernteste Ähnlichkeit hatte und sich von anderen nur dadurch unterschied, daß sich vor jedem der abgesondert stehenden Häuser, die im billigen, schäbigen, sogenannten »Villenstil« erbaut waren, ein kleiner Vorgarten befand, der jedenfalls die »Terrasse« vorstellen sollte, weil der vordere Teil um ein paar steinerne Stufen höher als die Straße lag. An einer dieser Villen von rotem Backstein, die vielleicht noch um eine Schattierung schäbiger aussah als ihre Nachbarn, hielt das Auto an; denn an dem Türpfosten des Vorgärtchens stand »The Cedars« aufgemalt, welch großartigen Namen zwei elende, kleine, verkümmerte Zedern, die auf dem verbrannten Rasen des ungepflegten Gärtchens ihr Dasein fristeten, hergegeben hatten.

Windmüller stieg aus dem Auto, hieß das Auto warten und ging durch den Garten zu dem seitlich gelegenen Eingang des Hauses, neben dessen verschlossener Tür sich drei Klingeln befanden. Die für das Erdgeschoß wies zu Windmüllers Überraschung richtig den Namen Jones auf. Nachdem er angeläutet hatte, ging die Haustür automatisch auf, und er betrat einen sehr kleinen Vorplatz, von dem eine sehr schmale Treppe nach oben und daneben eine verhängte Glastür in die Parterrewohnung führte, die sich bei seinem Nahen öffnete. In ihrem Rahmen erschien ein kleines, enorm dickes weibliches Wesen in einer blauen Hängerschürze. Sie hatte eine Fülle sehr dichten, krausen, stark ergrauten Haares und unter diesem Wuschelkopf ein rundes, rotes Gesicht mit runden, blauen, sehr gutmütigen Augen, einer aufgestülpten, lächerlich kleinen Nase und einem winzigen Mündchen, um das alle guten Geister unverwüstlichen Frohsinns spielten. Alles in allem machte die ganze Erscheinung den Eindruck eines alt gewordenen Preis-Babys, das sein Kinderlächeln noch nicht verlernt hatte und mit ihm tiefe Grübchen in seine dicken, runden, runzligen Pausbacken zauberte.

»Bitte, wohnt hier Miß Rosamond Jones?« fragte Windmüller.

»Das tut sie – ich bin es selbst«, lächelte die drollige, alte Puppe mit einem sogenannten Doppelknicks, wie man ihn bei »Artistinnen« bewundern kann, wenn sie sich für einen Hervorruf bedanken – eine an sich merkwürdige Bewegung, die bei dem alten, runden Tönnchen in der nicht allzu sauberen Hängerschürze unwiderstehlich lächerlich wirkte. »Wünschen Sie etwas von mir, Sir?«

»Ja – ich möchte Ihnen eine Mitteilung machen beziehungsweise eine Frage vorlegen. Miß Jones«, erwiderte Windmüller verbindlich. »Wenn Sie mir ein Viertelstündchen Ihrer kostbaren Zeit widmen könnten, würde ich Ihnen dankbar sein.«

»Gern zu Ihren Diensten, Sir – bitte, treten Sie ein«, sagte sie bereitwillig, und führte ihren Besuch, nachdem sie die Eingangstür geschlossen hatte, in ein wahres Puppenstübchen, das sie ihren ›Salon‹ nannte. Es war mit dem üblichen ›Gute-Stuben-Kram‹ angefüllt; weder die rote Plüschgarnitur noch die wackeligen Etageren und der farbenfrohe, billige Axminsterteppich fehlten. Auf dem Kaminsims stand in der Mitte die unvermeidliche Standuhr, billige Vasen, Porzellanfiguren und Muscheln, und an den Wänden hing eine reichhaltige Sammlung meist stark verblichener Fotografien von Personen in den phantastischen Kostümen, wie sie Zirkus-und Varietetheater-Artisten tragen – alle in gesuchten, gekünstelten Stellungen. Über dem Sofa aber hing in schönem, breitem Goldrahmen eine kolorierte Fotografie, das lebensgroße Brustbild eines wahrhaft entzückend schönen weiblichen Wesens mit Schmetterlingsflügeln an den stark entblößten, zarten Schultern, mit lang herabfallendem, lichtem Blondhaar, das ein Diadem mit überragendem Brillantstern zurückhielt. Der süße Mund dieses reizenden Gesichtes mit seinem kindlichen Ausdruck lächelte, aber die fast übergroßen, veilchenblauen Augen, die wie Sterne leuchteten, lachten nicht mit – ihr Blick hatte etwas tief Schwermütiges, ja Herbes.

»Oh, Sie bewundern dieses Bild – ist es nicht wunderschön?« unterbrach die Stimme von Miß Jones Windmüllers Betrachtung, und strahlend fuhr sie fort: »Das Bild ist mein kostbarster Besitz und mein Stolz!«

»Es ist in der Tat ein wunderliebliches Bild«, gab Windmüller gern zu. »Ich fragte mich eben, warum die Augen dieses reizenden Gesichtes, das mich in seinem Schnitt an irgend jemand vage erinnert, so – ja, so traurig blicken. Wen stellt das Porträt dar, wenn ich fragen darf?«

»Ei, niemand anders, als die berühmte Kunstreiterin Miß Titania«, erwiderte Miß Jones mit einer Geste und einem Ton, als meinte sie eigentlich die Kaiserin von Fez und Marokko.

»Das also ist sie?« rief Windmüller überrascht. »Nun, dann hätte der Ruhm ihrer Schönheit allerdings nicht übertrieben. Und Sie haben Miß Titania gekannt?«

»Gekannt!? Geliebt, vergöttert habe ich sie, und sie hat es verdient!« begeisterte sich Miß Jones in einer Weise, die etwas so Rührendes hatte, daß das Lächerliche ihrer Person wirklich dabei in den Hintergrund trat. »Sie war mir Freundin, Wohltäterin, Herrin, alles, alles«, fuhr sie mit dicken Tränen in den Augen fort. »Erst haben wir als Kolleginnen zusammen gearbeitet – ich auf dem Drahtseil, von dem ich einmal beim Üben so unglücklich abstürzte, daß ich meine Laufbahn als Artistin aufgeben mußte. Und da hat Miß Titania mich gepflegt, aufopfernd gepflegt. Nun, der Mensch muß aber doch leben, und da ich in der Manege nicht mehr auftreten konnte, so entschloß ich mich, meinem lieben Zirkusvölkchen als – Garderobiere zu dienen, um mir damit mein Brot zu verdienen. Da nahm sie, meine teure, schöne, gute Titania, mich ganz zu sich, als ihre Ankleiderin und eigene Garderobiere. Ich blieb bei ihr, bis sie starb. Sie trat ja in den letzten Jahren ins Fach der Schulreiterinnen über, bis das schwere, innere Leiden, an dem sie längst schon kränkelte, ihre letzten Kräfte und auch ihr mühsam Erworbenes verzehrten. Es ist Ihnen aufgefallen, Sir, daß die Augen auf dem Bild traurig blicken? Sie haben ganz recht – meine teure, unvergeßliche Herrin und Freundin war, trotz ihrer strahlenden Erscheinung, trotz ihres angeborenen Frohsinns nicht glücklich. Nein, wahrhaftig, das war sie nicht. Von vornehmer Geburt, ist sie, ein halbes Kind noch, durch eine Jugendtorheit in ihren Beruf gedrängt worden und hat sich das Vaterhaus, die Heimat dadurch für immer verscherzt. Sie war auch viel zu stolz, um an die einmal verschlossene Tür als Bettlerin anzuklopfen und hat lieber die selbstgewählten Fesseln getragen, bis es eben nicht mehr ging. Mit dürren Worten: sie verließ den Mann, an den sie sich im kindlichen Unverstand gefesselt hatte, aber sie hielt sich trotzdem durch ihre Eheschließung für gebunden. Und endlich, als sie sich frei wähnte, da kam erst das wahre Leid ihres Lebens über sie – – – aber reden wir darüber nicht, sondern sagen Sie mir, was Sie zu mir geführt hat.«

Windmüller hatte die kleine, in ihrer treuen Begeisterung förmlich wachsende Person ohne Zwischenfrage angehört, und auch, als sie bei dem Punkt abbrach, bei dem sein Interesse für Miß Titania einsetzte, ließ er es dabei – vorläufig wenigstens.

»Es ist eine ganz merkwürdige Sache, die mich zu Ihnen führt«, begann er. »Ich kaufte, so im Vorübergehen, vor etwa vierzehn Tagen bei einem Trödler hier in London einen Kasten von Ebenholz, mit Elfenbeinfiguren verziert – ah, ich sehe, Sie erinnern sich!« flocht er ein, als Miß Jones eine Bewegung machte. »Nun wohl«, fuhr er fort, da sie nur nickte, »in diesem Kasten entdeckte ich unlängst ein Geheimfach, welches Wertgegenstände enthielt, die ich natürlich nicht als mein Eigentum betrachten darf, sondern dem ursprünglichen Besitzer zurückzugeben verpflichtet bin. Ich ging also gestern zu dem Trödler in Church-Street, unweit der Westminsterbrücke, und fragte ihn, wer ihm den Kasten verkauft habe, worauf er mir Ihre Adresse gab –«

»Der Esel dachte, ich hätte den Kasten gestohlen!« fiel Miß Jones mit nachträglicher Entrüstung ein. »Ich gab ihm also meine Adresse, die ich vor keinem Menschen Ursache habe zu verbergen. Jawohl, ich habe ihm den Kasten verkauft, aber er hat niemals mir gehört, sondern einer anderen Person, die zu nennen ich mich nicht berechtigt fühle. Wenn in dem Kasten also ein Geheimfach ist, wovon ich keine Ahnung hatte, und, wie Sie sagen, Wertsachen darin waren, so täten Sie am besten, sie mir anzuvertrauen, damit ich sie verwahren kann, bis – bis ich die Eigentümerin wieder ermittelt habe, deren Aufenthalt mir zur Zeit unbekannt ist.«

»Das bedauere ich; denn eben, um ihre Adresse zu erfahren, kam ich zu Ihnen«, versetzte Windmüller ruhig. »Der Name der früheren Eigentümerin des Kastens ist mir übrigens bekannt.«

»Ist – Ihnen – bekannt?«

»Ja«, nickte Windmüller. »Sie werden vielleicht auch wissen, daß der Kasten ursprünglich jemand anderem gehörte und von diesem Miß Ellinor Ashfield geschenkt wurde.«

Miß Jones' Gesicht war eine Studie. Sie sah Windmüller mit ihren runden, gutmütigen Puppenaugen wortlos an, ihr blühendes Gesicht wurde so blaß, als es eben bei seiner lebhaften Farbe möglich war, und ihr lächerlich kleines Mündchen schnappte nach Luft, wie ein auf das Land gesetzter Karpfen.

»Ellinor Ashfield!« brachte sie endlich hervor. »Sie sind gekommen, Ellinor Ashfield etwas zuleide zu tun? Dann haben Sie sich verrechnet, Sir! Meine Hand wird sich nicht rühren, das arme Ding –»

»Sie haben mich mißverstanden, liebe Miß Jones«, fiel Windmüller ruhig und freundlich ein. »Ich wünsche Miß Ashfield nur ihr Eigentum zurückzugeben, persönlich, verstehen Sie mich? Wenn Sie also Ihre Adresse wissen –«

»Nein, ich weiß sie nicht – das ist ja eben mein Kummer!« rief sie händeringend.

»Vielleicht könnte ich dazu helfen, sie zu finden, wenn Sie mir irgend einen Anhaltspunkt geben würden«, sagte Windmüller zuredend. Es tat ihm menschlich leid, dieses sichtlich so gutmütige Geschöpf über seine eigenen Absichten hintergehen und irreführen zu müssen. Er betrachtete dieses immer wieder notwendige Spiel als eine der größten Schattenseiten seines Berufes, aber er mußte hart, mußte ›bei der Stange‹ bleiben, solange er ein Ziel im Dienste der Gerechtigkeit verfolgte.

Miß Jones aber kämpfte mit sich einen kurzen Kampf, bei dem ihre Vertrauensseligkeit den Sieg davontrug.

»Sehen Sie, die Sache war so«, begann sie. »Ellinor Ashfield kam zu mir –«

»Sie kennen die junge Dame schon länger?« warf Windmüller ein.

»Ob ich sie kenne! Ich habe sie bei ihrem ersten Schrei in den Armen gehabt und sie über die Taufe gehalten«, rief Miß Jones. »Ich, die Freundin ihrer Mutter, meiner unvergeßlichen Miß Titania – – – oh, aber das hatte ich wohl nicht sagen wollen!« unterbrach sie sich so bestürzt, daß sie es nicht bemerkte, wie Windmüller unwillkürlich zusammenzuckte. »Nun, jetzt ist's aber einmal heraus und ich gehöre nicht zu den Leuten, die ihre eigenen Worte fressen«, fuhr sie resolut fort. »Zudem ist ja auch soviel Zeit darüber hingegangen, daß es nichts mehr schaden kann, wenn man einmal darüber redet, und da sollen Sie meinetwegen denn auch gleich die ganze miserable Geschichte hören, damit Sie nicht etwa denken, daß meine goldene Titania sich etwa etwas hat zuschulden kommen lassen. Beileibe nicht! Ich sagte Ihnen ja schon, daß sie – ihr eigentlicher Name war Mildred Ashfield – noch halb in den Kinderschuhen, mit einem italienischen Artisten davongelaufen ist – aber als seine ehrliche, angetraute Frau. Nun, sie hatte ja bald Ursache, diesen Schritt zu bereuen, und hat sich von ihm getrennt. Geschieden war sie nicht von ihm und so wahr ich hier sitze; sie hat ihm die Treue bewahrt, als auch der Mann in ihr Leben trat, den sie wirklich liebte, der ihr den Rang und die Stellung wiedergeben konnte, deren Verlust sie nie verschmerzt hat, trotzdem sie scheinbar ganz eine der Unsern geworden war. Man nennt das die Stimme des Blutes, Sir, und ich wäre die letzte gewesen, ihr daraus einen Vorwurf zu machen. Ja, das blaue Blut muß wohl ein besonderer Saft sein; meine geliebte Titania hat es nie zu verleugnen vermocht. Ich habe immer für blaues Blut geschwärmt und es in meiner Titania einfach angebetet. Nun gut. Aus hingeworfenen Worten reimte ich mir zusammen, daß die stolzen Verwandten des deutschen Edelmanns, der Mildred so liebte, wie sie ihn, gegen seine Verbindung mit einer Kunstreiterin waren; sie hätten sich darüber aber gar nicht aufzuregen brauchen; denn meine Elfenkönigin Titania war ja die Frau eines anderen. Der Deutsche kam dann hierher nach London zur Botschaft seines Landes, und auch Mildred hatte kurz vorher ein Engagement bei dem großen Zirkus angetreten, dessen Stern sie sofort geworden war. Bald darauf lasen wir in der Zeitung, daß ihr Gatte in Florenz tödlich verunglückt war, und damit wurde sie nun frei und durfte die immer wieder erneute Werbung des deutschen Edelmanns endlich annehmen. Weil dieser aber erst den Widerstand seiner Eltern zu besiegen hatte, wurde die Ehe vorläufig geheim gehalten, darin waren sie beide übereingekommen. Der Mann blieb in seinen Kreisen, Mildred zunächst noch im Zirkus. Irgend etwas muß über diese heimliche Ehe doch aber durchgesickert sein; ich will keine Namen nennen, Sir, aber ich möchte meine Hand ins Feuer dafür legen, daß es eine neidische Kollegin war, die der Sache nachgespürt hat und dem Grafen den anonymen Brief schrieb, in welchem ein ›wohlmeinender Freund‹ ihm mitteilte, daß Titania die Gattin des Kunstreiters Romeo Cremona sei, und zum Beweis für diese Angabe einen Zettel beilegte mit dem Datum vom dritten August achtzehnhundertsiebenundachtzig, der eine Zirkusvorstellung in Bologna ankündigte, unter Mitwirkung des berühmten Parforcereiters Romeo Cremona. Und vierzehn Tage vor diesem Datum hatte Mildred den Grafen geheiratet! Die Nachricht vom Tod des Cremona war falsch gewesen! Nun ja, vielleicht war es nicht recht, daß meine angebetete Freundin dem Grafen ihre erste Ehe verschwiegen hatte, aber sie hatte sich eben ihrer als einer Verirrung geschämt und sich ja so bald wieder von ihrem ersten Mann getrennt. Dem zweiten hat sie dann auch alles eingestanden. Lieber Gott, das war ein schlimmer Tag für die beiden! Die neue Ehe war ja nun freilich ungültig; mehr noch. Mildred hatte sich, wenn auch im guten Glauben an ihr Wittum, der Bigamie schuldig gemacht. Drüben in Deutschland muß man wohl anders denken, wie hier in England, wo ein jeder das Recht hat, seine Vergangenheit für sich zu behalten, wenn er darüber nicht reden will; denn der Graf kam nicht darüber hinweg. Kurz, sie trennten sich in Zorn und Leid und haben sich nie wiedergesehen, beide zu stolz, um sich ein gutes Wort zu geben. Ja. Und am ersten Mai des folgenden Jahres wurde das Kind geboren, von dessen Dasein der Vater nie etwas erfahren hat. Nie; denn Mildred wachte streng darüber, daß es nicht geschah; sie hat mir sogar einen Eid abgenommen, daß ich, solange sie lebte, den Grafen nicht wissen lassen durfte, daß er eine Tochter hatte. Sie wollte auch nicht, daß ihr Kind, das dem Vater so schrecklich ähnlich war und doch auch wieder an sie erinnerte, für den Zirkus erzogen wurde. Ellinor besuchte eine gute Schule, und weil sie leicht lernte, sollte sie den Lehrerinnenberuf ergreifen und womöglich die Frauen-Universität, Girton-College, absolvieren. Sie lernte, wohl in Erinnerung an die Nationalität ihres Vaters, besonders die deutsche Sprache, aber auch Französisch, und was weiß ich, noch alles. Als sie zwölf Jahre alt war, starb meine teure Titania an dem schweren inneren Leiden, dessen vergebliche Kur ihr ganzes Erspartes aufgezehrt hatte, und ich blieb allein mit Ellinor zurück. Ich darf mir das Zeugnis ausstellen, daß ich sie wie mein eigenes Kind gehalten und treulich von dem ernährt habe, was ich mir als Garderobiere und Schneiderin für den Zirkus verdiente. Und Ellinor hat nie erfahren, wer ihr Vater war; ich wäre wohl jetzt meines Eides entbunden gewesen und hätte mich an den Vater wenden können, aber wußte ich denn, wo er war? Wie hätte ich denn zu ihm gelangen können? Da war's schon besser, Ellinor erfuhr nie, wer er war. Nur sein Bild, das Mildred in einer Kapsel noch im Tode um ihren Hals gehängt trug, kannte sie und hat es vergöttert. Nun wohl, ich machte es möglich, dem Kind den Schulbesuch zu erschwingen; sie war ein liebes Ding und hat mir durch ihre Liebe reichlich vergolten, was ich für sie tat, – freilich, für Girton-College reichte es nicht, und ich war froh, als Ellinor sich für den Pflegerinnenberuf entschied; denn wenn sie schon einmal nicht in den Zirkus sollte, dann kam sie damit doch in eine gesicherte Lebensstellung, in der sie das bleiben konnte, was ihre Mutter immer gewesen war: eine Dame. Und wenn jemals eine Person es in sich hatte, das zu sein, dann war es sicher Ellinor Ashfield. Wissen Sie, Sir, nicht als Gernegroßtuerei, sondern als Geburtsgabe – die liegt ihr im Blut von Vater und Mutter. Ja! Sie hatte auch alle Anlagen für den gewählten Beruf, man war sehr zufrieden mit ihr, solange sie in der Pflegerinnenschule tätig war, deren Oberin sie warm für einen Privatposten in einem großen Hause empfahl, bei – bei –«

»Bei Lady Oakburn«, warf Windmüller so leise und diskret ein, daß Miß Jones im Augenblick gar nicht dazu kam, sich darüber zu wundern.

»Ja, bei Lady Oakburn«, nickte sie zustimmend, und dann setzte sie hinzu: »Oh, natürlich – Sie haben die ganze schreckliche Geschichte in der Zeitung gelesen. Ehe ich noch ein Wort davon gehört habe, kam Ellinor an einem Morgen, den ich nicht vergessen werde, in einem geistigen und körperlichen Zustand bei mir an, daß ich vor Schrecken ganz starr war. Sie war ganz erschöpft – kaum fähig, ein Wort zu sprechen, sank sie auf mein Bett und lag stundenlang mit offenen Augen, daß mir angst und bange wurde. Sie hatte nichts bei sich, als ein Bündel, in dem die Kassette war. Ich zwang sie sozusagen, eine Tasse Tee zu trinken und einen Bissen zu essen, das belebte sie so weit, daß sie mir in Worten, aus denen ich weder Kopf noch Schwanz machen konnte, soviel andeutete, daß sie heute noch fort aus England müßte, es sei etwas Schreckliches geschehen, und wenn sie zögerte, sei sie ihrer Freiheit und ihres Lebens nicht sicher. Aber nicht eine Silbe davon, was das Schreckliche war. ›Frage nicht, sondern hilf mir!‹ war das einzige, was sie sagte. Helfen! Wie sollte ich ihr helfen? Ich konnte ihr ein wenig Wäsche geben und eine alte Reisetasche, aber mit Geld war ich selbst gerade ebenso knapp bestellt – am Ende eines Monats hat man keine Schätze mehr liegen. Sie selbst hatte auch nur soviel bei sich, als zur Überfahrt nach dem Kontinent gelangt hätte; was sie darüber besaß, war bei der Postsparkasse eingezahlt, und sie wagte nicht, es abzuheben. Was tun? Da fiel mein Auge auf die Kassette, und da ich wohl sah, daß sie wertvoll sein mußte, so schlug ich Ellinor vor, sie zu verkaufen, was ich gern für sie besorgen wollte. Was sie darauf sagte, nahm ich für ihre Einwilligung, – sie war so erschöpft, daß sie halb im Einschlafen war, als ich ihr den Vorschlag machte und schlief auch schon, als ich sie nochmals fragen wollte. Da dachte ich mir, daß ich die Zeit ihrer Ruhe am besten dazu benutzen konnte, den Kasten fortzuschaffen, wußte aber nicht recht, wohin und zu wem. Da fiel mir ein, daß eine Bekannte vom Zirkus, die immer in Geldnöten war und ihre Sachen, kaum gekauft, wieder zum Trödler trug, mir von einem Manne in der Church Street, unweit Westminsterbridge, erzählt hatte, der gute Preise zahle. Nun, der Weg dahin ist ja reichlich weit, aber einen anderen Ort, die Kassette loszuwerden, wußte ich wirklich nicht; denn wenig wie ich selbst habe – zum Trödler habe ich ja gottlob nie zu gehen nötig gehabt, weil ich das Meinige zusammenzuhalten verstehe. Ich machte mich also auf und verkaufte dem Mann den Kasten für zehn Pfund, – Sir, ich dachte, ich müßte vor

Scham in den Boden sinken, als er mir deutlich zu verstehen gab, daß das Ding gestohlen sein könnte, daß ich's gestohlen hätte! Damit war die Aufregung aber noch nicht zu Ende, denn als ich heimkam, fand ich Ellinor erwacht und in allen Zuständen über das Fehlen des Kastens: sie habe mir doch ganz deutlich gesagt, daß ich ihn nicht verkaufen dürfte! Ich schwor ihr, gerade das Gegenteil verstanden zu haben, und nun verlangte sie von mir, ich sollte mich sofort wieder aufmachen und den Kasten zurückholen, wenn auch mit einem Aufgeld für den Trödler. Nun, das konnte ich sofort absolut nicht tun; denn erstens war ich todmüde und abgehetzt von den Aufregungen dieses Tages und dem eben zurückgelegten weiten Weg – lieber Himmel, man ist doch nun auch schon bei Jahren, aber die Hauptsache war, daß es inzwischen schon spät geworden und für mich höchste Zeit war, zu meinen Pflichten im Zirkus zu eilen. Was wäre wohl aus der Vorstellung geworden, wenn ich ohne eine Stellvertretung fortgeblieben wäre? Ich wäre einfach und ohne Zweifel sofort entlassen worden. Ich stellte Ellinor das vor, und um sie zu beruhigen, erklärte ich, gleich am folgenden Morgen in aller Frühe den Kasten wieder holen zu wollen. Und nun sagen Sie mir, Sir, daß er ein Geheimfach hat, in dem Wertsachen lagen, wegen deren Ellinor jedenfalls in Sorge war! Wenn sie mir das nur gleich gesagt hätte, – aber nein, kein Sterbenswort davon. Nun, ich eilte also, hungrig und müde wie ich war, in meinen Zirkus, und als ich nachts heimkehrte, fand ich das Nest leer. Ellinor war fort, und auf dem Tisch in der Küche lag ein Zettel von ihr, auf den sie geschrieben hatte, sie dürfe länger nicht bleiben, ich sollte den Kasten nur da lassen, wo er sei, es wäre wohl am besten so und jedenfalls Bestimmung. Was sie damit gemeint hat, weiß ich heute noch nicht. Und am nächsten Morgen las ich in der Zeitung die schreckliche Geschichte vom Tod der Lady Oakburn und vom rätselhaften Verschwinden der Pflegerin. Sie mögen mir glauben oder nicht, Sir, – ich bin darüber einfach in Ohnmacht gefallen, zum ersten Male in meinem Leben! Und was dann immer wieder, Tag für Tag, die Zeitungen über den ›Fall Oakburn‹ bis zum traurigen Ende des Earl brachten, in Verbindung mit dem Namen Ellinor Ashfield, die vergebens gesucht wurde, und ich ohne Nachricht von ihr, – das alles hat mich so elend und krank gemacht, daß es ein Wunder ist, wie ich es überleben konnte. Freilich hat ja das Bekenntnis des Earls Ellinor von der schlimmsten Schuld freigesprochen, aber immerhin blieb doch noch genug auf ihr sitzen, um mir das Herz im Leibe umzudrehen, wozu noch die Angst kam, daß man ihre Spur nach ihrer Flucht finden könnte. Und darum dachte ich auch vorhin, ich sollte in den Boden sinken, als Sie mir sagten, Sie wüßten, wem der Kasten gehört, obschon ich gestehen muß, daß es mehr ist, als ich begreifen kann, woher Sie das wissen wollten.«

Windmüller hatte der langen Erzählung sehr aufmerksam zugehört und zweifelte keinen Augenblick, daß die alte Person die Wahrheit sprach und nichts Wesentliches verschwiegen hatte.

»Oh«, sagte er, als sie endlich Atem schöpfen mußte. »Das ist eine lange Geschichte, die mit der Sache nichts zu tun hat, – kurz gesagt: der Kasten hat früher jemand anderem gehört, der ihn Miß Ashfield geschenkt hat; von dessen Verwandten erfuhr ich es eben. Das ist solch eine Verkettung von Umständen, wie sie ja wohl vorzukommen pflegen. Sie haben also seitdem nichts mehr von Ihrer Pflegetochter gehört?«

»Doch«, erklärte Miß Jones sofort. »Einmal, aber dann nicht wieder. Es mochte drei bis vier Wochen nach ihrer Flucht sein, da bekam ich einen Brief von ihr aus Mailand. Sie schrieb mir, daß sie bei der Überfahrt von Dover nach Ostende insofern Glück gehabt habe, als sie bei einer auf dem Schiff mitreisenden kranken Dame für deren im letzten Augenblick zurückgebliebene Pflegerin habe eintreten können. Die Dame sollte nach der Riviera gebracht werden und war ganz hilflos. Der Kapitän hatte bei den Passagieren der zweiten Klasse angefragt, ob zufällig eine geprüfte Pflegerin unter ihnen sei, und Ellinor hat sich als eine solche gemeldet. In Mailand aber war die Dame ihres Zustandes wegen genötigt gewesen, längere Zeit zu rasten, und obwohl sie mit Ellinor sehr zufrieden und es so gut wie abgemacht war, daß sie mit an die Riviera gehen sollte, so kam es doch nicht dazu nach dem, was Ellinor andeutete, war die Kranke, deren Gatte sie in Mailand erwartete, auf die Pflegerin eifersüchtig geworden. – – Ach, mein Herr, das ist's wohl, was man den Fluch der Schönheit nennt! Kurz und gut, Ellinor wurde Knall und Fall entlassen. Sie hat dann versucht, sich eine andere Stellung zu verschaffen; es fand sich aber nichts, und das arme Ding bat mich, am Ende ihrer Mittel angelangt, flehentlich um etwas Geld, da sie ihre Zimmermiete nicht bezahlen könnte und auf der Straße oder im Wasser enden müsse, wenn nicht bald Hilfe käme. Sir, ich bin eine arme Person und habe mir unter Entbehrungen nur soviel sparen können, als mich gerade ernährt, wenn ich mal nicht mehr arbeiten kann; ich gedachte aber alles dessen, was meine teure, unvergeßliche Titania an mir getan hat, und habe dann von meinem sauer Ersparten fünf Pfund abgehoben und dem Kind geschickt. Das Geld kam aber nach einiger Zeit als unbestellbar zurück. Das ist nun jetzt ein Jahr her, und ich habe seitdem nichts mehr von Ellinor gehört. Was ist aus ihr geworden? Ist sie gestorben oder verdorben? Ich weiß es nicht«, schloß die gute Seele weinend.

»Unter welcher Adresse schickten Sie das Geld nach Mailand?« fragte Windmüller nach einer Pause freundlich.

»Postlagernd unter C. Ashfield, Mailand, Posta Generale«, schluchzte Miß Jones.

»Nun ja – damit wäre die Rückkunft der Sendung insofern zu erklären, als man eines Ausweises bedarf, um Gelder ausgezahlt zu erhalten«, erklärte Windmüller. »Da Miß Ashfield bei ihrer Fl – ihrer eiligen Abreise aus England solch einen Ausweis kaum besessen haben dürfte, so konnte ihr die Summe nach den Bestimmungen der italienischen Post nicht eingehändigt werden und wurde nach der üblichen Wartezeit darum dem Absender zurückgeschickt.«

»Oh, Ellinor hatte aber ihr Zeugnis als geprüfte Pflegerin bei sich«, versetzte Miß Jones. »Sie hatte es zum Glück mitgenommen, als sie unter Zurücklassung ihres Gepäcks Oakburn-Castle verließ. Sie schrieb ja, daß sie sich damit bei der kranken Dame auf dem Schiff ausgewiesen habe, und bemerkte, daß es so gut wie ein Paß sei.«

»Für diesen Zweck war es wohl auch genügend; ob sich die Post aber damit begnügte, ist eine andere Frage. Gab Ihnen Miß Ashfield nicht ihre Wohnungsadresse an?«

»Ja, Sir, sie schrieb wohl, wo sie wohnte, wünschte das Geld aber nicht dahin geschickt zu bekommen. Ich habe ihr gleichzeitig mit der Geldsendung in ihre Wohnung geschrieben, aber der Brief kam als ›unbestellbar‹ zurück.

»Und wie lautete die Wohnungsadresse?« fragte Windmüller.

»Veia Toreine, einhundertundachtzig, Pensione Triviulei«, sagte Miß Jones geläufig aus.

»Wie?« machte Windmüller verblüfft und wiederholte: »Oh, Via Torino, einhundertachtzig, Pensione Trevuli, – so war's doch, nicht? Und seit dieser Zeit hat also Miß Ashfield nichts mehr von sich hören lassen?«

»Nichts. Kein Sterbenswort mehr«, versicherte Miß Jones traurig, und Windmüller war überzeugt, daß sie die Wahrheit sprach. Da er nun sah, daß er nichts von Wichtigkeit hier mehr erfahren konnte, – was er gehört hatte, war ja viel, viel mehr, als er auch nur annähernd erwartet hatte, so dankte er der guten, alten Person herzlich für ihre Auskunft, verabschiedete sich von ihr wie von einer alten Bekannten und kehrte zu seinem wartenden Taxameter zurück, dessen Uhr sich inzwischen zu einer recht anständigen Höhe hinaufgearbeitet hatte. Aber das fiel »bei der Arbeit« nicht ins Gewicht ja, dem Führer blühte noch ein weiterer glänzender Verdienst; denn Windmüller ließ sich von ihm sofort nach der von diesem Stadtteil sehr entfernten, uralten Kirche St. Pancras fahren, und während er darin weilte, hatte der Mann Zeit, die neueste Zeitung von A bis Z zu lesen. Als Windmüller dann wieder herauskam, hatte er eine beglaubigte Abschrift des Taufzeugnisses von Ellinor Rosamond Mildred Ashfield in der Tasche, und kehrte nun hungrig, aber sehr befriedigt von dem Werk dieses Vormittags, der sich reichlich bis über die Mittagshöhe ausgedehnt hatte, in sein Hotel zurück, wo er sich durch eine verspätete Mahlzeit stärkte und ein paar Stunden später nach Dover abreiste, um denselben Weg, den er gestern gekommen war, nach – Mailand zu fahren.

Hätte ich bequemer haben können, wenn ich in London angefangen hätte, dachte er, als der Eilzug den Victoriabahnhof verließ. Natürlich ist das heller Unsinn, berichtigte er sich selbst sofort. Denn wenn ich die Aufträge des Herrn von Ellbach und der – Erbin von Lohberg vor dem mir vorher erteilten Auftrag des Herrn von Grünholz ausgeführt hätte, was wäre das Resultat gewesen? Höchstens die mehr als dürftige Auskunft der Oberin von St. Rochus und der Heiratsschein des Grafen Magnus Lohberg mit seiner Miß Titania, die nebenbei doch gar kein so übles Menschenkind gewesen sein muß, – durch die begeisterte Brille der braven Rosamond Jones betrachtet, wohlgemerkt. Mit dem Auftrag des Gesandten hätte ich so gut wie Fiasko gemacht. Nein, nein – man mag's drehen und wenden, wie man will: es war ohne jede Beschönigung mein allbewährter Dusel, der mich beim Ende anfangen ließ. Oder das Leitseil, an dem die unerbittlich ihrem Ziele zustrebende Gerechtigkeit mich wider Willen diesen Weg führte. Also noch einmal nach Mailand! Ja, lieber Himmel, solche Zickzackfahrten gehören nun einmal zur Sache und zu meinem Schicksal. Vielleicht ist diese Rückkehr nach Mailand eine unfruchtbare Kraftprobe, aber es hilft nichts; versuchen muß ich, das letzte, fehlende Glied in dieser Kette zu finden, die als Ganzes Herrn von Grünholz eine wenig liebliche Überraschung sein dürfte.

Windmüller nahm nicht an, daß Mailand ihn lange aufhalten würde, aber er hütete sich wohl, mit Voraussetzungen zu rechnen. Es war ein glühend heißer Morgen, an welchem er nach einer durch Moskitos und stickende Schirokkoluft nur sehr unvollkommenen Nachtruhe in sein Mailänder Hotel zum Domplatz fuhr, um sich von dort zu Fuß in die einmündende Via Torino zu begeben. Mailand hat im Hochsommer ein geradezu infernalisches Klima. Herrlich, wie ja der Anblick des weißen, spitzenartig wirkenden Wunderwerks des Domes auf dem Hintergrund des wolkenlosen, tiefblauen Himmels zu dieser Jahreszeit ist – der Sonnenbrand auf dem davor liegenden Platz ist, bis man ihn zu den kühlen, dämmerigen, erhabenen Hallen des unsterblichen Monuments aus Mailands größter Vergangenheit durchquert, eine harte Zumutung an die Ertragungsfähigkeit eines an mittlere Temperaturen gewöhnten Menschen. Windmüller war von Rom her, dessen Klima im Sommer ja auch zeitweise an einen Backofen erinnert, solche Wärmegrade nachgerade gewöhnt und warf darum einen sehnsuchtsvollen Blick auf die herrliche, von zahllosen Strebepfeilern, Statuen und hoch aufragenden Spitzen geschmückte Fassade des Domes, als er sich der Via Torino zuwandte, auf deren Schattenseite ihn erst eine lange Wanderung bis zu der gesuchten Hausnummer brachte, an welcher ein Schild die darin befindliche Pension Trevuli im dritten Stock ankündigte. Drei recht steile, hohe Treppen waren es, die er in dem durchaus nicht eleganten, ja schäbigen Hause emporzusteigen hatte, und nachdem er an der mit stark verräucherten Vorhängen verhüllten Glastür geläutet hatte, öffnete ihm ein noch ziemlich junger Mann in Hemdärmeln, der sich als der Inhaber der Pension Trevuli vorstellte, und ihn höflich, aber ohne seinen fehlenden Rock und sein unrasiertes Gesicht zu entschuldigen, in den »Salotto« führte, der mit jener in solch billigen italienischen Gaststätten üblichen, farbenfrohen und verschlissenen »Eleganz« ausgestattet war.

»Sie suchen ein Zimmer bei mir, Signor?« begann der Padrone händereibend. »Eine ganz kleine Kammer hätte ich wohl noch frei.«

»Ich suche kein Zimmer, sondern wollte nur um eine Auskunft bitten«, unterbrach Windmüller Signor Trevuli. »Erinnern Sie sich, im vorigen Jahre um diese Zeit eine junge Dame, Engländerin, als Gast bei sich gehabt zu haben?«

»Ah, der Signor meint jedenfalls die Signorina Ashfield – eine sehr schöne, junge Dame mit goldblondem Haar und dunklen Augen!« fiel der Padrone ein. »Ja, ich erinnere mich ihrer sehr gut; denn sie war die einzige Engländerin, die bei uns war. Wir haben im ganzen nur inländische Kundschaft, hin und wieder kommt auch wohl ein deutscher Maler.«

»Miß Ashfield ist die Dame, die ich meine«, nahm Windmüller wieder das Wort. »War sie lange bei Ihnen?«

»Nun, es mögen ungefähr sechs Wochen gewesen sein. Die Signorina wurde von den Künstlern, unseren Gästen, sehr bewundert, aber sie lebte ganz zurückgezogen und ließ sich nur sehr, sehr selten hier im Salotto sehen, wo meine Gäste abends nach dem Pranzo immer sehr gesellig beisammen sind. Da wird gesungen, deklamiert und getanzt. Der Signor sollten wirklich zu uns kommen – es würde Ihnen sehr bei uns gefallen.«

»Ich bin überzeugt, daß es vortrefflich ist in Ihrem Haus, aber ich bin nur auf der Durchreise hier«, wehrte Windmüller verbindlichst ab. »Um auf Miß Ashfield zurückzukommen: Wissen Sie, wohin sie abgereist ist?«

»Sie hat es uns nicht gesagt, aber mein Gepäckträger, der ihr Gepäck auf den Bahnhof brachte, hörte am Schalter, daß sie ein Billett nach Padua löste«, erwiderte der Padrone.

»Oh, also nach Padua«, wiederholte Windmüller. »Ist sie allein abgereist?«

»Soviel ich weiß, ja, Signor. Sie ist auch allein gekommen und hat meines Wissens keine Bekanntschaften hier gehabt, wenigstens hat sie Besuche hier nicht empfangen – mit Ausnahme des alten Herrn, der – – –« Signor Trevuli stockte, zuckte mit den Achseln und spreizte die Hände aus, die mit deutlichen Spuren von Tomatensaft geziert waren, und fuhr dann lebhaft fort: »Nun, warum soll ich es nicht sagen, da der Signor sich doch für die Signorina Inglese interessiert; der alte Herr, der für sie bezahlt hat. Sehen Sie, Signor, – die junge Dame war doch schon wochenlang bei uns, ohne ihre Rechnung beglichen zu haben, die wir mit jeder abgelaufenen Woche unseren Gästen überreichen. Nun, es kommt schon vor, daß der eine oder der andere vergißt, zu bezahlen, – mit anderen Worten: er hat das Geld nicht und wartet, bis er es hat. Man ist ja kein Unmensch und mahnt doch nur, wenn sich die Bezahlung allzulange hinauszieht! Nun, das war eben auch mit der Signorina Inglese der Fall. Aber sie sagte, sie habe nach England um Geld geschrieben und erwarte es jeden Tag, so gab ich ihr noch Zeit, trotzdem mir schien, als ob – – Nun, das Geld aus England ließ auf sich warten, und eines Tages kam ein alter Herr mit sonderbar hellen Augen die Signorina besuchen. Er blieb sehr lange bei ihr, kam dann aus ihrer Stube zu mir und bezahlte nicht nur die volle Schuld der Signorina, sondern auch noch die Pension für volle zwei Wochen im voraus. Sie ist aber nicht mehr so lange geblieben und war so gütig, auf die Herauszahlung des ihr gutgeschriebenen Betrages zu verzichten, den ich zu Trinkgeldern verwenden sollte, was auch geschehen ist. Ich habe also über die Signorina Ashfield in keiner Weise zu klagen.«

»Nun, das freut mich«, sagte Windmüller, der sehr aufmerksam zugehört hatte. »Wissen Sie den Namen des alten Herrn?«

»Bedauere sehr – nein, Signor«, erwiderte der Padrone. »Die Signorina hat nicht über ihn gesprochen, und er hat sich mir nicht genannt. Ich weiß nur, wo er hier in Mailand gewohnt hat, das heißt, ich nehme an, daß es seine Adresse war, die er der Signorina von der Treppe aus noch zurief, als er wieder wegging. Ich war nämlich gerade im Korridor draußen, als er von ihr herauskam; die Signorina lief ihm nach und fragte: ›Albergo Rebecca?‹ und noch etwas dazu, was ich nicht verstand, und er erwiderte laut und langsam: ›Albergo Rebecchino, Zimmer zweiundzwanzig‹; Rebecchino ist ein sehr bekanntes Hotel-Restaurant, oben am Domplatz, Signor. Und ich hätte mich gewiß alles dessen nicht so erinnert, wenn nicht die ganze Sache etwas – nun, etwas außergewöhnlich gewesen wäre.«

»Ich kenne das Hotel«, versetzte Windmüller. »Daß der Herr aber dort gewohnt hat, ist ja freilich damit noch nicht gesagt. Nun, jedenfalls danke ich Ihnen sehr für die Auskunft, Signor, und wünsche Ihrer Pension immer recht viele, pünktlich zahlende Gäste«, fügte er hinzu, schüttelte die etwas klebrige Hand des freundlichen Wirts und begab sich unverweilt wieder zum Domplatz, wo er in das ob seiner trefflichen Küche allen Reisenden wohlbekannte Restaurant des Albergo Rebecchino eintrat und sich dort ein so ausgesucht feines Gabelfrühstück bestellte, daß es der Wirt für angebracht fand, sich diesem Gourmet von einem Gast persönlich vorzustellen, und das übliche Gespräch über Wetter, Fremdenzufluß und Sehenswürdigkeiten einzuleiten, worauf Windmüller mit der größten Bereitwilligkeit einging und mitten darin das anbrachte, was ihn zu diesem Festmahl veranlaßt hatte.

»Da wir von Fremden sprechen, fällt mir ein, daß im vorigen Jahr ein Bekannter von mir bei Ihnen gewohnt hat, ein großer, stattlicher, alter Herr namens Ellbach, von Ellbach, mit sehr auffallend hellen Augen. Ich weiß zufällig, daß er das Zimmer Nummer zweiundzwanzig innehatte. Es muß so um diese Zeit des Jahres gewesen sein, daß er hier war, um die Ausstellung zu sehen, und da mir daran liegt, zu wissen, von woher er nach Mailand kam, und mir bekannt ist, daß hier sehr genaue Listen über die Fremden geführt werden, so wäre ich Ihnen sehr verbunden, wenn Sie die Güte haben wollten, nachzusehen, wie er sich bei Ihnen eingeschrieben hat.«

Gewöhnlich findet es selbst der gefälligste Wirt nicht der Mühe wert, im vorjährigen Fremdenbuch nachzuschlagen, aber für einen so angenehm im besten Italienisch plaudernden Herrn, der sich aus den feinsten und teuersten Delikatessen der Speisenkarte ein Gabelfrühstück zusammengestellt hat und den besten Wein dazu trank, konnte man schon ein übriges tun; der

Wirt meinte sogar, sich der auffallenden Erscheinung des deutschen Herrn mit den auffallenden Augen zu erinnern, was jedenfalls keine Redensart war; denn die Italiener haben ein fabelhaftes Physiognomiengedächtnis. Er empfahl sich mit der Versicherung seiner Bereitwilligkeit, dem Signor zu dienen, und noch bevor Windmüller sein Gabelfrühstück mit einigen köstlichen Früchten beschlossen hatte, brachte ihm der Kellner einen Zettel mit einem Kompliment von seinem Chef.

»Vom 20. bis 25. Juli, Zimmer Nr. 22: Von Ellbach, Privatier aus Aigle (Schweiz)«, las Windmüller, den Zettel sorglich in seine Brieftasche legend. Nun also! Dieses Dokument ist mit dem Frühstück wahrhaftig nicht zu teuer bezahlt – ganz abgesehen davon, daß diese Mahlzeit einfach tadellos war.

Er verließ das Restaurant erst, nachdem er sich im Büro für die Mühewaltung bedankt hatte, was nicht nur eine Höflichkeit war, sondern sich auch als unerwartet nützlich erwies; denn der Portier, dem die Führung der Fremdenlisten oblag, und der auch hier, wie zumeist, ein gewandter Mann war, nahm den von Windmüller gespendeten anständigen Obolus an und fügte seinem Dank eine höchst wichtige Auskunft hinzu.

»Ist der Herr mit den sonderbaren Augen, durch die er mir fest im Gedächtnis geblieben ist, ein Freund des Signor?« fragte er zunächst.

»Nein, nur eine flüchtige Bekanntschaft«, erwiderte Windmüller, der aus der Frage einen Unterton herauszuhören meinte. »Mir lag nur daran zu erfahren, woher er nach Mailand gekommen ist.«

Der Portier sah Windmüller scharf an und lächelte bedeutsam.

»Ja«, meinte er, »das ist bei manchen Leuten ganz interessant, zu erfahren. Vielleicht interessiert den Signor dann auch eine andere kleine Episode, deren Zeuge ich zufällig war, ohne daß er dessen gewahr wurde. Ich hatte auf dem Zentralbahnhof etwas zu besorgen, da sah ich vor mir den deutschen Herrn gehen, der einem ja auf hundert Schritte auffällt, und wollte eben an ihm vorbeieilen, als er stutzte und plötzlich wie ein Habicht auf eine junge Dame zulief, die auf einer Bank saß und in einer Zeitung las. Diese Dame war mir aufgefallen, weil sie auffallend schön war und wundervolle, goldblonde Haare hatte – übrigens war ihre schwarze Kleidung recht abgetragen, aber sie sah trotzdem wie eine verkappte Prinzessin aus. Nun gut – der Deutsche stürzte also mit einem Ausruf wie ›Leonore – du hier?‹ oder so ähnlich auf sie zu. Stehen bleiben wollte ich nicht, dachte mir auch, es könnte dem Herrn vielleicht peinlich sein, wenn er mich erkannte, und bog deshalb in einen Seitenweg ein; als ich mich noch einmal umdrehte, sah ich ihn neben der Dame auf der Bank sitzen und mit ihr sprechen. Das alles würde ich gewiß nicht so lebhaft in der Erinnerung behalten haben, wenn die beiden Personen nicht so auffällig gewesen wären.«

Ja, dieses Frühstück war nicht nur ein guter Gedanke, sondern für seinen Preis das Doppelte und Dreifache wert, dachte Windmüller, als er wieder auf den sonnendurchglühten Domplatz heraustrat. Nun wollen wir uns noch ein Viertelstündchen im Dom drinnen gönnen, – dann werde ich den Brief schreiben, der meine baldige Ankunft in Lohberg verheißt, und abends wieder den wohlbekannten Weg über den Gotthard einschlagen, um dem Urlaub Seiner Exzellenz die leider ganz ungeahnte Würze zu bringen.

3

Auf Schloß Lohberg war die allgemeine Stimmung nach Windmüllers Abreise nicht besser geworden, ja, vielleicht sogar noch um einiges schwüler, weil Gräfin Leonore für gut befunden hatte, Veränderungen in der Einrichtung des Hauses anzuordnen, welche die lebhafte Mißbilligung ihrer Mutter und Gegenvorstellungen Herrn von Ellbachs, der natürlich auf der Seite seiner Frau stand, zur Folge hatten. Da Gräfin Leonore weder auf diese noch auf jene Rücksicht nahm und ihre Befehle nur um so schärfer wiederholte, so wurde durch diese Mißhelligkeiten eine Stimmung erzeugt, die man, gelinde gesagt, mit ungemütlich bezeichnen durfte. Herr von Grünholz hatte zwischen den feindlichen Parteien keinen beneidenswerten Stand. Von Frau von Ellbach zu einem Machtspruch zu ihren Gunsten aufgerufen, konnte er nur erklären, daß seine vormundschaftlichen Rechte sich auf die inneren häuslichen Angelegenheiten seines Mündels nicht erstreckten.

»Warum das Mädchen nicht gewähren lassen?« meinte er. »Da Leonore ihre unschuldigen Reformen nur in ihren eigenen Regionen vornimmt, in die Sie keinen Fuß zu setzen brauchen, wenn es Ihnen nicht paßt, dann lassen Sie ihr doch das kindliche Vergnügen.«

»Es paßt mir aber gar nicht, daß sie hier schaltet und waltet, als ob – nun ja, als ob sie allein hier nur etwas zu sagen hätte«, versetzte Frau von Ellbach heftig.

»Aber liebe Olga, das ist doch auch tatsächlich der Fall. Leonore ist hier im Hause unumschränkte Herrin.«

»Wenn ich ihr aber sage, daß mir ihre ›Reformen‹ unangenehm sind, und sie bleibt doch dabei, wie nennen Sie das? Ich nenne es Unkindlichkeit, Schlechtigkeit! Ich hatte überhaupt gewünscht, daß Leonore andere Zimmer bezieht, aber auch damit habe ich tauben Ohren gepredigt«, regte sich Frau von Ellbach auf.

»Andere Zimmer? Warum das?« fragte Herr von Grünholz erstaunt. »Sie hat diese Zimmer, wie ich höre, immer bewohnt, sie sind ihr von ihrem Großvater eigens angewiesen und eingerichtet worden.«

»Sie stört mich mit ihrem Herumlaufen über uns«, behauptete Frau von Ellbach etwas lahm.

»Nun, dann mag sie sich dickere Teppiche hineinlegen lassen, oder Sie und Ihr Mann suchen sich eine andere Wohnung aus – Platz genug ist doch hier im Hause«, versetzte Grünholz ungeduldig. »Ich meine, es ist doch etwas viel verlangt, das Mädchen aus der Wohnung vertreiben zu wollen, in der sie sich eingelebt hat, seit sie aus der Kinderstube heraus ist – namentlich«, setzte er nach einem leichten Zögern hinzu, »namentlich, da Sie und Ellbach ja doch nur vorübergehend hier sind.«

»Ah!« fuhr Frau von Ellbach auf. »Hat das Mädchen Ihnen über diesen Punkt etwa –«

»Ei bewahre!« fiel er hastig ein. »Nur aus Mißtrauen keine falschen Schlüsse ziehen, liebe Olga.«

»Gut denn. Das Mädchen kann doch aber hier nicht allein leben!«

»Gewiß nicht. Falls Leonore sich in absehbarer Zeit nicht verheiratet, ist nach der Bestimmung ihres Großvaters eine sogenannte Ehrendame für sie vorgesehen.«

»Und wer wäre für diesen Posten geeigneter als die eigene Mutter?«

»Nun ja, im natürlichen Sinne gewiß. Aber ich möchte Ihnen entschieden abraten, denn ein Blinder kann ja sehen, daß Sie sich mit Ihrer Tochter nicht verstehen. Fortwährende Reibereien müssen ja auf die Dauer ein Zusammenleben für beide Teile zur unerträglichen Hölle machen«, ergriff der Gesandte die günstige Gelegenheit zu einem deutlichen Wink. –

»Ich gestehe, daß ich lieber heute wie morgen das Weite suchte«, sagte Grünholz später zu seiner Frau; »aber ich muß Windmüller selbst oder doch mindestens seinen Bericht hier abwarten. Daß seine Reise ergebnislos verlaufen sollte, glaube ich nicht; denn hätte er sich davon nichts versprochen, so hätte er sie gewiß nicht erst angetreten. Übrigens kommt ja morgen der junge Ellbach mit seiner Großmutter hier an, die vielleicht als Blitzableiter ganz geeignet sind. Eigentlich wundere ich mich, daß Frau von Aschau sich bereit erklärt hat, ihren Enkel herzubegleiten; denn sie ist ihrem Schwiegersohn bisher ausgewichen, wo es sich nur immer machen ließ.«

Der übernächste Morgen nach diesem Tag brach mit echter Hundstagshitze an. Eine Buttersemmel in der Hand, schlich Fritz Volkwitz sich nach ihrem Frühstück hinaus bis zur Pforte des Parkgitters, und während sie unentwegt kräftig in ihre Semmel hineinbiß, sah sie mit verdächtig feuchten Augen hinüber in das grüne Paradies ihrer Kinder- und Jugendtage, das ihr jetzt so gut wie für immer verschlossen war. In dem Lohberger Park kannte sie sozusagen jeden Baum und jeden Strauch, jeden Weg und jeden Winkel. Fritz liebte den Park, zum Beispiel besonders die hübsche Stelle da drüben, wo um einen smaragdgrünen Rasenfleck im Halbkreis Blutbuchen standen, unter denen ein klares Brünnlein in ein muschelförmiges Becken plätscherte, um dann als Miniaturbächlein über ein Bett weißer Kiesel zwischen Farnen dem Lohberger Mühlbach zuzueilen. An dieser Stelle saß sich's an solch einem Sommermorgen ganz wonnig schön, und – weiß Gott, da saß auch schon etwas! Vielmehr, es lag etwas auf dem grünen Rasen, etwas sehr Sonderbares – nämlich ein aufgespannter, großer, weißer Schirm, hinter dem zwei Füße in gelben Halbschuhen, mit den Sohlen nach oben, hervorguckten, und zwar so hoch über den Schirmrand herüber, daß man noch blauseidene Socken und den Rand umgekrempelter, weißer Flanellhosen erkennen konnte.

So was! Daß Seine Exzellenz, der Kaiserlich Deutsche Botschafter sich in weißen Buchsen ins Gras legt, hätte ich ihm faktisch nicht zugetraut, dachte Fritz Volkwitz mit lachendem Mund. Leise öffnete sie das Pförtchen und huschte lautlos über den weichen Rasen, bis sie dicht hinter dem weißen Schirm mit den zwei herüberragenden elegant bekleideten Füßen stand. Fritz leistete sich einen schlecht unterdrückten Lachanfall und rief aus:

»Die Füße kenn' ich doch! Guten Morgen, Exzellenz!«

»Guten Morgen«, antwortete ihr hinter dem Schirm eine fremde Männerstimme. »Ich muß aber mit Bedauern bemerken, daß Sie erstens die Füße unmöglich schon kennen können, und daß ich zweitens den Titel ›Exzellenz‹ leider noch nicht führe.«

»Na, da hört's auf!« rief Fritz verblüfft. »Wer sind Sie denn? Was machen Sie denn hier? Wie kommen Sie dazu, sich hier auf diesen Rasen hinzulegen?«

Damit nahm sie auch schon den Schirm bei der Spitze auf und enthüllte dadurch die obere, zu den Beinen gehörige Hälfte eines jungen Mannes in elegantem, weißem Flanellanzug. Wenn er auch grade keine Schönheit war, so hatte er doch ein ganz charaktervolles, braungebranntes Gesicht, aus dem ein Paar offene, kluge Augen zu der erstaunten jungen Dame unverhohlen hinauflachten. Im nächsten Augenblick aber sprang er auch schon auf, das heißt, er schnellte seinen langen Corpus in die Höhe, verlor dabei das Gleichgewicht, und setzte sich infolge der Anziehungskraft der Erde mit großer Wucht auf den Rasen.

»Gestatten, Gnädigste, mich vorstellen zu dürfen – von Ellbach, Doktor jur. und com., mit Vornamen Friedrich, genannt Fritz«, sagte er, indem er einfach sitzen blieb.

»Das haben Sie fein gemacht – hoffentlich ist Ihnen nichts dabei geplatzt«, sagte sie mit anerkennender Höflichkeit und dann mit einem wildgraziösen Knix: »Mein Name ist Volkwitz, mit Vornamen Friederike, genannt Fritz. Und da Sie, wie es scheint, gar keine Lust verspüren, sich zu erheben, so gestatten Sie wohl, daß auch ich die Sitzgelegenheit auf diesem schönen Rasen wahrnehme?« Und damit setzte sie sich ihm gegenüber gleichfalls ins Grüne.

»Na, Gott sei Dank, daß Sie nicht Frieda, Rike oder Rikchen genannt werden«, erwiderte er mit sichtlicher Erleichterung. »Gnädiges Fräulein sind übrigens der erste weibliche Fritz, den kennenzulernen ich die besondere Ehre habe. Nach Ihrer ersten Anrede von rückwärts darf ich wohl annehmen, daß Sie meine Füße als Seiner Exzellenz Herrn von Grünholz angehörig angesehen haben?«

»Natürlich! Wem hätten sie denn sonst hier gehören sollen? Doch nicht etwa dem Propheten Ellbach – herrje!« unterbrach sie sich. »Sie sind doch nicht etwa der Sohn des alten – ich meine des andern Herrn von Ellbach?«

»Der Sohn des alten Ellbach bin ich unter allen Umständen. Gnädiges Fräulein haben das mit fabelhaftem Scharfsinn erraten«, erwiderte er lachend.

»Aha!« machte Fritz Volkwitz, »jetzt geht mir ein Seifensieder auf: Sie sind natürlich der Sohn mit der Großmutter!«

»Der Sohn mit der Gr – – ja natürlich bin ich der. Und da ich besagte Großmutter sehr verehre, so bitte ich es als ein Kompliment aufzufassen, wenn ich Ihnen, gnädiges Fräulein, gerührt versichere, daß Sie mich fabelhaft an sie erinnern.«

»Ich?« fragte Fritz Volkwitz verblüfft. »Wieso? Ist Ihre Frau Großmutter so jung oder ich so alt? Oder ist sie hübsch?«

»Hm – ich weiß nicht. Es gibt Leute, die behaupten, daß sie mordsgarstig sei«, erwiderte er ernsthaft, aber mit tanzenden Augen.

»Na, hören Sie mal!« schrie sie empört. »Woher beziehen Sie denn Ihre Komplimente, wenn Sie das für eins ausgeben?«

»Verzeihung«, versetzte er sanft, »ich habe nicht gesagt, daß Sie meiner Großmutter ähnlich sehen, sondern, daß Sie mich an sie erinnern – im Wesen, meinte ich.«

Damit war es aber um seine Fassung geschehen – er lachte, daß er sich bog, und da Fritz Volkwitz zu den glücklichen Naturen gehörte, die auch über sich selbst lachen können, so stimmte sie mit voller Kehle ein. Und Fritz Volkwitz war nie hübscher, als wenn sie lachte.

»Das ist ja zum Begraben!« stöhnte sie vor Vergnügen. »Na, also – das Mißverständnis war auf meiner Seite, im übrigen fühle ich mich durch den Vergleich natürlich sehr geehrt. Sind Sie schon lange hier? Ich meine im Schlosse.«

»Seit gestern nachmittag. Und da wir ungefähr mit den Hühnern schlafen gingen, war ich schon sehr früh auf, hörte aber, daß man hier erst um halb neun Uhr frühstückt und habe mich mit einem Buch ins Freie begeben, ahnungslos des Glückes, das mir hier blühen sollte!«

»Na, ob's grade ein Glück ist, sich wider Willen ins Gras zu setzen, weiß ich doch nicht«, lachte Fritz Volkwitz harmlos. »Wenn Ihnen sonst dabei nur nichts passiert ist – auf einen tüchtigen Grasfleck können Sie mit tödlicher Sicherheit rechnen.«

»Ich danke! Das wäre ja nun einfach scheußlich!« versicherte Fritz Ellbach besorgt. »Ich habe nämlich nur den einen weißen Anzug mit!«

»Ja, keiner wandert ungestraft unter Palmen; denn die freie Natur hat ihre Tücken«, meinte sie weise. »Und nun sagen Sie mir: Wie gefällt Ihnen Ihre Stiefschwester?«

»Stiefschwester?« wiederholte er gedehnt. »Ach so – gnädiges Fräulein meinen meines Vaters Stieftochter, Gräfin Leonore Lohberg, nicht?«

»Ganz recht. Ihres Vaters Stieftochter ist doch aber –«

»Keineswegs meine Stiefschwester. Hätte mein Vater eine Tochter aus der Ehe mit Gräfin Leonorens Mutter, dann wäre diese meine Stiefschwester. Mit den Kindern meiner Stiefmutter aus deren erster Ehe bin ich dem Gesetz nach gar nicht verwandt«, erklärte er sachlich.

»Aha! Nachtigall, ich hör' dich trappsen«, machte Fritz Volkwitz mit schiefem Kopfe. »Papa – mein Vater nämlich, behauptet dasselbe wie Sie. Also, wie gefällt Ihnen die Tochter Ihrer Stiefmutter?«

»Oh – sie ist ja sehr schön«, erwiderte er vorsichtig.

»Ich bin mit ihr aufgewachsen; Lohberg war mir fast wie eine zweite Heimat«, erzählte sie und hielt dann so jäh ein, daß er aufhorchte.

»War?« fragte er betont.

»War«, wiederholte sie mit zuckenden Lippen; denn die Wunde brannte noch heftig. »Seit Leonore von ihrer langen Reise zurück ist, hat sie mir gezeigt, daß ihr die Kinderfreundschaft nicht mehr angenehm ist. Besonders Frau von Ellbach wünscht mich nicht mehr – es wäre also ganz gut, wenn Sie die Begegnung mit mir nicht erst berührten, sonst könnten Sie bei Ihrer Frau Stiefmutter am Ende in Ungnade fallen.«

»Ich bilde mir ein, das mit Würde ertragen zu können«, murmelte er, mehr wie für sich, mit einem langen Blick auf sein Gegenüber. Dann blitzte ein unterdrücktes Lachen über sein Gesicht, und er machte über ihren Kopf hinweg ein Zeichen. Sie aber fuhr mit einem leisen Schrei zusammen, als plötzlich eine Gestalt hinter ihr hervortrat und sich zwischen sie und ihren neuen Bekannten mit den Worten niederließ:

»Ich sei, gewährt mir die Bitte, in eurem Bunde die Dritte!«

Die Gestalt aber gehörte einer zwar sehr praktisch, doch durchaus nicht elegant in ein Jackenkleid von graugrünem Lodenstoff gekleideten alten Dame an. Ihr noch ziemlich glattes Gesicht hätten viele ohne weiteres für ausgesprochen häßlich erklärt, aber wer in ihre freundlichen, lebhaften Augen sah und den von Humor zeugenden Zug um den großen Mund, der sich noch eines beneidenswerten Gebisses erfreute, richtig zu taxieren verstand, mußte sich zu dieser Sorte von Häßlichkeit unwiderstehlich hingezogen fühlen. Wunderschön aber waren ihre wohlgepflegten Hände, die sie behaglich auf die Knie legte, als sie lachend fortfuhr:

»Kinder, das ist ja ein Tableau! Ein Idyll im Grünen, bei dem ich nicht fehlen darf. Was macht ihr denn hier, und wer sind Sie denn, Sie niedliches, kleines Schnuckelchen?«

»Fräulein Friederike Volkwitz, genannt Fritz – meine Großmutter, Frau von Aschau, getauft Charlotte, genannt Lottchen«, stellte Fritz Ellbach gebührend vor. »Was wir hier machen? Bekanntschaft machten wir durch die gefällige Vermittlung meiner ›Beene‹, die, hinter jenem Schirm hervorguckend, das gnädige Fräulein hergelockt hatten, und von ihr mit Exzellenz angeredet wurden.«

»Na siehste, mein Junge – das spukt vor; die Exzellenz wird sich schon noch bis zu deinem Kopf hinaufkrabbeln«, lachte Frau von Aschau übers ganze Gesicht. »Na, gottlob, ganz so ledern, wie sich gestern dieser Ort hier anzulassen drohte, scheint er doch nicht zu sein, wenn jemand in der Nähe ist, der ein Paar Beine ›Exzellenz‹ tituliert. Sind Sie hier in der Nähe daheim, Fräulein Volkwitz, genannt Fritz?«

»Nur einen Katzensprung hinter dem Gitter dort; mein Vater ist der Königliche Oberförster, seit ein paar Tagen endlich Forstmeister«, erklärte Fritz Volkwitz, indem sie herzhaft in die ihr gereichte Hand einschlug, und, wie immer mit dem Herzen auf der Zunge, fuhr sie fort: »Also Sie sind die berühmte Großmutter, gnädige Frau? Herr von Ellbach hat mir eben die Ehre erwiesen, zu behaupten, daß ich ihn an Sie erinnere.«

»Na, so ’n Lümmel! Hoffentlich haben Sie ihm das ordentlich gegeben!« rief Frau von Aschau mit einem Schmunzeln, das sich, kaum entstanden, auch schon in ein herzhaftes Gelächter auflöste.

»Tätlich nicht, aber mündlich ist die Strafe prompt erfolgt«, stellte Ellbach fest.

»Reden Sie keinen Stuß – Sie wissen ganz genau, daß ich Sie nur mißverstanden habe«, sprudelte Fritz Volkwitz heraus. »Warum haben Sie mir nicht gleich gesagt, daß Ihre Frau Großmutter ein solch urgemütliches altes Haus —- ich meine natürlich eine solch furchtbar nette alte – nein doch, ältere Dame ist? So, und nun ich mich wie gewöhnlich vergaloppiert habe, erwarte ich in gebührender Demut, wie Sie mir’s nun geben werden, gnädige Frau«, schloß sie kleinlaut.

»Rutschen Sie mal ’n bissel näher, Sie kleine Wurzel, Sie!« kommandierte Frau von Aschau und gab dem unwillkürlich gehorchenden Mädchen einen schallenden Kuß. »Da haben Sie’s, und merken Sie sich’s: mir ist das ›gemütliche alte Haus‹ ins Gesicht gesagt viel lieber, als die ›furchtbar nette alte Dame‹ hinterm Rücken, was ja doch nur ’ne Umschreibung für ›alter Drache‹ ist.«

»Lottchen, daran erkenne ich dich«, lobte Fritz Ellbach und rieb seinen Kopf zärtlich an der Schulter seiner Großmutter, die ihm dafür einen ebenso zärtlichen »Katzenkopf« gab.

»Wirst du wohl, du nichtsnutziger Schlingel!« rief sie strahlend. »Was soll sich denn Fräulein Volkwitz denken, wenn du mich respektlos ›Lottchen‹ nennst?«

»Sie denkt sich, daß es furchtbar nett klingt«, jubelte das junge Mädchen. »Und warum denn auch nicht? Wenn man bedenkt, daß der Taufname doch eigentlich zum Menschen gehört, so ist nicht einzusehen, warum seine Anwendung selbst eine Respektsperson in ihrem Respekt vermindern sollte. Ich werde meinen Vater heut auch mal ›Karlchen‹ nennen und freue mich schon auf sein Gesicht und auf die unvermeidliche Frage, ob ich zufällig vielleicht übergeschnappt sein sollte. Übrigens bemerkten gnädige Frau vorhin, daß Sie Lohberg ›ledern‹ finden; wenn Sie Herrn und Frau von Grünholz darin einschließen, dann muß die Stimmung im Schlosse zum Ansteckungsgrad übergegangen sein.«

»Scheint so«, meinte Frau von Aschau trocken. »Da Sie ja dort gut bekannt sein dürften: Mein Schwiegersohn, seine Frau und ihre Tochter scheinen einander vor Liebe nicht grade aufzufressen, Oder ist mir's nur so vorgekommen?«

»N–nein. Mir ist es auch so vorgekommen«, erwiderte Fritz Volkwitz zurückhaltend.

»So, so! Aha! Ist das – eine Machtfrage?«

»Ich weiß nicht. Lustig anzusehen ist's nicht. Aber nicht wahr, Leonore ist doch ganz wunderschön?«

»Nun ja«, erwiderte die alte Dame zögernd. »Schön ist sie gewiß, zweifellos sogar, nur – für mich hat sie etwas in den Augen – ich kann nicht recht sagen, was es ist. Und um den schönen, ja süßen Mund, einen Zug von Härte und Leiden.«

»Oh, Leonore war doch lange schwer krank!«

»Ja, das mag es sein. So etwas hinterläßt ja immer Spuren, macht älter. Gräfin Leonore ist trotz ihrer Jugend eigentlich nicht mehr jung – ich meine, wie Sie jung sind mit Ihren hellen Kinderaugen. Schließlich kann ich ja aber nach den paar Stunden, seit ich sie kenne, noch nicht abschließend urteilen.«

»Denken Sie lange hier zu bleiben, gnädige Frau?«

»Nur ein paar Tage. Fritz und ich wollten grade zu einer Gebirgstour aufbrechen, als wir die Einladung der Gräfin Leonore erhielten, die ja sehr nett gehalten war und sich darauf gründete, daß sie mir die leider so rar gewordene Nähe meines Jungen – denn mein Junge ist er – nicht entziehen und seinem Vater doch die Freude machen wollte, ihn wiederzusehen. Mit dieser freundlichen Begründung konnte und wollte ich die Einladung nicht ausschlagen. Offen gesagt – ich hatte mir Gräfin Leonore eigentlich anders vorgestellt. Im Wesen! Daß sie meinem Enkel um ihres Stiefvaters wegen gleich um den Hals fallen würde, hatte ich natürlich nicht erwartet, aber da sie ihn nun schon einmal eingeladen hat, braucht sie ihn auch nicht grade wie – Luft zu behandeln.«

»Lottchen!« murmelte der junge Mann bittend.

»Herrje, man wird doch noch einen Spatz einen Vogel nennen dürfen«, brummte Frau von Aschau mit sichtlich moralisch gesträubten Federn; Fritz Volkwitz aber, die sich noch sehr gut des Abends erinnerte, an welchem Leonore die Einladung des jungen Ellbach aufs Tapet gebracht hatte, sagte treuherzig:

»Lassen Sie sich das nicht nahe gehen, gnädige Frau. Leonore war, was ich bezeugen kann, ganz begeistert von der Zuneigung Ihres Herrn Enkelsohnes für Sie; als sie hörte, daß er sich von Ihnen während seines Urlaubs nicht trennen wollte, fand sie das ganz – ganz wunderschön. Na, und wenn sie nun etwas kühl gegen ihn ist, brauchen Sie sich nichts daraus zu machen; denn das tut sie ja nur, um Herrn von Ellbach, das heißt ihren Stiefvater, so'n bissel zu ärgern.«

»Na, warum hat sie uns dann überhaupt eingeladen?«

»Ach, das tat sie so aus Widerspruchsgeist, weil Herr von Ellbach sagte, Sie würden nicht kommen. Herr von Ellbach junior, wissen Sie nicht einen Petrucchio für dieses Kätchen?« fragte sie mit einer Naivität, die den jungen Mann lächeln machte.

»Wenn Sie hoffen, daß ich der sein könnte, dann muß ich Sie leider enttäuschen. Ich habe weder Talent noch Lust zur Zähmung der Widerspenstigen«, erklärte er mit einer Bestimmtheit, daß es Fritz Volkwitz vorkam, als schiene die Sonne mit einem Male viel heller und als wäre die Welt schöner geworden, aber warum ihr das so vorkam, hätte sie nicht sagen können.

»Herrliches Wetter haben wir heute!« rief sie ganz unvermittelt aus und hob gleichzeitig aufhorchend den Zeigefinger hoch. »Hören Sie den lieblichen Ton? Das ist der Tamtam, der zum Frühstück ins Schloß lockt.«

»Na, Gott sei Dank, ich dachte schon, Sie meinten mit dem lieblichen Ton meinen knurrenden Magen!« rief Frau von Aschau erleichtert und stellte sich zunächst auf allen vieren auf; aber schon war Fritz Ellbach aufgesprungen, umfaßte sie unter den Armen und stellte sie sanft auf die Füße, indem er die Gelegenheit benutzte, ihr einen Kuß aufzudrücken – eine so spontane, unverblümte und herzliche Handlung, daß Fritz Volkwitz ganz gerührt war, was sie aber nicht davon abhielt, aufzujubeln:

»Sie haben einen erwischt! Sie haben richtig einen erwischt!«

»Was habe ich erwischt?« fragte der junge Diplomat, den Hymnus ohne weiteres auf sich beziehend.

»Einen tüchtigen Grasfleck!« lachte sie mit der reinsten Freude, die die Schadenfreude sein soll.

»Donnerwetter!« rief er erschrocken mit dem Versuch, diese Zierde zu besichtigen, was durch die Lage derselben nur unvollkommen gelang, aber schon hatte ihn seine Großmutter wie einen Quirl umgedreht, um die kritische Stelle selbst zu besichtigen.

»Junge, das ist doch, um dir gleich eins auszuwischen!« schimpfte sie. »Wer setzt sich denn auch mit weißen Hosen ins Gras, frage ich? Na, mach' kein so betrippstes Gesicht, alter Kerl – ich hab' die Seife mit, die Grasflecken auswäscht. Es wäre ja nicht der erste, den ich dir 'rausmache. Nee, Fräulein Volkwitz, Sie glauben gar nicht, welche Plage man mit so 'nem Jungen hat! Nun aber dalli, mein Sohn! Guten Morgen, Fräulein Friederike, genannt Fritz, – hat mich riesig gefreut, Ihre Bekanntschaft zu machen; und wenn Sie meinen, daß wir nicht ungelegen kommen, will ich gern mit meinem Jungen Visite bei den Ihrigen machen.«

»Oh, das wäre wirklich reizend!« versetzte Fritz Volkwitz begeistert. »Ja, kommen Sie bitte! Mein Vater und meine Schwester werden sich schrecklich freuen, und ich erst recht. Und, wenn's möglich wäre, dann kommen Sie heute nachmittag; denn ich will Ihnen verraten, daß Marianne, meine Schwester nämlich, heute Käsekuchen bäckt, ihre Spezialität. Wissen Sie, der Teig dünn wie ein Strohhalm, und der Käse darauf mindestens zwei Finger hoch, und Mandeln und Sultaninen drin – einfach wunderbar! Sie essen doch gern Käsekuchen?«

»Und ob!« versicherte Fritz Ellbach, sich den Magen streichend. »Für Käsekuchen lasse ich mein Leben, davon kann ich heute noch fabelhafte Mengen vertilgen, nicht wahr, Lottchen?«

»Freßsack!« war die lachende Antwort, und nachdem man herzlich voneinander Abschied genommen hatte, lief Fritz Volkwitz im Kiebitzschritt zurück in ihr Heim, während Großmutter und Enkel dem Schlosse zustrebten.

»Du, so toll rennen kann ich aber nicht!« rief Frau von Aschau, und blieb nach einem Anlauf von zwanzig Schritten stehen. »Das Frühstück wird uns ja nicht weglaufen. Ja, und was ich sagen wollte – das war ja ein reizendes, kleines Mädelchen, nicht?«

»Entzückend ist sie«, bestätigte er bereitwilligst.

»Ich meine, nicht nur von Angesicht und Gestalt reizend«, fuhr Frau von Aschau fort. »Nein, besonders im Wesen – frisch wie'n Trunk aus 'ner Waldquelle. Das tut wohl unter der ganzen Gänseherde unserer heutigen verbildeten, blasierten und dekadenten Fratzen von jungen Mädchen, die überhaupt niemals jung waren; so'n Naturkind zu finden, das am Baum der Erkenntnis nicht mal geleckt, geschweige denn davon gekostet hat, das in vollster Harmlosigkeit über einen Grasfleck auf 'ner diskreten Stelle eines jungen Herrn in einen Jubelruf ausbricht. Weißt du, das ist ganz mein Genre!«

»Meiner auch, Lottchen«, versicherte er im Brustton der Überzeugung.

»Na, siehste! Wir haben doch immer denselben Geschmack«, lachte sie und stieß fast gleichzeitig einen tiefen Seufzer aus. »Und so was ist natürlich sicherlich arm wie eine Kirchenmaus – muß es ja bei der Harmlosigkeit sein. Wenn man sich daneben diese Leonore Lohberg mit ihren Sphinxaugen denkt, die sich im Reichtum wälzt – tu' mir bloß den Gefallen, Fritz, und verschieß dich nicht etwa in ihr Geld.«

»Reichtum ist keine Schande, und Armut macht nicht glücklich, Lottchen, – das ist eine unumstößliche Wahrheit«, versetzte er lachend. »Du kannst aber ganz ruhig sein, liebwerteste aller Großmütter – Leonore reizt mich, so schön und reich sie ist, gar nicht. Und um mich zu verkaufen – nu nee! Dazu hast du mich denn doch zu schlecht erzogen.«

»Wenn mir das geglückt ist, dann sage ich: Gott sei Dank, mein Junge! Tja – und um auf das liebe Mädchen zurückzukommen –«

»Wir eisen uns heute nachmittag im Schlosse los, Lottchen, und gehen zu Forstmeisters Käsekuchen essen. Punktum!«

»Fritz, du bist ja der reine Gedankenleser«, schmunzelte sie.

Nach dem gemeinsamen Frühstück im Schlosse, das kein rechtes Behagen auszulösen vermochte, nahm Herr von Grünholz die alte Dame bei dem Arm, um ihr den Park zu zeigen. Sie versicherte aber, davon schon vor dem Frühstück genug gesehen zu haben und sie nahmen auf einer Bank Platz, von welcher sie über den weiten Rasenplatz mit den schönen Teppichbeeten einen prächtigen Blick auf die imposante Front des Schlosses hatten.

»Famoser alter Kasten, das«, lobte Frau von Aschau. »Und zu denken, daß so'n junges Ding die Besitzerin ist! Würde mir auch gar nicht übel stehen, solch eine Herrschaft, womit ich aber nicht etwa sagen will, daß ich neidisch darauf bin; gar nicht! Ich habe, was ich für mich und meinen Jungen bei bescheidenen Ansprüchen brauche, und gönne sogar dem Schah von Persien neidlos seine Schätze.«

»Ganz mein Fall«, meinte der Gesandte. »Ihr Enkel macht übrigens einen sehr guten Eindruck. Er hat Verstand, ist vortrefflich erzogen, und dabei von einer sehr einnehmenden Natürlichkeit. Er gleicht seinem Vater gar nicht.«

»Gott sei Dank!« brummte sie inbrünstig.

»Ich kann mich diesem Herzenserguß nur anschließen«, versicherte der Gesandte lachend. »Es hat mich überrascht und erfreut, daß Ihr Enkel sich mir als vom Herbst ab zur Botschaft nach Rom versetzt meldete, und ich verspreche Ihnen, ein Auge auf ihn zu haben und ihn möglichst oft in meinen engeren Kreis zu ziehen.«

»Dafür danke ich Ihnen schon im voraus von ganzem Herzen, Exzellenz!« rief Frau von Aschau gerührt. »Der Junge wird sich Ihrer Güte wert zeigen, dafür möcht' ich mich soweit verbürgen, als man das einem Menschen gegenüber imstande ist. Heilen Herzens ist er ja auch noch – – das heißt, ich hoffe es«, unterbrach sie sich und setzte hastig hinzu: »Sie brauchen keine Angst um Ihr Mündel zu haben, Exzellenz! Fritz hat sich nicht etwa ›auf den ersten Blick‹ in ihr Geld verliebt. Hoffentlich besorgt das auch kein anderer; ich stehe wenigstens auf dem altmodischen Standpunkt, einer Erbin nur den Gatten zu wünschen, der sie um ihrer selbst willen heiratet.«

»Nun, diesen Standpunkt teile ich voll und ganz«, erwiderte Grünholz mit einem leisen Lächeln über die unumwundene Art der alten Dame. »Ich fürchte freilich, daß es schwer sein wird, die Spreu vom Weizen zu sondern.«

»Ja, ich beneide Sie um die Verantwortlichkeit Ihrer Vormundschaft nicht«, stimmte sie zu. »Übrigens ist Lohberg eine der wenigen Herrschaften, die ihre Töchter nicht leer ausgehen lassen, wie es doch eigentlich eine schreiende Ungerechtigkeit der Majorate ist.«

Herr von Grünholz antwortete nicht gleich; nach einer Weile sagte er dann:

»Gnädige Frau, ich habe die Gelegenheit gesucht, mit Ihnen über dieses Thema zu sprechen, weil ich Ihnen nicht als Vormund Leonorens, sondern als Administrator der Herrschaft Lohberg eine Mitteilung zu machen habe.«

»Mir?« fragte Frau von Aschau erstaunt.

»Ja, Ihnen. Ich muß dazu etwas ausholen und bitte um Ihre Geduld. Sie werden begreifen, daß ich mich auf Grund meiner Vormundschaft auch über die Erbfolgeverhältnisse der Herrschaft unterrichten mußte. Leonore ist die letzte ihres Namens; wenn sie sich vermählt und Erben hat, so geht Lohberg nach den verbrieften Bestimmungen auf ihren ältesten Sohn oder ihre Tochter über. Nun war ich der Meinung, die auch Herr von Ellbach, Leonorens Stiefvater, teilte und zur Stunde noch teilen dürfte, daß die Herrschaft Lohberg im Falle von Leonorens ledigem oder erbenlosem Ableben als ein Kronlehen an die Krone zurückfällt. Als ich mich genau darüber informierte, habe ich die Entdeckung gemacht, daß in der weiblichen Deszendenz noch eine erbberechtigte Nebenlinie vorhanden ist; über ihre Rechte an der Erbfolge besteht gar kein Zweifel, und Sie, meine gnädige Frau, sind die nächste dazu!«

»Ich?« platzte Frau von Aschau heraus. »Na, Exzellenz – wie käme ich denn dazu? Da müssen ja die Hühner darüber lachen!«

»Nun ja – insofern Sie nach menschlicher Berechnung die Erbschaft kaum antreten dürften, können Sie den Hühnern ja das Vergnügen gönnen«, sagte der Gesandte, und lachte offen über

diesen urwüchsigen Einwand. »Sehen Sie einmal her –« setzte er hinzu, indem er einen Papierbogen aus der Tasche zog, auf welchem ein sogenannter ›Stammbaum‹ säuberlich aufgezogen
war. »Wie hier urkundlich beglaubigt eingetragen ist, hat um die Mitte des 18. Jahrhunderts
ein Graf von Lohberg auf Lohberg zwei Kinder hinterlassen – einen Sohn und eine Tochter.
Von diesem Sohne stammt in gerader Linie die heutige Erbin, mein Mündel, ab; die Tochter
heiratete einen Herrn von Birkensee auf Niederwiese –«

»Das war mein Urgroßvater!« fiel Frau von Aschau lebhaft ein. »Niederwiese gehörte noch
meinem Vater, aber er konnte sich auf dem durch die Kriege verwüsteten Gut nicht halten und
hat es an die benachbarte Herrschaft Wildberg verkauft. Die Sache stimmt aber doch nicht;
denn ich weiß zufällig, daß meine Urgroßmutter eine Freiin, keine Gräfin von Lohberg war.«

»Doch, sie stimmt«, behauptete Herr von Grünholz. »Der Grafentitel war nämlich bis zum
Beginn des 19. Jahrhunderts nur in der Primogenitur erblich; die jüngeren, beziehungsweise die
nachgeborenen Mitglieder des Hauses führten den Freiherrntitel, der auch der ältere, in vieler
Augen sogar der bessere ist; denn es gab längst ›freie Herren‹, als die Grafen nur kaiserliche Be-
amte, Verwalter einer Grafschaft waren, welche sich im Lauf der Zeiten schließlich zu erblichen
Besitzen gestalteten. Doch das nur nebenbei. Nach meinen Ermittlungen und Ihrer eigenen
Bestätigung sind Sie, gnädige Frau, also zweifellos die Urenkelin jenes Ludwig von Birkensee
auf Niederwiese und seiner Ehefrau Leonore, geborenen Freiin von Lohberg auf Lohberg, und
damit die einzig in Frage kommende Agnatin der Herrschaft Lohberg.«

»Bin ich?« fragte Frau von Aschau trocken. »Was der Mensch nicht noch alles auf seine alten
Tage werden kann! Da das aber ein Titel ohne Mittel, ein Königreich auf dem Mond ist, so
gestatten Exzellenz mir gütigst die feierliche Versicherung, daß ich auf die Agnatschaft – niese!«

»Nun ja – das ist ein Privatvergnügen, das Ihnen unbestritten bleiben soll«, lachte der Gesandte über diese Aufnahme seiner Mitteilung laut heraus. »Wenn ich mir erlauben darf, möchte ich
aber die Bitte an Sie richten, der an sich ja ganz gesunden Übung nur ganz privatim zu frönen.
Ich habe nämlich meine Gründe, Herrn von Ellbach, Ihren Schwiegersohn, bei seiner Meinung zu lassen, daß Lohberg bei einem eventuellen Ableben seiner Stieftochter ohne direkte
Erben an die Krone zurückfällt. Wenn Sie mich fragen, warum ich Ihnen diese Zurückhaltung
auferlegen möchte – –«

»So kann ich Ihnen darauf antworten, weil Sie dem Menschen nicht über den Weg trauen«,
fiel sie ein. »Exzellenz brauchen sich nicht die Mühe zu machen, das erst in ein diplomatisches
Mäntelchen zu hüllen – ich verstehe es auch so ganz gut; denn ich teile Ihre Wertschätzung
meines Schwiegersohnes. Außerdem wäre ich die letzte, die sich mit dieser Agnatschaft brüsten
würde. Es hat auch meines Erachtens gar keinen Zweck, sich erst die Zähne auf eine Wurst zu
wetzen, die man doch niemals zu essen kriegt; denn so'n Gedanke, einmal im Kopf eingespon-
nen, nimmt schließlich doch ungewollt ein Teilchen von der Harmlosigkeit weg.«

»Das ist eine sehr vernünftige Anschauung von der Sache, zu der ich Sie nur beglückwün-
schen kann und die meine Hochachtung für Sie erhöht, wenn das überhaupt möglich wäre!«

»Danke schön, Exzellenz! Meine Vernünftigkeit ist nicht immer sehr weit her, aber gegebenenfalls verläßt sie mich dafür auch selten. Und nun sagen Sie mal: wollen die Ellbachs sich
hier dauernd niederlassen?«

»Ganz ohne diplomatisches Mäntelchen, gnädige Frau; ich hoffe es nicht. Es wäre nicht gut
für Leonore, für die Entwicklung ihres Charakters – Sie werden ja schon gesehen haben, daß
sie sich mit ihrer Mutter leider gar nicht versteht. Ich habe vor, mich jetzt ernstlich nach einer Ehrendame für sie umzusehen – – sagen Sie mir, hätten Sie nicht Lust, diesen Posten zu
bekleiden?«

Frau von Aschau schlug die Hände zusammen, daß es schallte, und lachte laut heraus.

»'s ist nur gut, daß ich fest sitze, sonst würde ich faktisch vom Stengel fallen«, erklärte sie
ohne Umschweife. »Nein, Exzellenz, dazu hätte ich gar keine Lust. Ich eigne mich zum Ehren-
drachen wie der Igel zum Schnupftuch, und ich will auf meine alten Tage auch meine königlich
preußische Ruhe haben! In meinen ruppigen vier Wänden bin ich der Herr; es fällt mir gar
nicht im Traume ein, in einem Schloß das Gescherr zu spielen; dazu ist mein Buckel viel zu

grade. Übrigens ist Ihr Gedanke, mich als Vogelscheuche gegen das Spatzenpaar Ellbach benutzen zu wollen, annähernd genial; denn damit wären Sie Leonore Lohbergs Parasiten vermutlich glänzend los. Das gebe ich zu, aber je eher Sie diesen Plan schießen lassen, um so besser. Ganz abgesehen davon, daß ich mich mit Leonore Lohberg kaum vertragen würde – sie hat so was in den Augen, das mich gegen den Strich bürstet. Betrachten wir also diese Frage für erledigt, und sagen Sie mir: kennen Sie den Forstmeister Volkwitz und seine Familie?«

»Gewiß«, erwiderte der Gesandte etwas zerstreut, setzte aber dann warm hinzu: »Famose Leute, das! Die jüngste Tochter, Fräulein Fritz, ist mein und meiner Frau besonderer Liebling – solch frisches Menschenkind! Wir haben sie zu uns nach Rom eingeladen. Warum fragen Sie?«

»Oh, wir haben diesen Ihren Liebling heute früh zufällig kennengelernt. Sie hat uns auch sehr gut gefallen, und ich hätte Lust, heute nachmittag meinen Besuch dort zu machen. Meinen Sie, daß man sich hier für ein Stündchen drücken könnte?«

»Aber sicherlich! Die Lohberger Gäste sind ganz freie Herren ihrer Zeit – ich bin sogar gern bereit, Sie ins Waldschlößchen zu begleiten.«

Inzwischen hatte Fritz Ellbach sich im Kreise der anderen auf der jenseitigen Seite des Schlosses ergangen und war von seiner Stiefmutter sehr gnädig behandelt worden, ja, sie verlor, allein im Gespräch mit ihm, fast ganz das Gezwungene, Finstere und immer nur künstlich im Zaum gehaltene Stürmische, das sich ihres Wesens bemächtigte, sobald ihre Tochter zugegen war.

»Ich freue mich wirklich, daß du hergekommen bist«, versicherte sie ihm so herzlich, als es ihr überhaupt möglich war. »Es waren ja leider die Verhältnisse, die uns gezwungen haben, einander so fern zu stehen. Nun, hoffentlich sehen wir uns jetzt öfter, wenn du wieder in Europa einen Posten bekommst und deine Großmutter dich nicht ganz als ihr Monopol beansprucht.«

»Nun ja, was ich an Urlaub bekommen kann, gehört natürlich ihr«, erklärte er ohne alle Redensarten. »Es käme mir vor, als ob ich ihr etwas stehlen würde, wenn ich ihr auch nur einen Tag dieser so schnell verfliegenden Fristen entziehen müßte. Sie werden auch froh sein, liebe Mama, daß Sie nun mit Ihrer Tochter wieder vereint sind!«

Frau von Ellbach preßte die Lippen fest aufeinander und zog die Augenbrauen zusammen, ohne zu antworten, als brächte sie selbst ein konventionelles »gewiß« nicht über ihre Lippen. In Fritz Ellbach aber dämmerte es, daß er einen wunden Punkt absichtslos berührt hatte, der ihm momentan total entfallen war. Er schlug sich also in Gedanken auf den Mund und suchte hastig nach einem neutralen Thema.

»Gedenken Sie den Winter hierzubleiben?« fragte er in Ermanglung eines besseren.

»Darüber ist noch nichts entschieden«, erwiderte Frau von Ellbach. »Es kommt darauf an, wie meine – wie Leonore sich hier akklimatisiert. Lohberg ist ein fürstlicher Besitz, nicht wahr?«

»Er macht ganz den Eindruck«, stimmte er bei. »Ich hatte mir das Schloß nicht so großartig vorgestellt.«

»Ja, es ist wirklich imposant. Leonorens künftiger Gatte kommt hier einmal in ein prächtiges Nest.«

»Und zu einer sehr schönen Frau. Demnach scheint schon Aussicht auf einen Prinzgemahl vorhanden zu sein?« fragte Fritz Ellbach harmlos.

»Aussicht? Nicht, daß ich wüßte«, erwiderte sie zögernd, und indem sie ihm ihr immer noch schönes Gesicht mit dem, wenn sie wollte, bezaubernden Lächeln zukehrte, setzte sie vertraulich hinzu: »Ein Freier dürfte jedenfalls nicht zu lange zögern, sich die Braut zu erobern; denn es ist ja wohl anzunehmen, daß solch eine Erbin sehr umschwärmt werden wird.«

»Ja, darauf ist sogar mit der größten Sicherheit zu wetten«, gab er lachend zu. »Wo ein Goldfisch ist, fehlt's nie an Anglern; das ist eine alte Wahrheit.«

»Nun ja, eben darum! Mein lieber Fritz, dein Vater und ich würden es sehr gern sehen, wenn du meiner Tochter nähertreten könntest – bevor die Goldfischjäger erscheinen«, sagte sie leise und eindringlich, fast bittend.

Fritz Ellbach blieb wie angedonnert stehen – tiefe Röte stieg in sein Gesicht, und er mußte erst Atem schöpfen, ehe er seiner Herr wurde.

»Oh!« sagte er langsam, »das also war der Grund für meines Vaters plötzlicher Sehnsucht nach mir? Verehrte Mama, wenn mir dieser Gedanke auch nur im entferntesten gekommen wäre, hätte meine Großmutter die Einladung Ihrer Gräfintochter sicher nicht angenommen; denn sie kennt mich besser – leider – als mein Vater und weiß ganz genau, daß ich nicht das geringste Talent zum – Goldfischjäger habe.«

»Aber, lieber Fritz, wenn das nicht von deiner Seite ganz ausgeschlossen wäre, würden wir die Einladung sicher nicht zugegeben haben«, versicherte Frau von Ellbach hastig. »Du hast wohl nicht recht verstanden, daß deines Vaters Wunsch auch der meine ist, der Herzenswunsch – einer Mutter, die ihr Kind gern in besseren Händen wissen möchte.«

»Darüber müßte ich mich ja sehr geschmeichelt fühlen«, versetzte er trocken. »Sie dürfen aber nicht übersehen, Mama, daß zum Heiraten der Wunsch der Eltern allein nicht ausschlaggebend ist – es gehört auch noch das betreffende Paar dazu. Als Hauptperson natürlich vor allem die in Frage kommende junge Dame –«

»Ich weiß, ich weiß«, fiel sie lebhaft ein. »Leonore kann dir freilich nicht entgegenkommen, du aber kannst um sie werben, was dir ja bei einem so schönen Mädchen kaum schwer fallen würde, namentlich, da sie – unter uns – eine glänzende Partie ist, was dir für deine diplomatische Laufbahn zum größten Vorteil gereichen kann.«

»Eben darum. Bei aller Anerkennung der äußerlichen und persönlichen Vorzüge Ihrer Gräfintochter würde mich, selbst wenn ich in Liebe zu ihr entbrennen sollte, gerade ihr Reichtum davon abhalten, um sie zu werben«, widersprach Fritz Ellbach mit dem Mut der Verzweiflung. »Das mag ja sehr dumm und sehr altmodisch sein, aber dafür kann ich nichts – es liegt an meiner Erziehung und an meiner Veranlagung, ganz abgesehen davon, daß – daß mein Herz nicht mehr frei ist«, schloß er ganz wider Willen; denn bis zu diesem kritischen Augenblick hatte er selbst noch keine Ahnung davon gehabt.

Frau von Ellbach war damit aber nicht abzuweisen.

»Ah, bah!« machte sie mit einem überlegenen Lächeln und in einem Ton, der ihren Stiefsohn, bildlich geredet, auf die Hinterbeine stellte. »Das sind wirklich durchaus unmoderne und nimm' mir's nicht übel, aber du hast es ja selbst so genannt – dumme Auffassungen. Das Geld, lieber Fritz, ist heutzutage eine solche Macht, daß nur ein Tor an ihr vorübergeht, wenn sie ihm mit ausgestreckter Hand entgegenkommt. Und was dein ›nicht mehr freies Herz‹ betrifft, so handelt es sich dabei wahrscheinlich doch nur um eine flüchtige Neigung, um ein Strohfeuer; lieber Himmel, ein Goldregen darauf, und die Flamme ist erloschen!«

»Ich zweifle gar nicht daran, daß der Goldregen als Löschmittel für Stroh und sogar für Großfeuer in den meisten Fällen durchaus wirksam ist«, erwiderte Fritz ruhig und mit Würde. »Es kommt eben ganz auf den Menschen an. Ich zum Beispiel habe mir Ehre und Pflicht zum Leitmotiv gemacht und bin auch gar nicht als Zündmaterial für Stroh zu verwenden. Ich wäre Ihnen dankbar, verehrte Mama, wenn wir jetzt von etwas anderem reden wollten.«

Frau von Ellbach blieb stehen und sah ihren Stiefsohn von oben bis unten an.

»Dummer Junge!« sagte sie leise, aber sehr deutlich.

Merkwürdigerweise konnte Fritz Ellbach darüber lachen.

»Es gibt Fälle, in denen eine gewollte Injurie zur Ehrenerklärung werden kann«, versetzte er heiter. »Gestatten Sie nur, Ihnen die Hand für den ›dummen Jungen‹ küssen zu dürfen, der in diesem Falle für mich soviel wie ›anständiger Kerl‹ bedeutet.«

Damit beugte er sich herab, um der Absicht die Tat folgen zu lassen, und fühlte im selben Augenblick die besagte Hand unsanft auf seiner Wange. Zu deutsch: Frau von Ellbach hatte ihm, unbeherrscht, wie sie immer war, im Zorn über den ihr erteilten Korb eine unzweideutige Ohrfeige gegeben.

Fritz Ellbach aber war auch nur ein Mensch; mit sprühenden Augen trat er einen Schritt zurück, aber er behielt seine Ruhe.

»Dieses Siegel auf den ›dummen Jungen‹ wäre nicht nötig gewesen, gnädigste Frau Mama«, sagte er kalt. »Da Sie nun aber einmal so ungemein freigebig mit Ihren Ehrenbezeugungen sind, so bedanke ich mich in aller Devotion dafür.«

Natürlich war die kleine, aber ausdrucksvolle Szene von den kaum zwanzig Schritt dahinter folgenden – Ellbach-Vater und Leonore – genau beobachtet worden; daß es sich dabei nicht um einen familiären Scherz gehandelt hatte, war unschwer zu erkennen. Ein Augenblick des Stutzens, des sich gegenseitig Ansehens, und schon eilte Ellbach auf seine Frau zu und zog sie mit sich fort. Dann standen Leonore und Fritz Ellbach sich allein gegenüber.

»Sie sind ja ein sehr bevorzugter Verwandter«, bemerkte sie nach einer Pause. »Soweit ist Frau von Ellbach – ich meine Mama, ja bei mir noch nicht einmal gegangen.«

»Na, das ist auch eine Auffassung«, meinte er unwillkürlich lächelnd. »Bevorzugter Verwandter ist gut.«

»Was haben Sie denn verbrochen?« forschte Leonore.

»Oh, es war nur eine kleine Meinungsverschiedenheit, die Ihre Frau Mutter so in Harnisch gebracht hat«, erwiderte er obenhin. »Bei aller schuldiger Hochachtung vor der Frau meines Vaters konnte ich ihr meine Überzeugung auf einen Wink hin denn doch nicht sofort zum Opfer bringen. Daß ihre Antwort gleich so – schlagfertig ausfallen würde, war eine Überraschung, wie ich offen bekennen will, da ich ja doch eigentlich aus den Jahren heraus bin, in denen man von seinen Eltern offen, vor aller Welt geohrfeigt wird.«

Leonore sah ihn mit einem ganz eigenen Lächeln an.

»Ich vermute, Frau von Ellbach hat Ihnen den Vorschlag gemacht, mich zu heiraten«, sagte sie für den jungen Mann so überraschend, daß er förmlich zurückprallte.

»Donnerwetter!« machte er mit großen Augen und setzte für einen angehenden Diplomaten höchst undiplomatisch hinzu: »Woher wollen Sie denn das wissen?«

Leonore lachte leise.

»Weil auch ich schon für diesen Plan bearbeitet worden bin«, erwiderte sie mit einer Offenheit, die ihn abermals einen Schritt zurücktreten ließ. »Aber die Verschwörung gegen uns beide hat mich ganz überrascht«, fuhr sie etwas lebhafter fort. »Ich habe nicht gewußt, warum Ihr Vater Ihren Besuch hier wünschte, und weil ich es so hübsch von Ihnen fand, daß Sie sich von Ihrer Großmutter nicht trennen wollten, schlug ich vor, sie mit Ihnen einzuladen. Daß Ihrem Vater daran nichts lag, konnte ich gleich merken, darum bestand ich darauf. Ehe Sie kamen, dachte ich natürlich, daß Sie mit im Komplott sind, aber seit ich Sie gesehen habe, dachte ich mir gleich, daß Sie nichts davon wissen und gewiß auch nicht so leicht dazu zu bringen sein würden. Habe ich recht damit?«

»Gott sei Dank, ja!« gab er mehr aufrichtig als diplomatisch mit einer Bereitwilligkeit zu, die genau besehen, nicht grade sehr schmeichelhaft für Gräfin Leonore war. Aber er hatte das vage Gefühl, als ob es ganz gleichgültig sei, woran er sich in diesem Strudel klammern mußte, um wieder heil ans Ufer zu gelangen.

»Sie sehen Ihrem Vater nämlich gar nicht ähnlich, weder im Äußeren, noch im Wesen«, fuhr Leonore ganz sachlich fort. »Darum gefallen Sie mir sehr, aber ich möchte nicht, daß Sie mich mißverstehen; selbst wenn Sie es wollten, würde ich Sie nicht heiraten, weil ich überhaupt ledig bleiben will. Mir scheint aber, daß es keine leichte Mühe sein würde, Sie zu überreden; Sie sind sicherlich nicht der Mann, der eine Frau nehmen würde, die ihm angeboten wird. Habe ich mich richtig ausgedrückt?«

»Sie hätten's schöner gar nicht sagen können«, versicherte er ironisch, aber mit einem merkwürdigen Gefühl der Erleichterung, in das sich eine hübsche Portion von Bitterkeit und verwundetem Familiengefühl darüber mischte, daß er gefiel, weil er seinem Vater nicht ähnlich war. »Und da wir ja ganz einig zu sein scheinen – Sie über die Ablehnung meiner Person, ich über die der Ihrigen, so gestatten Sie mir, Gräfin, Ihnen nochmals für Ihre ungemein gütige Gastfreundschaft zu danken und Sie zu bitten, meine Großmutter und mich zum nächsten Zug nach der Bahn fahren zu lassen.«

»Ach nein, reisen Sie noch nicht ab«, bat sie mit einer Harmlosigkeit, die ihn die Augen weit öffnen ließ. »Wir wissen doch jetzt beide, woran wir sind – da können wir uns ganz herzlich miteinander unterhalten und über das mißglückte Komplott zu unserem Glück lachen. Ihre Großmutter ist eine so liebe, alte Dame – ich würde mich freuen, wenn sie längere Zeit hier bliebe. Wir würden dann mit Onkel und Tante Grünholz zusammen ganz glücklich und zufrieden leben.«

»Gräfin sind sehr gütig, aber ich weiß wirklich nicht –« erwiderte er steif. »Meiner Empfindung nach wäre es besser, wir reisten ab; Ihrer Frau Mutter wird das jedenfalls auch lieber sein; nachdem sie – ein wenig heftig geworden ist.«

»Oh, das macht nichts – sie ist oft sehr heftig«, fiel Leonore ein.

»Nun, wenn's ihr und auch Ihnen nichts macht – mir ist's unangenehm«, versetzte er offen. »Und da wir nun einmal bei den Vertraulichkeiten sind: Sie scheinen Ihren Stiefvater ja auch nicht grade stürmisch zu lieben, und ich bin doch sein Sohn – – es ist ja wahr, ich habe ihn in meinem Leben nicht allzu oft gesehen, weil er mich in den Windeln sozusagen schon meiner Großmutter abgetreten hat, aber darum bleibt er doch mein Vater, und ich halte es für meine Pflicht, für ihn einzutreten –« er hielt ein, weil es ihm in den Sinn kam, daß Leonore sich so ungefähr in der gleichen Lage befand und es nicht an ihm war, ihr Belehrungen über Kindespflichten zu geben. »Kurz und gut«, schloß er hastig, »ich meine, es wäre schon besser, wenn wir Lohberg baldmöglichst wieder verließen. Sie werden mir auch zugeben müssen, daß ich doch schließlich aus den Jahren heraus bin, in denen ich es mir noch gefallen lassen müßte, von meiner Stiefmutter gemaßregelt zu werden.«

»Wenn ich Sie aber einlade zu bleiben, so ist dies eine Genugtuung für Sie, denn dieses ist mein Haus, und ich bin die Herrin darin«, erwiderte sie, und richtete sich hoch auf mit einer Überzeugung, die auf Fritz Ellbach, trotz seiner verletzten Gefühle unwillkürlich übersprang. Er konnte nicht anders, als ihr Recht geben, und wenn er nicht rüpelhaft sein wollte, durfte er nicht ablehnen. Aber er begnügte sich mit einer tiefen, steifen Verbeugung, die Leonore für eine Zustimmung nahm; denn sie reichte ihm mit einem freundlichen Lächeln die Hand und sagte mit einer bei ihr ungewohnten Herzlichkeit:

»So ist's recht, und nun lassen Sie uns gute Freunde werden! Oh, dort kommt Onkel Grünholz mit Ihrer Großmutter – wir wollen ihnen entgegengehen!«

Frau von Aschau sah ihrem Enkel sofort an, daß »etwas passiert sein mußte«.

»Junge, was haste denn? Du machst ja ein ganz verdonnertes Gesicht!« raunte sie ihm zu.

»Du wirst auch eins machen, Lottchen, wenn du hören wirst, warum«, erwiderte er.

Und sie machte auch wirklich eins, als er ihr bald darauf in ihrem Zimmer sein Abenteuer erzählte, offen und ohne Rückhalt, wie er's seit seinen Kindertagen gewöhnt war; denn Frau von Aschau hatte es verstanden, ihm eine Freundin zu sein, der er alles, seine Gedanken, seine Leiden und Freuden, ja selbst seine allerdümmsten Streiche anvertraute, und nie dafür gescholten und bestraft, sondern immer nur in herzlicher, kameradschaftlicher Weise belehrt wurde.

»Ulkiges Haus das hier, nicht wahr?« schloß er seinen Bericht. »Daß die Gräfin mir auch noch ihre schöne Hand verweigerte, ohne daß ich sie darum gebeten hatte – na, das war schon das originellste, was mir passieren konnte, und hätte mich auch ehrlich belustigt, wenn es ohne Ausfälle auf meinen Vater geschehen wäre. Und nun sag' mir, Lottchen, was tut man jetzt? Es wäre vielleicht richtiger, zu verduften, aber – Lottchen, halte mich für blödsinnig oder nicht – ich ginge für mein Leben gern heute nachmittag zum Forstmeister – Käsekuchen essen.«

»Daß dich der Kuckuck holt!« rief Frau von Aschau. »Fritz, Junge, niederträchtiger Bengel! Hat's bei dir eingeschlagen?«

»'s kommt mir beinahe so vor«, gab er kleinlaut zu. »Aber das ist mir erst zum Bewußtsein gekommen, als die – die andre mir angeboten wurde. »Weißt du, Lottchen, als ich dachte: jetzt ist's aus, jetzt sitzt du im Garn – da sah ich plötzlich ein Paar lachende Augen vor mir hast du's bemerkt, daß sie kornblumenblaue Augen hat?«

»Natürlich habe ich's bemerkt; ich bin ja nicht farbenblind«, schnob sie ihn an. »Ich wollte, sie hätte noch was anderes, was nicht kornblumenblau zu sein braucht. Denn zweimal Null macht nach Adam Riese wieder Null. Aber Friedrich der Große schrieb unter das Heiratsgesuch eines Offiziers, der soviel hatte, wie seine Braut, nämlich nichts: »Bewilligt. Er hat vorher gelebt, sie hat vorher gelebt, ergo können sie auch zusammen leben.« Ich schließe mich der Logik Friedrichs des Großen an.«

»Lottchen, du bist immer eine Rechenkünstlerin gewesen, und eine Perle dazu!« lachte Fritz Ellbach.

Als er in sein Zimmer zurückkehrte, traf er auf dem Korridor mit dem Gesandten zusammen.

»Ich stehe nicht an, Ihnen zu sagen, daß Ihre und Ihrer von mir sehr verehrten Frau Großmutter Anwesenheit für meine Frau und mich eine wahre Erleichterung bedeutet, lieber Ellbach«, redete Seine Exzellenz ihn an.

»Nun, wir beobachteten grundsätzlich eine ›wohlwollende Neutralität‹, um es diplomatisch auszudrücken«, erwiderte Fritz Ellbach heiter. »Mein Vater erzählte mir übrigens, daß hier noch ein andrer Gast erwartet wird, ein Professor Windmüller.«

»Ja, er wird wohl in der nächsten Zeit ankommen – der Sammlungen meines Onkels wegen, für deren Aufstellung er bereits sehr wertvolle Ratschläge gegeben hat.«

»So sagte mein Vater«, nickte Fritz Ellbach. »Exzellenz haben ihn hier eingeführt? Der Name fiel mir auf.«

»Wieso?«

»Oh, es gibt einen bekannten Detektiv, einen Dr. Franz Xaver Windmüller –«

»Ich kenne ihn. Er ist ein Vetter des Professors.«

»Ah so! Ich dachte schon –«

»Was? Kennen Sie den Dr. Windmüller, den Detektiv persönlich?«

»Jawohl, Exzellenz. Als ich in Wien auf meinem ersten Posten als diplomatischer Grünschnabel war, wurde er dorthin gerufen, um einem Kollegen aus einer garstigen Patsche zu helfen, was er auch großartig besorgt hat. Es war mir bei dieser Gelegenheit ein Vergnügen, diesen merkwürdigen Mann kennenzulernen, den Exzellenz in Rom vielleicht schon gesehen haben, da er dort lebt.«

Der Gesandte sah seinen künftigen Attaché ein paar Sekunden lang scharf prüfend an, dann sagte er mit gedämpfter Stimme:

»Lieber Ellbach, passen Sie mal genau auf, was ich Ihnen sagen werde. Wenn Professor – Professor Windmüller hier eintrifft, so werden Sie mit keinem Blick, keiner Miene und keinem Wort verraten, daß Sie den Mann schon gesehen haben – falls Sie, was ich nicht hoffe, Ihrem Vater schon Ihre Bekanntschaft mit dem – dem andern mitgeteilt haben sollten. Sollte das aber geschehen sein, dann werden Sie den Professor schlankweg als denselben zu verleugnen haben. Ich sage Ihnen dies dienstlich. Haben Sie mich verstanden?«

»Vollkommen, Exzellenz. Ich habe meinem Vater mit keiner Silbe gesagt, daß ich den Detektiv Windmüller kenne, noch habe ich ihn gefragt, ob er mit dem Professor identisch ist«, versicherte Fritz Ellbach ohne Zögern.

»Nun, das ist gut. Sie werden ja ohne weiteres begreifen, daß ich meine Gründe für das Inkognito Windmüllers haben muß, das übrigens an sich nur der Deckmantel für eine ganz persönliche Angelegenheit ist. Dr. Windmüller kommt zu einer Berichterstattung her, und da sein Beruf bei manchen Leuten auf Vorurteile stößt, die seiner gesellschaftlichen Stellung von Nachteil sein könnten, so habe ich ihn hier als Professor der Archäologie eingeführt, was seine Kenntnisse auf diesem Gebiet ja ganz glaubhaft machen.«

Beim gemeinsamen Mittagsmahl war die Stimmung entschieden besser geworden, ungefähr wie wenn ein Gewitter die Schwüle vertrieben hat, unter deren Einfluß man mißmutig, unfroh und gereizt war. Auch Gräfin Leonore zeigte sich so heiter und gesprächig wie noch nie vorher. Ellbach sen. verstieg sich sogar zu kleinen, vorsichtigen Neckereien seiner Schwiegermutter, deren derbe Gutmütigkeit sich diesen Annäherungsversuchen gegenüber glänzend bewährte – kurz, eine so gemütliche Tafel, wie diese, hatte Schloß Lohberg seit langem nicht mehr erlebt, um so mehr, als der Gesandte und seine Frau ihre Unterhaltungsgaben frei entfalten konnten, ohne daß ein störender Mißton sie beeinträchtigte. Während man noch bei Tisch saß, erschien Rittmeister von Grünholz, der sehr um Entschuldigung bat, daß er sich erlaubt habe, zu dieser Stunde zu erscheinen. Er müsse mit seinem Onkel etwas besprechen und habe zur üblichen Besuchszeit nicht abkommen können.

»So, nun sag mir, welch' wichtige Angelegenheit es ist, die dich bei dieser Hitze in der Mittagssonne zu mir gehetzt hat«, begann der Gesandte, als sie allein in dessen Zimmer waren.

»Hast du etwas ausgefressen?«

»I bewahre! Sag' mal Onkel, was will denn dieser junge Ellbach hier?« war die überraschende Gegenfrage.

»Was wird er denn hier wollen? Seine Verwandten besucht er«, erwiderte Grünholz ungeduldig. »Bist du gekommen, dich danach zu erkundigen?«

»Ja, natürlich – seine Verwandten besucht er!« wiederholte der Rittmeister gedehnt. »Die Gesellschaft hier im Schlosse ist so mit Stieftiteln durchsetzt, daß man Mühe hat, sich darunter auszukennen.«

Der Rittmeister nahm aus der Schachtel voll Zigaretten, die auf dem Tische stand, eine heraus, vertauschte sie mit einer andern, zündete diese sehr umständlich an und warf sie dann samt dem Streichholz in den Aschenbecher.

»Onkel, ich komme heute zu dir als dem Vormund der Gräfin Leonore Lohberg«, sagte er endlich, wie unter einem schweren Entschlüsse. »Hast du etwas dagegen, wenn ich um ihre Hand anhalte?«

»Na, da hätten wir ja die Katze aus dem Sack!« atmete der Gesandte auf. Dann zündete auch er sich eine Zigarette an, tat ein paar Züge daraus und sagte dann ruhig: »Alfred, mein Junge, das ist so eine eigne Sache. Was dich, deine Person betrifft, so hätte ich gewiß nicht das mindeste einzuwenden. Du bist ein guter, im besten Sinne vornehmer Mensch, ein fähiger Offizier, der hoffentlich eine gute Karriere vor sich hat. Ferner sind deine Vermögensverhältnisse derart angenehme, daß du damit über dem Verdacht stehst, als sei es dir um die reiche Erbin zu tun – aber ich gestehe offen, daß es mir sehr fatal wäre, wenn man glauben wollte, daß ich meine Vormundschaft dazu benutzt hätte, meinen Verwandten zu bereichern; kurz, Vetternwirtschaft mit der mir anvertrauten, verantwortlichen Stellung getrieben zu haben. Warte doch ab, bis mein Amt als Vormund abgelaufen ist.«

»Onkel! Soll ich, wie Jakob, sieben Jahre um Rahel dienen? Und inzwischen kommt ein anderer und holt mir die Braut weg!«

»Nur drei Jahre, Alfred, wären es, und auch diese nicht mehr voll. Aber selbst wenn ein anderer dir die Braut weghole – ich weiß wirklich nicht, ob das dein Schaden wäre.«

Der Rittmeister sprang auf, trat ans Fenster, sah dort eine Weile starr hinaus, ohne etwas zu sehen, und trat dann dicht vor seinen Onkel hin.

»Onkel, ich weiß ganz genau, daß Leonore das Glück meines Lebens nicht ist«, sagte er verhalten. »Aber ich kann nicht anders. Sie wirkt auf mich wie – wie Champagner auf den nüchternen Magen, berauschend, unheilvoll, wenn du willst. Ich sehe in ihren dunklen, unergründlichen Augen etwas, das mich abstößt und doch wieder unrettbar anzieht; ich finde ihr Verhältnis zu ihrer Mutter schrecklich, ja widerlich, und doch reizt es mich, der Ursache dieser unnatürlichen Feindseligkeit auf den Grund zu kommen, weil ich mir einbilde, daß die Schuld auf ihrer Seite liegt. Und ich habe die felsenfeste Überzeugung, daß mit Leonorens Besitz die Ruhe meines Lebens, meiner Laufbahn, irgend etwas vor die Hunde gehen muß – aber ich kann nicht von ihr lassen, ich kann nicht!«

»Herr Olaf auf der Erlenhöhe!« murmelte der Gesandte. »Gut. Ich kann mit dir darüber nicht reden und will's auch nicht; denn erstens fällt es mir schwer, dir in das Labyrinth solch widerstreitiger Gefühle zu folgen, und zweitens würde ich bei deiner geistigen Verfassung ja doch nur in den Wind sprechen. Nun aber zur Kehrseite der Medaille; bist du sicher, daß Leonore deine Gefühle, die wir Liebe nennen wollen, teilt? Sie hat mir erst vorgestern gelegentlich eines Gespräches, das ich mit ihr in bezug auf ihre Zukunft hatte, versichert, daß sie sich überhaupt nicht zu verheiraten gedenkt. Natürlich habe ich das nicht buchstäblich aufgefaßt – lieber Himmel, ein so junges Mädchen kann darüber noch keine endgültigen Entschlüsse gefaßt haben – aber ich hatte den Eindruck, als ob es ihr zur Zeit wenigstens ernst damit sei. Du mußt ja am besten wissen, ob sie dir jemals gezeigt hat, daß sie deine Gefühle erwidert.«

»Nein – ich müßte lügen oder mich selbst betrügen wollen, wenn ich das zu behaupten wagte«, bekannte der Rittmeister offen. »Sie hat mir nie, auch nur durch einen Blick gezeigt, daß ich ihr mehr bin oder sein könnte, als eben nur – dein Neffe.«

»Nun, wenn du meinst, nicht länger im Zweifel bleiben zu können, dann gehe ich hin und frage sie«, entschied Grünholz sachlich. »Hole dir den Korb, den du durchaus haben willst oder eine Vertröstung auf ›später‹. Daß es auf mehr dabei herauskommt, möchte ich bezweifeln, will mir aber damit nicht die Kenntnis dieses Frauenherzens anmaßen, das auch mir schon unlösbare Rätsel aufgegeben hat.«

Seine Exzellenz erwartete am Nachmittag die Ankunft Windmüllers, der sich telegraphisch angemeldet hatte. Bei Frau von Aschau und Fritz Ellbach, die mit seiner Frau und Fräulein Volkwitz eine Waldpartie unternahmen, gab er vor, wichtige Arbeiten erledigen zu müssen.

»Vermutlich wird Windmüller nicht lange bleiben können«, erklärte er seiner Frau. »Ich möchte den immer sehr beschäftigten Mann nicht auf mich warten lassen. Bitte, dränge ja nicht auf meine verfrühte Heimkehr; denn ich weiß doch nicht, ob ich gleich zu einer Aussprache unter vier Augen mit Windmüller kommen werde, und dann wäre es doch nicht ausgeschlossen, daß das Resultat Fragen mit sich brächte, die besser im allerengsten Familienkreise erledigt werden, bevor du mit Frau von Aschau und dem jungen Ellbach heimkehrst. Wenn Windmüller selbst kommt, statt mir zu schreiben, dann ist das ein sicheres Zeichen, daß er Wichtiges erfahren hat; aus reiner Höflichkeit gegen mich würde er die Reise hierher nicht machen, darüber bin ich mir ganz im reinen.«

Am Nachmittag versank Schloß Lohberg in den Dornröschenschlaf der Hochsommersiesta, bis auf der Schattenseite des Schlosses der Teetisch gedeckt wurde, dessen gewöhnliche Zeit sich wegen der Ankunft Windmüllers heute um ein halbes Stündchen hinausgeschoben hatte.

»Sie werden mir zugeben, Cousin, daß es wesentlich angenehmer und bequemer ist, mit den Füßen unter einem weißgedeckten und wohlbesetzten Tisch seinen Tee zu trinken, als zu ebener Erde auf Moos, Tannennadeln, welken Blättern und harten Baumwurzeln«, meinte Frau von Ellbach, als sich der kleine Kreis auf den kissenbedeckten Rohrsesseln niederließ. »Dank Ihrer wichtigen Arbeiten haben Sie entschieden den besseren Teil erwählt.«

»Aber vielleicht zieht Onkel Bernhard die Gesellschaft auf den harten Baumwurzeln der unserigen auf den weichen Kissen vor«, bemerkte Leonore. »Ich muß gestehen, ich wäre ganz gern dabei gewesen – es wird gewiß sehr lustig sein, und ich wäre gern auch einmal wieder » und zusammenschauernd hielt sie ein.

»Friert dich – bei dieser Hitze?« fragte Grünholz befremdet.

»Ich friere bei Tag immer – und bei Nacht möchte ich vor Hitze ersticken«, erwiderte sie, während auf ihren sonst fast farblosen Wangen im jähen Wechsel ein paar zirkelrunde rote Flecken erschienen und wieder verschwanden.

»Das ist aber unnatürlich, Leonore«, rief der Gesandte besorgt. »Du wirst mit mir oder meiner Frau morgen, jedenfalls in den nächsten Tagen nach Berlin fahren und einen Arzt konsultieren – ich dringe darauf und rechne damit auf die Unterstützung deiner Eltern.«

»Ach, das ist eine alte Geschichte und hat nichts zu sagen«, meinte Leonore leicht. »Ich bin heute nur etwas nervös in Erwartung einer Nachricht.«

»Einer Nachricht? Du erwartest eine Nachricht? Woher und von wem?« riefen Herr und Frau von Ellbach fast gleichzeitig.

»Himmel! Drei Fragen auf einmal! Oder waren es vier?« versetzte Leonore mit ihrem leisen, herausfordernden Lachen, das dem Gesandten allemal auf die Nerven ging, weil ihm meist ein Wortgefecht folgte. Darum stand er erleichtert auf, als in diesem kritischen Augenblick der Wagen vorfuhr, aus dem Windmüller heraussprang und zur Begrüßung auf seine junge Wirtin und deren Verwandte zuschritt.

»Sie kommen gerade zurecht, Herr Professor«, sagte Leonore, und reichte ihm die Hand. »Gestern sind nämlich die Schränke und Kästen für die Sammlungen eingetroffen. Sie werden gewiß Ihre Freude daran haben.«

»Davon bin ich überzeugt und möchte dem gleich die Bitte hinzufügen, mir diese Freude heute noch zu gewähren; denn mein Aufenthalt ist diesmal bei Ihnen nur sehr kurz bemessen«, erwiderte Windmüller. »Ich werde Sie wahrscheinlich bitten müssen, mich zum Nacht-Eilzug wieder zur Bahn fahren zu lassen.«

Der Gesandte sah Windmüller erstaunt an, unterdrückte aber eine Frage, die Ellbach für ihn aussprach.

»Das wäre ja aber wirklich zu gütig, Herr Professor, wenn Sie nur um weniger Stunden willen den Weg zu uns gemacht hätten«, sagte er befremdet.

»Oh, das ist nichts – ich bin sehr erratisch und solch kleine Abstecher gewöhnt, wie Exzellenz Ihnen bestätigen kann«, erwiderte Windmüller liebenswürdig.

»Nun, es gehört wirklich viel Begeisterung zur Sache, oder besser gesagt, zu den Sachen anderer Leute, um solch ›kleine Abstecher‹ einer Privatsammlung wegen nicht zu scheuen«, bemerkte Frau von Ellbach gnädig. »Und wo sind Sie in der Zwischenzeit gewesen?«

»Gnädige Frau, Sie würden mich wahrscheinlich für verrückt halten, wenn ich Ihnen auf der Eisenbahnkarte die Schleifen zeichnen wollte, die ich um anderer Leute Sachen willen über einen ganz anständigen Teil Europas geschlagen habe«, versetzte Windmüller lachend, indem er den Tee entgegennahm, den Leonore ihm reichte. »Es war trotzdem, oder eben darum eine außerordentlich interessante Reise, auf welcher mich mein mir meist treues Glück begleitete; denn meine Studien waren durchaus von Erfolg gekrönt. Wenn Sie gestatten, will ich Ihnen nachher gern die Essenz derselben mitteilen und schmeichle mir, daß Sie mit Interesse meiner Reise im Zickzack folgen dürften.«

»Davon bin ich überzeugt und freue mich schon sehr auf Ihre Mitteilungen«, versicherte Frau von Ellbach mit all der hinreißenden Liebenswürdigkeit, die sie entwickeln konnte, wenn sie wollte. »Wir leben hier so still und weltentrückt, daß es eine wahre Erquickung ist, etwas Interessantes zu hören.«

»Gewiß, gewiß! Sie werden sich wohl aber vorher in Ihrem Zimmer eine kurze Ruhe genehmigen wollen«, meinte der Gesandte, indem er Windmüller ansah.

»Ich habe die vergangene Nacht in Berlin geschlafen, Exzellenz, und bin ganz frisch«, versicherte dieser.

Nach Beendigung des Tees bat er dann nochmals um baldige Besichtigung der neuerstandenen Einrichtung für die Sammlung, und während Leonore vorausging, den Schlüssel zu holen und Frau von Ellbach, gefolgt von ihrem Gatten, irgend eines vergessenen Gegenstandes wegen sich in ihre Zimmer begab, fand Windmüller die Gelegenheit zu einem raschen Wort an den Gesandten.

»Exzellenz, ich habe mich auf dem ganzen Weg hierher gefragt, wie ich unauffällig Herrn und Frau von Ellbach mit Gräfin Leonore und Ihnen allein zusammenbringen könnte, so daß wir abgesondert und ungestört sind. Die Gelegenheit mit den angelangten Möbeln droben in den Zimmern des verstorbenen Grafen war zu gut, als daß ich sie nicht sofort ergriffen hätte. Ich bitte Sie nun, die große Güte haben zu wollen, Ihr Augenmerk darauf zu richten, daß keine der drei Personen sich mit oder ohne Vorwand entfernt, bevor ich meinen Vortrag beendet habe. Jedenfalls möchte ich Sie warnen, sich auf große Überraschungen gefaßt zu machen.«

»Aber wollen Sie mir nicht zuerst sagen –«

»Exzellenz, es ist besser, wenn ich das, was ich erfahren habe, vor den Beteiligten direkt sage, ohne Sie vorzubereiten«, fiel Windmüller ein. »Sobald ich geredet habe, trete ich vom Schauplatz ab; denn der Rest ist einzig und allein Ihre Angelegenheit. Hoffentlich hat Herr von Ellbach nicht Lunte gerochen; kommt er mit seiner Frau nicht bald zurück, dann dürfte es Zeit sein, die Sitzung in die Wohnung der Herrschaften zu verlegen, wozu dann Ihr Mündel einfach geholt werden müßte. Doch nein – dort kommen sie schon.«

Die kleine Komödie der Besichtigung der wirklich prächtigen Sammelschränke und Kästen wurde dann von Windmüller ohne Hast und durchaus entsprechend durchgeführt; es schien dabei weder ihm noch den andern aufzufallen, daß Herr von Grünholz sich ungewöhnlich schweigsam dabei verhielt. Aber er beobachtete Windmüller scharf, und übernahm die Nachhut, als er die Ellbachs und Leonore langsam in das Arbeitszimmer des verstorbenen Grafen manövrierte.

»Welch gemütlicher Raum!« rief Windmüller. »Ein Gemach, das so recht zum Plaudern einladet. Darf ich mir erlauben, Ihnen den Vorschlag zu machen, hier meine Reise im Zickzack erzählen zu dürfen? Wenn Ihre andern Gäste von der Waldpartie zurückkehren, findet sich vielleicht keine Gelegenheit mehr dazu.«

Frau von Ellbach erklärte sich ganz einverstanden mit dem Vorschlag und nahm gleich auf dem mit rotem Leder bezogenen Sofa Platz; ihr gegenüber auf der andern Seite des Tisches setzte sich Ellbach, so daß er zwischen dem Gesandten und Windmüller zu sitzen kam, und Leonore wählte einen neben dem Sofa stehenden, prächtigen, alten, mit Purpur bezogenen Florentiner Sessel, dessen hohe, geschnitzte und vergoldete Lehne von dem ovalen Wappenschild der Medici mit der charakteristischen Zackenkrone überragt, einen ganz wunderbaren Hintergrund für ihre weißgekleidete Gestalt mit dem feinen, gemmenartigen Kopf und dem leuchtenden Goldhaar bildete, über dem die Krone zu schweben schien – ein Bild, das Windmüller nicht mehr vergessen konnte.

Er entnahm zunächst seiner Brieftasche mehrere Papiere, die er vor sich hinlegte.

»Belege für meine Erzählung«, erklärte er, und nach einer kurzen Pause begann er also: »Es handelt sich um eine ganz eigenartige Familiengeschichte, deren Verkettung sozusagen gliederweise zu meiner Kenntnis gelangt ist, und nun als ein Ganzes vor mir liegt; durch den kühnen Plan, der ihr zugrunde liegt – nebenbei, ein Plan, der sie mit dem Gesetz in Konflikt bringt, ist sie voll kriminalistisch interessanter, aber wiederum auch psychologisch versöhnender Momente. Ich kann Ihnen jedoch nur die Vorgeschichte, den Anfang und die Entwicklung geben; das Ende liegt außerhalb der Grenze meiner Kenntnis. Nun wohl: Vor zwanzig oder zweiundzwanzig Jahren, wenn mir recht ist, vermählte sich der Erbe einer großen, seit Jahrhunderten im Besitz seines Hauses befindlichen Herrschaft mit einer ihm an Rang und äußeren Vorzügen ebenbürtigen Dame. Das einzige Kind dieser Ehe, eine Tochter, wurde im zartesten Alter durch den frühen Tod des Vaters zur Waise – genau gesagt, zur Halbwaise, aber da ihre Mutter das einzige Kind gegen eine sehr hohe Jahresrente ihrem Großvater väterlicherseits ein für allemal abtrat, so darf man schon sagen, daß das Mädchen im zartesten, der Mutterfürsorge am allerbedürftigsten Alter eine Waise wurde. Was ihr die Mutter nicht gab oder infolge mangelnder oder schlummernder Liebe versagte, ersetzte ihr der Großvater nach besten Kräften und erzog seine Enkelin zu einer feingebildeten, liebenswürdigen jungen Dame, würdig des Erbes, das er ihr zu hinterlassen hatte. Leider hatte sie jedoch neben allen sonstigen Vorzügen von ihrem Vater den Keim zu einem Lungenleiden geerbt, das ihn in der Blüte seiner Jahre dahin gerafft hatte – – wollten Sie etwas sagen, gnädige Frau?« unterbrach er sich, als Frau von Ellbach hier mit einem unartikulierten Ausruf emporfuhr.

»Nichts – bitte, fahren Sie fort«, sagte sie heiser, nachdem sie einen warnenden Blick ihres Mannes aufgefangen hatte, und Windmüller nahm den Faden seiner Erzählung so ruhig wieder auf, als habe er keine Ahnung, daß er ein anderes als ein fremdes Schicksal schilderte.

»Wo war ich stehen geblieben?« fragte er harmlos. »Ja, ganz richtig – bei dem Keim des Leidens, den die junge Erbin in sich trug. Also, in dem schönsten Alter, als das Kind zur Jungfrau erblüht war, kam die tödliche Krankheit bei ihr zum Ausbruch, und in der leider nur zu oft trügerischen Hoffnung, daß ein milderes Klima Genesung bringen könnte, wurde die Überführung der Kranken in eine Gegend beschlossen, deren heilkräftiges Klima für derlei Leiden einen guten Ruf genießt. Da der alte Herr durch seinen eigenen schlechten Gesundheitszustand verhindert war, seine geliebte Enkelin zu begleiten, so vertraute er sie ihrer Mutter an, die sich inzwischen wieder vermählt hatte; in ihrer und ihres Stiefvaters Begleitung reiste sie mit der erforderlichen Dienerschaft ab und – gnädige Frau, meine Geschichte scheint Sie sehr zu bewegen«, unterbrach sich Windmüller zum zweiten Mal, als Frau von Ellbach wiederum einen gequälten Ausruf nicht unterdrücken konnte.

»Meine Frau hat sich einmal in einer ganz ähnlichen Lage befunden, Herr Professor, als unsere Tochter vor drei Jahren hier erkrankte«, fiel Ellbach mit einem warnenden Blick über den Tisch mit ruhiger Sachlichkeit ein. »Der Fall, den Sie erzählen, ist dem ihrigen in einigen Punkten analog, daher ihre Bewegung.«

»Oh«, machte Windmüller bedauernd. »Gewiß, solche Erinnerungen bleiben immer schmerzlich. Nun also, die junge Dame reiste mit ihrer Mutter und deren zweitem Gatten ab an die Ufer eines wunderbar gelegenen Sees, an welchem schon viele Leidende Genesung gefunden haben, die ihr jedoch versagt bleiben sollte. Und hier trat das Wunderbare ein, das Unerhoffte, Unerwartete: in dem Herzen der Mutter, die sich von ihrem einzigen Kinde anscheinend gern und leichten Herzens gegen eine Geldentschädigung getrennt hatte, blühte angesichts der dahinwelkenden, sterbenden Tochter die so lang unter Schnee und Eis begrabene blaue Blume der Mutterliebe auf, diese Himmelsgabe, von deren Dasein die arme Frau bisher keine Ahnung gehabt hatte. In rührend hingebender Pflege warb sie um die Liebe ihres Kindes, das sie verkauft hatte, und es scheint gewiß, daß es kein fruchtloses Werben war. Unterstützt von ihrem Gatten, der es auch seinerseits an nichts in der Pflege seiner Stieftochter fehlen ließ, versuchte sie mit allen Mitteln den verebbenden Strom des jungen Lebens in seinem Lauf zur Ewigkeit aufzuhalten; aber auch eine Ortsveränderung vermochte keine Besserung mehr zu bringen – die Tage des armen Wesens waren gezählt, die Katastrophe unvermeidlich geworden. In dieser kritischen Zeit«, fuhr Windmüller nach einer kleinen Pause fort, ohne scheinbar darauf zu achten, daß Frau von Ellbach mit schweratmender Brust kaum noch ihre Tränen zurückhalten konnte, »in dieser kritischen Zeit mochte der Stiefvater das unabweisbare Bedürfnis empfunden haben, seine Nerven für die immer näher rückenden, traurigen Tage durch eine kurze Erholung zu stärken. Daß ihm das Leid seiner Frau zu Herzen ging, darf man annehmen, vielleicht war ihm seine Stieftochter auch persönlich näher getreten, sicher aber stand ihm die Zukunft als eine drohende, schwarze Wolke vor den Augen; denn selbst ohne eigene Mittel, war er mit seiner Frau auf deren reiche Rente, die beiden ein sehr angenehmes, sorgenfreies und genußreiches Leben sicherte, angewiesen. Diese Rente aber erlosch mit dem Ableben seiner Stieftochter – eine Möglichkeit, an welche bei seiner Vermählung nach menschlicher Berechnung nicht zu denken war. Allerdings konnte wohl nicht angenommen werden, daß der alte Herr die Witwe seines Sohnes auch nach dem Tode ihrer Tochter ganz ohne Subsistenzmittel lassen würde, aber es waren inzwischen Nachrichten gekommen, die das Ableben des Großvaters in nicht zu ferner Zeit befürchten ließen. – In diesem Falle fiel die Herrschaft dann an andere entfernte Erben, oder als Lehen an die Krone zurück, und damit versiegte die Rente auch ein für allemal. Kurz, daß die nächste Zukunft für das Paar in pekuniärer Hinsicht mehr als schwarz aussah, daran war nicht zu zweifeln, und schwere Sorgen mögen des Mannes Herz bedrückt haben. Das darf man ohne weiteres glauben; denn an eine vornehme Lebensführung gewöhnt, sich plötzlich der nackten Armut in greifbarer Nähe gegenüber zu sehen, ist ja sicherlich hart für einen Mann, dessen vorgerückte Jahre ihm kaum mehr einen Lebensunterhalt durch eigene Arbeit für sich und seine sehr verwöhnte Frau möglich scheinen lassen konnten. Aber wo und wie war Hilfe zu finden? Unter dem Eindruck dieser niederdrückenden Stimmung machte er zu seiner Erholung einen nur auf wenig Tage berechneten Ausflug nach einer leicht erreichbaren Großstadt – nennen wir sie, da jedes Ding einen Namen haben muß, Mailand – wo eben eine Ausstellung stattfand. Und dort führte ihm der Teufel eine Versuchung in den Weg – falls man nicht glauben möchte, daß der Himmel sich dieses Mannes als Werkzeug einer ausgleichenden Gerechtigkeit bedient hat. Auf dem Bahnhof sah er nämlich, auf einer Bank sitzend, eine weibliche Gestalt vor sich – seine Stieftochter! Und er eilte auf sie zu ist Ihnen schlecht, Herr von Ellbach?« unterbrach sich Windmüller abermals; denn dieser lehnte sich schwer, mit einem dumpfen Laut in seinen Sessel zurück, während seine Frau mit großen, entsetzten Augen dasaß. Leonore aber beugte sich, ein ganz eigenes Lächeln auf dem schönen Mund, leicht vor und sah ihren Stiefvater mit großer Aufmerksamkeit an.

»In der Tat – ich fühle mich nicht ganz wohl«, stammelte Ellbach und setzte mit einem verzerrten Lächeln hinzu: »Interessant, wie Ihre Geschichte ist, Herr Professor, fürchte ich, das Ende nicht abwarten zu können, daher verzeihen Sie mir, wenn ich mich entferne –«

»Ich bitte Sie, zu bleiben!« fiel der Gesandte, der mit Windmüller einen Blick gewechselt hatte, in einem Tone ein, der trotz der höflichen Worte wie ein scharfer Befehl klang, unter welchem Ellbach zusammenzuckte, wie unter einem Peitschenschlag.

»Ich bedaure, Ihrem gütigen Wunsch nach meiner Gegenwart nicht Folge leisten zu können. Komm’, Olga!« versetzte er, sich förmlich aufbäumend. »Leonore, du wirst deine Mutter begleiten –« –

»Sie werden alle drei hier bleiben, bis Herr Windmüller seine sehr interessante Erzählung beendet hat«, unterbrach ihn der Gesandte mit einer solchen Bestimmtheit, daß Ellbach tatsächlich wieder auf seinen Stuhl zurücksank, aber dann noch einmal aufbegehrend, rief er mit bebender Stimme:

»Mit welchem Recht, wenn ich fragen darf, nehmen Sie sich heraus, meine persönliche Freiheit zu beschränken?«

»Ich fürchte, Sie sind jenseits des Rechtes angelangt, fragen zu dürfen«, erwiderte Grünholz schneidend. »Sollte ich damit im Unrecht sein, so werde ich Ihnen Rede stehen, sobald wir zu Ende gehört haben, was Herr Windmüller uns noch zu erzählen hat.«

»Ich wiederhole also«, fuhr Windmüller fort, »der Stiefvater der jungen, totgeweihten Erbin sah zu Mailand auf einer Bank eine weibliche Gestalt sitzen, die seiner Stieftochter zum Verwechseln ähnlich sah, so ähnlich, daß er ihren Namen laut ausrufend, auf sie zueilte – eine Szene, die einen Zeugen hatte, nebenbei gesagt. Dicht vor ihr angelangt, glaubte er seinen Augen nicht zu trauen – sie war’s und konnte es doch auch wieder nicht sein, denn die junge Erbin war elend und abgezehrt, sicher nicht fähig, allein zu reisen, sich ohne Hilfe zu bewegen. Ihr Spiegelbild hier war wohl auch zart und ein wenig leidend aussehend, aber doch allem Anschein nach im Besitz seiner Kräfte – nein, es war seine Stieftochter nicht; denn es fehlte ihr ein charakteristisches, erbliches Merkmal ihrer Rasse: ein kleines, halbmondförmiges Mal über der Oberlippe. Mit Ausnahme dieses Merkzeichens aber schien die Ähnlichkeit vollkommen: die Gesichtszüge, die Augen, das leuchtende Goldhaar, die Form der Hände, ja selbst der tiefe Alt der Stimme – es war alles das Gleiche, wie bei der sterbenden Erbin, kurz, das merkwürdigste Spiel der Natur, wie sie sonst nur Zwillinge einander ähnlich bildet, sehr selten aber die Wiederholung, die man Doppelgänger nennt. – Der Mann knüpfte mit der jungen Dame – denn eine Dame war sie in der Tat – eine Unterhaltung an, zu welcher sein begreiflicher Irrtum den Anknüpfungspunkt bildete, und sie erzählte ihm in ihrem etwas mühsamen, aber immerhin ganz verständlichen Deutsch, daß sie eine englische Krankenpflegerin und außer Stellung sei; vielleicht hat sie ihm bei dieser ersten Begegnung auch schon gesagt, vielleicht auch erst bei einer zweiten, daß sie am Ende ihrer Mittel angelangt sei, nicht mehr imstande, ihre Schuld in der kleinen, billigen Pension in der Via Torino zu bezahlen. Kurz, sie war eines jener vielen in die Fremde verschlagenen Wesen, wie ihrer nach der Statistik jährlich soundsoviele zugrunde gehen, entweder durch Selbstmord, oder durch die Sünde, der die Not sie in die Arme treibt. Und da nahte dem Mann der Versucher in Gestalt einer kühnen Idee: Wie, wenn man dieses lebende Ebenbild der Sterbenden droben in den Bergen, jenseits des Simplon, an ihre Stelle setzte? Der Wechsel der Personen mußte dann freilich auf fremdem Boden vor sich gehen, wo man weder die eine noch die andere kannte – der Plan bedurfte zu seiner Ausführung großer Geschicklichkeit, mußte in jeder Einzelheit wohl überlegt und vorbereitet werden, und dazu war dieser Stiefvater ganz der Mann, dessen Leben eine lange Kette sorgfältigster Berechnungen gewesen war. Das Werkzeug in der Gestalt der Doppelgängerin seiner Stieftochter zu gewinnen, mag nicht allzuschwer gefallen sein; denn zu verlieren hatte sie nichts mehr; nach England wollte und konnte sie aus ihr wohlbekannten Ursachen nicht mehr zurückkehren, hier in Mailand war sie am Ende ihrer Mittel angelangt und mußte gewärtigen, jeden Tag auf die Straße gesetzt zu werden, und an ihre Landsleute durfte sie sich auch nicht wenden. Sie ließ sich also für den Plan des Mannes gewinnen – er bezahlte ihre Schuld in der Pension und etwa eine Woche später reiste sie zu dem Vorort ihrer Bestimmung, nach Padua, ab.

Wie und durch welche Überredungskünste es der Mann zuwege gebracht hat, seine Frau für seinen Plan zu gewinnen, mag dahingestellt bleiben; genug, sie ist darauf eingegangen. Das drohende Gespenst der Armut mag wohl dabei das entscheidende Wort gesprochen haben. Der Arzt hat dem Vorschlag, die Kranke in das für diese Leiden zweifellos sehr günstige Klima Venedigs zu bringen, jedenfalls keinen erheblichen Widerstand entgegengesetzt – man sieht es bekanntlich in solchen Kurorten nicht gern, wenn Leute dort sterben, weil das auf die anderen Patienten einen niederdrückenden Eindruck macht, und da die Eltern alle Verantwortung auf sich nahmen, so wurde die nach der Meinung des Arztes letzte, traurige Reise nach Venedig angetreten. Für die Unterbringung der Kranken in eine sehr günstig gelegene Privatwohnung im äußersten Zipfel der Stadt war vorgesorgt worden – es war dies ein Haus, wie gemacht für diesen und – den anderen Zweck, fern vom Geräusch jeglichen Verkehrs zu Wasser und zu Land, ein kleiner Palast, dessen Front die Wellen der Lagune bespülten, an dessen Rückseite sich einer jener verträumten, schattigen, blumenduftenden Gärten befindet, wie nur Venedig ihresgleichen hat. Das Haus hatte lange leer gestanden; denn ein Venezianer hätte es nicht umsonst, für kein Geld bezogen, weil es den Ruf eines ›Gespensterhauses‹ hat, und für die Fremden liegt es zu weit vom Verkehr entfernt – also ein Platz, der ganz ideal für jemand ist, der die Beobachtung von Mitmietern vermeiden will. Selbstverständlich durfte auch niemand mitgenommen werden, dessen Schweigen erst erkauft werden mußte, denn Mitwisser sind immer eine drohende Gefahr und zudem unbequem, da sie entweder zu einer Schraube ohne Ende werden, oder ihr Gewissen plötzlich entdecken – dem also durfte man sich nicht aussetzen. Nun war zwar der Diener schon beim Beginn der Reise, genau gesagt, in München erkrankt zurückgeblieben und aus irgendeiner Ursache durch keinen andern ersetzt worden, aber es mußte auch das der Kranken sehr ergebene Kammermädchen entfernt werden. Auch das gelang, wenn auch nur zum größten Leidwesen der Kranken sowie des Mädchens selbst. Die Abreise der Leidenden aus dem Schweizer Kurort fand unter der alleinigen Begleitung der Eltern statt, und diese langten in Venedig in der Casa degli Spiriti ohne ihre Tochter an, welche ihrer Angabe nach mit Bekannten in – Padua zurückgeblieben war; hingegen brachten sie die unterwegs schwer erkrankte Freundin und Reisebegleiterin der jungen Gräfin mit, welche am Tage darauf von ihrem Stiefvater abgeholt wurde und ganz gesund war! – Es ist von den Gärtnersleuten, welche die alleinige Bedienung in der Casa degli Spiriti bildeten, rühmend anerkannt worden, mit welch unermüdlicher Hingabe und Sorgfalt die schwerkranke Freundin der jungen Gräfin von deren Mutter gepflegt wurde; selbst die Nächte hat sie bei ihr zugebracht, um ihr nahe zu sein, und als die junge Dame trotz alledem bald genug starb, war sie ganz untröstlich und konnte sich nicht genug darin tun, ihr Grab auf San Michele mit Blumen zu schmücken. Und von diesem Grab, Frau von Ellbach, der letzten Ruhestätte Ihrer Tochter, habe ich Ihnen hier ein Andenken mitgebracht.«

Mit diesen Worten legte Windmüller die beiden trockenen Efeublätter auf den Tisch, bei deren Anblick Frau von Ellbach fassungslos in einen Tränenstrom ausbrach, der die stolze, hochmütige Frau im Grunde ihrer Seele zu erschüttern schien.

Nun aber war es der Gesandte, der von seinem Stuhl aufsprang.

»Das ist ja unerhört!« rief er blaß vor Erregung. »Für diesen niederträchtigen Betrug werden Sie sich vor Gericht zu verantworten haben, Herr von Ellbach!« Und als der Genannte, mit auf der Brust gekreuzten Armen vor sich hinstarrend, nur mit einem Achselzucken antwortete, fragte Grünholz, mit dem Finger auf die regungslos in ihrem Sessel sitzende Leonore deutend: »Wer ist diese – Person?«

»Ich komme gleich darauf, Exzellenz«, nahm Windmüller wieder das Wort. »Gestatten Sie mir nur vorher noch eine Erläuterung des Verhältnisses dieser drei Personen zueinander. Nach dem schon Gesagten erübrigt sich, besonders hervorzuheben, daß der Plan des Herrn von Ellbach, sich und seiner Frau den Genuß der Lohberger Rente zu sichern, insoweit geglückt war. Es stieß auch anscheinend auf keine großen Schwierigkeiten mehr, die untergeschobene Erbin als die richtige auszuspielen. Der Graf starb bald nachher und die Ersatzerbin war für die von ihr zu spielende Rolle, auf welche sie wohl vorbereitet und dressiert wurde, eine sehr gelehrige Schülerin. Sie lernte die deutsche Sprache, die ihr ja schon ziemlich geläufig war, bald mit der Sicherheit zu beherrschen, für die wir alle ja Zeugen sind – wenigstens, was die Unterhaltung betrifft; im schriftlichen Ausdruck blieb sie mehr an ihre Muttersprache gebunden – – Woher ich das weiß? Das ist vorläufig hier unwesentlich. Ferner wurde die untergeschobene Erbin genau in alle Verhältnisse eingeweiht, die ihr ja gänzlich fremd waren und – was eigentlich unnütz zu bemerken ist – das einzige, was zu ihrer stupenden Ähnlichkeit mit der Verstorbenen fehlte, das Mal auf der Oberlippe, war längst schon durch den Pinsel ergänzt worden, und zwar so genau und vorzüglich, daß niemand auf die Idee gekommen wäre, die Echtheit dieser Lohberg-schen Eigentümlichkeit anzuzweifeln. Nur der photographische Apparat läßt sich nie täuschen; auf dem Bild, das Sie, Exzellenz, mir in Berlin von der Gräfin, Ihrem Mündel, zeigten, habe ich die kleine Fälschung sofort erkannt, hielt sie damals für eine Korrektur des möglicherweise mißfarbigen Mals. Doch das nur nebenbei! Es wäre also alles tadellos nach Wunsch und Erwartung mit der untergeschobenen Erbin gegangen; denn sie war auch gegen die einzige, wirkliche Gefahr der allzu scharfen Augen ihrer Jugendfreundin, Fräulein Volkwitz, durch die Instrukti-on geschützt worden, sich das junge Mädchen durch rücksichtslose Brüskierung vom Leibe zu halten – kurz, es war in allem vorgesorgt worden, was eine Entdeckung des Betrugs verhindern konnte, nur eins war nicht in Betracht gezogen worden: die endlich und leider zu spät erwachte Liebe der Mutter für ihr so früh durch den Tod dahingerafftes Kind, das nun unter dem Namen ihrer Doppelgängerin auf dem Friedhof zu San Michele von ihren Leiden ruht.

Frau von Ellbach faßte nämlich eine psychologisch erklärliche, aber für ihre eigenen Interessen sehr unweise Abneigung gegen die Stellvertreterin ihrer Tochter. Statt daß die große Ähnlichkeit mit der Verstorbenen sie zu dieser Person hingezogen hätte, wie es in analogen Fällen wohl beachtet worden ist, lehnte sich ihr Herz gegen die auf, die sich bereit gefunden hatte, den Betrug ins Werk zu setzen. Sie wußte nichts von ihr, als das dürre Faktum ihres Namens, ebensowenig, wie Herr von Ellbach etwas über ihre Herkunft, ihre Familie, ihre Vergangenheit wußte; was immer bisher ihr Schicksal gewesen war – die Herrin von Lohberg von Ellbachs Gnaden hatte darüber zu schweigen verstanden. Frau von Ellbach aber ließ sich durch ihre un-überwindliche Abneigung gegen die Ersatzperson ihrer Tochter zu einer auffällig schlechten Behandlung dieser jungen Dame verleiten und verhehlte ihr in keiner Weise, wie sie über sie dachte. Die neue Gräfin Leonore hätte sich wahrscheinlich ganz in ihre Lage und vollständige Abhängigkeit von ihren Mitschuldigen gefunden, wäre ihr nicht von der weiblichen Seite offener Haß und Verachtung, von der männlichen eine unerträgliche Bevormundung zuteil geworden; einer freundlichen Behandlung wäre sie vermutlich ganz zugänglich gewesen, ein wenig Liebe und Verständnis hätte sie gewiß zu einem ganz gefügigen Werkzeug gemacht. Nun, jeder Wurm krümmt sich, wenn er getreten wird; die neue Gräfin Leonore mochte sich sagen, daß ihre Tyrannen nichts vor ihr voraus hatten, indem sie ebenso gut Betrüger waren, wie sie selbst, wonach keins dem andern etwas vorzuwerfen hatte. Und so besann sie sich darauf, daß ihr mit dem Titel der Erbin von Lohberg auch in gewissem Sinne das Heft in die Hand gege-ben ward. Sie drehte den Spieß um und zeigte ihren sogenannten Eltern, daß sie die Herrin war und jene abhängig von ihr. Dieser Zustand, dessen wachsender Unerträglichkeit sich Herr und Frau von Ellbach bald mit großer Deutlichkeit bewußt wurden, ließ in ihnen den Wunsch erstehen, die aufsässig gewordene Tochter möglichst bald, und zwar im Ausland, zu verheira-ten, womit sie sie nicht nur losgeworden wären, sondern ihnen Schloß Lohberg als ständige Residenz gewissermaßen als Alleinbesitz zugefallen wäre. In Florenz fand sich auch tatsächlich ein ernstlicher Bewerber in der Person eines Euerer Exzellenz und mir persönlich bekannten römischen Granden, dessen Vermögensverhältnisse übrigens so gute sind, daß es wirklich nicht die reiche Erbin war, sondern das schöne Mädchen, dem er Herz und Hand zu Füßen legte. Sie gab ihm aber trotz der ernstlichen Vorstellungen ihrer Adoptiveltern, die sich wohl in die Form eines Befehls gekleidet haben mögen, einen Korb; ob aus Scham über den neuen Betrug, dessen sie sich durch die Annahme seiner Hand schuldig gemacht hätte, oder aus anderen Gründen, mag dahingestellt bleiben; denn das ist eine Angelegenheit, die uns nicht berührt.

Und so hielt denn die Pseudo-Gräfin Leonore hier ihren Einzug, ergriff Besitz von der Herr-schaft Lohberg unter Ihrer Vormundschaft, Exzellenz, und wäre das sich immer mehr zuspitz-ende feindliche Verhältnis zwischen ihr und Herrn und Frau von Ellbach nicht so augenfällig gewesen, hätte kein Hahn mehr bis zum Jüngsten Tage über dem Betrug gekräht.

»Und nun, wer ist diese junge Dame, die Doppelgängerin der echten Gräfin Leonore?«

»Sie ist – die echte Erbin von Lohberg.«

»Sie sehen mich erstaunt und ungläubig an, Exzellenz! Sie, Frau von Ellbach und Ihr Gatte, wissen nicht, was Sie über solch eine Behauptung denken sollen, und das langgezogene, einem Schrei ähnliche ›Ah‹, das diese junge Dame eben ausgestoßen hat, sagt mir, daß die bisher so unbewegliche Zuhörerin auf dieses Wort gewartet hat. Nur glaube ich, war sie der Meinung, daß es von ihr im geeigneten Augenblick gesprochen werden sollte. Es würde ihr indes aber schwer gefallen sein, zu beweisen, daß sie zu Recht hier sitzt; ich jedoch bin in der Lage es zu tun, unterstützt von den Dokumenten, die hier vor mir liegen.

Ellinor Ashfield, unter welchen Namen Herr von Ellbach sie kennenlernte, sie unter Ausnutzung ihrer jammervollen Lage in Mailand zum Betrug verführte, ahnungslos, daß er ihr damit zu ihrem ihr selbst unbekannten Recht verhalf – Ellinor Ashfield, unter deren Namen die Tochter von Frau von Ellbach begraben wurde, ist die Tochter einer Dame aus vornehmem englischen Hause dieses Namens, die sich in ihrer Jugend von einem Kunstreiter entführen ließ, und da ihr die Tür des elterlichen Hauses verschlossen blieb, den Beruf ihres rechtmäßig angetrauten Gatten ergriff, und unter dem Namen ›Miß Titania‹ ein gefeierter Stern des Zirkus wurde. Von ihrem Gatten Romeo Cremona bald getrennt, aber nicht gesetzlich geschieden, gewann sie die Zuneigung eines deutschen Edelmannes, des Grafen Magnus Lohberg und erwiderte dieselbe. Sie war aber trotz ihres abenteuerlichen Lebens dank ihrer Erziehung eine anständige Person geblieben und erhörte die Werbung des Grafen erst, als sie die Kunde vom Tod ihres Mannes erhielt. Da Graf Magnus Lohberg aber noch von seinem Vater abhängig war und es für weise erachtete, seine Zeit abzuwarten, so fand seine Vermählung mit der Kunstreiterin, die ihm nur ihren Mädchennamen, nicht aber ihre erste Ehe eingestanden hatte, heimlich und in aller Stille am 20. Juli 1887 in der bürgerlichen Form vor einem Registrar in London statt. Kurze Zeit darauf hielt sich ein sogenannter ›Freund‹ für bemüßigt, dem Grafen Lohberg nicht nur die Beweise zu übermitteln, daß der Tod des Kunstreiters Romeo Cremona in Florenz eine Tartarennachricht war, sondern auch seine Frau als dessen Gattin zu denunzieren. ›Miß Titania‹ konnte das nicht leugnen, beteuerte aber, daß sie im besten Glauben an ihre Witwenschaft die Seine geworden war. Mochte sich die Liebe des Grafen Magnus inzwischen abgekühlt haben, oder hat wirklich die Tatsache, daß ihm die erste Ehe seiner Frau von ihr verschwiegen worden war, seinen Stolz verletzt, seine Liebe getötet und sein Ehrgefühl ihn zum Bruch mit ihr getrieben – genug, das Paar ging in Zorn und Leid auseinander. Die Ehe war ungültig, und je weniger davon ruchbar wurde, um so besser schien es, da das Gesetz hier wie dort die Bigamie bestraft. Miß Titania aber war die stolze Tochter einer stolzen Rasse; da Graf Lohberg sich nicht dazu verstehen konnte, ihr zu verzeihen, was ihm zu verschweigen sie sich für berechtigt hielt, so zerschnitt auch sie das Tischtuch zwischen sich und dem Grafen so vollständig und endgültig, daß sie ihre und des Grafen Magnus Lohbergs Tochter Ellinor mit dem Makel der illegitimen Geburt auf die Welt brachte, ohne daß der Vater eine Ahnung davon hatte. Zwölf Jahre später starb die einst so gefeierte Miß Titania an einem schweren Leiden, dessen Bekämpfung alle ihre Mittel aufgezehrt hatte, und ließ ihre Tochter unter der Fürsorge einer treuen und dankbaren Seele, ihrer ehemaligen Garderobiere und unentwegten Freundin Miß Rosamond Jones zurück, die es ermöglichte, mit ihren eigenen, beschränkten Mitteln dem Mädchen die Erziehung zuteil werden zu lassen, zu der die Mutter nur den Grund zu legen vermocht hatte. Natürlich konnte die treue Seele Ellinor den beabsichtigten Lehrerinnenberuf nicht ergreifen lassen. Sie mußte sich mit der Laufbahn einer Krankenpflegerin begnügen, und hatte sich darin nach der Aussage ihrer Vorgesetzten zu solcher Zufriedenheit bewährt, daß sie sie als Pflegerin einer unheilbar kranken jungen Frau aus den höchsten Kreisen der englischen Aristokratie mit bestem Gewissen empfehlen konnte. Diese junge Frau aber war die leibliche Base von Ellinor Ashfield, wovon sie jedoch ebensowenig eine Ahnung hatte, wie von dem Namen ihres Vaters, den ihre Mutter ihr nie verraten hat, von dem sie jedoch ein Bild besaß, das sie vergötterte. Leider war der Posten für Ellinor Ashfield nicht von Dauer. Was sie veranlaßte, ihn aufzugeben, gehört nicht hierher – es soll ihr überlassen bleiben, sich mit ihrem Gewissen darüber auseinanderzusetzen.

Genug, sie fühlte sich veranlaßt, ihre Stellung plötzlich zu verlassen und sich auf dem Kontinent einen neuen Wirkungskreis zu suchen, wo sie, nach vergeblichen Anstrengungen, in Amt und Brot zu kommen, ihrem Schicksal in Gestalt des Herrn von Ellbach in Mailand begegnete.

Wir alle, die wir hier versammelt sind, waren Zeugen von dem Augenblick, in welchem die junge Erbin von Lohberg zum ersten Mal diese Zimmer betrat, und im Bild des Grafen Magnus das Bild ihres eigenen Vaters erkannte. Wir haben ihre uns jetzt sehr begreifliche Erregung gesehen, ohne sie damals zu verstehen, vielleicht haben auch einige von uns sie für gemacht und unaufrichtig gehalten. Aber sie war echt; denn nicht allein, daß für Ellinor Ashfield damit der sorglich gehütete Schleier ihrer Herkunft jäh zerriß, daß sie endlich erfuhr, wer der unbekannte Vater war, dessen Bild sie angebetet hatte – diese Entdeckung gab ihrer Stellung denen gegenüber, die sie hierher gebracht hatten, eine andere Wendung, eine festere Stütze. Und dann fand sie unter den nachgelassenen Briefen des verstorbenen Grafen einen Brief ihres Vaters, in dem dieser ein volles Bekenntnis seines Verhältnisses zu der berühmten ›Miß Titania‹ ablegte, ihm die Tatsache seiner bürgerlichen Vermählung und die Ursache seines Bruches mit ihr mitteilte. Gewiß wird es ihr niemand verdenken, daß sie, die bisher nur ein Recht auf den Namen Ashfield gehabt und die Stelle ihrer – Schwester Leonore usurpiert hatte, sich Gewißheit über ihre Herkunft verschaffen wollte. Diese Gewißheit habe ich erlangt, und die hier vor mir liegenden Dokumente bestätigen sie amtlich und zweifellos.

Das erste hier ist der Totenschein des Kunstreiters Romeo Cremona, des ersten Gatten der Miß Mildred Ashfield, alias Miß Titania. Er starb durch einen Sturz vom Pferde volle drei Monate vor ihrer Vermählung mit dem Grafen Magnus Lohberg; es war sein Zwillingsbruder, der unter Annahme des Vornamens Romeo aus leicht begreiflichen Geschäftsrücksichten in die Fußtapfen des ihm sehr ähnlichen, berühmteren Bruders trat und dadurch zu dem Irrtum Veranlassung gab, der für die Witwe zu dem verhängnisvollen Bruch mit ihrem zweiten Gatten führte, seinem Kind den ihm rechtmäßig zustehenden Namen raubte.

Diese beiden anderen Dokumente sind die beglaubigten Abschriften aus dem Eheregister über die Vermählung des Grafen Magnus Lohberg mit Mildred Ashfield und aus dem Taufregister der Kirche Sanct Pancras in London über die Geburt und Taufe ihrer Tochter Ellinor. Ich lege alle drei Dokumente hiermit in die Hände Eurer Exzellenz als Beweise für meine Behauptung, daß diese junge Dame hier, Ellinor Gräfin von Lohberg, die echte Erbin dieser Herrschaft ist; denn, abgesehen von dem Beruf ihrer Mutter, war diese ihrem rechtmäßigen Gatten zweifellos ebenbürtig, was durch die Tatsache, daß ihre älteste Schwester die gegenwärtige Herzogin von Farnborough ist, ohne weiteres erhellt.«

Die Wirkung von Windmüllers Darlegung war auf seine vier Zuhörer eine ganz außerordentliche. Der Gesandte nahm mit verkrampften Fingern die ihm überreichten Dokumente entgegen und sah wortlos hinüber auf die durch einen unerhörten Betrug in ihre Rechte eingesetzte »echte Erbin von Lohberg«, die, hochaufgerichtet, mit blitzenden Augen und fieberhaft glühenden Wangen auf ihrem Sessel wie eine Königin auf ihrem Throne saß, die gefalteten Hände auf die Brust gepreßt und die Lippen bewegend, über die doch kein Laut kam.

In sich zusammengesunken, um Jahrzehnte gealtert, saß Ellbach da und stierte wie blöde vor sich hin, während seine Frau mit beiden Händen ihren Kopf gefaßt hatte. Sie war die erste, die Worte fand. Indem sie mit einer Heftigkeit aufsprang, daß der Tisch vor ihr ins Wanken kam, schrie sie auf:

»Und wer – wer bin ich?«

»Sie sind die Gemahlin des Herrn von Ellbach, gnädige Frau«, sagte Windmüller nicht ohne Teilnahme, aber laut und deutlich. »Das ist ein Name, den Ihnen niemand streitig machen kann. Ihre vorige Ehe mit dem Grafen Magnus Lohberg war nach diesen Beweisen natürlich ungültig, wenn auch sein guter Glaube, rechtmäßig mit Ihnen verheiratet gewesen zu sein, kaum einem Zweifel unterliegt.«

»Und meine Tochter –?« fragte Frau von Ellbach mit plötzlich bis zum Flüstern gedämpfter Stimme.

»Ihre Tochter haben Sie unter fremdem Namen in ein fremdes Grab gelegt – sie wird unter ihm ebenso sanft ruhen, wie unter dem einzigen, auf den sie nach dem Gesetz Anspruch gehabt hätte – Ihrem Mädchennamen«, erwiderte Windmüller ernst. »Und nun, Exzellenz«, fuhr er zu dem Gesandten gewendet fort, »gestatten Sie, daß ich mich zurückziehe; denn Ihre Erörterungen mit diesen Herrschaften liegen außerhalb meiner Sphäre. Ich bitte, mir nur noch ein Wort an Gräfin Ellinor zu erlauben; für den Fall, daß sie später nicht mehr geneigt sein sollte, mich zu empfangen, möchte ich die kleine Angelegenheit gern jetzt berühren. Also, Gräfin, während Ihrer Anwesenheit in Oakburn-Castle machte Ihnen der Earl einige Geschenke, von denen er selbst wahrscheinlich nicht im klaren darüber war, daß er kein Recht hatte, sie fortzugeben, da es Familienerbstücke sind. Eines dieser Geschenke, eine gewisse Kassette von Ebenholz mit Elfenbeinfiguren, wurde durch ein Mißverständnis von Miß Rosamond Jones verkauft und kam dadurch zufällig in meinen Besitz, – Sie haben den Schlüssel dazu an meiner Uhrkette ja sofort wiedererkannt. Ich traf unlängst den jetzigen Earl von Oakburn, der mir von diesen Erbstücken erzählte, – nun, und da ich mich gewissermaßen verpflichtet fühle, ihm die Sachen wieder zur Verfügung zu stellen, so möchte ich Sie um den Ring mit dem Wappen – es ist das des Privatsiegels der Königin Maria Stuart – bitten, dessen Besitz ja jetzt für Sie keinen Wert mehr haben dürfte. Lord Oakburn hat mir das Geheimnis des verborgenen Faches der Kassette verraten, – in ihm fand ich unversehrt die anderen Gegenstände vor, nämlich die Schnur schwarzer Perlen, den Anhänger mit der Kamee von Sardonyx und das kleine Fläschchen –«

Ellinor Lohberg hatte Windmüller mit immer größer werdenden, entsetzten Augen angesehen – ihn zu unterbrechen, sprang sie, die Hände wie beschwörend ausgestreckt, empor, aber statt des Wortes, das sie auf den Lippen hatte, kam nur ein heiserer, quälender Husten aus ihrer Brust. Unter seiner erschütternden Wirkung taumelte sie ein – zwei Schritte vorwärts, und unter einem Strom hellroten, schäumenden Blutes, das aus ihrem Mund stürzte, brach sie besinnungslos zusammen.

»Hol's der Fuchs, Lottchen – ich kenne mich hier nicht mehr aus«, erklärte Fritz Ellbach, als er nach der Tafel am selben Abend hinaus auf die Terrasse trat, wo Frau von Aschau in einsamer Größe mutterseelenallein saß und den schönen, mondhellen Abend genoß. »Siehst du, daß mein Vater und seine Frau nicht zu Tisch erschienen sind, nachdem Gräfin Leonore eben erst so schwer erkrankte – was übrigens kein übler Schreck war, mit dem wir bei unserer etwas verspäteten Heimkehr von dieser gesegneten Waldpartie begrüßt wurden – ist ja ganz selbstverständlich. Du würdest dich auch nicht gleich an den Tisch setzen und essen, wenn mir so etwas zugestoßen wäre. Na ja, also ich sah beim Vater drüben Licht und ging zu ihm, um ihn zu fragen, ob es nicht besser wäre, wenn du und ich morgen in der Frühe abreisten – man hat doch mit jemand so schwer Krankem im Hause das unbehagliche Gefühl, als Fremder im Wege zu sein, nicht wahr? Vater hatte aber keine Zeit für mich; denn er stand in Hemdärmeln unter einem Haufen aus Schränken und Kommoden gerissenen Sachen in seinem Arbeitszimmer und packte! Packte in zwei Koffer mit einem Eifer ein, als wollte er heute noch abreisen, und durch die offene Tür zum Schlafzimmer sah ich seine Frau beim selben Geschäft! Nun sag' mir bloß, hört sich da nicht Verschiedenes auf? Statt daß die Mutter, wie ich mir einbildete, am Lager ihrer todkranken Tochter sitzt, packt sie! Und dafür ist Frau von Grünholz seit dem Augenblick, da sie mit uns zurückkehrte, droben im Krankenzimmer. Was soll denn das heißen? Na, ich verzog mich also sofort wieder, als ich's begriffen hatte, daß mein Vater für mich absolut keine Zeit hat, und begegnete am Eingang des Korridors Seiner Exzellenz, der mich höllisch kurz fragte, ob mein Vater drinnen sei, worauf ich ihm sagte, daß beide ihre Koffer packten. Da blitzte es im Gesicht des Chefs auf, – Lottchen, ich sage dir, der Ausdruck hat in mir den Verdacht erweckt, daß mit Seiner Exzellenz nicht gut Kirschen essen ist. Ohne auch nur ein Wort zu verlieren, marschierte er an mir vorüber und in Vaters Zimmer hinein. Ich habe nicht gehört, daß er zuvor angeklopft hat. Ja, um alles in der Welt, was ist denn hier los?«

»Woher sollte ich das wissen, mein Junge? Ich bin grade so klug wie du«, versicherte Frau von Aschau. »Der Gedanke, daß wir uns beide möglichst bald dünn machen, ist mir natürlich auch schon gekommen, und ich habe deswegen Herrn von Grünholz gleich nach Tisch schon darüber gesprochen; denn in Ermangelung der Schloßherrin ist er doch der Nächste dazu, nicht aber dein Vater und seine Frau, wie ich mir in meinem beschränkten Untertanenverstand einbilde. Nun, Herr von Grünholz hat mich gebeten, zu bleiben. Nicht etwa aus Höflichkeit, hinter der man den Wunsch hört: ›Mach, daß du fortkommst‹, sondern ernstlich und dringend. Wenigstens möchte ich unsere Abreise nicht überstürzen, sondern erst das Gutachten des Doktors abwarten, der aus Berlin morgen mit dem Frühzug hier eintreffen soll. Jetzt eben ist der Hausarzt aus der Stadt noch droben bei Leonore Lohberg, der Frau von Grünholz praktisch, mit dem Hut noch auf dem Kopf, die erste Hilfe geleistet hat, während die Mutter gleich davongelaufen ist. Na ja, es gibt Leute, die ohnmächtig werden oder sofort verschwinden, wenn sie Blut sehen, oder bei der Erkrankung ihrer nächsten Angehörigen den Kopf verlieren, aber deine Stiefmutter hätte ich auf die Sorte nicht geschätzt. Daß die beiden aber im Augenblick der Gefahr – und Gefahr muß bei einem Blutsturz vorhanden sein – abreisen wollen, das ginge freilich schon über das Bohnenlied.

Es ist dir doch Recht, daß ich versprochen habe, vorläufig hierzubleiben?«

»Ob mir's recht ist!« rief Fritz Ellbach begeistert. »Erstens, was du für richtig findest, wird auch gewiß das Rechte sein; zweitens ist die Formel, den Haushalt in solch einer Zeit nicht mit Fremden zu belasten, in einem solchen, wie dieser hier, wirklich nur eine Beruhigung des eigenen Anstandsgefühls, und drittens – drittens hätte ich dich sowieso gebeten, unsere Zelte nur bis zur nächsten Stadt zu verlegen; denn Lottchen, sitzest du auch recht fest, damit du nicht etwa umfällst? Ich hatte ja bisher noch keine Minute, es dir zu sagen, daß ich mich bei der Waldpartie mit Fritz Volkwitz verlobt habe.«

Frau von Aschau wäre nun wirklich fast »vom Stengel gefallen«, mit solcher Vehemenz sprang sie auf, um ihren Enkel mit beiden Händen an den Ohren zu nehmen.

»Junge! Schlingel! Lausbub! Bist du denn rein meschugge geworden?« rief sie und gab ihm zwischen jedem Ausrufungszeichen einen Kuß, der das Echo im Park erweckte. »Nee, so eine Freude! Hat man je schon solch einen Blödsinn gehört? Verlobt sich dieser Grünschnabel mir nichts dir nichts mit diesem herzigen Balg! Wie haste denn das gemacht? Wozu denn?«

Fritz Ellbach gab seiner Großmutter ihre Küsse mit Zinsen zurück und befreite stöhnend seine feuerrot gewordenen Ohren.

»Aber, Lottchen, wer wird denn gleich so zupacken!« sagte er vorwurfsvoll, seine mißhandelten Extremitäten reibend. »Mir ist ja ordentlich das Wasser in die Augen geschossen! Wie ich das gemacht habe? Ja freilich, so fragt man die Bauern aus. Wo? Natürlich doch in den schönen, großen, romantischen Ruinen, die für solche Zwecke einfach ideal sind.«

»Na, das ist ja eine Riesenfreude. Nur auf was hin du heiraten willst, ist mir schleierhaft«, warf die Großmutter ein.

»Das wird sich alles schon historisch entwickeln, Lottchen«, meinte Fritz mit schönem Optimismus. »Wenn man nun schon solch ein Glückspilz ist, daß einen das Schicksal gewissermaßen mit einem Fußtritt zu einem Ort stößt, wie diesen hier, den wir beide nicht gerade mit brüllender Begeisterung aufgesucht haben, nur damit ich hier die Braut finde, dann wird besagtes Schicksal wohl auch das nötige Moos wachsen lassen, mit dem wir uns das Nest bauen können. Schlimmstenfalls sattle ich halt um; einen Juristen kann man in vielen lukrativen Stellungen brauchen.«

»Ach, du lieber Gott!« seufzte Frau von Aschau. »Und jetzt gerade, wo deine Versetzung nach Rom doch solchen Fortschritt bedeutet. Herr von Grünholz sagte mir erst heute früh, daß du sehr gut empfohlen bist. Hat er mir mit diesen Worten gesagt! Na, ich bin aber die letzte, die so was Äußerliches vor das innere Glück stellen würde; wie's gekommen ist, wird's schon gut sein. Ich habe die feste Überzeugung, daß das Mädel ganz die Rechte für dich ist, und weil ich sie für ein Menschenkind mit einem Herzen von Gold halte, so wünsche ich dir von ganzem Herzen Glück zu deiner Wahl.«

»Ich danke dir, Lottchen, denn ich weiß, daß du dich mit mir freust – sonst hättest du mir die Ohrwascheln nicht halb abgerissen«, erwiderte der junge Mann und umarmte gerührt seine

Großmutter. Als das sonderbare Paar sich wieder in seine normalen Stellungen zurückbegab, sahen sie Windmüller vor sich stehen, der ihnen schmunzelnd zusah.

»Prosit!« sagte er gemütlich.

»Hat sich was!« schnob Frau von Aschau ihn im ersten Schrecken an, mußte aber dann doch lachen. »Den Sack schlägt man, und den Esel meint man, gelt Fritz? Ich will mich aber mit dem Vergleich nicht etwa in die Nesseln setzen, behüte!«

»Da Vergleiche bekanntlich immer hinken, braucht man sie auch weder wörtlich noch übel zu nehmen«, meinte Windmüller lächelnd. »Ich will auch weiter im Sackschlagen nicht stören, sondern kam nur, zu fragen, ob Sie Herrn von Grünholz vielleicht gesehen haben. Er wünschte mich zu sprechen, ist aber nicht in seinem Zimmer.«

»Er ist eben bei meinem Vater, Herr Doktor«, erwiderte Fritz Ellbach. »Er ging wenigstens vor einer kleinen Weile zu ihm hinein, und ich vermute, daß er noch dort ist. Soll ich einmal nachsehen und ihm sagen, daß Sie ihn erwarten?«

»Danke, nein. Er wird schon kommen, wenn er mit Ihrem Herrn Vater gesprochen hat«, erwiderte Windmüller. »Ich traf übrigens eben Frau von Grünholz, die es sich nicht nehmen lassen will, Nachtwache bei Gräfin Lohberg zu halten, trotzdem man nach einer Krankenschwester in die Stadt geschickt hat. Die Gemahlin Ihres Chefs, Herr von Ellbach, ist eine ganz vortreffliche, liebenswürdige Dame, die im diplomatischen Korps Roms mit vollem Recht eine Vorzugsstellung einnimmt.«

»Sie ist eine Frau, der man gut sein muß«, stimmte Frau von Aschau warm zu. »Sagte sie etwas über das Befinden der Kranken?«

»Ja, sie sagte, daß die Gräfin zur Zeit bei Bewußtsein, aber erschreckend schwach ist. Der Hausarzt gibt indessen alle Hoffnung, falls keine neue Lungenblutung erfolgt, was allerdings einer starken Einschränkung seiner Diagnose gleichkommt. Freilich braucht auch dieser Fall noch nicht fatal zu werden, immerhin scheint der Zustand der Kranken doch recht ernst zu sein. Ah, da ist Herr von Grünholz«, unterbrach er sich, als er den in der Tür zur Terrasse erscheinenden Gesandten erblickte. »Gute Nacht, gnädige Frau! Ich sehe Sie doch morgen früh noch vor meiner Abreise?«

»Sie wollen morgen schon fort?«

»Ja, vermutlich. Meine Aufgabe hier ist beendet.«

»Seine Aufgabe hier ist beendet!« wiederholte Fritz Ellbach für sich, und auf seinen, für einen Diplomaten viel zu sprechenden Zügen erschien wieder der Ausdruck perplexen Erstaunens, den sie schon gezeigt hatten, als er von Windmüllers Ankunft gehört hatte. »Seine Aufgabe hier! Hier!

Na ja, das kann bedeuten, daß er dem Chef den erwarteten Bericht erstattet hat, aber ich weiß nicht – – – Und der Chef machte eben ein Gesicht wie Donner und Blitz – – Was hat's da gegeben? Ob ich nochmals zum Vater gehe, weil ich doch noch keine Gelegenheit hatte, seiner Frau meine Teilnahme an der Erkrankung ihrer Tochter auszusprechen? Ich weiß nicht – ich habe das Gefühl, dort recht ungelegen zu kommen. – – Weißt du was, Lottchen? Gehen wir schlafen«, setzte er laut hinzu. »Es ist ja wohl noch etwas früh und der Abend so schön, aber da ja doch niemand Zeit hat, sich mit uns zu unterhalten, sind wir in unseren Kombüsen doch am besten untergebracht.«

»Ist mir ganz aus der Seele gesprochen«, gähnte Frau von Aschau wie ein Abgrund. »Den ganzen Tag im Freien, der Spaziergang und die Unterhaltung bei der Waldpartie – das alles hat mich ehrlich müde gemacht. Komm, mein Junge, und lotse dein altes Lottchen ins Bett!«

Frau von Aschau schlief die ganze Nacht nach ihrem eigenen Urteil »wie ein Sack«, welch eleganter Vergleich einmal nicht zu den hinkenden gehörte. Sehr erfrischt und gekräftigt stand sie zu ihrer gewohnten frühen Stunde auf, zog sich ihr geliebtes, praktisches, garstiges Lodenkleid an, schnürte sich unter einigem Stöhnen ihre derben Nagelschuhe zu, nahm ihren Stock und ging dann zu einem Morgenspaziergang hinaus, nachdem sie die Tür zu dem Zimmer ihres Enkels geöffnet und festgestellt hatte, daß es bereits leer war.

»Aha! Spiritus, merkste was?« brummte sie mit leisem Schmunzeln vor sich hin. »Wetten wir, daß der Schlingel zu einem Stelldichein mit seinem Herzensschatz ausgerückt ist? Bei Forstmeisters stehen sie ja mit den Hühnern auf, also braucht man sich mit Wetten nicht erst anzustrengen. Wollen ihm mal nachschleichen, dem Schockschwerenöter, dem lieben, dummen Bengel, dem! Über die Richtung ist ein Kopfzerbrechen auch nicht nötig – immer der Nase nach, dem Waldschlößchen zu! Ich will von meiner Schwiegerenkelin in spe auch 'nen Kuß haben, und das kann mir kein Deixel verdenken!«

Auf der Treppe begegnete ihr keine Seele – das Schloß war so still, als wäre es ausgestorben, aber das Portal stand schon geöffnet und ließ die frische, taugetränkte, von Blumen duftende Morgenluft durch die hohe Vorhalle streichen.

Frau von Aschau trat ins Freie hinaus, atmete tief auf und sah sich um.

»Schön, ja, prächtig ist's hier«, murmelte sie anerkennend. »Ein geradezu idealer Besitz, dieses Lohberg, – und die sich an ihm freuen könnte, liegt auf dem Krankenlager. Da kann man wirklich schon von einer Ironie des Schicksals sprechen. Reich, schön, in ein paar Jahren unabhängig – und über sich das Damoklesschwert eines solchen Leidens! Mein Fall wäre ja Leonore Lohberg nicht, und es ist mir wirklich ganz lieb, daß der Junge, der Fritz, sich nicht in sie verschossen hat trotz ihrer Mitgift, aber leid tut sie mir darum doch. Wie mag's dem armen Ding heute gehen? Wenn man nur einen Menschen sehen und sich bei ihm erkundigen könnte – – klingeln mag ich nicht; denn dazu ist's wohl noch zu früh am Tag –«

»Guten Morgen, gnädige Frau!« sagte die Stimme des Gesandten hinter ihr.

»Was? Sie schon auf, Exzellenz?« rief sie.

»Ich bin überhaupt noch nicht im Bett gewesen«, erwiderte er. »Es war für uns eine unruhige Nacht. Hoffentlich sind Sie nicht gestört worden?«

»Durchaus nicht. Aber wenn auch, so käme es darauf doch nicht an, und es tut mir nur leid, daß ich Ihnen und Ihrer lieben Frau so gar nicht beistehen konnte. Wie geht es Gräfin Leonore jetzt?«

»Jetzt geht es ihr gut. Sie ist heute früh mit der aufgehenden Sonne sanft entschlafen«, sagte Grünholz ernst.

Frau von Aschau prallte mit entsetzten Augen zurück.

»Entschlafen? Sie ist – tot?« rief sie erschüttert. »Du lieber Gott, wie schrecklich traurig! So jung, so schön –! Ich hatte nicht gedacht, daß es so schlimm stünde!«

»Wir wollten Sie absichtlich nicht beunruhigen, gnädige Frau. Der Arzt gab ja gleich nur sehr geringe Hoffnung. Um Mitternacht trat noch ein Blutsturz ein, und dann wurde das nur noch matt flackernde Lebenslicht immer schwächer, bis es bei Sonnenaufgang ganz erlosch.«

»War sie bei Bewußtsein?«

»Ja, bis kurz vor dem Ende, wo sie eingeschlummert schien und damit sanft hinüberging.«

»Und ihre Mutter – war sie bei ihr?«

»Nein, Frau von Ellbach konnte es nicht über sich bringen«, sagte der Gesandte mit so finsterem Gesicht, daß Frau von Aschau für die Gattin ihres Schwiegersohns beschämt die Augen niederschlug. »Leonore hat nicht nach ihr verlangt«, setzte er offen hinzu. »Aber Sie, gnädige Frau, hat sie grüßen lassen, als sie sich kurz vor dem Ende bei meiner Frau für ihre Pflege bedankte, Sie und Ihren Enkelsohn.«

»Das ist ja rührend!« rief die alte Dame aufrichtig bewegt. »Und dabei – ehrlich gesagt, war ich eben noch froh, daß Fritz sich nicht in Leonore Lohberg verliebt hat! Ich hatte das Gefühl, als ob sie für meinen Jungen nicht die Rechte gewesen wäre. Daß er sich in ihr Geld nicht verlieben würde, dessen war ich sicher, und – ja, und gestern hat er sich mit Fritz Volkwitz verlobt!«

»Wahrhaftig? Meinen herzlichsten Glückwunsch!«

»Na, soweit sind wir noch nicht, denn der Forstmeister hat darüber noch ein Wort mitzureden. Verzeihen Sie mir, daß der Mund mir davon zu dieser Stunde übergelaufen ist – eine schlechte Gewohnheit von mir. Was ich eigentlich sagen wollte es freut mich, daß Leonore Lohberg unserer noch gedacht hat, es beschämt mich, weil ich selbst ihr gar nicht so sympathisch gegenüberstand. Sie selbst waren bei ihr, als sie starb?«

»Ja, meine Frau und ich waren bis zuletzt bei ihr. Nach Mitternacht, als wir das Ende schon nahen sahen, wünschte sie noch Doktor Windmüller zu sehen; wir redeten ihr zu, daß dies ja Zeit bis morgen habe, aber sie wußte ja selbst ganz genau, daß es dann zu spät gewesen wäre, und ich mußte gehen, ihn wecken –«

»Den Doktor Windmüller wollte sie sehen?« fiel Frau von Aschau verwundert ein. »Ja, kannte sie ihn denn so genau? Ich meine verstanden zu haben, daß er vor ein paar Wochen zum ersten Mal hier war. Hatte sie ihm denn etwas zu sagen?«

»Es scheint so«, erwiderte Grünholz, der sich's bewußt wurde, in der Zerstreutheit mehr gesagt zu haben, als er gewollt hatte. »Was es war, kann ich nicht sagen; denn sie sprach ja so leise – vielleicht war es etwas, das die Sammlungen ihres Großvaters betraf. Kranke haben ja oft solche nebensächlichen Wünsche und Gedanken, die ihnen keine Ruhe lassen. Und nun, gnädige Frau«, setzte er in einem anderen Ton hinzu, »nun erwarte ich Ihre Befehle.«

»Meine – was?«

»Ihre Befehle. Ich habe die Zeit nach Leonorens Hinscheiden gleich dazu benutzt, den Thronwechsel der zuständigen Stelle gebührend anzuzeigen, und mir auch erlaubt, für die Beisetzung, vorbehaltlich Ihrer Genehmigung, die erforderlichen Schritte zu tun.«

»Vorbehaltlich meiner Genehmigung!« wiederholte Frau von Aschau kopfschüttelnd. »Ja, um alles in der Welt, was habe ich denn dabei zu genehmigen? Ach so – Sie meinen wegen unserer Abreise!«

»Nein, wegen Ihres Hierbleibens«, versetzte er mit dem Schatten eines unwillkürlichen Lächelns. »Die Königin ist tot, es lebe die Königin!«

»Was Sie damit sagen wollen, geht mir über den Verstand.«

»Nun, gnädige Frau, ich will damit sagen, daß Sie als nächste und einzige Erbin in den Besitz der Herrschaft Lohberg gekommen sind«, erwiderte er feierlich.

Frau von Aschau machte tatsächlich einen Satz nach rückwärts und wurde feuerrot.

»Machen Sie keine schlechten Witze«, fuhr es ihr mehr drastisch als höflich heraus.

»Dazu wäre die Stunde wohl nicht geeignet, und außerdem würde ich mir doch gewiß nicht erlauben, schlechte Witze mit Ihnen zu machen«, erwiderte der Gesandte äußerlich ernst, aber in seinen Augen lächelte es nicht nur, es lachte ohne Phrase. »Ich gab mir vorgestern, wie Sie sich erinnern werden, die Ehre, Ihnen die Erbfolge von Lohberg auseinanderzusetzen – ahnungslos, daß sie so bald in Kraft treten sollte.«

»Na, wissen Sie, Exzellenz, damit haben Sie mir keine unruhige Nacht gemacht – das ging bei mir zu einem Ohr 'rein und zum andern 'raus«, versicherte Frau von Aschau. »Sie hätten mir ebensogut erzählen können, daß ich Kaiserin von Abessinien werden würde, falls ich das alte Reff, die Witwe Meneliks, überlebte. Du lieber Gott – Leonore Lohberg war doch vorgestern noch allem Anschein nach ganz gesund, und jung war sie dazu, während ich – – nein, lieber Herr von Grünholz, der Floh hat mir im Ohr keine Stunde lang gekrabbelt, hat mir keine Kopfschmerzen gemacht.«

»Das ist auch jetzt noch nicht nötig, gnädige Frau; denn ich bin gern bereit, Sie in Ihre Regierungsgeschäfte einzuführen«, versetzte er herzlich.

»Also ist das wirklich Ernst, voller Ernst? Daß dich der Popelmann holt! Mir soll das Schloß hier gehören und alles, was drum und dran ist? Kneifen Sie mich mal in den Arm, Exzellenz, damit ich sicher bin, daß ich nicht träume. Aber«, rief sie, mit dem Stock aufstampfend, aus, »aber wenn Sie glauben, daß ich mich freue, dann haben Sie sich gründlich geschnitten! Heulen möchte ich, wenn ich an das arme tote Wurm da droben denke, an dessen Stelle ich alte Schachtel treten soll. Wie lange kann's denn mit mir noch dauern? Wenn's der liebe Herrgott will, noch ein paar Jahre, und die Krone sackt sich den ganzen Bettel als fröhliche Erbin kaltlächelnd ein. Nein, da huste ich lieber gleich auf den ganzen Dreck!« schloß sie energisch.

»Tun Sie das lieber nicht«, riet der Gesandte halb gerührt, halb mit allen Geistern einer unwiderstehlichen Lachlust ringend. »Die Krone kann noch lange warten; denn die Erbfolge geht doch nun in Ihrer Linie weiter. Nach Ihnen würde Ihre Tochter die nächste Erbin sein –«

»Na, das wäre ja so'n Fressen für meinen teuern Schwiegersohn gewesen!« fiel sie ein. »Ob er das gewußt hat, als er mein armes Mädel mit seinen Reizen betörte?«

»Sicher nicht; denn er glaubte gestern abend noch, daß das Lehen mit Leonore erlischt, und ich habe ihn aus ganz bestimmten Gründen bei diesem Irrtum gelassen«, versicherte Grünholz. »Nun also, und da Ihre Tochter nicht mehr lebt, so sind deren Hinterbliebene die nach Ihnen nächsten Anwärter auf das Erbe.«

»Fritz!« rief sie aus, sah den Gesandten einen Augenblick starr an und dann flog über ihr garstiges, altes Gesicht ein wunderbar verschönerndes, ja verklärendes Leuchten. »Fritz! Fritz Ellbach wäre mein nächster, direkter Erbe? Mein lieber, guter Junge? Nein, Sie haben recht – ich darf auf die Erbschaft ja überhaupt gar nicht husten. Für mich – du liebe Zeit, was brauch' ich denn? Ich bin zufrieden mit dem, was ich habe, und es ist ja gottlob genug, um auch den Jungen überm Wasser zu halten, bis er soweit ist, daß er meine paar Kröten nicht mehr braucht. Aber für Fritz – ja, das ist natürlich ganz etwas anderes. Für Fritz will ich mich gern mit so 'ner großen Herrschaft herumärgern. Sagen Sie mal: die Geschichte hier wirft doch genug ab, um dem Jungen ein behagliches Heim schaffen zu können?«

»Meine liebe Frau von Aschau – wenn Ihr Enkel noch ein halbes Dutzend Brüder hätte, würde es auch für diese noch dazu reichen«, erwiderte Grünholz ganz gerührt über diese wahrhaft wunderbare Selbstlosigkeit. »Doch will ich Sie jetzt nicht länger aufhalten und empfehle mich Ihnen bis zum Frühstück, nach welchem ich mir erlauben werde, alles Geschäftliche und zu Ihrem Regierungsantritt Nötige mit Ihnen zu besprechen.«

Frau von Aschau schlug, ohne zu wissen, was sie tat, den Weg zum Waldschlößchen ein, festen, raschen Schritts, wie sie es gewohnt war – aber es wirbelte ihr im Kopf, und die Bäume rechts und links schienen einen Tanz aufzuführen, daß ihr davon ganz schwindlig wurde und sie stehenbleiben mußte.

»Gott verzeih' mir die Sünde«, betete sie laut in die grünen Wipfel hinein, »daß ich, während das arme junge Ding auf dem Totenbett liegt, ehe die Erde sich noch über ihr geschlossen hat, schon in Gedanken über das verfüge, was noch vor wenigen Stunden ihr Eigentum war! Wenn das schlecht von mir ist, scheußlich, unnatürlich, gemein und ruppig, dann – dann will ich's gern büßen. Ich komme mir faktisch vor wie Heinrich der Vogler, und will mit ihm recht, recht andächtig und dankbar sagen:

Du gabst mir einen guten Fang, Herrgott –
wie dir's gefällt!

Aber wie sag' ich's dem Jungen nur? Ich schäme mich faktisch, ihm mit einer so unwahrscheinlich faustdicken Sache ins Gesicht zu springen – entweder wird er glauben, daß ich mir einen schlechten Spaß mit ihm machen will, oder er wird denken, ich bin übergeschnappt. Ja – schließlich wird's aber doch ein ganz eigenes, behagliches Gefühl sein, denke ich, mal so aus dem Großen wirtschaften zu können, ohne daß man sich jede Ausgabe genau überlegen und einteilen muß – in dem großen Schloß nach eigenem Geschmack schalten und walten zu können. Halt – ist das nicht Fritzchens Stimme? Mit wem redet er denn? Richtig, da kommt er ja mit der ganzen Mischpoche aus dem Waldschlößchen!«

Es war in der Tat Fritz Ellbach, der ihr mit dem Forstmeister und dessen Töchtern entgegenkam. In der stillen Hoffnung, Fritz Volkwitz allein am Parkgitter vorzufinden, war er dem Waldschlößchen zugestrebt und dabei auf die ganze Familie gestoßen. Um seine Anwesenheit zu dieser frühen Stunde einigermaßen zu erklären, hatte er die Nachricht von Leonore Lohbergs schwerer Erkrankung gebracht. Der Forstmeister beschloß daraufhin sofort, mit seinen Töchtern nach dem Schlosse zu gehen, und so stießen sie denn halbwegs mit Frau von Aschau zusammen, die statt jeder Begrüßung nichts sagte, als:

»Sie ist heute früh gestorben.«

Die Wirkung dieser Worte war auf alle erschütternd; Fritz Volkwitz brach in Tränen aus und suchte in ihrem ersten, echten und tiefen Schmerz spontan eine Zuflucht in Fritz Ellbachs Armen, die sich ihr sehr, sehr willig öffneten – ein Anblick, der die herzliche und aufrichtige Trauer des Forstmeisters allerdings in eine andere Bahn lenkte.

»Fritz! Was fällt denn dem Mädel ein?« donnerte er entrüstet los. »Herr von Ellbach, wollen Sie wohl gleich meine Tochter loslassen? Wie können Sie sich unterstehen –«

»Lassen Sie die beiden nur, Forstmeisterchen«, fiel ihm Frau von Aschau ins Wort und in den Weg. »Ihr Mädelchen will sich ja doch an dem Platz ausheulen, der ihre Heimat werden soll. Wenn die Bombe vor der feierlichen Anfrage um Ihre Genehmigung in dieser unvorhergesehenen Weise nun mal geplatzt ist, na, da ist das nicht unsere Schuld. Ich sage nur dazu: Sie dürfen dem Jungen Ihr Kind seelenruhig anvertrauen; soweit man überhaupt für einen Menschen bürgen kann, tu' ich's für ihn, die ihn seit seiner Geburt kennt.«

»Ja, ja, ja – das ist alles ganz schön und gut, aber mit solchen Siebenmeilenstiefeln wollen wir denn doch nicht reisen«, begehrte der alte Herr noch einmal auf. »Herr von Ellbach, Sie lassen meine Tochter gleich los, verstanden?«

Fritz Ellbach aber schüttelte mit dem Kopf und streichelte leise das Haar des an seiner Brust herzbrechend schluchzenden Mädchens.

»Herr Forstmeister, ich kann nicht«, sagte er einfach. »Sie müssen sie mir schon lassen – für's Leben. Ich wollte heute zu Ihnen kommen, mir Fritz von Ihnen zu erbitten, nachdem wir gestern einig geworden sind – und sehen Sie, wir beide passen, sogar bis auf die Vornamen, ganz glänzend zusammen.«

»Darüber habe ich zu entscheiden«, polterte der alte Herr.

»I bewahre, darüber haben die beiden schon entschieden«, widersprach Frau von Aschau gemütlich. »Und nun machen Sie weiter kein langes Geseires mehr, Forstmeisterchen; denn erstens sind Sie ja kein Rabenvater und zweitens – überhaupt. Überhaupt!« wiederholte sie energisch, und ehe der Überraschte sich's versah, hatte sie ihn schon um den Hals genommen und ihm einen Kuß gegeben, der sich gewaschen hatte. »Na, Vater Volkwitz, wie gefällt Ihnen Ihre Gegen-Großschwieger?«

Der Forstmeister hatte Humor, und der bekam angesichts dieser Attacke die Oberhand.

»Na, gefallen, wer gefallen«, brummte er mit schiefem Kopf und verdächtig zuckenden Mundwinkeln. »Sie scheinen große Wörter nicht nur gelassen, sondern auch handgreiflich auszusprechen. Für den Charakter dieses jungen Mannes bürgen Sie also; ich will Ihnen die Freude machen einzugestehen, daß er auch auf mich soweit einen recht guten Eindruck macht. Können Sie aber auch für das sonst noch Nötige bürgen?«

»Ich kann's und ich tu's!« erklärte Frau von Aschau feierlich.

Fritz Ellbach sah seine Großmutter erstaunt an, und auch Fritz Volkwitz wandte ihr ein tränenüberströmtes Gesicht zu, über das unter den schweren Regenwolken es wie ein unaufhaltsam durchbrechender Sonnenstrahl huschte, der sich völlig Bahn brach, als ihr Vater, nicht ohne einige Anstrengung und Wehmut, darum auch unnötig laut; »Na, denn man tau!« ausrief, für welches Wort er sofort schwer büßen mußte; denn nun hatte er die beiden Fritze an seinem Halse hängen, während Frau von Aschau ihm vor lauter Rührung auf den Rücken klopfte, daß er husten mußte.

Der vom Schloß zum Frühstück rufende Tamtam unterbrach diese »schöne, rührende Familienszene« im Grünen, und herzlich trennte man sich voneinander »bis auf weiteres«. Und als der Forstmeister seiner unwiderstehlichen »Gegen-Großschwieger« kräftig die Hand schüttelte, sagte er mit einem Seufzer;

»So steckt denn Freude und Trauer alleweil in einem Sack. Die Parkpforte wird nun geschlossen werden, denn nun kommt ein neuer Oberförster und ein neuer Besitzer von Lohberg – wer ist denn übrigens der neue Besitzer? Der alte Graf redete mal etwas von einer erbberechtigten weiblichen Linie, aber wer die vorstellt, weiß ich nicht.«

»Die weibliche Linie steht vor Ihnen, Forstmeisterchen«, erklärte Frau von Aschau ruhig mit einem raschen Blick auf ihren Enkel.

»Vor mir? Wieso?«

»Lieber Gott, das ist klar wie Kloßbrühe; die Erbin von Lohberg – bin ich. Kinder, seht mich nicht so an, wie die Kühe das neue Tor«, setzte sie vor Verlegenheit polternd hinzu. »Es ist wirklich und wahrhaftig so – ich weiß es auch erst seit dieser Stunde, aber – ich kann nichts dafür!« – – –

Inzwischen war der Gesandte mit Windmüller, der schon reisefertig war, im Frühstückszimmer zusammengetroffen.

»Müssen Sie wirklich heute schon fort?« hatte er herzlich gefragt.

»Ich muß immer, wenn meine Arbeit getan ist«, erwiderte Windmüller nicht ohne eine leise Wehmut der Resignation. »Hier zu bleiben, hieße ja nur, Ihnen allen jetzt im Weg sein, außer Exzellenz könnten mich noch brauchen. Aber da Sie ja im Falle Ellbach sicher schon Ihre endgültige Entscheidung getroffen haben, wozu Sie die Macht auch ohne meine Hilfe besitzen, und der Fall Ellinor Ashfield durch eine höhere Hand erledigt worden ist, so steht meinem Verschwinden vom Schauplatz kaum etwas entgegen.«

»Ja«, sagte der Gesandte ernst. »Ich habe meine Entscheidung getroffen – in beiden Fällen. Ellinor Ashfield wird den ihr gebührenden Platz unter dem ihr zustehenden Namen Lohberg in der Familiengruft erhalten, und außer dem Pfarrer, dem ich natürlich im Vertrauen die Wahrheit sagen werde, braucht kein Mensch, nicht einmal die neue Erbin zu erfahren, daß es die leibliche Mutter nicht ist, die ihr zu Grabe folgen wird, und zwar auf meinen energischen Befehl. Wozu jetzt einen Skandal heraufbeschwören, der keinen andern Zweck hätte, als die Zungen und die Zeitungsreporter in Bewegung zu setzen. Der Tod hat das alles wesenlos gemacht. Wäre Ellinor Ashfield am Leben geblieben, dann hätte ich ihr, ohne Rücksicht auf den Lärm, der dadurch entstanden wäre, zu ihrem Recht als echte Erbin von Lohberg verholfen, gleichviel, ob sie dessen würdig war oder nicht, gleichviel, wer dadurch an den Pranger der Öffentlichkeit gestellt wurde; denn Recht muß Recht bleiben. Nun aber mag das Grab dieses Familiengeheimnis für immer verschließen. Sie werden mich vielleicht fragen: Und wo bleibt die rächende Gerechtigkeit für den Betrug und dessen Urheber? Sie haben ja gestern selbst ein so gutes und verständnisvolles Wort für die Frau eingelegt, die in den Betrug zwar eingewilligt, darunter aber schwer gelitten hat, die ihr namenloses Kind unter fremdem Namen in fremder Erde begraben mußte, nachdem es zu spät die Mutterliebe in ihr erweckt hatte. Die Strafe, der echten Erbin von Lohberg als Hauptleidtragende das letzte Geleit zu geben, ist hart genug für sie. Und nicht um ihretwillen habe ich mich entschlossen, Ellbach laufen zu lassen – diese Milde ist weder eine Schwäche von mir noch die Angst vor einem öffentlichen Skandal, sondern einzig und allein Rücksichtnahme auf seinen braven Sohn und dessen Laufbahn als Diplomat, für die er mir als vielversprechend empfohlen ist, die aber natürlich durch die unvermeidliche Verurteilung seines Vaters einfach abgeschnitten würde. Sie wissen ja, wie die Welt ist: Ein solcher Prozeß würde seinem Namen einen unauslöschlichen Schandfleck aufdrücken; unschuldig, wie der arme Junge ist, würde ja kein Mensch daran glauben. Also mag Ellbach denn frei ausgehen. Sie wissen, daß ich ihn gestern abend an einer überstürzten Abreise hinderte – er wird mit seiner Frau bis über die Beisetzung Ellinors hierbleiben, und ich werde Frau von Aschau den Vorschlag machen, ihn unter der Bedingung, Deutschland zu verlassen, mit einer Pauschalsumme abzufinden. Ich bin sicher, daß sie darauf eingehen wird; denn einmal ist er doch der Gatte ihrer Tochter gewesen und der Vater des von ihr rührend geliebten Enkels, und dann hat sie ein trotz all ihrer Derbheit im Grunde sehr großmütiges Herz, anderseits aber auch Charakterfestigkeit genug, sich keine Schraube ohne Ende gefallen zu lassen. Frau von Ellbach sprach übrigens den Wunsch aus, nach Venedig überzusiedeln, wogegen nichts einzuwenden wäre, da es verständlich ist, daß sie dem Grabe ihres, ich möchte fast sagen, zum Glück zu früh gestorbenen Kindes nahe bleiben möchte.«

»Nun«, sagte Windmüller, »die Entscheidung Eurer Exzellenz deckt sich ganz mit meiner Ansicht über die Lage; ich habe es angenommen, daß Herr von Ellbach um seines Sohnes willen frei ausgehen wird und sehe darin auch eine volle Berechtigung, die Sache auf sich beruhen zu lassen. Die Pauschalsumme, mit der Frau von Aschau ihn abfinden soll, sieht freilich einer Belohnung verzweifelt ähnlich, aber da Sie es für besser halten, die alte Dame in Unwissenheit über das Vorgefallene zu lassen, so muß eben die strafende Gerechtigkeit mal ein Auge zudrücken. War ich doch selbst schon entschlossen, auch den Fall Ellinor Ashfield der

Vergessenheit zu übergeben – nicht nur, weil Lord Oakburn mir keinen Auftrag gegeben hat, ihn zu verfolgen, sondern weil er die vielleicht ganz richtige Ansicht hat, daß es besser ist, den traurigen Fall nicht noch einmal ans Licht zu zerren. Ich gestehe aber, daß es eine große Versuchung für mich war, das Andenken des Mannes, der ritterlich alle Schuld auf sich genommen hat, wenigstens von dem Schlimmsten zu reinigen. Nun, der Tod hat auch in dieser Sache das letzte Wort gesprochen.«

»Ja, und das bringt mich auf eine Frage, Herr Doktor, die hoffentlich keine indiskrete ist«, sagte der Gesandte mit gedämpfter Stimme. »Warum hat die vielleicht auch zu ihrem Glück früh Dahingeschiedene Sie heute Nacht rufen lassen?«

»Sie hat mir den Ring gegeben, von dem ich gestern sprach«, erwiderte Windmüller nach kurzem Zögern. »Ich werde ihn mit den andern Dingen Lord Oakburn zurückgeben und ihm nur sagen, daß die Kassette mit dem kostbaren Inhalt des Geheimfaches zufällig in meine Hände gekommen ist, das ›Wie‹ durch den Tod Ellinor Ashfields erklären, über den Rest aber völliges Schweigen bewahren. Er kennt mich und wird darum auch keine Fragen stellen, von denen er weiß, daß sie ihm nicht beantwortet werden. Ich glaube, daß ich damit im Sinn Eurer Exzellenz handle.«

»Vollständig, und ich bin Ihnen sehr dankbar dafür«, nickte Grünholz. »Ich kenne Sie auch, lieber Doktor, und weiß, daß Sie schweigen können. Ich habe mich aber schon gefragt, warum Ellinor Sie rufen ließ, um Ihnen den Ring zu geben, den meine Frau ihr schon ein paar Stunden früher aus ihrem Schreibtisch holen mußte, statt ihn durch diese zustellen zu lassen. Ich bin zu dem Schlusse gekommen, daß Ellinor Ihnen persönlich etwas zu sagen wünschte, und sich doch wieder nicht eher dazu entschließen konnte, ehe sie selbst fühlte, daß es mit ihr zu Ende ging.«

Windmüller mußte unwillkürlich über diese diplomatische Umgehung einer direkten Frage lächeln.

»Exzellenz haben das ganz richtig erraten«, begnügte er sich zu antworten.

»In der Tat?« Herr von Grünholz quittierte gleichfalls durch ein flüchtiges Lächeln die Auskunft und fuhr dann fort: »Es ist mir übrigens noch nachträglich etwas eingefallen, was mir einiges Kopfzerbrechen gemacht hat. Sie wurden gestern, als Sie Ellinor den Inhalt des Geheimfaches Ihrer Kassette erzählten, durch den Ausbruch ihrer Krankheit unterbrochen; wenn ich mich recht erinnere, nannten Sie eine Perlenschnur, einen Anhänger mit Sardonyxkamee und ein kleines Fläschchen – war mit diesen Gegenständen das Verzeichnis erschöpft?«

»Vollkommen, Exzellenz.«

»Ah – danach habe ich wohl recht gehabt, wenn mir scheinen wollte, als ob die Erwähnung des Fläschchens das Stichwort für Ellinor bedeutete?«

Windmüller antwortete nicht gleich.

»Exzellenz, lassen wir dieses Thema ruhen«, versetzte er dann freimütig. »Die Aufzählung der Sachen im Geheimfach der Kassette war für mich ein Prüfstein, der mir einen letzten Zweifel nehmen sollte – die wenigen Worte, die Ellinor Ashfield mir bei der Übergabe des Ringes zuflüsterte, haben mir bestätigt, daß ich mich nicht getäuscht habe. Diese Worte aber betrachte ich als Vermächtnis einer Sterbenden, das für immer versiegelt in meiner Seele ruhen soll. Natürlich kann ich Sie nicht hindern, sich Ihre Gedanken darüber zu machen; wenn ich mir jedoch erlauben darf, einen Rat zu geben, so wäre es der, das traurige Kapitel mit der Unterschrift des Todes zu schließen und zu begraben. Ob und welche Schuld die ihrer irdischen Haft entflohene Seele drückte – sie steht jetzt vor ihrem Richter. Requiescat in pace.«

»Amen«, erwiderte der Gesandte und reichte Windmüller die Hand. »Ich danke Ihnen aufrichtig für dieses gute Wort, das Ihnen unvergessen bleiben soll. Mehr noch, es erfüllt mich mit Genugtuung, Sie zu meinen Freunden zählen zu dürfen – falls Ihnen selbst etwas daran liegt.«

»Ob mir etwas daran liegt! Alles liegt mir daran!« sagte Windmüller erfreut. »Mein Beruf hat mir viele Feinde, aber auch einige Freunde gebracht, diese aber sind die Meilensteine an der Landstraße meines Lebens, auf der ich durch soviel Staub und Schmutz zu waten habe, daß ich jeden solchen Stein mit inniger Dankbarkeit und aufrichtiger Freude begrüße.«

Wenige Tage später war es auf Schloß Lohberg ganz still geworden. Die irdischen Überreste der echten jungen Erbin hatten ihre Heimat in der Familiengruft gefunden, die ihr Geheimnis bis zum Jüngsten Tage hüten wird. Gleich nach der Beisetzung, bei welcher der althergebrachte Pomp voll entfaltet wurde, waren Herr und Frau von Ellbach abgereist, ohne sich zu verabschieden, was Frau von Aschau zwar »rüpelhaft« nannte, ihr im Grunde aber ganz recht war; denn Herr von Grünholz hatte es schließlich doch für nötig gefunden, ihr anzudeuten, daß ihr Schwiegersohn und seine Frau guten Grund hätten, sang und klanglos zu verschwinden. Da Frau von Aschau ja nicht auf den Kopf gefallen war, so hatte sie sich ihren Reim zu dem Text gemacht, der wahrscheinlich ein falscher war, und hatte es dabei bewenden lassen, und nach dem Grundsatz »Wer viel fragt, kriegt viel Antwort«, den schlafenden Hund nicht zu wecken versucht, sintemalen er dann leicht zu beißen pflegt.

Diese Weisheit hatte sie dann auch versucht, ihrem Enkel klar zu machen, der sich natürlich allerlei zusammenreimte, das ihn beunruhigte.

»Ich weiß von nichts, du weißt von nichts – so wird's wohl am besten sein«, hatte sie ihm gesagt. »Dein Chef ist nicht nur ein kluger, sondern auch ein taktvoller, menschlich fühlender Mann; wenn er es für richtig hält, mit dem hinterm Berge zu halten, was er weiß – wissen muß, dann wird er schon seine guten Gründe dafür haben. Lassen wir's dabei.«

Und dann waren auch Herr und Frau von Grünholz abgereist, diese nach der herzlichsten Verabschiedung und mit dem festen Versprechen, einen Teil ihres nächsten Urlaubs auf Schloß Lohberg zu verleben, und nun waren Frau von Aschau und Fritz Ellbach allein in dem großen, großen Schloß zurückgeblieben; denn ihre geplante Gebirgsreise war aus naheliegenden Gründen aufgegeben worden: Die Hochzeit sollte noch vor dem Ablauf des Urlaubs und vor der Übersiedelung des Forstmeisters in seinen neuen Berufskreis stattfinden.

»Wer mir das gesagt hätte, als wir die Fahrt nach Lohberg antraten, daß ich ganz und für immer hier bleiben würde, den hätte ich reinweg für ›trallala‹ gehalten«, sagte Frau von Aschau, als sie mit ihrem Enkel dem Wagen nachsah, der Herrn und Frau von Grünholz ihren Blicken entführte.

»Und wer mir gesagt hätte, daß ich mir hier einen Grasfleck auf meinen besten weißen Buchsen holen und gleichzeitig mein Lebensglück finden würde, den hätte ich einfach ausgelacht«, stimmte er ein. »Lottchen, ich finde, daß dir deine neue, doppelte Würde als Großschwieger und Herrin von Lohberg vortrefflich steht. Jetzt bist du doch in einem deiner würdigen Rahmen.«

»Dummer Junge«, brummte sie lachend. »Na ja, der Rahmen wäre wirklich so übel nicht, wenn das Gemälde drin nicht so ne garstige alte Schachtel vorstellte.«

Fritz Ellbach nahm ihren Kopf in beide Hände, küßte liebevoll ihre runzligen Wangen und murmelte:

»Nur nicht übertreiben, Lottchen!«